MÄRCHEN
VON MUND ZU MUND

wie sie auf Kreta
die Alten den Jungen erzählen

Mavromichali 5
106 79 Athen/Griechenland
Tel. 36 01 551
Fax 36 23 553

Gesammelt und aufgeschrieben
von Eleni Doundoulaki-Oustamanolaki
Übersetzt in die deutsche Sprache
von Sigi Grundmann
Herausgegeben und lektoriert
von Marianne Sterling
Umschlaggestaltung: Panagiotis Ellenikakis
Herstellung: Alexandros Kalendis
Klischee: Panagiotis Ellenikakis
Fotosatz und Montage: Legato EPE
Bindung: Sakis Bastas

ISBN: 960-219-066-3

ELENI DOUNDOULAKI-OUSTAMANOLAKI

MÄRCHEN VON MUND ZU MUND

wie sie auf Kreta die Alten den Jungen erzählen

HERAUSGEGEBEN VON
MARIANNE STERLING

KALENDIS

INHALTSVERZEICHNIS

Einführung

Märchen von Kreta, dem sagenumwobenen Ort, der uns die erste europäische Hochkultur bescherte, von der Wiege der europäischen Kultur.

Ist auch die Insel mit ihrer magischen Anziehungskraft, die seit prähistorischer Zeit nachweislich wirkt, für ihre heutigen Besucher nicht gerade der Nabel der Welt, für die Empfindung der Kreter ist sie es: Jedenfalls ist der Kreter nur dann ganz glücklich, wenn er auf seiner Insel ist.

Was der Mensch zum Leben braucht, schenkt ihm ja hier die Natur im Überfluß. Dank eines Klimas, das so wachstumsfördernd ist, daß das dem Boden anvertraute Samenkorn alles weitere fast allein vollbringt, dem Menschen nur noch bleibt, zu ernten.

So war es auf asiatischem Boden an Euphrat und Tigris, als dort die Kultur der Sumerer erwachte. So war es auch im Niltal der alten Ägypter und zur Minoerzeit auf Kreta. Ein überaus günstiges Klima an diesen Stellen auf den drei Kontinenten sorgt beinahe gleichzeitig dafür, daß der Mensch, dem bloßen Überlebenskampf enthoben, sich schöpferisch erfahren kann. Das Ergebnis sind drei selbständige Hochkulturen, deren spätere, die ägyptische und die minoische, miteinander in Kontakt treten.

Unsere Märchen stammen aus dem Raum um Archanes, das auf der Ostseite des Jouchtas-Berges liegt.

Der Ort ist uralt. Gegen Ende der neolithischen Zeit, als ca. 2.600 v.Chr. die Minoer nach Kreta kamen, wurde hier schon gesiedelt und dann weiter während der gesamten tausendfünfhundertjährigen Minoerepoche. Lag hier die Sommerresidenz der Könige von Knossos? Der Entdecker der 12 km entfernt im Nordosten von Archanes liegenden Palastanlage von Knossos, Sir

Arthur Evans, glaubte es, zumal er auf dem nördlichen Jouchtasgipfel ein minoisches Gipfelheiligtum entdeckt hatte. Weitere Entdeckungen folgten in jüngster Zeit. So ist auf dem nordwestlichen Höhenzug Fourni 1965 die größte Begräbnisstätte im ägäischen Raum entdeckt worden, in der die Minoer in einem Zeitraum von etwa tausend Jahren ihre Toten bestatteten. Südwestlich vom Jouchtas, schon inmitten der hügeligen Weinfelder gelegen, ist das zweistöckige minoische Landgut Vathipetro ausgegraben worden, in dem es schon eine Wein– und eine Ölpresse gab. 1979 fanden Archäologen auf dem Nordhang des Jouchtas-Berges einen kleinen Tempel, den sie Anemospilia nannten, in dem das erste und bisher einzig bekannte Menschenopfer aus der Minoerzeit nachgewiesen ist. Angesichts einer nahenden Katastrophe wollte man wohl durch die Darbringung eines Menschenopfers die Götter gnädig stimmen. Vergeblich, denn der Vulkan auf dem heutigen Santorin brach aus, und die Minoer und auch die Opferpriester von Anemospilia mitsamt ihrem Opfer wurden während der Opferhandlung unter einem feurigen Ascheregen begraben.

All das rund um den Jouchtas, der als ein 811 Meter hoher Inselberg steil und schroff zwischen dem gewaltigen Ida-Massiv und dem nur wenig niedrigeren Lassithi-Gebirge aus der üppigen Gartenlandschaft im Süden von Iraklion herausragt. Wer vom Nordwesten her, etwa von der Küste bei Amoudara, auf den Jouchtas schaut, glaubt, hier wäre ein Bildhauer am Werke gewesen. Der langgezogene Bergrücken mit seinen beiden Gipfeln hat nämlich die Form eines nach hinten geneigten bärtigen Männerkopfes im Profil, mit leicht geöffnetem Munde. Die Menschen haben diese Form seit alters her als Abbild des Zeushauptes gedeutet. Des schlafenden Gottes Zeus, weil nach einem vorhomerischen Mythos der Gott in einer Höhle des Jouchtas-Berges begraben sein soll.

Heute wird um den Berg herum vor allem Wein angebaut. Auf der Ostseite bei Archanes die Rozaki-Traube. Die Archaner gelten als reich. Das Dorf ist schmuck und gepflegt, malerisch über die Hügel am Fuße des Jouchtas gezogen. Ein Ort, fruchtbar und üppig. Ein Ort, an dem die Legende weiterlebt.

Hier wurde 1916 Eleni Doundoulaki-Oustamanolaki geboren, die, wie das damals auf Kreta überall üblich war, schon als Kind unzählige Märchen hörte. Die Großmütter, die Mutter, die Tanten, die Nachbarinnen, aber auch die Männer waren wandelnde Märchenbücher. Dazu oft analphabetisch.

Der Kreter ist ja bekannt als großartiger Geschichtenerzähler. Die Phantasie wuchert um die Wette mit den Pflanzen, die hier übergroß werden. Epimenides bezeichnete die Kreter als Lügner, Apostel Paulus behauptete dasselbe und fügte hinzu, sie seien auch alle «faule Bäuche». Aber wo einem die Trauben fast von selbst in den Mund wachsen, kann man sich der Lust am Fabulieren hingeben. Wer wollte die Lüge unterscheiden vom Erfinden von Ereignissen, Verhaltensweisen, Seltsamkeiten, oft Unmöglichkeiten. Die großartige Gabe des Kreters ist seine Geschicklichkeit, die in seinem Gehirn entstandenden Gedankengewebe kunstvoll darzubringen, mit ihnen den immer auf der Lauer liegenden wachen Geist seines Landsmannes zu fesseln, anzuregen, zu befruchten.

Und so die Märchen. – Im Winter abends am Kamin, beim Spinnen, Häkeln, Stopfen, die Hände immer in Bewegung, umringt von einer nie genug bekommenden Kinderschar und nicht nur von Kindern, so erzählten sie ihre Märchen. Oder im Sommer draußen im Hof unter der rebenüberzogenen Pergola oder dem sternenübersäten Himmel. Angestachelt von ihren Zuhörern, erzählten sie, was ihnen im Gedächtnis war von dem, was schon ihre Mütter und Großmütter weitergegeben und ausgesponnen hatten. Und je nach Laune oder angeregt vom Beifall der Lauschenden dichteten sie ihre Geschichten um oder erfanden gar eigene.

Eleni Doundoulaki-Oustamanolaki, die von klein auf Lehrerin werden wollte, lauschte, bewahrte für sich die gehörten Geschichten, liebte sie.

Nach dem Gymnasium besuchte sie in Iraklion die Pädagogische Akademie, und 1939 begann sie bei Chania an einer Volksschule zu unterrichten. Nach einer Unterbrechung während des Krieges unterrichtete sie dann durchgehend von 1943 bis 1977, als sie pensioniert wurde, in verschiedenen Orten auf Kreta, zuletzt an der Volksschule in Archanes. Bald nach dem Krieg begann sie zu sammeln, und zwischen 1959 und 1969 brachte sie drei Bände mit Volkserzählungen heraus, für die ihr in Griechenland große Anerkennung zuteil wurde. Daneben hat sie zwei lehrhafte Bücher für ihre Schüler geschrieben.

Und dann die Märchen. – In dem Wunsch, sie zu bewahren, in unserer Zeit, in der die großen Märchenerzählerinnen und -erzähler durch ein immerfort und überall anwesendes Fernsehprogramm zwar nicht ersetzt, aber verdrängt werden, hat sie sich seit ihrer Pensionierung vor allem des Märchens angenommen. Noch leben in den Köpfen einiger Dorfbewohner diese Kostbarkeiten. Aber wie lange wohl noch, wenn sich niemand daranmacht, diese Schätze zu heben. So veranlaßt sie die Frauen und Männer, 'ihre' Märchen zu erzählen. Sie arrangiert die Märchenstunden, die noch vor zwei Generationen zum Alltag gehört haben, und dann notiert sie, schreibt mit, schreibt hinterher aus dem Gedächtnis das, was sie gehört. Bisher sind zwei ihrer Märchenbücher in griechischer Sprache veröffentlicht worden, und daneben wächst stetig eine Manuskriptesammlung noch auf ihre Veröffentlichung wartender Märchen.

Für unser deutschsprachiges Kreta-Märchenbuch haben wir aus diesen drei Quellen, den beiden gedruckten Büchern und aus dem Konvolut noch ungedruckter Märchen, die uns am schönsten erscheinenden ausgewählt. Wir wünschen unseren Lesern viel Freude bei der Lektüre und empfehlen ihm wärmstens, bei seinem nächsten Kretabesuch den legendären Jouchtasberg aus der Nähe zu bewundern, aus dessen Umgebung unsere Märchen stammen.

Athen, im Dezember 1995 Die Herausgeberin

Weitere Bücher von Eleni Doundoulaki-Oustamanolaki

Λαογραφικά Αρχανών (Volkserzählungen aus Archanes)
Μόχθη και χαρές στα αμπέλια (Mühen und Freuden in den Weingärten)
Παραμύθια της Κρήτης (Märchen von Kreta)
Κρητικά παραμύθια (Kretische Märchen)

Koula Douraki-Kostaki

wurde 1910 in Archanes geboren und hat dort die Volksschule besucht. Sie heiratete und zog fünf Söhne und eine Tochter groß. Im Laufe ihres Lebens fuhr sie öfter nach Athen, aber sie lebte immer in ihrem Geburtsort, wo sie 1989 starb.

Sie kannte sehr viele Märchen und erzählte sie mit Eifer und einer großen Vorstellungskraft.

Die fünf folgenden Märchen hat sie in ihrer Kindheit von ihrer Großmutter gehört.

Die stolze Königstochter

Irgendwann einmal vor langer Zeit lebte eine schöne, aber sehr stolze Königstochter. Sie machte sich gern über alle Menschen lustig und suchte nach ihren Mängeln, um darüber zu lachen. Selbst die Adligen wagte sie auf diese Weise zu verspotten. Ihr Vater, der König, redete ihr deswegen ständig gut zu und machte ihr Vorwürfe, doch es nützte nichts.

Als sie erwachsen wurde, hielten alle benachbarten Königssöhne um ihre Hand an, doch sie hatte an jedem etwas auszusetzen und wollte keinen von ihnen.

Schließlich kam ein junger König, dessen Königreich hinter den Bergen inmitten anderer Berge lag, und erbat die Königstochter von ihrem Vater zur Frau. Sie sah ihn vom Fenster aus und war geblendet von seiner Schönheit und Stattlichkeit, aber ihr Stolz ließ sie sich wie gewohnt verhalten. Er drängte sie nämlich, den jungen König zu verspotten. Sie rannte also los, holte drei Federn, tauchte sie in Honig und legte sie auf den Sessel, auf den der König sich setzen würde.

Als der fremde König den Saal betrat, empfing ihn der Vater der Königstochter mit großer Freude, und er hoffte im Innern, daß der fremde König seiner Tochter gefallen und sein Schwiegersohn werden würde. So einen guten Eindruck machte dieser vom ersten Augenblick an. Die beiden Könige unterhielten sich über den Heiratsantrag, und endlich ließ der Vater seine Tochter rufen, damit sie darüber entscheide.

Die Königstochter kam in ihrer Schönheit und Anmut herein, und nach einem kurzen Gespräch antwortete sie ohne Zögern, sie sei bereit, den jungen König, der gekommen sei und um sie anhalte, zum Mann zu nehmen. Die Freude ihres Vaters war unbeschreiblich, aber auch die des jungen Königs war nicht geringer, weil ihm die Königstochter sehr gefiel und er sie liebte, seit er sie gesehen hatte.

Nach einer Weile erhob sich der künftige Bräutigam, um zu gehen, und die Königstochter begann zu schreien:

«Vater, ich bereue es. Ich will diesen Mann nicht.»

«Warum nicht, meine Tochter? Was bedeutet das, was du da sagst?» fragte der König betroffen.

«Na, weil er ein Federarsch ist. Deswegen will ich ihn nicht...»

Der Bräutigam drehte sich um und sah die drei Federn an seiner Hose kleben. Er errötete beschämt und lief so verstört davon, daß er fast nicht die Tür gefunden hätte. Unverrichteter Dinge kehrte er in seinen Palast zurück, aber er hatte feierlich geschworen, sich an der Königstochter zu rächen.

Er berief also seinen Zwölferrat ein und berichtete von der Demütigung, die ihm die Königstochter bereitet hatte:

«Ich kann diese Beleidigung nicht ertragen und werde mich rächen. Deshalb gehe ich fort und lasse euch das Königreich regieren. Ich werde so lange fortbleiben, wie ich brauche, um eine Gelegenheit zu finden, diesem stolzen Geschöpf die bittere Lehre zu erteilen, die es verdient.»

Verkleidet als alter gebrechlicher Krüppel, stieg er aus seinem gebirgigen Königreich in das Land des Königs herab. Dort ging er geradewegs zum Palast und bat, ihn dazubehalten und ihm für ein Stück Brot irgendeinen Dienst zu übertragen:

«Allein und einsam bin ich auf der Welt, mein König, lange mögest du leben. Meine Frau und meine Kinder sind gestorben, und der Kummer, die Qualen und mein Alter haben mich zu dem gemacht, was ich bin. Bis jetzt habe ich von den Almosen guter Menschen gelebt, doch nun tragen mich meine Beine nicht länger auf den Straßen. Ich bin in einer sehr schlimmen Lage. Mir scheint, ich werde in irgendeiner Ecke vor Hunger sterben. Eine kleine Arbeit aber glaube ich noch tun zu können – für nur ein Stück Brot und eine Ecke zum Schlafen.»

Das und anderes mehr sagte er dem König, und der befahl dem Gärtner, ihn als seinen Gehilfen in den Garten zu nehmen.

«Bleib in meinen Diensten und tu, was du kannst. So, wie du sprichst, scheinst du nicht zum Bettler geboren zu sein. Auch erbittest du nicht das Unmögliche. Du wirst also im Garten arbeiten und dem Gärtner so helfen, wie du kannst.»

So kam der junge König in den Dienst des Vaters der stolzen

Königstochter. Seine Freude war nicht zu beschreiben. Nun suchte er nach einer Gelegenheit, den Plan in die Tat umzusetzen, den er sich noch in seinem Land ausgedacht hatte.

Die Gelegenheit wurde ihm bald gegeben, da sich nach kurzer Zeit der König entschloß, eine länger dauernde Reise zu machen. Er wollte sein gesamtes Königreich bereisen, und es würde viel Zeit bis zu seiner Rückkehr vergehen.

Eines Morgens also stand der Alte auf und setzte sich in den Hof des Palastes, wo er Spulen auf ein goldenes Spinnrad steckte. Golden waren auch der Rocken und die Spindel, und die Ratgeberinnen der Königstochter rannten zu dieser und sagten:

«Das mußt du sehen, liebe Königstochter. Der Alte, der da sitzt und Spulen auf eine goldene Spindel steckt. Uns wurde schwindlig von dem Glanz, als sich das Spinnrad drehte.»

Sofort war die Königstochter hellwach, die immer alles haben wollte, was sie sah oder wovon sie hörte, und niemals fand sich jemand, der ihr einen Wunsch abgeschlagen hätte. Sie schickte also eine Dienerin zu dem Alten und ließ ihm sagen, er müsse der Königstochter unbedingt das goldene Spinnrad verkaufen:

«Mein guter Alter, mich schickt die Königstochter, und ich soll dir sagen, du möchtest ihr doch das goldene Spinnrad verkaufen, das sie sehr gerne haben möchte. Zögere nicht und verlange, was immer es auch kostet. Geld spielt keine Rolle, und sie wird es dir gut bezahlen. Sag nicht nein, mein guter Alter, denn wir haben eine verwöhnte Herrin, und es kann sein, daß sie sonst krank wird. Noch niemals hat ihr jemand einen Wunsch abgeschlagen, vom König bis zum letzten Diener.»

«Auch ich werde ihr den Wunsch nicht abschlagen, wenn sie es so gewöhnt ist. Ich werde ihr das goldene Spinnrad geben, aber nicht für Geld. Der Preis, den ich verlange, ist, eine Nacht auf der untersten Stufe der Treppe, die zu ihrem Gemach führt, schlafen zu dürfen.»

Die Dienerin überbrachte des Alten Botschaft der Königstochter, und die ahnte nichts Gutes:

«Na hör mal, was für eine Bezahlung ist das denn? Ich soll

diesen Tattergreis auf der Treppe, die zu meinem Gemach führt, schlafen lassen?»

«Was soll dir schon passieren, meine liebe Königstochter. Er ist ein Wrack, ein Haufen Knochen. Was könnte er dir tun? Laß ihn da schlafen, wo er will, und du bekommst das goldene Spinnrad, wie es kein schöneres gibt. Er gibt es auf keine andere Weise her», sagten die Ratgeberinnen zu der Königstochter.

So überzeugten sie sie, und der Alte schlief eine Nacht auf der untersten Treppenstufe. Am Morgen gab er der Königstochter das goldene Spinnrad mit allem Zubehör und verschwand wie ein argloser und bescheidener Diener.

Es vergingen wenige Tage, und der Alte ging durch den Garten, ein glänzendes, goldenes Schaf hinter sich herziehend, das so schön war, wie man im Palast bisher noch keines gesehen hatte. Die Ratgeberinnen liefen wieder zur Königstocher und erzählten es ihr. Und diese schickte wieder eine Dienerin zu dem Alten, die ihn fragte, für wieviel Geld er das goldene Schaf an die Königstochter verkaufe, die es sich sehr wünschte.

Der Alte antwortete:

«Ich verkaufe das Schaf nicht für Geld, sondern nur gegen eine Vereinbarung. Und die Vereinbarung ist die: Wenn mich die Königstochter eine Nacht auf der obersten Treppenstufe schlafen läßt, dann gebe ich es ihr - so, wie es auch mit dem goldenen Spinnrad geschehen ist.»

Die Dienerin brachte der Königstochter die Botschaft des Alten, und diese begann zu schreien:

«Nein, auf keinen Fall. Das lasse ich nicht zu. Den Tattergreis vor der Tür meines Gemaches schlafen lassen? Weiß ich denn, ob er nicht etwas Böses im Sinn hat?»

«Ach, meine liebe Königstochter, wie unnötig du deinen Kopf quälst! Was kann er dir schon Böses antun. Er ist so still wie ein Heiliger, der Ärmste. Komm, sag ihm, er soll kommen und dir den Schmuck für die Halle geben, wie du ihn schöner nirgendwo sonst finden wirst», rieten ihr wieder ihre Ratgeberinnen.

So stimmte die Königstochter auch diesmal der Vereinbarung

zu, und am Abend legte sich der Alte auf der obersten Treppenstufe schlafen. Die Nacht verlief ruhig. Doch oft genug hob die Königstochter ihren Kopf, um nach dem Alten zu sehen. Aber immer sah sie ihn wie einen Toten schlafen.

Am Morgen stand der Alte auf, gab der Königstochter das goldene Schaf und ging humpelnd davon.

«Du Ärmster, du bist ja ganz steif geworden, weil du die ganze Nacht auf den Brettern geschlafen hast. Aber du hast es so gewollt», murmelte die Königstochter, als sie ihn weggehen sah.

Sobald der Alte gegangen war, eilten die Ratgeberinnen zu der Königstochter und fragten sie, wie er die Nacht verbracht habe.

«Ganz ruhig, der Ärmste. Nicht einmal sein Bein hat sich bewegt. Halbtot sah er aus, und er hat sich noch nicht einmal umgedreht, um zur Tür meines Gemaches zu sehen.»

«Siehst du, wieder einmal standen deine Befürchtungen nicht auf festen Füßen. Und wir, was für Ratgeberinnen wären wir wohl, wenn wir dir nicht den richtigen Rat gäben. Ohne unser Zutun hättest du jedenfalls nicht die beiden schönen Schmuckstücke bekommen.»

Die Königtocher war sehr glücklich und lobte den armen Alten, der ihr die Prachtstücke beschert hatte, und alle im Palast hörten nicht auf, diese zu bewundern.

Die Prüfung war jedoch noch nicht zu Ende. Eines Tages erschien wieder der seltsame Alte im Palasthof und zog eine goldene Henne mit zwölf goldenen Küken hinter sich her. Wieder liefen die Ratgeberinnen zur Königstochter und erzählten es ihr, und die schickte eine Dienerin zu dem Alten, die ihm sagen mußte, er möge ihr die Henne und die Küken verkaufen. Der Alte sagte, daß er sie nicht gegen Geld hergebe. Nur wenn die Königstochter einverstanden sei, eine Nacht mit ihm im selben Bett zu schlafen, werde er sie ihr schenken. Eine schwerwiegende Bitte, die die Dienerin ihrer Herrin überbrachte.

«Was will der? Mit mir in einem Bett schlafen, dieser Tattergreis? Der nimmt aber der Mund voll! Aber ich bin selbst schuld, da ich auf euch gehört und sein Feilschen von Anfang an mitgemacht habe», sagte die Königstochter.

«Das macht doch nichts, liebe Königstochter. Denn als du auf das Feilschen des Alten eingegangen bist, was ist da passiert? Ging es etwa böse aus? Ist dir etwas geschehen? Das sind doch nur seine Wunderlichkeiten. Was kann er dir schon tun? Dreh ihm halt deinen Rücken zu. Nacht ist es, und die geht vorbei. Aber morgen früh werden die goldene Henne und die zwölf goldenen Küken eine einzigartige Kostbarkeit in deiner Halle sein», rieten ihr wieder die Ratgeberinnen. Mit diesen und anderen Worten überzeugten sie die Königstochter, und an jenem Abend ließ sie den Alten in ihr Bett.

In dieser Nacht aber blieb der Alte überhaupt nicht ruhig. Er umarmte die Königstochter und schwängerte sie. Am Morgen zog er seine Lumpen an und ging weg. Die Ratgeberinnen liefen vergnügt zur Königstochter, doch sie fanden sie nachdenklich dasitzend vor.

«Was hast du, liebe Herrin? Warum bist du so betrübt? Hat sich vielleicht der Alte nicht gut benommen? Vergiß, daß er in deinem Bett gelegen hat. Wir ziehen die Bettwäsche ab und beziehen das Bett rein und duftend, damit du dich nicht ekelst. Das ist es doch, was dich betrübt?»

Die Königstochter brachte keinen Ton heraus, und die Ratgeberinnen begriffen, daß dieses Mal der Alte nicht gebrechlich und brav gewesen war.

Die Zeit verging, und der König wollte und wollte nicht zurückkehren. Die Schwangerschaft der Königstochter schritt voran und war ein öffentliches Geheimnis im Palast. Nach acht Monaten schließlich kehrte der König zurück, und alle begrüßten ihn begeistert und voller Freuden. Nur seine Tochter fehlte beim Empfang.

«Wo ist meine geliebte Tochter? Warum ist sie nicht als erste von allen gekommen, mich zu begrüßen?» fragte der König.

«Ach, wie sollen wir dir nur das fürchterliche Übel erklären, das während deiner Abwesenheit über den Palast gekommen ist, mein König...»

«Sag schon – und schnell. Du machst mir angst. Ist meiner Tochter vielleicht ein Unglück geschehen?» fragte der König.

«Genau, mein König. Deiner Tochter ist ein Unheil geschehen. Der Alte, der dir leid getan hatte, und den du in den Diensten des Palastes als Gärtnergehilfen behalten hast, hat deine Tochter geschwängert, und sie ist im achten Monat ihrer Schwangerschaft», antwortete ihm ein Adliger aus dem Zwölferrat.

Der König war wie vom Blitz getroffen. Ohne auch nur nachzudenken, befahl er auf der Stelle, seiner Tochter auszurichten, sie habe den Alten zu nehmen und mit ihm aus dem Palast zu verschwinden. Denn wenn er sie am nächsten Morgen noch dort vorfände, würde er sie beide umbringen lassen.

Unter Tränen und verstohlenen Klagen verließ die Königstochter mit dem Alten den Palast, und sie gingen mit nur ein paar Habseligkeiten in derselben Nacht davon.

«Wo bringst du mich um diese Stunde hin? Ich bin ein alter Mensch und kann in der Dunkelheit weder sehen noch laufen. Bleib doch hier. Dein Vater soll uns morgen früh antun, was er will. Unsere Lage ist sowieso schwierig, und je schneller ich sterbe, desto leichter werde ich vom Gewicht meines Alters erlöst», sagte scheinbar ungerührt der Alte zur Königstochter.

«Komm, beeil dich, daß wir wegkommen, und laß deine Klugheiten. Du kennst meinen Vater nicht. Was er sagt, tut er auch. Er wird uns beide töten, wenn er uns am Morgen hier findet. Es mag ja sein, daß du sterben willst, aber ich bin jung und will leben. Außerdem hängt auch das Leben meines Kindes von mir ab...»

«Also gut. Ich kenne ein Königreich hinter dem Berg, den wir von eurem Land aus sehen. Da habe ich mal gebettelt, und es gibt gute Menschen dort. Ich meine, wir sollten dahin gehen. Aber damit ich gehen kann, mußt du mich ab und zu auf deinen Rücken nehmen, daß ich mich ausruhe.»

Was sollte die ärmste Königstochter tun. Sie nahm auch dies auf sich, und so begaben sie sich in das Land des Königs, das der Alte beschrieben hatte. Ab und zu verlangte der Alte von der Königstochter, ihn trotz ihres gewichtigen Bauches auf ihren Rükken zu nehmen, angeblich, damit er sich ausruhen könne.

Endlich kamen sie in das Land des Königs und richteten sich in einem Haus in der Nähe des Palastes ein. Der Alte sagte der Königstochter, er werde nach etwas Brot suchen gehen, und gab ihr eine fette, weiße Henne, die er auf der Straße gefunden hatte. Er trug ihr auf, sie zu schlachten und zu kochen.

Der Alte ging geradewegs zum Palast, gab sich seinem Zwölferrat zu erkennen, gab eine Reihe Anweisungen, und seine Ratgeber machten ihm Meldung über die Angelegenheiten des Königreiches. Er sagte ihnen, er werde weiterhin den Alten spielen und der Königstochter noch nicht die Wahrheit gestehen. Er wolle sie noch weiter züchtigen.

Er kehrte wieder in sein Haus zurück und fand das Essen fertig vor. Er brockte ein paar Brotstücke hinein, die er auf seinem Weg eingesammelt hatte, und sie aßen. Als sie gerade aufgegessen hatten, war draußen Geschrei zu hören, und Stimmen näherten sich dem Haus. Da verschwand der Alte eiligst, der Königstochter zurufend, sie solle die Tür schließen und ihn später erwarten.

Das Geschrei war jetzt direkt vor dem Haus, und ehe die Königstochter noch die Tür schließen konnte, waren die Leute des Königs eingetreten und fragten, ob sie vielleicht eine weiße, fette Henne gesehen hätte, die aus dem Hühnerstall des Palastes verschwunden sei. Da es die gepfropfte Henne des Königs sei, würde er mit ihnen schimpfen, wenn sie sie nicht fänden.

Die Königstochter verlor die Fassung. Sie wußte nicht, was sie antworten sollte. Da hob einer der Soldaten das Tischtuch an, und unter dem Tisch sah er den Kopf der Henne, den der Alte dort versteckt hatte. Da begann ein großes Geschrei, und die Soldaten drohten der Frau des Alten, sie müßten sie zum Palast mitnehmen und sie dem König vorführen, dem sie eine Erklärung abgeben solle für das, was sie getan habe, kaum daß sie in ihr Land gekommen sei.

Die Königstochter weinte und bat, man möge sie doch in ihrer Lage bedauern. Doch die Soldaten blieben unbeugsam. In dem Moment erschien der König – der Alte natürlich – in seinem Königsgewand und fragte, was vorgefallen sei. Sie berichteten es ihm, und er sagte:

«Das macht nichts. Laßt die Frau in Ruhe. Wir haben viele

Hennen. Es macht auch nichts, daß es die gepfropfte war. Bringt den armen Menschen, die zu uns gefunden haben, sofort noch eine Henne», so sprach der König und verschwand unter den bewundernden Blicken der Königstochter.

Sehr spät kam der Alte als wandelnde Ruine zurück, und sie erzählte ihm von dem Ereignis und von der Güte des Königs.

«Als ich dir sagte, wir sollten in dieses Land gehen, habe ich gewußt, daß wir einen Ort finden würden, wo wir unserer Not abhelfen können», sagte der Alte.

Es vergingen ein paar Tage, da sagte der Alte zu der Königstochter:

«Frau, geh in den Palast. Ich bin da vorbeigekommen und habe gesehen, daß das Hochzeitsgewand des Königs genäht wird. Sorg dafür, daß du ein Stück Stoff mitbringst, damit du mir ein Säckchen nähen kannst, das ich brauchen werde. Denn bald wirst du das Kind gebären, und ich werde es nicht mehr schaffen, für den Haushalt zu sorgen. Ich werde dann mit dem Säckchen losziehen und es mit dem füllen, was mir die Menschen geben.»

Die Königstochter ging zum Palast und trat in den Raum, in dem die Kleider des Königs genäht wurden. Die Schneider und Gehilfen empfingen sie freundlich, wie es ihnen der König aufgetragen hatte, und sie konnte schon bald ein Stück Stoff einstecken. Dieses Stück jedoch war das Rückenteil des Hemdes.

Die Schneider begannen es zu suchen und unruhig zu werden, und am Ende war diese Meldung zu hören:

«Das Rückenteil des königlichen Hemdes ist verschwunden. Das Rückenteil ist verschwunden. Wer hat es genommen? Alle, die hier drinnen sind, werden durchsucht!» So befahl es der Oberschneider.

Da wurde einer nach dem anderen durchsucht, und natürlich fand sich das Stück Stoff in der Tasche der Königstochter. Rufe und Geschrei waren zu hören, Weinen und Entschuldigungen der Diebin, bis der König in seiner ganzen Pracht erschien.

«Was ist los? Warum solcher Lärm?»

«Mein König, lange mögest du leben, diese undankbaren

Bettler, die in unser Land gekommen sind, und die du ständig verteidigst, haben zu stehlen begonnen. Die Frau hat das Rückenteil des Hemdes gestohlen, das wir für deine Hochzeit nähen.»

«Das macht nichts. Bringt die Frau nicht in Verlegenheit in der Lage, in der sie ist. Es kann sein, daß sie es gebraucht hat, um ein Säckchen zu machen, das ihrem Alten dient. Schneidet ein anderes Hemd zu. Wir haben genug Stoff.»

Vor Scham verbarg die Königstochter ihr Gesicht. Sie verschwand und ging nach Hause. Dort fand sie den Alten vor und begann, mit ihm zu schimpfen wegen dem, was er von ihr zu tun verlangt hatte:

«Was war das wieder, was ich für dich tun sollte? Ich bin zum Gespött im Palast geworden. Ein Glück, daß mich der König wieder vor dem Zorn seiner Leute gerettet hat, sonst hätten mich seine Schneider und deren Gehilfen sogar ins Gefängnis gebracht.»

Der Alte lachte in sich hinein und sagte sich: 'Es ist hart, was ich dir alles antue. Aber du hast es dir selbst eingebrockt. Du hast es so gewollt, weil du all die guten Jünglinge, die dich glücklich machen wollten, verachtet hast. Und bei mir hast du nicht gezögert, mich zu blamieren, als du mir die Federn vorbereitet hast, um mich 'Federarsch' nennen und dich amüsieren zu können.'

Es verging wieder eine Weile. Im Palast sollte ein Empfang stattfinden.

«Ich war im Palast, und man hat mir gesagt, du solltest hingehen und dir auf dem Empfang die Zeit vertreiben. Natürlich werden sie dort viel zu essen haben. Und wie du siehst, wir haben nichts. Alle unsere Lebensmittel sind aufgebraucht. Nimm ein Töpfchen, tu von allen Speisen etwas da hinein, wenn die Küche ohne Aufsicht ist. Binde es an den Gürtel deines Unterrocks und bring es mit, damit wir ein, zwei Tage durchkommen», beauftragte sie der Alte. Die Königstochter wollte weder hingehen noch das Essen stehlen, doch der Alte ließ nicht mit sich reden.

So war sie gezwungen zu tun, was er von ihr verlangte. Sie schaffte es auch, das Töpfchen zu füllen. Das war noch nicht einmal schwierig, weil alles geplant war und man ihr die Zeit und die

Gelegenheit gab, die sie brauchte. Sie band das Töpfchen an den Gürtel unter ihrem weiten Kleid, und mit ihrem von der Schwangerschaft gewölbten Bauch stand sie in dem Saal, in dem der Tanz stattfand, guckte herum und erinnerte sich ihrer Hoheit zu ihren guten Zeiten.

Irgendwann wurde sie zum Tanz aufgefordert, doch sie wollte auf keinen Fall. Sie sagte, sie könne nicht tanzen. Aber sie kam nicht drum herum. Jemand ergriff sie, nur hatte sie noch nicht einmal eine halbe Drehung gemacht, als durch die Bewegungen ihr Gürtel aufging, das Töpfchen herunterfiel und die Speisen sich über den Boden ergossen. Alle taten so, als wollten sie sie umbringen, alle gemeinsam. Tobender Lärm und Geschrei erhoben sich, als der König mitten hereinplatzte.

«Was ist los? Was bedeutet dieser Lärm?» fragte er seelenruhig.

«Da, schon wieder hat diese Frau, die in unserem Land mit so viel Güte betreut wird, sich arglistig dem Palast gegenüber benommen. Sie hat Essen gestohlen, das sich auf dem Boden ausbreitet, und den Tanzsaal ganz mit Öl verschmiert und verschmutzt, so daß unsere Gäste sehr belästigt werden», antworteten die eingeweihten Diener.

«Das macht nichts. Wir haben genug Diener, um den Saal zu reinigen. Schreit nicht so. Ich habe euch gesagt, ihr sollt Nachsicht mit diesen Hungrigen üben. Wir wissen sehr gut, daß sie keine Mittel haben, um sich zu helfen», sagte der König mit unerschöpflicher Nachsicht. Jedes seiner Worte war wie ein Stich in das Herz der Königstochter, und etwas in ihr zwang sie, über ihr verändertes Leben nachzudenken. Sie bereute sehr, daß sie so einen hochmütigen Charakter gehabt hatte, der sie in dieses Übel hatte geraten lassen.

Verwirrt kehrte sie von ihrem neuen Abenteuer nach Hause zurück und fand dort den Alten, der auf sie wartete.

«Komm, was ist geschehen? Ich bin sehr hungrig. Hast du was mitgebracht?» fragte er ungeduldig.

«Was sollte ich schon mitbringen. Das, war mir zugestoßen ist, die Blamage und die Schande, die ich erlebt habe, kennen keine

Grenzen. Ich halte es nicht mehr aus und werde dieses Leben beenden, in das ich geraten bin», sagte unter Tränen und Schluchzen die Königstochter.

Dem Alten tat sie sehr leid. 'Wahrhaftig', dachte er, 'ich habe es übertrieben. Es ist Zeit, diesem Abenteuer der Königstochter endlich ein Ende zu machen. Die Lektion genügt. Ich muß meiner Frau, die ich sehr liebe, und unserem Kind, das bald geboren wird, mit meinem wahren Gesicht gegenübertreten.' Und während er so dachte, tröstete er die Königstochter:

«Macht nichts. Das Dumme ist nur, daß du nichts zu essen mitgebracht hast. Den Saal werden sie schon reinigen. Es sind ja so viele im Dienst des Palastes. Und was die Schande angeht, die du hast ertragen müssen, wie du sagst, auch die wird eines Tages vergessen sein, und unser Leben wird sich ändern.»

Der König befahl im Palast, die Vorbereitungen zur Hochzeit zu beenden. Und wirklich wurde der Hochzeitstermin für sehr bald festgesetzt.

Da sagte der Alte zu der Königstochter:

«Ich habe im Palast gehört, daß die Hochzeit des Königs am kommenden Sonntag stattfinden wird. Geh doch auch hin und vertreib dir die Zeit. Ich verlange nichts von dir, du sollst nur bei der Zeremonie und bei den Festlichkeiten dabeisein und dich unterhalten.»

Die Königstochter atmete erleichtert auf, und an besagtem Tag ging sie in den Palast, wo alle sie mit ganz besonderer Freude und mit Vergnügen empfingen. Sogleich kamen die Kammerfrauen auf sie zu und sagten, es sei Brauch, die Gäste vor der Hochzeit zu baden, damit sie bei der Trauung rein seien. Sie brachten also die Königstochter ins Bad, und dort behandelten sie sie gründlich mit Duftwässern und anderen Schönheitsmitteln. Danach brachten sie sie in das königliche Gemach und begannen sie in beste Unterkleider zu kleiden, und zum Schluß brachten sie ein wertvolles, wunderschönes Brautkleid und zogen es ihr an.

Als sie sah, daß man sie in ein Brautkleid kleidete, konnte sie nicht länger an sich halten und sagte:

«Aber ihr kleidet mich ja wie eine Braut! Was bedeutet das alles? Soll ich vielleicht auch vor den Hochzeitsgästen lächerlich gemacht werden? Hört auf, das ertrage ich nicht mehr...»

Als sie das sagte, erschien der König.

«Ja, du hast recht. Du wirst die Braut sein. Dich heirate ich. Genug habe ich dich gequält, und die Schande habe ich abgewaschen, die ich im Palast deines Vaters erdulden mußte. Weißt du, wer ich bin? Ich bin der 'Federarsch'. Ich bin der Alte, mit dem du so lange zusammengelebt hast...»

Die Königstochter traute ihren Augen und Ohren nicht. Aber auch der König stand da, geblendet von ihrer Schönheit. Sie konnten sich nicht länger beherrschen und fielen einander unter Freudentränen in die Arme, voller Liebe und voller Glück.

Die Hochzeit wurde mit Freuden und Festlichkeiten gefeiert. Und sie lebten gut und wir noch besser.

Der Gauner Souleiman

Irgendwann einmal vor langer Zeit lebte in einer Stadt ein reicher Mensch, der berühmt war für seine große Bosheit und Härte. Alle Menschen dort, und vor allem die Schwachen und Minderbemittelten, hatten seine Barbarei zu spüren bekommen, und deswegen herrschten Angst und Schrecken in dem Land, in dem er lebte.

Der Herrscher dieses Landes hatte ihn viele Male in seinen Palast kommen lassen und ihn gewarnt, er solle die Leute besser behandeln, er dürfe sein schlechtes Verhalten nicht fortsetzen, denn er würde sich von seinen Ungerechtigkeiten nicht immer mit viel Geld freikaufen können. Er aber blieb unverbesserlich und wurde nur noch grausamer, und so berief der Herrscher seinen Zwölferrat ein, der den Menschen mit Verbannung bestrafte.

Souleiman, so hieß der Mensch, nahm also sein Hab und Gut, verließ die Stadt und zog in eine andere. Aber die ihm widerfahrene Beleidigung, mit der er nicht gerechnet hatte, war für ihn so groß, daß er schwor, sich an dem Herrscher zu rächen.

«Möge Gott mich nicht eher zu sich rufen, bis ich nicht auf grausame Weise die Tochter der Herrschers getötet habe», sagte er, während er die Stadt verließ.

Als er sich in seiner neuen Bleibe eingerichtet hatte, entwarf der Gauner Souleiman einen Plan, und so gelang es ihm, in einer finsteren Nacht in den Palast des Herrschers einzudringen und dessen schönes Töchterchen zu ergreifen. Mitten in der Nacht und geknebelt, wie sie war, konnte niemand sie sehen oder hören, und so verschwand der Unhold ungestört mit ihr und brachte sie in eine Höhle auf dem Berg.

Als es Morgen wurde, sagte er zu ihr, daß er sie bei lebendigem Leib verbrennen werde, um sich an ihrem Vater für seine Verbannung zu rächen.

Das Mädchen begann zu weinen und bat ihn, Mitleid mit ihr

zu haben, aber vergebens. Er ergriff sie und hängte sie an ihrem langen Haar an einen Baum, bereit, das Feuer anzuzünden.

Da entdeckte er aber, daß er keine Streichhölzer hatte, um das angehäufte Reisig und die Hölzer anzuzünden, und er ging unter Flüchen und Verwünschungen davon, um Streichhölzer zu holen.

Zu dieser Stunde kamen zwei Menschen an dem Baum vorbei und sahen das an ihren Haaren aufgehängte Mädchen.

«Helft mir, gute Leute. Befreit mich von hier, wo mich der Gauner Souleiman aufgehängt hat, um mich bei lebendigem Leib zu verbrennen», bat das Mädchen.

Die beiden Menschen versuchten, ihr Haar zu lösen, doch das ging nicht so leicht. Da sahen sie sich zu ihrem großen Bedauern gezwungen, es abzuschneiden.

«Es geht nicht anders, gutes Mädchen, laß uns dein Leben retten, deine Haare werden schon wieder wachsen», sagten die beiden braven Menschen zu ihr, sie schnitten das Mädchen ab, und dann liefen alle drei gemeinsam weg, so schnell sie nur konnten, ehe der böse Unhold zurückkam und sie in Gefahr gerieten.

Als der Gauner Souleiman zurückkam und sah, daß das Mädchen nicht mehr da war, packte ihn die Wut. Er wetterte, trat gegen Steine und brüllte wie ein wildes Tier.

«Und wenn sie sich im Innern der Erde versteckt, ich werde sie finden und in Stücke reißen», schrie er fluchend.

Die beiden Menschen und das Mädchen waren schon eine ganze Weile gelaufen, und irgendwann erreichten sie eine Stelle, wo sich der Bergpfad teilte. Da sagten die beiden zu dem Mädchen:

«Wir müssen diesen Weg hier nehmen, um in unser Dorf zu kommen, Wenn du willst, komm mit uns.»

«Nein, ich danke euch beiden sehr, daß ihr mir das Leben gerettet habt. Ich werde auf gut Glück den anderen Weg nehmen, wo auch immer er mich hinführen mag.»

Das Mädchen nahm also den anderen Weg, und nachdem sie fast den ganzen Tag gelaufen war, kam sie in eine Stadt. Sie ging in das erste Haus, auf das sie stieß, und fand darin eine Frau mittleren Alters vor, die weinte und klagte.

«Ich bitte dich, Frau, laß mich heute nacht in deinem Haus

bleiben, da ich hier fremd bin, auf der Durchreise, müde geworden, und es schon Abend ist. Doch erzähl mir erst einmal, welchen Kummer hast du denn, daß er dich so zum Weinen und Klagen bringt?»

«Ach, mein Mädchen, was soll ich dir sagen... Siehst du nicht, daß es Abend geworden und auf dem Berg ein Unwettter mit Donner und Blitzen ausgebrochen ist? Mein Sohn ist seit gestern dort und noch nicht zurückgekommen.»

«Wer ist denn dein Sohn?» fragte das Mädchen voll böser Ahnungen.

«Mein Sohn ist der Gauner Souleiman, vor dem die Erde und die Menschen erzittern, wo immer er auch hinkommt. Solch ein stattlicher Bursche ist er», antwortete stolz seine Mutter.

«Gute Mutter, gute Frau, deinen Sohn erwartest du, und im Haus geht es drunter und drüber? Gib mir den Krug, ich hol' dir Wasser, damit du putzen und aufräumen kannst», sagte das Mädchen, und den Krug ergreifend, lief sie mit vor Furcht klopfendem Herzen hinaus.

Sie lief wie verrückt und fand sich vor einem großen Garten wieder. Mit dem Gedanken, sich in den Bäumen und dem Blätterwerk zu verstecken, ging sie hinein. Sie hatte keine Zeit, sich etwas Besseres zu überlegen. Sie schaffte es nicht einmal, zehn Schritte weiterzukommen, da stieß sie auf den Gärtner, einen alten, ruhigen Menschen.

«Wo willst du um diese Zeit hin, mein Mädchen? Was suchst du hier? Was ist dir geschehen, daß du so erschreckt bist? Ist vielleicht jemand hinter dir her?» fragte der Gärtner.

«Ach, mein guter Gärtner, rette mich. Ich bin die Tochter des Herrschers der benachbarten Stadt, und mich jagt der Gauner Souleiman, um mich bei lebendigem Leib zu verbrennen. Bewahre mich davor, und du wirst eine große Belohnung bekommen. Aus vollen Händen wird dir mein Vater die Goldstücke auszahlen.»

«Was soll ich nur mit dem Geld anfangen, meine Tochter. Ich bin der Sklave meines Herrn und habe nicht das Recht auf eigenes Geld. Ich werde dir aber wie ein Mensch helfen. Doch zunächst muß ich dir sagen, daß dich der Zufall in den Garten des Gauners

Souleiman geführt hat, und dieser Platz ist sehr gefährlich für dich. Doch es wird bald Nacht, und du hast keine Zeit zu verschwinden. Komm, ich stecke dich in dieses Loch, das ich ausgehoben habe, um einen Zitronenbaum zu pflanzen.»

Der gute Gärtner steckte des Mädchen in das Loch und bedeckte es dann so mit Zweigen, daß sie nicht zu sehen war. Er wußte, daß der Gauner Souleiman nach der Rückkehr in sein Haus in den Garten kommen und sich ausruhen würde.

Schon nach kurzer Zeit kam der Gauner Souleiman wild und furchterregend wie ein Sturmwind nach Hause. Seine Mutter ging sofort zu ihm und fragte:

«Was ist geschehen, mein Sohn, daß dein Zorn wilder ist als der tosende Nordwind? Wer hat es gewagt, dich zu ärgern? Wer könnte es mit dir aufnehmen?»

«Was nützt das, meine liebe Mutter... Ich hatte die Tochter des Herrschers, der uns aus der Stadt verbannt hat, geraubt, und ich hatte sie an ihren Haaren aufgehängt, um sie aus Rache bei lebendigem Leib zu verbrennen. Als ich für einen Moment weggegangen war, um Streichhölzer zu suchen, ist jemand vorbeigekommen und hat sie befreit. Wo ich auch suchte, ich fand sie nicht mehr. Ich habe jeden Stein nach ihr umgedreht, und ich habe den Verdacht, daß sie es geschafft hat, hier in die Stadt herunterzukommen. Dir ist nicht vielleicht zufällig eine schöne, blonde Junge begegnet, eine mit abgeschnittenem Haar, die die Straße entlanglief?»

Die Mutter des Gauners Souleiman begriff, daß das junge Mädchen, das ihr Sohn suchte, mit Sicherheit die Junge war, die bei ihr Unterkunft erbeten hatte, und die, als sie hörte, daß sie sich im Hause des Gauners Souleiman befand, kurzerhand den Krug genommen hatte, um angeblich Wasser zu holen, und dann nicht mehr wiedergekommen war.

«Ja, jetzt, wo du mir das sagst, ist mir so, als hätte ich aus den Augenwinkeln ein Mädchen gesehen, das so schnell lief, daß ich mich nicht mehr an sein Aussehen erinnere. Sie rannte so schnell, als ob sie fliegen würde, und sie lief in Richtung Berg», antwortete die Mutter des Gauners Souleiman ihrem Sohn. So verletzt die Eigenliebe ihres Sohnes auch sein mochte, wollte sie doch nicht, daß er dieses schöne junge Mädchen vernichtete.

Da verließ der Gauner Souleiman wie ein wildes Tier sein Haus und begann in der Umgebung zu suchen. Bald kam er zu seinem Garten, und der Gärtner erschrak, als er so einem Zorn gegenüberstand, zumal er sehr gut den Grund dafür kannte.

Der Gauner Souleiman fragte ihn, ob er ein blondes, schönes Mädchen habe vorbeikommen sehen.

«Ja, mein Herr, ich sah jetzt am Abend eines, das wie der Wind rannte, als ob es fliegen würde, und es nahm die Richtung zum Berg. Sie raste wie der Blitz auf den Rücken des Berges, und irgendwo verlor ich sie aus den Augen.»

«Laß mich dir glauben, blöder Alter», quetschte der Gauner Souleiman zwischen wütend zusammengebissenen Zähnen hervor und lief weitersuchen.

Als es Nacht wurde, gab der Gärtner dem Mädchen Kleider zum Zudecken und etwas zu essen. Doch weil der Gauner Souleiman immer noch suchte und sich überall herumtrieb und er sich fürchtete, gab er dem Mädchen den Rat:

«Es ist zu gefährlich, mein Mädchen, als daß du weiter hier versteckt bleiben könntest. Der schlaue Gauner Souleiman glaubt, daß du dich irgendwo hier aufhältst, und er wird nicht aufhören, dich überall zu suchen. Er hat auf allen Wegen Leute aufgestellt, die beobachten sollen, wer in die Stadt hereinkommt und wer hinausgeht. Selbst am Hafen beobachten seine Leute, wer sich einschifft. So kannst du weder vom Land aus noch über das Meer fliehen. Deshalb werde ich dich in der Nacht in eine Kiste stecken und dich ins Meer werfen. Irgendein Schiff wird dich finden und dich auflesen, oder die Kiste wird dich bei gutem Wetter in einer anderen Stadt stranden lassen, vielleicht in deiner eigenen. Weißt du's?»

Das Mädchen sah sich gezwungen, den Vorschlag des alten Gärtners anzunehmen. So holte er eine Kiste, schloß sie mit ein wenig Verpflegung dort ein und warf sie ins Meer.

Als es Morgen wurde, entdeckten die Menschen vom Hafen aus die Kiste, die mit Hilfe des günstigen Wetters schon weit gereist war. Der Gauner Souleiman gab seinen Leuten den Befehl, auf ihren Posten zu bleiben, und stieg in ein Schiff, das zu der Stadt fuhr, auf die die Kiste zutrieb, um dieser zu folgen. Das Schiff erreichte den Hafen, und die Passagiere stiegen aus. An diesem Tag war auch der Königssohn dieser Stadt zum Hafen heruntergekommen.

Alle Menschen sahen die Kiste, die auf den Hafen zukam, als hätte sie ein Steuer, das sie lenkte. Sie war schon sehr nahe herangekommen, da sagte der Königssohn zum Volk, das dastand und zuschaute:

«Wenn in der Kiste Geld ist, werde ich es an euch verteilen, wieviel auch darin sein mag. Wenn jedoch ein Mensch darin ist, werde ich ihn in die Dienste des Palastes nehmen.»

In der Zwischenzeit war die Kiste am Ufer angelangt, und er befahl, man solle ins Meer springen, um sie in den Hafen zu holen.

Man öffnete die Kiste, und was war zu sehen: die schöne Herrentochter. Der Königssohn war verzückt von ihrer Schönheit, und er nahm sie sofort mit in den Palast. Der Gauner Souleiman schaffte es, sie zu sehen, und er erkannte sie, doch er konnte vor dem Königssohn, dessen Wachen und dem Volk nichts unternehmen.

Schon am nächsten Tag hielt der ungeduldige Königssohn mit der Herrentochter Hochzeit. Der Gauner Souleiman war rasend vor Wut und dachte sich einen teuflischen Plan aus, um die Herrentochter zu fangen.

Er verkleidete sich als alter Bettler und ging am Abend, als es schon dunkel war, zum Palast. Es gelang ihm hineinzukommen, und er sah im Vorhof des Palastes ein kleines Häuschen. Dem näherte er sich vorsichtig und sah, daß darin eine treue alte Dienerin wohnte, die die letzten Tage ihres Lebens in Ruhe verbrachte zum Lohn für ihre guten Dienste im Palast.

«Gute Alte», murmelte er, «hilf mir. Bedaure einen Gejagten. Alt und schwach, allein und unversorgt schleife ich meine müden

Knochen durch die Straßen, um ein Stück Brot zu finden und nicht Hungers zu sterben. Laß mich heute nacht in deinem Häuschen schlafen, und morgen früh werde ich weitergehen und meinen Rundgang in eurer Stadt machen.»

Die arme Greisin, die das Armsein kannte, bedauerte ihn und sagte:

«Komm, Ärmster, leg dich in die Ecke dort und schlafe.»

In der Nacht zog der Gauner Souleiman sein Messer hervor, näherte sich der armen mitfühlenden Greisin, die fest schlief, und schnitt ihr den Hals durch. Danach schnitt er ihr eine Hand ab und teilte den übrigen Körper in zwei Hälften, packte diese und drang so bis zu den Gemächern des Paares vor, die sich im oberen Stockwerk des Palastes befanden.

Am unteren Absatz der Treppe wachten aber zwei große Löwen, damit niemand nach oben in das Schlafgemach des Königssohnes gelangen konnte, um ihm etwas anzutun. Der Alte warf nun jedem der Löwen eine Hälfte der Greisin vor und kam so ungestört nach oben.

Als er vor der Tür des Schlafgemaches angekommen war, lauschte er, aber er hörte keinen Atemzug. Er war sicher, daß sie schliefen. Leise öffnete er die Tür, ging hinein und legte die Hand der Greisin in die Arme des fest schlafenden Königssohnes. Danach schnappte er sich das Mädchen, das er zuvor geknebelt hatte, ging wieder an den Löwen vorbei, schlüpfte rasch hinaus und verschwand. Er rannte auf den Berg zu, die unglückliche Herrentochter an der Hand mitschleifend. Er zwang sie auf barbarische Weise, schneller zu laufen, damit sie von der Stadt weit fort wären, ehe man sie suchte. Und als die Ärmste nicht mehr konnte, schlug er sie unbarmherzig, verfluchte sie und zerrte an ihr wie an einem Lumpen.

Irgendwann erwachte der Königssohn und wollte seine Frau umarmen. Er fand sie jedoch nicht in seinem Bett. Erschreckt sprang er auf, und da sah er die ekelerregende abgetrennte Hand neben sich. Er rief nach der Herrentochter, bekam aber keine Antwort. Er lief hinaus und sah sich an der Treppe um. Da sah er die Löwen vom Körper der alten Dienerin fressen.

«Pfui, ihr dummen Wächter. Ich füttere euch mit dem besten Fleisch der Welt, und ihr laßt wegen des alten Fleisches einer hundertjährigen Greisin meine Feinde durch und mir die Frau wegnehmen. Lauft schnell, um den zu stellen, der sie mitgenommen hat, und rettet sie, sonst wehe euch...»

Die klugen Tiere, denen nur die Sprache fehlte, nahmen den Befehl des Königssohnes auf und streiften sofort durch die Straßen. Geleitet durch den Geruch, dauerte es nicht lange, und sie erreichten die Stelle, wo der Gauner Souleiman mit der von den Schlägen und der schlechten Behandlung halbtoten Herrentochter war. Die beiden Löwen stürzten sich auf ihn und hielten ihn fest. Kurz darauf kam auch der Königssohn mit seinen Soldaten an, und sie nahmen den Verbrecher fest. Die ohnmächtige Herrentochter trugen sie in den Palast. Viele Tage brauchten die Ärzte, ihre Wunden zu heilen und sie wieder zu sich zu bringen.

Als es der Herrentochter wieder gut ging, veranstaltete der Königssohn ein Fest anläßlich der Rettung seiner Frau und der Befreiung seines Volkes von dem barbarischen Gauner Souleiman.

Das Fest war auf dem Höhepunkt, und das ganze Volk und alle Gutsherren feierten. Da fragte der Königssohn seine Frau, welche Strafe sie über den Gauner Souleiman verhängen wolle. Er hatte vor, das Urteil vor allen Leuten vollstrecken zu lassen, um allen, die der Unhold gepeinigt und denen er Unrecht angetan hatte, Genugtuung zu geben.

Da verlangte die Herrentochter, ihn auf den Platz zu stellen und die Löwen zu holen, die ihn lebend fressen sollten. Und so geschah es. Der Gauner Souleiman wurde hart bestraft, doch niemand bedauerte ihn, denn sein ganzes Leben lang hatte er sich mit Sünden beladen.

Von da an kehrte Ruhe im Land ein, und es lebten alle gut und wir noch besser.

Das Lorbeersamenkorn

Irgendwann einmal vor langer Zeit lebten zwei arme Eheleute, die keine Kinder hatten. Groß und heftig war ihr Kummer darüber, und mit der ganzen Kraft ihrer Seelen baten sie Gott, ihnen ein Kind zu schenken.

«Lieber Gott, schick mir doch ein Kind. Und wenn es auch nur ein Lorbeersamenkorn wäre», bat die Frau.

Schließlich erhörte Gott ihre vielen Gebete, und die Frau wurde schwanger.

Ihr Mann, ein Holzfäller, ging jeden Tag auf den Berg, schlug dort das Holz und verkaufte es auf dem Markt. Als die Zeit der Geburt nahte, hatte er eine Hebamme damit beauftragt, tagsüber auf seine Frau achtzugeben. Tatsächlich bekam die Frau eines Tages, als der Holzfäller wieder auf dem Berg arbeitete, Wehen, und mit Hilfe der Hebamme gebar sie ein Lorbeersamenkorn. Die Hebamme nahm es vorsichtig und zeigte es der Frau.

«Das hast du anstelle eines Kindes geboren», sagte sie zu ihr.

«Ich wundere mich darüber nicht, denn so habe ich es von Gott erbeten, und jetzt darf ich mich nicht beklagen. Ich bitte dich, paß gut darauf auf. Das ist mein Kind», sagte die Frau zu der Hebamme.

Da nahm es die Hebamme ganz vorsichtig, legte es auf ein Tellerchen, und das stellte sie auf einen Tisch in der Nähe der Mutter.

Als der Mann am Abend von seiner Arbeit heimkehrte, wurde ihm erzählt, daß seine Frau geboren hatte, und er verlangte ungeduldig, das Kind zu sehen. Seine Enttäuschung war sehr groß, als er das Lorbeersamenkorn auf dem Teller gezeigt bekam.

«Was ist das für ein Ding? Ich schäme mich, das zu sehen und sagen zu müssen, daß das ein Kind sein soll, noch dazu mein eigenes. Gleich morgen werde ich es mitnehmen und verschwinden lassen.»

Und was er angekündigt hatte, tat er. Am nächsten Morgen

steckte er das Lorbeersamenkorn in seine Tasche und ging damit in den Wald. Er kam dorthin, wo er an diesem Tag Holz schlagen wollte. Da grub er an einer Stelle ein Loch, legte das Korn hinein und deckte es mit Erde zu.

Es verging eine Weile, und es wuchs an der Stelle ein Lorbeerbaum, der sehr schnell groß und ein hoher und weitausladender Baum wurde.

Irgendwann ging mit seiner Dienerschaft und seinem Zwölferrat der Königssohn aus dieser Gegend auf die Jagd. Sie kamen im Wald an der Stelle vorbei, wo der schöne Lorbeerbaum gerade blühte, und er gefiel dem Königssohn sehr. Er befahl sogleich, unter dem Baum das Lager aufzuschlagen, wo die Köche das Essen vorbereiten sollten, während er mit der ganzen ihn begleitenden Gesellschaft auf die Jagd gehen wollte.

Als die Köche das Essen fertig hatten, ließen sie einen Wachtmann zurück, der darauf aufpassen sollte, und dann gingen auch sie auf die Jagd. Der Wachtmann deckte den Tisch, setzte sich hin, und müde, wie er war, schlief er bald ein. Da trat aus dem Stamm des Lorbeerbaumes ein wunderschönes Mädchen hervor. Sie sah den schlafenden Soldaten, und leise, leise trat sie an den gedeckten Tisch, kostete von allen Speisen, trank aus allen Gläsern ein Schlückchen Wein und stieg danach wieder in den Lorbeerbaum und versteckte sich.

Als der König mit seinem Gefolge zum Essen zurückkehrte und den jämmerlichen Zustand der Speisen sah, machte er den Köchen, die er im Dienst zurückgelassen hatte, schwere Vorwürfe. Die schworen zwar, nichts angerührt zu haben, gaben aber zu, daß sie weggegangen waren und nur einen Mann als Lagerwache zurückgelassen hatten.

Die Köche machten sich gleich an die Arbeit und bereiteten andere Speisen zu, und am nächsten Tag wagten sie sich nicht vom Lagerplatz fort. Nachdem sie dieses Mal das Essen fertig und den Tisch gedeckt hatten, taten sie so, als gingen sie fort, und es wurde ringsumher ganz still. Sie hatten sich aber inmitten der Büsche versteckt und beobachteten von dort aus das Geschehen unter dem

Lorbeerbaum.

Plötzlich öffnete sich der Baumstamm, und sie sahen aus seinem Inneren ein schönes Mädchen hervorkommen. Sie kam vorsichtig näher, und als sie gerade ihre Hände nach dem Essen ausstrecken wollte, sprangen die Köche hervor und packten sie. Erschrocken versuchte das Mädchen, ihnen zu entkommen und sich zu verstecken, aber der Wächter, der sie festhielt, ließ sie nicht los. Und wie sie kämpfte, um sich aus seinem Griff zu befreien, konnte er sich nicht mehr beherrschen und küßte sie. Mit einem heftigen Ruck konnte sich das Mädchen endlich losreißen und rannte, um sich schnell in dem Lorbeerbaum zu verkriechen. Aber zu ihrer großen Enttäuschung hörte sie den Lorbeerbaum sagen:

«Geküßt und angeknabbert..., in den Lorbeerbaum kannst du nicht mehr!»

Das Mädchen begann zu weinen und bat den Baum, seinen Stamm aufzumachen und sie hereinzulassen, damit sie sich in Sicherheit bringen könne. Aber umsonst. Der Baum blieb zu.

Da kam der Königssohn mit seinem Gefolge zurück. Sie sahen das schöne Mädchen und erfuhren von den Soldaten, was geschehen war. Der Königssohn beruhigte das Mädchen und sagte ihr, sie habe nichts zu befürchten, und sie solle zu weinen aufhören. Er fragte sie, wie sie in den Lorbeerbaum gekommen sei, wie sie heiße und wer ihre Eltern seien. Doch das Mädchen wußte nichts über ihr Leben. Aber wegen ihrer Schönheit, ihrer Aufrichtigkeit und Unschuld verliebte sich der Königssohn sofort in das Mädchen.

Diese Liebe konnte jedoch nicht fortdauern. Nach ein paar Tagen war die Jagd zu Ende, und es hieß zum Palast zurückkehren. Die Vorstellung, das Mädchen allein und schutzlos inmitten des Waldes zurücklassen zu müssen, bekümmerte den Königssohn sehr. Sie mitzunehmen, wagte er aber nicht, weil er nicht eine völlig unbekannte Frau heiraten konnte, auch wenn er sie noch so sehr liebte. Weder der Zwölferrat noch seine Mutter hätten dem jemals zugestimmt. Deshalb suchte er mit tiefem Schmerz nach einem Weg, heimlich zu verschwinden, ohne daß es das Mädchen bemerkte. Sie wich aber nicht eine Minute von seiner Seite, so groß war ihre Liebe zu ihm.

Mitten in seiner Ausweglosigkeit kam dem Königssohn die Idee, sie betrunken zu machen, damit sie einschlafe und er dann in Ruhe verschwinden könne. Es gibt keine Worte dafür, wie sehr das Mädchen ihm jetzt schon leid tat.

Am nächsten Tag also aßen und tranken sie ausgiebig, und bald schon war die Stimmung heiter. Der Königssohn schenkte dem Mädchen dauernd ein, und sie trank, und nach kurzer Zeit schwindelte ihr, und sie sank ihm schlafend auf die Knie. Als der Königssohn sah, daß sie schlief, hob er sie sanft hoch und bettete sie auf den Boden. Da stand er und bewunderte sie, fühlte die Liebe und das Mitleid in seinem Herzen, doch er mußte gehen und sie zurücklassen.

Er bückte sich und pflückte von dem blütenübersäten Waldboden die duftendsten und schönsten Blumen. Mit ihnen schmückte er das Haar des Mädchens, ihre Brust und Hände, verabschiedete sich auf diese Weise von ihr und machte sich mit seinem Gefolge auf den Weg.

Als nach langer Zeit ihr Rausch vorbei war, erwachte das Mädchen. Sie sah sich um und stellte fest, daß sie allein war. Sie betrachtete die Blumen, die sie schmückten, rief nach dem Königssohn, und am Ende begriff sie die Wahrheit: Ihr Geliebter hatte sie verlassen!

Die Bäume rauschten vom Wehklagen des Mädchens. Sie weinte, und ihr Schmerz ließ den Lorbeerbaum seufzen und die Vögel schweigen. Die Blumen senkten traurig ihre Köpfe und verbreiteten allen Duft, den sie hatten, um sich herum, damit er dem Schmerz des Mädchens Gesellschaft leiste. Und das Mädchen weinte herzzerreißend:

«Meine weißen Blümchen und Hyazinthchen, ihr habt mich schlafen lassen, und ich habe meine Liebe verloren...»

Die Wehklagen des Mädchens dauerten viele Tage. Sie lief wie eine tief verletzte und untröstliche Elfe durch den Wald, auf der Suche nach ihrem Glück. Sie schlief ein und wachte auf, wo es sich gerade ergab, weil ja auch der Lorbeerbaum seinen Stamm verschlossen und sie allein und schutzlos gelassen hatte.

Doch das konnte nicht lange so weitergehen. Als sie erschöpft war vom unnützen Weinen, beschloß sie, den Königssohn zu suchen, an welchem Ort auf der Erde er auch sein mochte. Sie begann mit ihrer Suche im Wald und fand dort einen alten Baum mit dicker, aufgeblähter Rinde. Mit einem spitzen Stock hob sie die Rinde vorsichtig an und löste sie von dem Baum. Dahinein hüllte sie ihren Körper, in dieses seltsame hölzerne Kleid. Sie beugte sich nach vorn und bekam auf ihrem Rücken einen großen Buckel. Dann bedeckte sie ihr seidiges Haar, färbte Gesicht und Hände mit Kräutersaft, und so zog sie los, wohin der Zufall ihre Füße bringen würde, und anzusehen wie eine Greisin.

Sie lief den ganzen Tag und auch noch die beiden folgenden, und endlich kam sie in die Stadt. Sie fragte sich durch, bis ihr jemand den Palast zeigte. Dort ging sie geradewegs hin und bat die Wache, sie eintreten zu lassen, weil sie mit der Königin und dem König sprechen wolle.

«Was willst du denn von der Königin? Geh fort, Alte, im Guten rat' ich dir. Wenn du Almosen willst, geh durch die Stadt und bettele bei den Leuten. Der Palast empfängt keine Bettler!»

«Nein, mein Kind. Ich will keine Almosen. Ich suche Arbeit. Ich bin eine bettelarme, gebrechliche Greisin. Doch eine leichte Arbeit könnte ich noch um ein Stückchen Brot verrichten. Schick mich nicht fort, bitte...», bat die bucklige Greisin weinend.

Zufällig hatte die Königin die Bitten der Alten gehört, und sie befahl einer ihrer Dienerinnen, ihr die Greisin zu bringen. Sie war durch ihr Weinen gerührt worden. Kurz darauf stand die Greisin, in ihr hölzernes Kleid gehüllt, vor der Königin. Während sie aber die Treppe zum oberen Geschoß des Palastes zu der Königin hinaufgestiegen war, hatte sie vor sich hingeflüstert:

«Meine weißen Blümchen und Hyazinthchen, ihr habt mich schlafen lassen, und ich habe meine Liebe verloren...»

Als sie auf das Gemach der Königin zuging, ging hinter ihr der Königssohn, der wie jeden Tag seiner Mutter einen guten Morgen wünschen wollte. Er erblickte die Greisin, die nicht aussah, als würde sie gehen, die vielmehr wie ein wunderliches Faß zu rollen schien, und er lief rasch näher zu ihr, um die Worte verstehen zu können, die sie unaufhörlich leise vor sich hinmurmelte.

Er hörte sie also, und sein Herz machte einen Sprung:

«Meine weißen Blümchen und Hyazinthchen, ihr habt mich schlafen lassen, und ich habe meine Liebe verloren...»

Inzwischen war die Greisin bei der Königin angekommen und hatte begonnen, ihr ihre Lage zu schildern. Die gerührte Königin befahl, sie im Palast zu behalten und ihr, wie sie es begehrte, eine leichte Arbeit zu geben, damit sie ein Stück Brot zu essen habe.

Während die Königin diese Anordnungen gab, trat der Königssohn ein. Er sah die seltsame Greisin und wollte von seiner Mutter wissen, was dieses Schreckgespenst im Palast suche. Seine Mutter begann, ihm die Geschichte der Greisin zu erzählen, doch der Königssohn schien nicht darauf zu achten. Er befahl, ihm ein scharfes Messer zu bringen.

Die erschreckte Königin, in dem Glauben, der Königssohn wolle der ärmsten Greisin etwas antun, sprang auf, packte beide Hände ihres Sohnes und bat ihn:

«Nicht, mein Sohn, nicht, ich bitte dich. Tu dem unglücklichen Geschöpf nichts an...»

«Beruhige dich, Mutter. Ich habe nicht vor, der Alten etwas anzutun. Ich will sie nur von ihrem hölzernen Kleid befreien. Gib ihr etwas Leichteres zum Anziehen.»

Und indem der Königssohn diese Worte sprach, schnitt er das hölzerne Kleid auf, und es erstrahlte die Schönheit eines jungen Mädchens, das vor den Augen der verblüfften Königin in die Arme des Königssohnes fiel.

«Das ist die Greisin, die dich um Hilfe bittet, Mutter. Es ist das Mädchen aus dem Lorbeerbaum, das ich im Wald getroffen habe, als ich zur Jagd ging. Wir haben uns heftig ineinander verliebt. Und ich bitte um meines Vaters und deine Erlaubnis, sie zu heiraten.»

Die Königin, verzaubert von der Schönheit des Mädchens und der Liebe zwischen ihm und dem Königssohn, antwortete:

«Mit meinem Segen, mein Kind. Ich gehe sofort zu deinem Vater und bitte ihn, eure Hochzeit vorzubereiten.»

Die Hochzeit wurde mit großer Freude und vielen Festlichkeiten gefeiert, und sie lebten gut und wir noch besser.

Die böse Stiefmutter

Irgendwann einmal vor langer Zeit lebten ein König und eine Königin mit einer sehr guten und sehr schönen Tochter, die sie Maria nannten. Es ging ihnen gut, und sie lebten überaus glücklich. Jedoch das Schicksal neidete ihnen ihr Glück und schlug unbarmherzig zu.

Eines Tages erkrankte die Königin, und trotz aller Heilmittel und der besten Pflege, mit der man sie umgab, gelang es nicht, sie zu retten. Die Königin starb und hinterließ Maria mutterlos. Und so richtete sich die ganze Liebe des Königs fortan auf sie, die er wie eine zarte Blume behütete.

Der Thron konnte aber nicht ohne Königin bleiben, und so heiratete der König nach einiger Zeit eine Königstochter, die in keiner Weise gut war wie seine erste Frau. Sie war häßlich, und ihre Häßlichkeit steigerte noch ihre Bosheit und die Eigentümlichkeiten, die sie hatte. Mit der Zeit, während Maria jeden Tag schöner und wegen ihrer großen Güte beliebter wurde, wuchs in der Seele der bösen Königin der Haß auf die kleine Königstochter. Ihre Eifersucht ließ sie Tag und Nacht nicht zur Ruhe kommen. Sie quälte sich ständig, und so dachte sie darüber nach, auf welche Weise sie diese große Plage loswerden könnte. Und eines Tages ergab sich die Gelegenheit, auf die sie gewartet hatte.

Der König wollte eine Reise machen und lange Zeit fort bleiben. Er bat also seine Frau, Maria wie ihren Augapfel zu hüten, damit sie, während er fort sei, nicht traurig würde.

«Es ist das erste Mal, daß ich mich von Maria trennen muß. Sie ist noch nie allein geblieben, und ich fürchte, daß sie vielleicht nach mir verlangt oder daß meinem Mädchen etwas zustößt. Deshalb möchte ich dich bitten, dich um sie zu kümmern, ihr Gesellschaft zu leisten und sie sorgsam zu behüten», bat der König seine Frau. Wie hätte er es ahnen können!

Scheinheilig versicherte die Königin ihrem Mann, daß nichts von dem geschehen würde, was er befürchte, weil Maria schon groß genug sei. Und sie werde sich so gut um sie kümmern, daß er ihr überhaupt nicht fehlen würde.

Kaum war der König abgereist, setzte die boshafte Frau ihren Plan in die Tat um. Sie würde Maria völlig vernichten, komme was wolle. Sie konnte nicht mit diesem Unglück leben, daß Maria so schön war. So beschloß sie, sie zu töten. Daher ging sie in den Wald, um erst einmal einen geeigneten Platz zu suchen. Dann würden sie gemeinsam dorthin gehen, und sie würde ihren Plan ausführen. – Sie suchte hier, sie suchte da, bis sie einer alten Zaubrerin mit einer schwarzen Katze begegnete, die in einer kleinen Hütte lebte.

«Was suchst du in dieser einsamen Gegend, gute Frau? Hast du keine Angst, hier alleine rumzulaufen? Du bist so gut gekleidet und geschmückt, dir könnten Räuber begegnen, die dich berauben und mißhandeln.»

«Ach, mein gutes Frauchen, ich bin verzweifelt, und eine Frau in meiner schwierigen Lage kennt kein Zögern mehr. Ich bin entschlossen, meinem Leben ein Ende zu machen, weil ich es nicht mehr ertrage, wie schlecht mich mein Mann behandelt. Ich habe eine böse Dienerin, die ihn täglich aufhetzt und ihn gegen mich aufbringt», antwortete die Königin.

«Na, und da wirfst du die Dienerin nicht raus, um deine Ruhe zu finden?»

«Wie soll ich sie fortschicken, wo es mir mein Mann nicht erlaubt? – Ich suche also einen hohen Abhang, von dem ich mich hinabstürzen werde, um all dem zu entkommen.»

«Na gut, hier gibt es einen tiefen, wilden Abhang. Der Weg dahin ist von der anderen Seite aus einfach zu finden. Da kannst du hingehen und dich sehr einfach hinunterstürzen», sagte die Zaubrerin zur Königin, weil sie sah, daß diese vorhatte, eine andere Frau in den Abgrund zu stürgen.

Am nächsten Tag sagte die Königin zu Maria, sie solle sich fertigmachen für einen Ausflug aufs Land, auf dem sie sich die Zeit angenehm vertreiben könne. Maria war begeistert, machte sich im Nu fertig, bestieg mit ihrer Stiefmutter den Wagen, und sie brachen auf. Die böse Stiefmutter lenkte den Wagen geradewegs in den Wald zu der Stelle, wo ihr die alte Zaubrerin den Abhang gezeigt hatte. Nach kurzer Zeit kamen sie dort an und stiegen aus dem Wagen, um spazierenzugehen. Die Stiefmutter zeigte Maria die Schönheiten des Waldes, und diese, nichts ahnend von dem Bösen, das sie erwartete, freute sich und erstrahlte in ihrer Schönheit, so daß der Haß der Stiefmutter noch mehr anwuchs.

Nach kurzer Zeit führte sie sie an der Wegstelle, die ihr die Zaubrerin gezeigt hatte, auf den Gipfel des großen Abhangs.

«Komm mal her, Maria, sieh mal hier am Abgrund, was für schöne Blumen hier wachsen», sagte die böse Stiefmutter zur armen Maria. Maria bückte sich, um die Blumen zu betrachten, und ohne Zeit zu verlieren, gab ihr die Stiefmutter einen heftigen Stoß und warf sie den Abhang hinunter.

Am Fuße des Abgrunds aber war die Zaubrerin mit ihrer schwarzen Katze. Sie war dorthingegangen, weil sie sich schon gedacht hatte, daß die Frau, die einen Abhang gesucht hatte, um sich hinabzustürzen, jemand anderen hinunterwerfen wollte. Und so fing die Alte die herunterstürzende Maria in ihren Armen auf, und es geschah ihr nichts.

«Mein armes Mädchen, was hätte dir passieren können, wenn ich nicht die finsteren Pläne der Verbrecherin durchschaut hätte, die dich da hinuntergestoßen hat. Wer bist du, und was hast du ihr angetan?»

Maria erzählte ihr, sie sei die Tochter des Königs, der sich auf Reisen befinde, und die Frau sei ihre Stiefmutter, die eine Gelegenheit gefunden habe, ihr das anzutun.

Die Freude der Zaubrerin war groß, als sie erfuhr, daß sie die einzige Tochter des Königs gerettet hatte. Sie erwartete ein großes Geschenk, sobald er zurückkäme. Was sollte sie aber bis dahin mit Maria anfangen? So schön, wie sie war, befürchtete sie, daß man sie ihr rauben könnte. Dann war es auch noch schwierig, sie zu verpflegen. Aber sie dachte sich etwas aus, wie man sich über die schwierige Zeit, bis der König zurückkommen würde, hinweghelfen könnte. Sie besprach mit Maria ihre Befürchtungen und die Schwierigkeiten und bat sie, einverstanden zu sein, von der Zaubrerin in ein Reh verwandelt zu werden. Als Reh brauche sie keine Angst vor den bösen Menschen zu haben, die durch den Wald kämen, und sie könne Kräuter essen, von denen es ausreichend gab, und sobald ihr Vater zurückgekehrt sei, würde die Zaubrerin sie wieder in ein Mädchen zurückverwandeln.

Maria war einverstanden, und die Zaubrerin machte aus ihr mit der Hilfe ihres Zauberstabes und einiger Zauberformeln ein anmutiges Rehlein, das sofort fröhlich umhersprang und von den frischen Gräsern zu fressen begann. Und von diesem Moment an lebten der Wald, die Zaubrerin, die schwarze Katze und das Reh ruhig und liebevoll in Gemeinschaft miteinander.

Aber oft fragte Maria unruhig die Zaubrerin:

«Wann endlich verwandelst du mich in einen Menschen zurück? Willst du mich so lassen? Ich möchte wieder die Königstochter sein, verhöhnst du mich vielleicht nur?»

«Beruhige dich, Maria, die Zeit ist noch nicht gekommen. Ich habe nachgefragt und erfahren, daß dein Vater noch nicht zurück ist. Begreifst du nicht, was dir geschehen würde, wenn deine böse Stiefmutter dich fände, ehe dein Vater wieder da ist?» So beruhigte die Zaubrerin das Reh Maria, und die Katze streichelte es mit ihrer Zunge, als wollte sie es trösten.

Eines Tages kehrte der König von seiner Reise zurück. Seine mit Schuld beladene Frau empfing ihn mit geheuchelter Freude, und der König fragte ungeduldig nach Maria:

«Wo ist Maria? Wo ist nur mein Töchterchen, daß es nicht angelaufen kommt, mich zu begrüßen?»

«Ach, was soll ich dir nur sagen, mein König, lange mögest du leben, ich weiß gar nicht, wie ich beginnen soll, damit dich nicht der Schlag trifft. Maria ist leider, während du weg warst, auf die schiefe Bahn geraten. Sie geriet in schlechte Gesellschaft, und wie sehr ich sie auch zurückzuhalten versuchte, es gelang mir nicht. Sieh mal, ich war nur ihre Stiefmutter, und ich konnte sie nicht noch mehr drängen, ohne daß sie es mir verübelte. So fanden wir sie eines Abends, als sie wieder mit ihren Freunden die Nacht durchmachen wollte, draußen vor dem Palasttor tot. Gemeinsam mit einem treuen Diener nahm ich sie und begrub sie in dieser Grabstätte, damit ihre Ehre nicht in den Schmutz gezogen werde und damit auch die deinige und die des Palastes.»

Der König glaubte, schlecht zu träumen und versuchte zu sich zu kommen. Doch alles, was seine Frau ihm unter vorgetäuschten Tränen weiter vorheuchelte, überzeugte ihn von der Wahrhaftigkeit der Ereignisse, und er begann untröstlich über dem Grab seiner Tochter zu weinen.

Das Wehklagen des Königs hörte nicht mehr auf. Er konnte es sich nicht verzeihen, daß er sein einziges geliebtes Kind nicht vor dem Unheil hatte bewahren können, das es ereilt hatte. Seine listige Frau tat so, als trauere sie mit ihm, zum einen, um keinen Verdacht zu erregen, und zum anderen, um die Liebe des Königs zu gewinnen. Was die schwierigen Tage anbelangte, die sie durchlebte, kannte sie sehr gut die Medizin, und sie wartete geduldig ab. Die Medizin war die Zeit, die heilt und die jeden großen und kleinen Schmerz vergehen läßt.

Und wirklich, die erste schwere Zeit verging, und der König fand wieder zu sich selbst.

Eines Tages veranstaltete er eine große Jagd und ging mit seinem Gefolge in den Wald jagen. Und da, wo sie jagten und der Beute nacheilten, erschien das anmutige leichtfüßige Rehlein. Es war den Menschen gegenüber so zahm und zutraulich, daß die Jäger anhielten und ihm zusahen, wie es ihnen immer näherkam. Es war ihnen schon sehr nahe, als es plötzlich einen großen Sprung bis vor die Füße des Königs machte. Es rieb sich an ihm, hob seinen Bart hoch und roch an ihm, legte die Vorderpfötchen auf seine Schultern, und alle standen mit offenem Mund da und konnten sich das fröhliche Treiben des Rehs nicht erklären. Es sieht so aus, als sei das Reh gezähmt, dachten sie schließlich. Irgendjemand müßte es wohl gezähmt haben, und es wird ihm weggelaufen und in den Wald zurückgekehrt sein, doch sein zutrauliches Verhalten den Menschen gegenüber hatte es behalten.

So war es nur verständlich, daß der König das Reh in den Palast mitnahm und es in seiner Nähe behielt. Das Reh war natürlich die verwandelte Maria, die ihren Vater erkannt hatte und ihn deshalb so liebkost und mit ihm gespielt hatte. Sie war jetzt in den Palast ihres Vaters zurückgekehrt, sah ihn jeden Tag, aber sie war immer noch ein Reh, und die alte Zaubrerin mit der schwarzen Katze war im Wald, und es sah nicht so aus, als ob sie käme und sie in ein Mädchen zurückverwandelte.

Der König hatte im Garten ein hübsches Häuschen für sein geliebtes Rehlein erbaut, das ihm ein großer Trost war, und er verbrachte jeden Tag Stunden im Garten, mit ihm spielend und es wegen seiner Fröhlichkeit bewundernd.

Als die Königin sah, daß sich die Stimmung des Königs wieder gebessert hatte, bat sie ihn eines Tages:

«Mein lieber König, mögest du lange leben, ich glaube, es ist an der Zeit, die Festsäle des Palastes zu öffnen und zum Tanz zu laden. Genug Zeit ist seit dem Verlust Marias vergangen, und unsere Gutsbesitzer werden unzufrieden sein, daß unser Palast so lange Zeit verschlossen war. Es sollten auch Feste für unser Volk veranstaltet werden, weil das auch mal sein Vergügen braucht. Es ist ja schon so weit gekommen, daß die Menschen in unserem Land nur noch arbeiten ohne die kleinste Unterbrechung für eine fröhliches Fest. Sicherlich haben sie längst allen Grund, sich zu beklagen – sie sagen es nur nicht.»

Der König ließ sich überzeugen und ordnete sofort an, Einladungen zu verschicken und große Festlichkeiten vorzubereiten, und zwar im Palast wie auch draußen davor für das Volk.

Der Tag des großen Festes war gekommen. Der Empfangssaal im Palast strahlte, und das Königspaar saß auf seinen goldenen Stühlen. Die Geladenen hatten den Saal schon gefüllt, als eine Alte mit einer schwarzen Katze eintrat. Alle drehten sich um und schauten erstaunt auf die seltsame Alte. Die näherte sich dem König und sagte:

«Mein König, mögest du lange leben, ich bin eine arme und

unbedeutende Alte. Ich bin auch nicht zum Fest im Palast geladen, aber ich bin gekommen, um euch eine Geschichte zu erzählen. Und diese meine Geschichte ist wahr, und du mußt sie hören, du und alle anderen.

Vor einiger Zeit kam in meine Hütte im Wald, in der ich mit meiner schwarzen Katze wohne, eine Königin und bat mich, ich möge ihr einen Abhang zeigen, von dem sie sich stürzen wolle, weil ihr Mann sie schlecht behandele. Ich zeigte ihr den Abhang, doch nicht sie stürzte sich hinunter, sondern sie stieß ihre... Stieftochter in die Tiefe...»

Die böse Königin wäre vor Schreck fast ohnmächtig geworden. Doch sie trat dazwischen und unterbrach die alte Zaubrerin:

«Mein König, bitte, wirf diese Bettlerin hinaus. Was haben diese traurigen Dinge an unserem heutigen Festtag zu suchen? Geh, gute Frau, zu deinem Besten, ehe ich unseren Wachen befehle, dich zu ergreifen... Geh, man wird dir zu essen geben, und dann kümmere dich um deine eigenen Angelegenheiten... Wir brauchen keine Geschichten.»

«Du willst meine Geschichte nicht hören, weil du sogleich erkannt hast, daß es deine Geschichte ist. – Mein König, bring mir das Rehlein aus seinem Häuschen, und dann wird dein Fest von unsäglicher, großer und wahrer Freude erfüllt sein.»

Der König wandte sich zu seiner Frau, um mit ihr zu reden, und er sah, daß sie ganz gelb geworden war und vor Erregung regelrecht zitterte. Eine Vermutung kam ihn in den Sinn, und anstatt mit ihr zu sprechen, ordnete er an, ihm das Rehlein aus seinem Häuschen zu bringen.

Kaum war das Reh im Saal und sah die Alte, lief es mit fröhlichen kleinen Sprüngen auf sie zu und liebkoste sie und auch die schwarze Katze. Dasselbe tat es dann mit dem König. Alle sahen erstaunt zu.

Die Zaubrerin rief das Rehlein zu sich. Sie holte aus ihrem Säckchen einen Zauberstab und berührte damit das Köpfchen des Tieres, wobei sie ihre unverständlichen Zauberformeln murmelte. Und plötzlich verwandelte sich das Rehlein in die überaus anmutige und liebenswerte Königstochter Maria. Unter Freudentränen umarmten sich Vater und Tochter, und ihre Tränen füllten den ganzen Saal.

Da drehte sich der König zu seiner verbrecherischen Frau um, um ihr die fürchterliche Strafe zu verkünden, die sie erwartete. Doch er brauchte sie nicht mehr auszusprechen: Sie saß schon tot auf ihrem Stuhl. Sie war aus Angst vor der Strafe gestorben.

Der König verheiratete sodann seine Tochter mit einem der vielen Königssöhne, die zum Fest gekommen waren, und sie lebten fortan gut und wir noch besser.

Der Königssohn und der Armenjunge

Irgendwann einmal vor langer Zeit lebte ein König, der hatte einen Sohn, der sehr langsam im Lernen war. Ein Hohlkopf, wie man damals gewöhnlich Kinder nannte, die Schwierigkeiten im Unterricht hatten. Viele, viele Lehrer versuchten es mit ihm, doch Fortschritte machte er keine, und der Kummer seines Vaters war deshalb groß.

Dem Palast gegenüber stand das Haus einer armen Witwe, die in den Häusern der Reichen arbeitete, um sich ihr Brot zu verdienen. Auch sie hatte einen Sohn, und der war der Beste und Klügste in der Schule. Er war eine Leuchte im Lernen, und alle beneideten ihn und redeten über seine Klugheit und seine großen Fortschritte.

Der König dachte daran, den Jungen in den Palast zu holen, damit sein Sohn vielleicht etwas von ihm lernen könnte, zumal es doch trotz der vielen Lehrer nicht klappen wollte. Die beiden Kinder, der Königssohn und der Armenjunge, waren im selben Alter.

Der König holte also den Armenjungen in den Palast, und die Kinder schlossen eine tiefe Freundschaft, die ihr Leben lang hielt. Von dem Tag an, da der Königssohn diesen Freund gefunden hatte und sie gemeinsam lernten, veränderte sich sein Betragen. Vor allem zeigte er Fortschritte im Unterricht, und nichts erschien ihm mehr schwer, so wie früher.

Der König war dafür dankbar und liebte den Armenjungen so sehr, daß er nicht wußte, wie er es ihm vergelten sollte. Er kleidete ihn in so gute Gewänder, daß er nicht vom Königssohn zu unterscheiden war.

So wuchsen die Kinder mit der Zeit brüderlich heran. Sie erreichten das Jugendalter und waren zwei Jünglinge, auf die man stolz sein konnte.

Eines Tages entschlossen sie sich, einen Spaziergang zu

machen. Als sie an den Stadtrand kamen, trafen sie auf ein kleines Häuschen, in dessen Hof eine bucklige Alte ein einfaches Essen kochte.

«Guten Tag, liebe Frau. Was kochst du Gutes?» fragte sie der Königssohn und warf dabei einen Stein in den irdenen Topf, in dem Linsen kochten. Der Topf zersprang, und das Essen lief aus.

Die Alte begann zu weinen. Sie weinte und klagte, weil sie wegen ihrer großen Armut selten kochte. Und so, wie die Alte weinte und bejammerte, daß sie nicht dazu gekommen sei, die Linsen zu essen, die ihr mitleidige Menschen als Almosen geschenkt hatten, so lachte der Königssohn und amüsierte sich, anstatt sie zu bedauern.

Der Armenjunge dagegen bedauerte den Vorfall. 'Der Königssohn kennt keine Armut', dachte er, und sein Herz war voller Mitleid für die verkrüppelte Alte.

«Der Fluch der Flüche komme über dich. Und für die ganze Bitterkeit, die du mir angetan hast, als du mich meine Suppe nicht essen ließest, die ich so begehrt habe, und für die ich mich in meinem Alter abquälen mußte, dafür wirst auch du dich quälen, um die bildhübsche Königstochter zu finden.»

Der Armenjunge war besorgt wegen des Fluches, mit dem die Alte seinen geliebten Freund verwünscht hatte. Er ging auf sie zu und sagte:

«Da, gute Frau, nimm diese Münzen. Es sind viele. Und nimm den Fluch zurück, den du über meinen Freund gesprochen hast.»

«Nein. Und wenn du mir alles Geld der Welt gibst, die Sehnsucht, die ich nach diesem Essen gehabt habe, läßt sich nicht bezahlen. Und noch einmal soll er verflucht sein und Tag und Nacht von den Gedanken an die Bildhübsche nicht loskommen», sagte die Alte und weinte weiter.

Die beiden Jünglinge kehrten bedrückt in den Palast zurück. Und von diesem Tage an drängten sich die Gedanken an die Bildhübsche in Kopf und Herz des Königssohnes, und er verlor die Lust an allem. Er wurde grüblerisch und grämlich, und der Armenjunge versuchte alles Mögliche, um ihn von seinen Gedanken abzulenken.

«Geliebter Freund, versuche nicht das Unmögliche», sagte er zu dem Königssohn.

«Ich komme von den Gedanken an die Bildhübsche nicht los. Wenn ich sie nicht kriege, erscheint mir mein Leben sinnlos. Anstatt mich zu bitten, diese Gedanken aufzugeben, begleite mich lieber auf der Suche nach ihr. Ich muß sie finden!» sagte eines Tages der Königssohn.

So brachen nach wenigen Tagen die beiden guten Freunde ins Unbekannte auf, nachdem sie reichlich Geld eingesteckt hatten. Sie nahmen einen Weg auf gut Glück.

Drei Tage und Nächte liefen sie durch unbekannte und einsame Orte, bis sie auf einem Berg einer Greisin begegneten.

«Wohin geht ihr in dieser von noch keines Menschen Fuß betretenen Gegend?» fragte die Alte die beiden Jünglinge.

«Wir gehen die bildhübsche Königstochter suchen, die ich heiraten will, weil es auf der Welt keine andere Frau für mich gibt. Wenn ich sie nicht finde, kann ich nicht leben. Das ist der Fluch, der auf mir liegt», sagte der Königssohn zu der Alten.

«In diesem Entschluß lauern viele und gefährliche Abenteuer. Wenn du deine Meinung ändern könntest, tätest du gut daran, junger Mann», sagte die weise Alte.

«Unmöglich, gute Frau. Daß du aber so zu mir sprichst und mich derartig warnst, kann nur eines bedeuten: Du weißt, wer die Bildhübsche ist und wo sie lebt. Darum bitte ich dich, mir zu helfen, und ich werde es dir nie vergessen.»

«Weil dies dein Entschluß ist, junger Mann, höre: Die bildhübsche Königstochter lebt auf dem Meeresgrund im gläsernen Palast ihres Vaters. Nehmt diese Fese und tragt sie. Wenn ihr sie aufhabt, seid ihr unsichtbar. Ihr könnt zwar sehen, aber die anderen können euch nicht sehen. Die werdet ihr brauchen, um in den Palast der Bildhübschen zu gelangen. Denn Doppelreihen von Soldaten, die ihrem Vater, dem Meereskönig, ergeben sind, bewachen ihn. Taucht ins Meer, das nicht sehr weit von hier ist, und die Fese werden euch helfen, den gläsernen Palast zu finden – und bei vielen anderen Dingen.»

Das sagte die Alte zu den Jünglingen, und diese bedankten sich bei ihr, nahmen die Fese, verabschiedeten sich und machten sich auf zum Meer, um hineinzutauchen.

Und wirklich, zu Füßen der hinteren Bergseite lag das Meer. Voller Ungeduld sprangen sie hinein, und nach einiger Zeit befanden sie sich vor dem gläsernen Palast. Wie es ihnen die Alte gesagt hatte, bewachten ihn überall Doppelreihen von Soldaten, und sie konnten nicht hineinkommen. Nachdem sie es lange versucht hatten – unsichtbar natürlich – , schafften sie es. Drinnen konnten sie sich ungehindert aufhalten, weil die Fese sie schützen. Sie beobachteten die Diener und betraten ohne Schwierigkeiten das Gemach der Bildhübschen.

Auf goldenen Tabletts brachten die Dienerinnen der Bildhübschen das Essen und deckten ihr den Tisch im Eßraum ihrer Gemächer. Sofort gingen die beiden Freunde dahin und aßen das Essen auf und tranken die Getränke aus. Und als die Bildhübsche kam und essen wollte, fand sie Teller und Gläser leer. Sie rief die Dienerinnen und warf ihnen vor, ihr leere Teller gebracht zu haben. Die Dienerinnen entgegneten ihr:

«Du hast gegessen, liebe Königstochter, doch du erinnerst dich nicht mehr daran. Wir haben die Teller voll mit Speisen und Süßigkeiten gebracht.» Sie waren traurig, weil sie glaubten, der Verstand der Königstocher sei verwirrt und sie merkte nicht, was sie tat, und fühlte nicht, daß sie satt war.

So vergingen für die Königstocher und ihre Diener ein paar Tage voller Geheimnis und Besorgnis, bis eines Abends der Königssohn seinen Fes abnahm, sich der Bildhübschen zeigte und ihr mit höflichsten Worten seine große und unheilbare Liebe gestand.

Die Königstochter hörte wie benommen die Worte des Königssohnes und bewunderte seine Schönheit und Stattlichkeit.

«Komm mit mir, geliebte Bildhübsche. Ich hole dich aus dem feuchten Königreich deines Vaters heraus und führe dich zu dem prachtvollen Palast der Meinen. Bald werde ich den Thron übernehmen, und dann regieren wir gemeinsam. Aber wenn du das Leben nicht mit mir teilen willst, dann gibt es für mich nichts mehr auf dieser Welt. Die größten Erfolge werden freudlos und frostig sein...»

Die Worte des verliebten Königssohnes betörten die Bildhübsche.

«Ich komme mit dir, Königssohn. Bisher war ich glücklich und fröhlich in meinem väterlichen Palast. Doch jetzt fürchte ich, daß er das unerträglichste Gefängnis für mich wäre, wenn du weggingest und ich dich verlieren würde», antwortete die Königstochter.

Da zeigte der Königssohn seiner Geliebten auch seinen Freund, und die drei saßen stundenlang zusammen, redeten über alles mögliche und vor allem über ihre Flucht in die obere Welt.

Dann kam der Tag, da sie aufbrachen, als Unsichtbare die doppelten Wachen überwanden und eiligst ins offene Meer losstürmten. Sie hatten kaum Schwierigkeiten, weil die Bildhübsche das Meer gut kannte. So umgingen sie alle Unterwasserhindernisse, von denen es nicht wenige gab. Hier Berge, dort Höhlen, weiter drüben fleischfressende Bestien, weiter unten Meeresströmungen. Alles überwanden sie mit der Bildhübschen als Führer.

Am Ende tauchten sie an einem schönen weißen Sandstrand auf. Sie saßen da und atmeten voller Dankbarkeit die Luft der Erde, als plötzlich ein riesiger Drache* vor ihnen auftauchte. Der wollte zuerst die beiden Jünglinge ergreifen, aber die schafften es, ihre Fese aufzusetzen, und er sah sie nicht mehr. Übrig blieb nur die ungeschützte Bildhübsche, die der Drache packte und auf seine Schultern lud, und so lief er mit ihr davon.

Der Drache brachte die Bildhübsche in seinen Palast, den er gemeinsam mit seiner Schwester, der Drachin, bewohnte.

«Meine liebe Drachenschwester, ich bringe dir die Bildhübsche zur Gesellschaft, damit du dich nicht mehr beschwerst, daß du hier ganz allein bist.»

---

* Drachen sind in den griechischen Märchen riesige Unholde in Menschengestalt, die sehr viel arbeiten, übernatürliche Kräfte haben, keine Menschen mögen, diese aber gern fressen oder gefangenhalten.

Die Drachin, die nicht ihrem menschenfressenden Bruder glich, sondern die Gestalt eines schönen Mädchens hatte, begrüßte die Bildhübsche mit großer Freude und Sympathie und verbrachte angenehme Stunden mit ihr. Die Bildhübsche vertraute der Drachin ihre Geschichte an, und sie sprachen stundenlang darüber.

Die beiden Jünglinge, der Königssohn und sein Freund, waren dem Drachen nachgelaufen, doch bald schon hatten sie ihn aus den Augen verloren, weil er so schnell lief und mit seinen großen Schritten wie der Wind auf seinem Weg vorwärtsflog. So liefen sie viele Tage traurig auf gut Glück weiter. Irgendwann kamen sie in eine frische, grüne Gegend, in der tausenderlei blühende Blumen dufteten. Sie setzten sich an eine sprudelnde Quelle, um sich zu erfrischen und auszuruhen. Und während sie sich unterhielten, war von einem Zweig ein eigentümliches Vogelgezwitscher zu hören. Der Vogel sang mit menschlicher Stimme:

«Wer dies hört und darüber spricht, der wird zu Marmor und Stein. In der Nacht, in der der Königssohn mit der Bildhübschen als Bräutigam schläft, wird der Drache kommen, ihn töten und sie ihm wegnehmen. Und wer dieses Lied hört und darüber spricht, wird zu Marmor und Stein.»

Der Armenjunge sperrte seine Ohren auf und hörte das Gezwitscher des Vogels, das sich ständig wiederholte. Er drehte sich um und betrachtete den Königssohn und sah, daß dieser still und nachdenklich wie immer dasaß.

«Hast du irgendein Geräusch gehört? Da, hör mal», sagte er zu ihm.

«Was soll ich hören, mein Freund. Nur das Fließen des Wassers ist zu hören, sonst nichts.»

Der Armenjunge begriff, daß nur er die Botschaft des prophetischen Vogels hören konnte und er den schweren Auftrag erhielt, nichts zu verraten und darüber hinaus das Leben seines geliebten Freundes in der gefahrvollen Nacht zu verteidigen.

Sie mußten noch viele Tage laufen und herumirren, bis sie von einem hohen Hügel aus den Palast des Drachens vor sich sahen. An diesem Aussichtspunkt blieben sie ein paar Tage und beobachteten alle Bewegungen des Drachens. Und eines Tages, als er seinen Palast verlassen hatte, gingen sie hin und traten ein. Sie fanden die beiden schönen Mädchen, die ihre Einsamkeit und Gefangenschaft miteinander teilten. Sie nahmen ihre Fese ab und zeigten sich ihnen. Die Bildhübsche umarmte sehnsüchtig ihren geliebten Königssohn und weinte vor Freude. Sie hatte geglaubt, sie würden einander nie wiedersehen und daß sie ihn für immer verloren hätte.

Der Armenjunge erklärte der Drachin, daß sie die Bildhübsche gehen lassen müsse, damit sie mit dem Menschen lebe, den sie liebe und der ihretwegen so viel Pein auf sich genommen hatte.

«Ich lasse sie laufen, aber nur, wenn ihr versprecht, auch mich mitzunehmen, weil mich sonst mein böser Bruder umbringt, wenn ich hierbleibe», antwortete die Drachin.

«Es ist uns eine große Freude, dich mitzunehmen. Wir werden dich im Palast behalten, wo du die Freundin der Bildhübschen bleiben kannst. Und außerdem werden wir dir nie den Schutz und die Güte vergessen, die du uns in dieser schwierigen Stunde schenkst», sagte der Armenjunge voller Freude.

Die Drachin sah die Schönheit und Höflichkeit des Jünglings und fuhr fort:

«Es ist nicht nur dieser Gefallen, um den ich euch bitte. Es reicht mir nicht, meinem Bruder zu entkommen. Die Liebe, die das Herz der Bildhübschen für den Königssohn erfüllt, erweckte in meinem Herzen die Liebe für seinen Freund, für dich, du höflicher Jüngling. Wenn du willst, kannst du mich zur Frau nehmen. Wenn nicht, werde ich mich entschließen, hierzubleiben und mich der Wut meines Bruders zu stellen. Dann komme ich nicht mit euch. Ihr könnt gehen, ihr seid frei.»

Der Armenjunge, dem die Drachin von dem Augenblick an, als er sie das erste Mal gesehen hatte, lieb gewesen war, versprach ihr hocherfreut, sie zu heiraten. Und so verschwanden alle vier glücklich aus dem verfluchten Palastgefängnis des widerlichen Drachen.

Sie liefen sehr lange, und irgendwann kamen sie in ihr Land und zu ihrem eigenen Palast. Groß war die Begeisterung und freudig der Empfang, der ihnen bereitet wurde. Zum einen wegen der Rückkehr der beiden Jünglinge, zum anderen wegen der hübschen Mädchen, die sie mitbrachten, und darüber hinaus wegen ihrer Erfolge bei dem ganzen großen und langwierigen Abenteuer.

Sofort wurde mit vergnügten Festen und großer Pracht die Hochzeit des Königssohnes mit der Bildhübschen gefeiert. Groß war die Begeisterung, die sich in aller Herzen ausbreitete, nur der Armenjunge war niedergeschlagen. Er dachte an die Prophezeiung des Vogels und überlegte, was er tun könnte, um das Leben seines Freundes zu retten.

Schließlich trat der Armenjunge zum Königssohn und redete mit ihm unter vier Augen:

«Mein geliebter Freund, um einen Gefallen muß ich dich bitten. Und wenn deine Freundschaft wirklich echt ist, darfst du ihn mir nicht abschlagen.»

«Erbitte von mir, was du willst, mein Freund. Ich verspreche dir schon jetzt, daß ich dir diesen Gefallen tun will, was immer es auch sein mag», antwortete heiter der Königssohn.

«Nun, ich will heute nacht in deinem Gemach schlafen», sagte der Jüngling zaghaft.

«Das soll wohl ein Scherz sein, mein guter Freund. Wie soll ich dir so einen Gefallen tun? Sicher weißt du nicht, was du da sagst», sagte der Königssohn. Der Jüngling aber folgte ihm und verlangte beharrlich bittend, ihm den erbetenen Gefallen zu tun, ihn bei seiner brüderlichen Liebe beschwörend.

Die Angelegenheit kam dem König zu Ohren, und er riet dem Königssohn:

«Höre, mein Sohn. Wenn dein Freund so sehr darauf besteht und dich unter so vielen Schwüren bittet, wird ihn ein ernsthafter Grund dazu zwingen. Weil er nicht nachgibt, laß ihn in deinem Gemach bleiben. Tu, was er so beharrlich von dir verlangt.»

Der Königssohn gab dem Wunsch seines Vaters nach und ließ schweren Herzens seinen Freund in einer Ecke des Schlafgemaches schlafen.

Als die Nacht vorangeschritten war, schlief das Ehepaar, doch der Armenjunge wachte unruhig mit dem Schwert in der Hand, besorgt wartend. Der große Moment kam. Wütend erschien der Drache und hob seine mit einem riesengroßen Messer bewaffnete Hand, um auf den schlafenden Königssohn einzustechen.

Der Armenjunge setzte seinen Fes auf, sprang hoch und begann mit aller Kraft auf den ungestalten Leib des widerwärtigen Drachen einzuschlagen. Überrascht drehte sich der Drache nach allen Seiten, um seinen Feind zu entdecken und ihn zu zerschmettern. Doch von überall her trafen ihn Schwerthiebe, ohne daß er jemanden sah. Aus seinen vielen Wunden floß das Blut. Er krümmte sich und war im Fallen, als der Jüngling ihn kräftig durch eine offene Tür stieß und hinauswarf.

Dann begann der Armenjunge, das Blut wegzuwischen, damit seine Freunde es nicht sähen und sich erschreckten. Aber von dem Lärm, der so lange angehalten und den er wie im Traum gehört hatte, erwachte der Königssohn und sprang auf. Er sah, wie sein Freund das Blut aufwischte und begann um Hilfe zu rufen.

Im Nu waren die Wachen und sein Vater bei ihm. In seiner Verwirrung schrie der Königssohn, daß sein Freund ihn angegriffen habe, um ihn zu töten, daß er und die Bildhübsche verwundet seien und er den Freund in dem Moment erwischt habe, wo er das Blut wegwischte.

Der Vater beruhigte ihn und sagte, daß weder er noch die Bildhübsche verwundet seien. Aber auf die Fragen, die man dem Armenjungen stellte, gab dieser keinerlei Erklärungen. Er stand nachdenklich da und sagte nichts. Er wußte, wenn er verraten würde, was geschehen war, würde er zu Marmor werden. So hatte es ihm der Gesang des Vogels im Wald gesagt, und er hatte keinen Grund, es nicht zu glauben, zumal der erste Teil der Prophezeiung bereits wahr geworden war.

Er schwieg also in dieser Nacht und an allen folgenden Tagen. Der Königssohn strafte ihn mit Verachtung, und die bösen Gerüchte wuchsen so an, daß er es nicht mehr ertragen konnte. Er entschloß sich also, eine Erklärung abzugeben, die Wahrheit zu sagen, und was dann geschehen würde, würde eben geschehen. Er erklärte dem König, daß er vor der königlichen Familie, dem Zwölferrat und dem ganzen Volk sprechen werde. Sie sollten ihm nur einen großen Tisch in die Mitte des Festplatzes am Palast stellen, und von dort aus werde er reden.

Alles wurde vorbereitet, wie er es wollte, und alle nahmen ihre Plätze ein, um sein Geständnis zu hören. Gespannter als die anderen und mit gebrochenem Herzen warteten der Königssohn und die Bildhübsche, die mit ihrem guten Freund auch alle Freude verloren hatten.

Der Jüngling stieg auf den Tisch und begann, von der Reise durch die Wälder und über die Berge zu erzählen. Wie er und der Königssohn zu dem gläsernen Palast auf dem Meeresgrund gelangt waren und die Bildhübsche mitgenommen hatten. Er sprach auch von ihrer großen Verzweiflung, als der böse Drache ihnen die Bildhübsche geraubt hatte und sie allein zurückgeblieben waren. Die Geschichte ging weiter, und alle hörten zu, gefesselt von der schönen Beschreibung und den Erlebnissen während des langen Herumirrens der beiden Jünglinge.

Als der Armenjunge begann, von dem schönen Wald mit den Düften, dem Laubwerk und der plätschernden Quelle zu erzählen, überkam ihn ein Schaudern. Vielleicht war das ein Zeichen, nicht weiter fortzufahren. Er erzählte aber weiter, und als er von dem prophetischen Vogel sprach, der mit menschlicher Stimme das zu Erwartende zwitscherte, und als er an die Stelle kam: 'Wer dies hört und darüber spricht, der wird zu Marmor und Stein...', war der schöne junge Mann auf dem Tisch bereits zu einer marmornen, stolzen Statue geworden.

Totenstille breitete sich aus. Alle blieben stumm und betrachteten den marmornen Jüngling mit beklommenen Herzen. Dann, mitten in dieser schweren, bleiernen Atmosphäre, war als untröstliche Wehklage das Weinen des Königssohnes zu hören. Er erhob sich von seinem Platz, ging nach vorn und umarmte die Füße seines marmornen Freundes und übergoß sie mit den heißesten und bittersten Tränen.

«Ich hätte nicht an deinen Gefühlen zweifeln dürfen, mein treuer Freund, mein guter und einziger Bruder. Keine Macht wird die große Trauer, die mein Herz erfüllt, vertreiben können. Keine Freude werde ich in meinem Leben mehr fühlen.»

So und mit anderen ergreifenden Wehklagen redete der Königssohn zu seinem marmornen Freund, und alle beweinten den unglücklichen Jüngling, der sich geopfert hatte, um seine Ehrbarkeit zu beweisen. Auch die Bildhübsche weinte, und die Bäume fingen zu verdorren an.

Plötzlich erschien die Drachin, in der einen Hand einen Becher haltend und in der anderen eine Rose. Sie trat auf die Statue zu und bedeutete stumm dem Königssohn, zur Seite zu treten. Dann begann sie, den marmornen Jüngling rundum mit dem Wasser, das sie mit der Rose aus dem Becher nahm, zu besprühen, wobei sie geheimnisvolle Zauberworte murmelte. Nach einigen Runden schüttelte sich der junge Mann, und am Ende sprang er vom Tisch herunter und lag in den Armen seiner Geliebten.

Kurz darauf wurde seine Hochzeit mit der Drachin voller Freuden und mit großen Festlichkeiten gefeiert, und sie lebten gut und wir noch besser.

Katina Vardaki

Marika Oustamanolaki

wurde 1927 in Archanes geboren, besuchte dort die Volksschule bis zum Abschluß, heiratete mit 18 Jahren und gebar 1953 und 1958 ihre beiden Töchter. Sie ist sehr viel in Griechenland gereist und lebt nach wie vor in Archanes.

Die beiden hier abgedruckten Märchen «Iliotati» und «Was dem Kind vom Schicksal geschrieben ist, kann der Fluß nicht fortschwemmen» hat sie von ihrer Mutter Katina Vardaki erzählt bekommen, deren Bild wir hier sehen. Das Märchen vom Schicksal hat auch die Großmutter von Frau Oustamanolaki schon erzählt.

Was dem Kind vom Schicksal geschrieben ist, kann der Fluß nicht fortschwemmen

Irgendwann einmal vor langer Zeit lebte ein Königspaar, das keine Kinder hatte. Die Traurigkeit des Königs war groß, weil er daran dachte, daß es keinen Nachfolger für seinen Thron geben würde. Die Königin aber war doppelt traurig, weil sie als Frau neben der Frage der Thronfolge auch ihr großer Wunsch nach Mutterschaft quälte. Das machte sie sehr unglücklich und trieb ihr oft Tränen der Trauer in die Augen.

An einem solchen Tag, als sie gerade wieder untröstlich weinte, trat unerwartet der König in ihre Gemächer, und sein Herz schmerzte bei der Wehklage seiner Frau, weil er sie sehr liebte. In seinem großen Kummer nahm er ein Pferd und machte einen Ritt in den Wald, um sich zu beruhigen.

Er trieb das Pferd viele Stunden an, und irgendwann kam er an einen Fluß mit kristallklarem Wasser. Dort am Ufer sah er einen Alten Papier in Stücke reißen und sie ins Wasser werfen. Der König ging zu ihm und fragte:

«Was machst du da, Alter?»

«Mein Sohn, ich lese das Schicksal der Menschen.»

«Na, Alter, dann lies mir bitte auch meines.»

«Mit Freuden», antwortete der Alte und begann, Papier zu zerreißen und es in den Fluß zu werfen. Nach kurzer Zeit hob er seinen Kopf, blickte ins Wasser, stand auf und machte eine ehrfürchtige Verbeugung:

«Du bist der König. Du hast großen Kummer und deine Frau noch größeren, weil ihr keine Kinder habt. Ich kann dir helfen, ein Kind zu bekommen. Es genügt, mich darum zu bitten.»

«Aber natürlich will ich dich von ganzem Herzen darum bitten. Das ist das einzige, was uns fehlt und unser großes Glück zerstört.»

«Na, dann geh in deinen Garten und sieh dir den großen

Apfelbaum an, in dessen Spitze ein feuerroter Apfel versteckt zwischen den Blättern hängt. Den mußt du pflücken und schälen. Deiner Stute mußt du die Schalen zu fressen geben und deiner Frau, der Königin, gibst du den geschälten Apfel zu essen. Dann werden sie beide gebären. Die Königin wird ein Mädchen bekommen, das sehr viele gute Gaben haben wird. Ich muß dir aber dazu noch sagen, daß das Mädchen, das du bekommen wirst, den Sohn der armen Dienstmagd, die in der Nähe des Palastes wohnt, zum Mann nehmen wird, der am selben Abend wie deine Tochter geboren wird. Wenn du das nicht willst, kannst du kein Kind bekommen. Wenn dann das Mädchen geboren ist, komm her zu mir, und ich werde dir dessen Schicksal sagen.»

Der König ging fort, nachdem er sich bei dem Alten bedankt hatte, obwohl ihm der zweite Teil der Weissagung überhaupt nicht gefallen hatte. Aber er sagte sich: 'Diese böse Vorsehung wird mich nicht hindern, ein Kind zu bekommen. Ich bin der König. Was ich will, das geschieht. Ich werde dafür sorgen, daß dieser Junge nicht geboren wird. So werde ich mein Kind vor dem bösen Schicksal bewahren.'

Er kam im Palast an und ging geradewegs zu dem großen Apfelbaum im Garten. Da fand er den feuerroten Apfel und tat, was der Alte ihm gesagt hatte. Kurze Zeit später stellte die Königin fest, daß sie schwanger war. Ihre Freude war groß. Im Herzen des Königs aber war immer die qualvolle Sorge um das Schicksal des Kindes, das auf die Welt kommen würde. Diese Sorge wuchs, als er sah, daß auch die arme Dienstmagd schwanger war. Der Königin hatte er sein Geheimnis nicht anvertraut, und weil er das Geheimnis mit niemandem teilen wollte, quälte es ihn um so mehr.

Der Monat der Geburt war gekommen. Die Königin erwartete sie jeden Tag. Genau wie die Dienstmagd.

'Was kann ich nur tun?' grübelte der König. 'Ich muß die Dienstmagd töten lassen, damit ihr Kind nicht geboren wird.'

Also befahl er zwei Soldaten seines Palastes, die Frau zu holen, sie zum Fluß zu bringen, sie hineinzustoßen und zu ertränken und das Ganze für immer geheim zu halten, weil sie sonst ihre Köpfe verlören.

Ehe der Tag anbrach, zogen die Soldaten los, holten die Frau aus ihrem Haus und sagten ihr, daß sie den königlichen Befehl hätten, sie vor den König zu bringen. Die Frau sah aber nach einer Weile, daß sie sie nicht zum Palast brachten, sondern aufs Land hinaus. Da begann sie unruhig zu fragen, wo sie sie hinbrächten. Die Soldaten sagten zu ihr:

«Geh jetzt. Wir werden es dir bald sagen.»

Als sie lange genug vorangeschritten und am Fluß angekommen waren, sagten sie ihr, was sie erwartete. Die Arme brach in Tränen aus und bat die Soldaten, Mitleid mit ihr und dem Kind, das sie in sich trug, zu haben.

«Was können wir für dich tun, du Ärmste? Wir bedauern dich und dein Kind. Es ist schade und eine Sünde. Doch was können wir tun? Es ist ein Befehl des Königs, und wenn wir ihn nicht ausführen, wird er uns die Köpfe abhacken.»

«Nun denn, wenn es nicht anders geht, laßt mich wenigstens in das Kirchlein da oben beten gehen.»

Die Soldaten ließen sie gehen. Einen anderen Gefallen konnten sie ihr nicht tun. Und weil sie ihr zeigen wollten, daß sie guten Herzens waren, erfüllten sie ihr diesen letzten Wunsch.

So trat die schwangere Frau vor die Ikone Jesu und sprach ihr letztes Gebet. Nachdem sie fertig war, trat sie aus der Kirche und ging zu den Soldaten, die sie mit beklommenen Herzen erwarteten. Sie war noch keine zehn Schritte vorangekommen, da gebar sie wegen der großen Aufregung das Kind. Sie wickelte es schnell in ein Kleidungsstück und überließ es dem Mitleid Gottes.

Sie kam ans Ufer, und die Soldaten stießen sie in den Fluß, dessen Wasser sie im schnellen Strom mitriß und sie verschwinden ließ.

Die Soldaten kehrten in den Palast zurück und berichteten dem König, daß sie seinen Befehl getreulich ausgeführt hätten. Am selben Abend wurde auch das wunderschöne Mädchen geboren, das sie erwartet hatten, und es machte seine Eltern so froh, daß sie alles andere vergaßen.

Unter dem Baum, wo die unglückliche Frau ihr armes Kindchen geboren hatte, blieb das auch die ganze Nacht. Am nächsten Morgen trieb ein Schäfer wie gewöhnlich seine Herde in die Gegend, um sie zu weiden. Während die Tiere fraßen, lief eine Ziege weiter weg und stand plötzlich vor dem verlassenen Kindchen. Sie ging zu ihm, wie von Gottes Hand geleitet, öffnete ihre Beine vorsichtig und gab dem Säugling ihre warme und nahrhafte Milch. Er trank sich satt, und dann lief die Ziege zur Herde zurück. Am Abend, als der Schäfer seine Schafe und Ziegen melkte, bemerkte er, daß diese Ziege weniger Milch als sonst gab. 'Sie wird nicht richtig geweidet haben', überlegte er.

Am nächsten Tag ging die Ziege wieder zu dem Säugling und säugte ihn, und das ging so weiter. Nach einigen Tagen bemerkte der Schäfer, der die Ziege beobachtete, um den Grund für das plötzliche Nachlassen ihrer Milch herauszubekommen, daß sich die Ziege von der Herde entfernte. 'Es sieht so aus, als ob irgendein Schlauberger die Ziege mit frischem Gras zutraulich gemacht und ihr angewöhnt hat, daß sie zu ihm geht, damit er sie melken kann und ihre Milch bekommt', sinnierte er, während er der Ziege folgte.

Irgendwann sah er, wie sie stehenblieb. Er ging zu ihr, und da sah er, daß die Ziege einen Säugling nährte. Welch große Überraschung!

Der Schäfer nahm den Säugling in seine Arme. Er betrachtete ihn und bewunderte seine Schönheit. Die Ziege war ihm eine zärtliche Mutter gewesen.

Am Abend kehrte der Schäfer in sein Haus zurück, das Kind in seinen Armen haltend.

«Frau, schau dir dies Geschenk an! Das hat uns Gott gesandt.»

«Was ist denn das?» rief seine Frau aus.

Der Schäfer erzählte ihr, wie er zu dem Säugling gekommen war, und daß es ihre Pflicht sei, ihn zu behalten und ihn mit ihren eigenen Kinder aufzuziehen.

Seine Frau begann verzweifelt zu jammern:

«Das geht doch nicht. Wir haben nicht die Kraft dazu. Wir haben doch schon fünf Kinder! Weder du kannst so viele Münder stopfen, noch kann ich mich um sie kümmern. Nimm es und bring es irgendwohin, von mir aus auch dahin, wo du es gefunden hast. Hier kann es nicht bleiben», meinte sie und jammerte immer lauter.

Der Schäfer blieb geduldig, während seine Frau protestierte, und es gelang ihm schließlich, sie davon zu überzeugen, daß sie nicht anders handeln durften:

«Wenn wir für dieses schutzlose Geschöpf kein Mitleid und keine Güte aufbringen, wie können wir es dann noch wagen, Gott für unsere eigenen Kinder um etwas zu bitten!»

So wurde der Säugling in die Familie des Schäfers aufgenommen und wuchs dort heran.

Die Jahre vergingen. Im Palast wuchs die hübsche Königstochter auf und im Stall des Schäfers der Jüngling, der wegen seiner Schönheit, seiner Klugheit und Güte von den Seinen bewunderte Hirtenjunge.

Irgendwann einmal ging der König mit seinem Gefolge auf die Jagd. Sie kamen an den Fluß und schließlich auch zum Stall des Schäfers. Der Schäfer war begeistert über den ehrenvollen Besuch und behandelte seine Gäste mit der größten Zuvorkommenheit, um sie zu erfreuen. Bei der Bewirtung tat sich der schöne Hirtenjunge durch seine Anmut und seine Gewandtheit hervor. Dem König fiel auf, daß er anders war als die übrigen Kinder des Schäfers, und er fragte den Schäfer, ob der Junge eines seiner Kinder sei oder der Stallknecht.

Nachdem der Schäfer den Jungen unter einem Vorwand fortgeschickt hatte, erzählte er dem König dessen seltsame Geschichte. Der König erstarrte, als er die Geschichte hörte. 'Es wäre ja noch schöner, wenn dieses Kind das Schicksal meiner Familie wäre', dachte er. Zufällig waren die Soldaten, die damals die Frau zu ertränken hatten, mit auf die Jagd gekommen. Er rief sie zu sich und fragte sie nach allen Einzelheiten der Mission, die er ihnen damals aufgetragen hatte. Sie bestätigten ihm, daß sie die Frau ertränkt hatten, daß diese sie aber vorher gebeten hätte, in ein nahegelegenes Kirchlein beten gehen zu dürfen, und sie hätten ihr diesen letzten Wunsch erfüllt.

Dem König wurde jetzt klar, daß in dieser kurzen Zeitspanne

das Kind geboren worden war und der Schäfer es später gefunden hatte. Der Junge war also ohne Zweifel der schicksalhafte Jüngling, von dem ihm der Alte prophezeit hatte, daß er der Mann seiner Tochter werden würde.

'Nein', dachte der König. 'Soweit darf es nie kommen. Jetzt muß ich den jungen Mann verschwinden lassen. Es geht nicht anders!'

Der König schrieb also eine Nachricht an seine Frau, die lautete: 'Derjenige, der dir diese Nachricht überbringt, muß sofort getötet werden, ohne daß du nach dem Warum fragst. Wenn ich zurückkomme, muß seine Hinrichtung erfolgt sein.'

Er verschloß den Brief, versiegelte ihn mit seinem königlichen Siegel und gab ihn dem Jungen, der ihn in den Palast bringen sollte.

Der Hirtenjunge nahm den Brief und gab seinen Füßen Flügel, um den Befehl des Königs so schnell wie möglich auszuführen. Er rannte die ganze Nacht, und im Morgengrauen erreichte er den Palast. Dort setzte er sich im Garten unter einen Baum, um sich auszuruhen und abzuwarten, daß er sich nach Tagesanbruch zur Königin führen lasse, um ihr den Brief zu übergeben. Es dauerte nicht lange, und es überfiel ihn vor lauter Müdigkeit der Schlaf. Und er schlief länger, als er es vorgehabt hatte.

Die Sonne war aufgegangen, und er schlief immer noch. Die Königstochter öffnete ihr Fenster. Sie beugte sich hinaus, um sich an den Schönheiten des Gartens zu freuen, und dabei sah sie den Jüngling, der ruhig unter dem Baum schlief.

Die Königstochter lief sofort hinunter zu ihm. Während sie sich über ihn beugte und die Schönheit des Jünglings bewunderte, fühlte sie eine unendliche Zuneigung zu ihm. Irgendwann bemerkte sie den in seinem Hemd steckenden Brief. Sie sah darauf das königliche Siegel. Da nahm sie ihn vorsichtig an sich und öffnete ihn. Sie las den Auftrag, schaute auf den Jüngling und fühlte eine tiefe Leidenschaft in ihrem Herzen. 'Ohne ihn werde ich nicht mehr leben können. Wenn ihm etwas zustößt, wird mich das umbringen. Nein, ich werde es nicht zulassen, daß man ihm etwas antut – und damit auch mir!'

Sie rannte also los, holte einen Bogen Papier und schrieb: 'Diesen Jüngling, der dir meinen Brief überbringen wird, sollst du sofort mit unserer Tochter vermählen. Wenn ich in den Palast zurückkehre, soll die Hochzeit stattgefunden haben. Frage nicht, warum. Wenn wir uns wiedersehen, werde ich dir alles erklären.'

Sie brachte das königliche Siegel an, steckte den Brief an die Brust des Jünglings, verschwand und ging zu ihrer Mutter.

Kurz darauf führten die Diener den Hirtenjungen vor die Königin, und der übergab ihr ehrfurchtsvoll den königlichen Brief.

Die Königin las ihn und wunderte sich sehr. Sie betrachtete den Jüngling und überlegte: 'Da mir der König solch einen Befehl gibt, muß es sich bei dem Jüngling um einen mächtigen Königssohn handeln, der sich als Bauer verkleidet hat, damit er nicht von Unholden ausgeraubt oder von seinen Feinden mißhandelt wird, die mit Sicherheit eifersüchtig auf ihn sind.'

Sofort und in aller Eile bereitete sie die prächtigste Hochzeit vor und verheiratete ihre Tochter mit dem Jüngling, der in seinen neuen Kleidern nur so erstrahlte. Da gab es Feste und Lustbarkeiten, denn der Palast und das ganze Volk feierten die Hochzeit der Königstochter mit dem schönsten Königssohn der Welt. So nannten sie ihn, und dafür hielten sie ihn.

Am nächsten Tag kam der König von der Jagd zurück. Er hörte die Glocken und das Festgetümmel und fragte die Wächter, was dies alles zu bedeuten habe.

«Na, was wohl, mein König?» fragten die Wächter. «Die Königin führt deinen Befehl aus, den du ihr mit dem unbekannten Königssohn geschickt hast.»

Wie vom Blitz getroffen erfuhr der König die Einzelheiten. Er nahm die Hochzeit hin, weil er nicht anders konnte, und er flüsterte zu sich selbst: 'Was dem Kind vom Schicksal geschrieben ist, kann der Fluß nicht fortschwemmen!'

Und es ging ihnen gut und uns noch besser.

Iliotati

Irgendwann einmal vor langer Zeit lebte ein König, der ein großes und mächtiges Königreich hatte und drei wunderschöne und vielgerühmte Töchter. Doch unter ihnen war die jüngste die berühmteste wegen ihrer unvergleichlichen Schönheit und ihrer einmaligen Seelengüte, und deshalb nannte man sie Iliotati, was 'strahlender Sonnenschein' bedeutet.

Der König war stolz auf seine Töchter und wollte sie auf ganz besondere Weise verheiraten. Er baute also im Hof des Palastes einen ganz goldenen Springbrunnen, mit goldenen Wasserhähnen und marmornen Becken. Dorthin hängte er die Bilder seiner Töchter in goldenen Rahmen, und er schrieb mit goldenen Buchstaben jeweils ihren Namen darunter. Er stellte auch eine Wache auf, die mußte die Könige, die Gutsbesitzer und die Adeligen beobachten, die sich dort erfrischten. Sie sollten belauschen, was gesprochen wurde, und dann diejenigen vor den König bringen, die gesagt hatten, daß sie gerne eine seiner Töchter heiraten würden.

Eines Tages nun kam ein schöner und reicher Königssohn vorbei. Er stieg von seinem Pferd, trank Wasser und erfrischte sich, tränkte in dem marmornen Becken auch sein Pferd und wollte gerade wieder gehen, als plötzlich die drei Schönheiten, die den Brunnen zierten, seine Aufmerksamkeit erregten. Er hielt inne und bewunderte sie, doch als er das Bild von Iliotati sah, konnte er seine Augen nicht mehr abwenden. Solcher Schönheit war er noch nicht begegnet.

«Ach, welch schöne Jungfrau – die strahlt wie die Sonne. Der Name Iliotati paßt zu ihr. Wenn ich sie doch zur Frau bekäme...»

Er konnte seinen Wunsch nicht zu Ende aussprechen, da erschien schon der Wachmann, der ihn gehört hatte, vor ihm und sagte:

«Wenn du das, was du sagst, wahrhaftig willst, komm mit, und ich bringe dich zum König, und du trägst ihm deinen Antrag vor.

Unsere kleine Königstochter, die wunderschöne Iliotati, ist deiner wert, denn auch du, wie ich sehe, bist voller Männlichkeit und Reichtum.»

So erschien den Königssohn vor dem König und erbat von ihm Iliotati zur Frau. Sowohl der König als auch Iliotati nahmen seinen Antrag an, und die Hochzeit wurde mit großer Pracht, vielen Freuden und Festgelagen gefeiert.

Während die Feierlichkeiten mit dem ganzen Volk und den Adeligen noch im Gange waren, zog sich das Paar in seine Gemächer zurück. Als sie ins Schlafgemach traten, streckte der überglückliche Königssohn seine Arme aus, um seine schöne Frau Iliotati zu umarmen. Da riß plötzlich die gegenüberliegende Wand auf, und es erschien ein wilder schwarzer Hund mit flammenden Augen, der zum Sprung ansetzte und ihm mit menschlicher Stimme befahl:

«Küsse sie nicht, berühre sie nicht, und geh der Frau des Schwarzen Hundes aus dem Weg!»

Wie gelähmt fielen die Arme des Königssohnes herab, und er sank fahl und schlaff wie ein alter Lappen in einen Sessel. Auf die Fragen der beunruhigten Iliotati, ob ihm vielleicht unwohl sei oder ob er Hilfe brauche, gab er keine Antwort.

Als es Morgen war, trat der Königssohn vor den König und sagte zu ihm:

«Mein König, mögest du lange leben, ich kann Iliotati nicht als Frau behalten. Ich löse unsere Ehe auf. Und damit du nicht annimmst, daß ich dich zum Besten habe und dein Königreich nicht schätze, bin ich bereit, deine älteste Tochter zu heiraten.»

Der König hörte ihn verblüfft an. Er verlangte eine Erklärung, doch der Königssohn konnte ihm keine geben und wiederholte nur seinen Vorschlag, Iliotatis Schwester zu heiraten. Trotz des Kummers, den dieser Vorfall ihm machte, war der König einverstanden, ihm seine älteste Tochter zur Frau zu geben, weil er einen so guten Schwiegersohn nicht verlieren wollte.

So fand also die Hochzeit der ältesten Königstochter statt, während Iliotatis Ehe aufgehoben wurde, und nach wenigen Tagen fuhr das Brautpaar glücklich zum Palast des Königssohnes ab.

Die zutiefst gekränkte schöne Iliotati ertrug diese schreckliche Beleidigung mit Würde, eingeschlossen in ihren Gemächern. Sie konnte sich das Verhalten des verliebten Königssohnes nicht erklären, der plötzlich wie vom Blitz getroffen seine große Liebe ausgelöscht hatte.

Es war noch nicht viel Zeit vergangen, da kam ein König in die Stadt. Er machte vor dem prächtigen Brunnen halt, trank Wasser, tränkte sein verschwitztes Pferd und bewunderte die Bilder. Wie gebannt stand er vor dem Bild von Iliotati.

«Welch einzigartige Schönheit!... Ach, wenn ich sie zur Frau bekäme...», flüsterte er.

Als der Wachtposten das hörte, sprang er wieder hervor und sagte ihm, er solle sie von ihrem Vater erbitten.

Der König machte also seinen Antrag vor Iliotatis Vater, und der rief sie selbst, damit sie antworte. Iliotati war sofort mit dieser Ehe einverstanden. Sie wollte den Schimpf wiedergutmachen, den ihr der Königssohn angetan hatte, indem sie jetzt jemanden wählte, der sogar ein Königreich regierte.

So wurde Iliotatis zweite Hochzeit mit noch größerer Pracht gefeiert. Ihr Vater tat sein Bestes, um seine geliebte und ungerecht behandelte Iliotati zu erfreuen, die die damalige Beleidigung nicht verdient hatte.

Als die beiden jungen Leute ins Schlafzimmer traten und der König sich Iliotati nähern wollte, brach wieder die Wand auf, und es erschien der wilde schwarze Hund.

«Küsse sie nicht, berühre sie nicht, und geh der Frau des Schwarzen Hundes aus dem Weg!» befahl er drohend.

Der König erstarrte, kalter Schweiß trat aus seinen Poren, und er war wie versteinert beim Anblick des fürchterlichen Hundes. Nach einer Weile erholte er sich von seinem ersten Schrecken. 'Vielleicht war es das Geschöpf meiner Erregung, meiner großen Freude, die mich durchströmt', dachte er. Er erhob sich, ging auf die gekränkte Iliotati zu und versuchte, sie zu umarmen und ihr eine Erklärung zu geben. In diesem Moment erschien aber der Hund noch drohender und wiederholte unter tollwütigem Geheul den Befehl:

«Küsse sie nicht, berühre sie nicht, und geh der Frau des Schwarzen Hundes aus dem Weg!»

Der König brach im wahrsten Sinne des Wortes im Sessel zusammen, und Iliotati lief, in ihrer Eigenliebe zutiefst verletzt, aus dem Zimmer.

Am nächsten Morgen erschien der König vor Iliotatis Vater und erklärte, daß er Iliotati nicht als Frau behalten könne und seine Ehe aufhebe. Um die Familie des Königs nicht zu beleidigen, sei er bereit, seine zweite Tochter zur Frau zu nehmen. Nach wenigen Tagen wurde auch diese Hochzeit fröhlich und liebevoll gefeiert, und das Paar fuhr in das Land des Königs ab.

Nun blieb Iliotati allein im Palast und erklärte ihrem Vater, daß sie nie wieder einer Hochzeit zustimmen werde. Sie konnte nicht begreifen, warum die beiden Jünglinge, die sie geheiratet hatten, in dem Moment, als sie mit ihr das Schlafgemach betraten, so kalt und furchtsam geworden und wie gelähmt im Sessel zusammengebrochen waren. Warum waren ihr beide auf dieselbe Weise ausgewichen? 'Ich muß etwas schrecklich Abstoßendes an mir haben, das sie beide enttäuscht davonlaufen ließ', grübelte sie. Denn den schwarzen Hund hatte Iliotati weder sehen noch hören können. Nur die Männer, die sie geheiratet hatten, hatten ihn gesehen, und er hatte es ihnen nicht erlaubt, sie zu berühren.

'Meine Tochter hat recht', dachte der König. 'Irgendetwas Schlimmes wird sie haben, das ihre Schönheit, so groß sie auch sein mag, nicht aufwiegen kann. Was mag das aber sein...?'

Die Zeit verging, und an Iliotati nagten ihre melancholischen Gedanken und Zweifel, die ihre Jugend täglich mehr dahinwelken ließen. Die ganze Welt sprach über ihre Schönheit, und Jung und Alt war geblendet bei ihrem Anblick. Man glaubte, daß Iliotati die Jünglinge schon am ersten Abend fortgejagt hatte, weil sie sie ihrer nicht für würdig befunden hatte. Nur sie selbst kannte ihr großes Drama. Mit der Zeit wurde es ihr zu einem entsetzlichen Martyrium, das sie quälte und ihr überallhin folgte, und so beschloß sie, das Geheimnis ihres Lebens zu entschlüsseln. Sie bat also ihren

Vater, ihr ein Schiff auszurüsten, mit dem sie zu ihren Schwestern reisen wolle, die ihr sehr fehlten. Überglücklich bereitete der König sein bestes Schiff vor. Er glaubte, als er hörte, seine Tochter wolle verreisen, sie habe ihren Mut und ihre Kraft wiedergefunden. Bald brach Iliotati in das Land ihrer ältesten Schwester auf.

Sie kam bei gutem Wetter dort an und ging in den Palast ihrer Schwester. Groß war deren Freude, als ihr Iliotati gegenüberstand. Sie umarmte und küßte sie heiß und sagte, daß auch ihr Mann diese Freude empfinden werde, wenn er zurückkomme. Iliotati, die diese Freude nicht teilen konnte, bat sie, ihrem Mann nichts von ihrer Ankunft zu sagen und sie in der Nacht eine kleine Weile heimlich neben ihrem Mann schlafen zu lassen. Ihre Schwester konnte sich nicht erklären, warum Iliotati das von ihr verlangte, war aber ihr zuliebe einverstanden.

Den ganzen Tag lang hielt Iliotati sich versteckt. Am Abend, als die Eheleute sich niedergelegt hatten, löschte Iliotatis Schwester das Licht, damit sie schlafen konnten. Nach einer Weile tat sie so, als hätte sie etwas vergessen und stand auf, es zu holen. Anstatt daß aber sie zurückkehrte, ging nun Iliotati hinein und legte sich ins Bett.

In der Dunkelheit bemerkte der König nicht, daß sie nicht seine Frau war. Iliotati begann nun zu flüstern, damit er ihre Stimme nicht erkenne, und mit ihm zu reden:

«Ach, mein lieber Mann, so lange Zeit sind wir schon verheiratet, und ich habe dich nie nach einer Sache gefragt, die ich mir nicht erklären kann, die mich aber dennoch sehr beschäftigt. Willst du mir eine Erklärung für das geben, worum ich dich bitte?»

«Um was geht es denn, meine geliebte Frau? Frag mich, was du willst. Du weißt, daß ich keine Geheimnisse vor dir habe. Du bist so gut und vernünftig, und ich liebe dich sehr. Sag mir also, was du wissen möchtest.»

«Sag mir, warum du nicht meine Schwester, unsere Iliotati, als Frau behalten hast, wo du doch sie erwählt hattest.»

«Ach, was soll ich dir sagen...! Laß das lieber. Ich will mich nicht daran erinnern, es regt mich zu sehr auf. Außerdem würdest du mir auch nicht glauben. Ich bitte dich herzlich, frag mich nicht.»

«Aber du hast mir versprochen, mir zu antworten. Und meine Verwunderung wird nur noch größer, so wie du jetzt mit mir sprichst, und es wird mich noch mehr quälen. Ich bitte dich, laß mich nicht in dieser Verwirrung...»

«Nun denn, höre. Als ich mit Iliotati ins Schlafgemach gekommen war und sie umarmen wollte, öffnete sich die Wand, und ein wilder schwarzer Hund kam heraus, der zu mir sagte: 'Küsse sie nicht, berühre sie nicht, und geh der Frau des Schwarzen Hundes aus dem Wege!' Und so verlangte ich am nächsten Morgen die Auflösung der Ehe und nahm dich.»

Sie redeten noch ein bißchen, und dann tat Iliotati mit zitterndem Herzen so, als sei sie eingeschlafen. Als auch der König schlief, stand sie leise auf, ging hinaus und schickte ihre Schwester in ihr Bett. Jetzt kannte sie das schreckliche Geheimnis, das sie trotz aller Tragik befriedigte, weil es ihr die Erklärung gab für das unerklärliche Verhalten der beiden Jünglinge, die ihre Ehen auf gleiche seltsame Weise aufgelöst hatten.

Am nächsten Tag, nachdem der König das Haus verlassen hatte, verabschiedete sie sich von ihrer Schwester und verließ deren Land. Sie gab dem Kapitän des Schiffes den Befehl, sie in das Land ihrer anderen Schwester zu bringen. Sie wollte von deren Mann erfahren, was es gewesen war, das ihn ihre zweite Ehe hatte auflösen lassen.

Ihre Schwester empfing sie voller Freuden und nahm sie in die Arme. Doch Iliotati blieb kühl und nachdenklich. Sie bat auch sie, ihrem Mann nichts von ihrer Ankunft zu sagen und sie am Abend für eine kleine Weile zu ihm ins Bett zu lassen.

Alles verlief so wie bei der ersten Schwester, und Iliotati erfuhr auch aus dem Mund des zweiten Bräutigams, daß die Wand aufgerissen und ein schwarzer Hund erschienen war, der drohte, denjenigen zu zerfleischen, der es wagen würde, sie anzurühren.

Nach alledem kehrte Iliotati enttäuscht in den Palast ihres Vaters zurück. Sie hatte völlig verstanden, daß es für sie weder möglich sein würde, die Freuden der Ehe zu genießen, noch eigene Kinder zu bekommen. Sie würde ihr Leben lang allein bleiben müssen, und all ihre Jugendträume waren der Macht eines schwarzen Hundes unterworfen. Wahrhaftig, welch ein Fluch! Warum? Welches unfreundliche und eifersüchtige Schicksal hatte ihr so etwas Schweres auferlegt und ihr gleichzeitig eine solche Schönheit geschenkt, daß sich viele nach ihr sehnten und sich doch niemand ihrer erfreuen konnte?

All diese schrecklichen Fragen, das einsame Leben, ihre versklavten Träume und die Drohung des furchterregenden Gespenstes vergifteten Iliotatis Leben und hatten es ihr unerträglich gemacht. Sie kämpfte, so sehr sie konnte, um den Mut nicht zu verlieren, und sie versuchte, irgendwie einen Weg aus ihrer Ausweglosigkeit zu finden.

Sie dachte also daran, etwas zu tun, um das Leid der Menschen zu lindern, und während sie denen Gutes täte, würde ihr eigener großer und geheimer Kummer schwächer werden. Sie bat deshalb ihren Vater, ihr am Eingang der Stadt ein großes Gebäude zu errichten. Es sollte Bäder und Gästezimmer mit allen Annehmlichkeiten haben, und dort würde jeder Durchreisende, ob arm oder reich, adelig oder gewöhnlich, jung oder alt, Erholung finden. Er könnte sich waschen, saubere Keidung anlegen, essen und schlafen, soviel er wollte. Und alles das umsonst. Die einzige Bezahlung würde sein, daß jeder Iliotati eine phantastische oder wahre Geschichte oder ein Märchen erzählen müßte, um die allen unbekannte Trauer, die das zärtliche Herz der Königstochter bedrückte, zu erleichtern.

Der König begann sofort mit den Arbeiten, die Iliotati beaufsichtigte, damit alles so werde, wie sie es wollte. So entstand das große menschenfreundliche Haus mit einer großen Tafel, auf der geschrieben stand, daß alles für jeden Durchreisenden umsonst sei.

Viele Menschen arbeiteten dafür, daß das Haus angenehm war und gute Dienste darin geleistet wurden, und müde Fußgänger und Reiter, Adelige und Dienstleute, Reiche und Arme, Bettler und Krüppel kamen täglich dorthin. Wer dort ankam, wurde von den Dienern übernommen und in die Bäder geführt, er bekam saubere Kleider zum Umziehen, zu essen und zu trinken und durfte sich ausschlafen. Jeder konnte bleiben, so lange er wollte, und wenn er wieder gehen wollte, ging er vorher erst der traurigen Königstochter zu deren Erbauung seine Geschichte erzählen.

Eines Tages trotteten zwei Krüppel, ein Hinkender und ein Blinder, zu Iliotatis Stadt, um dort zu betteln, wie sie es gewöhnlich taten, indem sie von einer Stadt in die andere zogen. Sie waren schon fast dort, als sie beschlossen, sich hinzusetzen und nahe am Meer ein Stück Brot zu essen. Ein kleiner Fluß schickte seine Wasser herunter und ergoß sich ins Meer, und an seinem Ufer machten sie an einer Quelle halt.

Der Hinkende half dem Blinden sich zu setzen, holte einen Zwieback aus ihrem Säckcken und bückte sich, um ihn in dem reinen Quellwasser anzufeuchten. Der Zwieback fiel ihm aber aus der Hand, und das Wasser zog ihn immer weiter in die Tiefe. Von oben versuchte der arme Hinkende, ihn mit seinen kranken Beinen zu erwischen, bevor er ins Meer schwamm. Es hätte nicht viel gefehlt, und das Wasser hätte den Zwieback mit sich genommen, doch er verfing sich in einem Busch, und der Hinkende streckte seine Hand aus, ihn zu ergreifen. Als er ihn faßte, blieb aber einer seiner Finger in einem eisernen Ring stecken. Er zog und zog, um seinen Finger zu befreien, doch stattdessen hob er eine steinerne Platte hoch.

Während sich die Platte hob, strömten betörende Blumendüfte von einer hinabführenden Treppe empor und umgaben ihn. Die Neugier des Armen wuchs. Er wollte sehen, was da unten war, wo die Treppe hinführte und woher fortwährend diese betörenden Düfte kamen.

Er begann also, die Treppe hinabzusteigen. Er stieg und stieg, und das Ende der Treppe war nicht zu sehen. Einen Moment lang wurde er ängstlich und dachte daran, umzukehren, aber ein erfrischender Hauch, erfüllt von Wohlgerüchen, machte ihn schwindlig und ließ ihn in einem nicht mehr zu bändigenden Wunsch weiter hinuntersteigen. Jetzt wollte er nichts anderes mehr, als den Ort in der Tiefe kennenlernen, von dem diese einzigartigen Düfte kamen.

Und so befand er sich, nachdem er die vierzig Stufen der marmornen Treppe hinuntergestiegen war, in einem traumhaften

Garten. Tausende ungewöhnlichster Blumen waren darin erblüht, und ihre Düfte machten die Luft schwer und betäubend. In der Mitte des Gartens sah er auf einem Feuer einen goldenen Kessel stehen, in dem sieben geschmeidige Gerten in Wasser kochten.

Verwirrt musterte der arme Hinkende die merkwürdigen Dinge, die er sah.

«Gott und Herr, hilf mir. Was ist das hier? Mach mich wach, damit ich aus diesem seltsamen Traum erwache», murmelte er. Er war fassungslos, der Ärmste, und er traute seinen Augen nicht. Er glaubte zu träumen.

Aus seiner Verwirrung rissen ihn wildes Gebell und lautes Getöse, die die tiefe Stille erzittern ließen, und so versteckte er sich schnell inmitten eines erblühten Rosenbusches, der vor ihm stand. Mit weit aufgerissenen Augen und einem Herzen, das vor Schreck fast zerspringen wollte, sah er einen großen, schwarzen Hund mit flammenden Augen und einem gewaltigen, blutroten Maul herbeirennen, der wie besessen herumsprang und bellte. Der Hund schüttelte unter heftigen Bewegungen das Hundefell von sich ab und schmiß es zu Boden. Sogleich zeigte sich ein Jüngling, der wie die Sonne strahlte. Er ging zu dem Kessel, nahm eine der Gerten heraus und begann, so heiß wie sie war, sich damit zu schlagen, wobei er laut schrie. Blut floß aus den Wunden, die die Schläge in seinen Körper gerissen hatten, und verzweifeltes Jammergeschrei erfüllte den Garten:

«Für dich, meine Iliotati, schlage ich mich. Für dich peitsche ich mich. Für dich quäle ich mich. Ich würde mich eher umbringen, als dich, meine geliebte, meine über alles geliebte Iliotati, zu vergessen. Wegen dir wurde ich verzaubert und in dieses verfluchte Hundefell gesteckt...»

Das setzte der Jüngling fort, bis er auf seinem geschundenen Leib alle sieben Gerten zerbrochen hatte. Danach schnitt er von den Bäumen weitere sieben ab, steckte sie in den Kessel, schürte das Feuer und zog sich wieder das Hundefell über. Sofort wurde er wieder zu dem furchterregenden Schwarzen Hund, und das Getöse, das fürchterliche Gebell und Gebrüll begannen erneut, und er rannte aus dem Garten.

Ruhe und Stille breiteten sich nun an dem dufterfüllten Ort aus. Als der Hinkende sich überzeugt hatte, daß der Schwarze Hund verschwunden war, ging er zu der Treppe, stieg ihre vierzig Stufen hoch und befand sich wieder am Ufer des Flusses dicht am Meer.

Der arme Blinde war es leid geworden, auf ihn warten zu müssen, und als er ihn neben sich fühlte, sagte er:

«Im Namen Gottes, wo bist du so lange gewesen? Ist dir jemand über den Weg gelaufen? Wo warst du?»

«Da, nimm etwas Zwieback und die Oliven hier. Iß und höre, was mir passiert ist.»

Sie begannen zu essen, während der Hinkende von seinem seltsamen Abenteuer erzählte. Sie sprachen noch lange darüber, ohne daß sie eine Erklärung für die seltsamen Geschehnisse finden konnten.

Nachdem sie sich ausgeruht hatten, erhoben sie sich und setzten ihren Weg gemeinsam fort, aber jeder mit eigenen und voneinander ganz verschiedenen Gedanken. Der Blinde dachte: 'Gott allein weiß, wo er sich rumgetrieben und was er gemacht hat, und dann kommt er und tischt mir diese Lügen auf...'. Und der Hinkende grübelte: 'Was für entsetzliche und fürchterliche Geheimnisse waren das, die meine Augen gesehen und meine Ohren gehört haben...'.

So erreichten sie gemeinsam und doch jeder für sich die Stadt. Am Eingang sah der Hinkende, der ja sehen konnte, das große Haus, las die Tafel und sagte zu dem Blinden:

«He du, Bruder, wir sind gerettet. Ich lese hier: 'Bad, Essen, Schlafen gratis'.»

«Irgendwas stimmt heute nicht mit dir, mein Ärmster. Jetzt setzen dir wieder andere Geister zu. Paß auf, mein Lieber, ich merke, es geht dir nicht gut. – Schwarzer Hund, vierzig Stufen in der Erde, Brot, Essen, Baden, Betten, alles umsonst... . – Dir geht es wohl nicht gut...»

Ohne die Worte des Blinden zu beachten, übergab ihn der Hinkende der Dienerschaft des Hauses. Sie wuschen sich beide, legten saubere Kleider an, aßen, was sie wollten, und legten ihre erschöpften Leiber in sauber bezogene Betten. Sie schliefen, erholten sich und linderten für einige Tage das Elend ihres Lebens.

Irgendwann machten sie sich bereit zu gehen.

«Nein, so könnt ihr nicht verschwinden. Ihr müßt noch bei der Königstochter vorbeigehen und ihr eine Geschichte erzählen, wie es alle tun, die hier beherbergt werden. Das ist ihre einzige Bezahlung, und sie will sie von allen.»

Kurz darauf standen sie vor der wunderschönen Königstochter.

«Aber wir, liebe Königstochter, lange mögest du leben, zwei vom Leben Gebeutelte – was wissen wir zu erzählen, das wert wäre, daß Euer Gnaden es höre?»

«Das kann ja nicht sein. Irgendetwas werdet ihr doch gehört haben, irgendetwas werdet ihr gesehen haben in all den Städten, in denen ihr wart. Erzählt mir etwas, es wird mir schon gefallen, was es auch sei.»

«He du, Bruder, erzähl der Königstochter die Geschichte, die du mir erzählt hast. Das, was du gesehen hast, als du vierzig Stufen in die Erde hinabgestiegen bist», sagte der Blinde zu dem Hinkenden.

«Du hast recht. Gut, daß du mich daran erinnert hast.» Und der Hinkende begann zu erzählen, wie er die vierzig Stufen auf der marmornen Treppe hinabgestiegen war, wie er sich in dem traumhaften Garten mit den ungewöhnlichen Blumen und den betäubenden Düften wiedergefunden hatte, und von dem wilden Schwarzen Hund. Als er bei dem Jammergeschrei des Jünglings angekommen war, der erschienen war, nachdem er das Hundefell von sich abgeschüttelt hatte, und als er erzählte, der Jüngling habe gerufen: 'Für dich, meine Iliotati, peitsche ich mich, für dich schlage ich mich', da wurde Iliotati ohnmächtig und so bleich wie eine Tote.

Ihre Zofen liefen erschreckt zu ihr und begannen, sie mit Moschus und Rosenwasser zu besprühen, um sie wieder zu sich zu bringen. Die Diener packten die beiden Bettler, schlossen sie in ein Zimmer ein und drohten ihnen, sie umzubringen, sollte der Königstochter etwas passiert sein. Und sie wollten erfahren, was sie ihr erzählt hatten, so daß sie darüber ohnmächtig geworden war.

Iliotati kam wieder zu sich. Sie sah sich um und fragte besorgt, was aus den Bettlern geworden sei, weil sie fürchtete, man hätte sie laufen lassen. Die Bettler kamen nochmals zu ihr, und Iliotati erfuhr die ganze tragische Geschichte des verwünschten Jünglings, der aus Liebe zu ihr, wie aus seinem Jammern erkennbar war, dieses Martyrium auf sich genommen hatte. Sie bat den Hinkenden, mit ihr zu der steinernen Platte zu gehen, die, wenn man sie öffnete, in den zauberhaften Garten führte.

Als sie die vierzig Stufen auf der marmornen Treppe hinabstiegen, gab Iliotati dem Hinkenden den Auftrag, im richtigen Moment das Hundefell zu greifen und dafür zu sorgen, daß es im Feuer unter dem Kessel, in dem die sieben Gerten kochten, verbrannte. Sie versteckten sich dann und warteten voller Angst.

Plötzlich wurde die tiefe duftende Stille des Gartens von einem furchterregenden Hundegebell und Gebrüll zerrissen. Lautes Getöse erfüllte die Luft, und der Ort erzitterte im wahrsten Sinne des Wortes. Das furchterregende Gespenst, der Schwarze Hund, erschien. Er rannte, sprang umher, schüttelte seinen Körper und warf endlich sein gräßliches Fell von sich. Der schöne Jüngling, der hervorgekommen war, ging mit langsamen Schritten auf den Kessel zu. Er war dort noch nicht angekommen, da war Iliotati schon bei ihm und umarmte ihn, während der Hinkende mit der ganzen Kraft seiner kranken Beine auf das Feuer zulief, um das Fell, das er in den Händen hielt, hineinzuwerfen. Der Jüngling rang heftig mit Iliotati, um sich aus ihren Armen zu befreien und sein Fell zu retten. Er war nahe daran, sie abzuschütteln und ihr zu entkommen. Aber der Hinkende hatte es schon geschafft, und das Fell brannte im Feuer. Langsam beruhigte sich der Jüngling, und er fiel wie ein verwundeter Vogel zu Boden, als das verfluchte Fell endlich verbrannt war.

Die große körperliche Anstrengung, die Seelenpein und der Kampf gegen den Zauber versenkten ihn in einen tiefen Schlaf, der todesähnlich war. Iliotati kniete neben ihm und versorgte die unzähligen offenen Wunden an seinem Leib. Und da hörte sie unter Freudentränen das Phantasieren des Jünglings, der sagte:

«Für dich, meine Iliotati, peitsche ich mich. Für dich schlage ich mich. Für dich quäle ich mich. Ich würde mich eher umbringen, als dich zu vergessen und eine andere Frau zu heiraten. Iliotati, meine geliebte, meine über alles geliebte...»

Nach einer Weile öffnete er die Augen. Er sah über sich gebeugt das wunderschöne Mädchen. Er richtete sich auf, sah sie fassungslos an und flüsterte:

«Jetzt werde ich verrückt. Die Zaubereien haben mir den Kopf verdreht, und jetzt sehe ich schon als trügerischen Geist Iliotati vor mir. Eine weitere Qual, die die Verwünschungen der Hexe, der ich begegnet bin, für mich bereithalten.»

«Nein, du siehst keinen Geist. Ich bin es, Iliotati, die du liebst. Aber ich kenne dich nicht. Du bist von deinen Verwünschungen erlöst. Versuche, zu dir zu kommen, damit wir über uns sprechen können. Über dich, über mich, über die Abenteuer in unser beider Leben.»

Der Jüngling erhob sich, sah sich um, sah die schöne junge Frau, die ihm aufmunternd zulächelte und ihm half, sein menschliches Ich wiederzufinden. Er begriff endlich, daß sein fürchterliches Martyrium vorbei war, zog das Mädchen an seine Seite und begann, ihr die merkwürdigen Dinge zu erzählen, die ihm zugestoßen waren.

Ehe der Jüngling noch beginnen konnte, lehnte sich Iliotati sanft in seine Arme und sagte zu ihm:

«Ehe du sagst, wer du bist, woher du stammst und was sonst noch, will ich dir erst einmal sagen, daß du der Geliebte meines Herzens bist. So fühle ich für dich, und nichts kann meine Liebe hindern.»

Zutiefst gerührt von dem unglaublichen Glück begann der Jüngling seine dramatische Geschichte zu erzählen:

«Ich kam durch deine Stadt, meine liebe Iliotati, und trank an dem Springbrunnen Wasser. Ich sah dein Bild und war wie verzaubert. Wenn es möglich gewesen wäre, hätte ich dich sofort zur Frau genommen. So stark war die Liebe zu dir, die ich in meinem Herzen fühlte. So verstaubt und verschwitzt wie ich aber gerade von der Jagd kam, konnte ich nicht gut vor deinen Vater treten, ja, nicht einmal in den Palast gehen. Ich dachte also, zunächst in mein Land zurückzukehren und dann als der König, der ich bin, mit meinem Gefolge zu erscheinen, um deinem Vater mit aller Würde meinen Heiratsantrag zu unterbreiten. So wäre ich sicherer gewesen, als Mann der schönsten Königstochter der Welt anerkannt zu werden. Also sprang ich wieder auf mein Pferd und begann ungestüm zu reiten, wobei ich Schluchten und Gräben übersprang, um den Weg abzukürzen. Ständig querfeldeinreitend, kam ich zu einem einsam dastehenden Haus. Ich hatte vor, hineinzugehen und mich eine Weile auszuruhen, und vor allem sollte sich mein Pferd erholen, das wegen des schnellen Rittes und der Strapaze bald zusammenbrach.

Eine herzensgute Greisin empfing mich. Sie sah meinen Schweiß und wie überanstrengt ich war. 'Komm herein, mein Prachtjunge', sagte sie liebenswürdig. 'Wer jagt dich? Wer auch deine Feinde sein mögen, hab keine Angst. Hier bist du in Sicherheit. Ich habe solche Kraft, daß dir niemand auch nur ein Haar krümmen kann. Beruhige dich, setz dich, und iß und trink, du und auch dein Pferd.' – 'Ich danke dir, beste Frau, aber ich bin nicht in Gefahr. Niemand ist hinter mir her. Ich eile aus eigenem Antrieb. Ich bin der König Soundso und kam müde von der Jagd. Als ich am goldenen Brunnen meines Nachbarkönigs vorbeikam und mich erfrischen wollte, sah ich das Bild seiner jüngsten Tochter, der wunderschönen Iliotati. Ich verliebte mich so sehr in sie, daß ich wirklich verrückt werde, wenn ich sie nicht zur Frau bekomme.'

Je mehr die Alte von meiner Liebe hörte, desto mehr veränderte sich ihr Aussehen. Ihr Blick umwölkte sich, wurde finster und geheimnisvoll. Nachdem sie mich viel hatte reden lassen, sagte sie mit tiefer Stimme und entschlossen zu mir: 'Ich werde es nicht zulassen, daß du Iliotati bekommst. Du wirst meine Tochter heiraten, die auch schön ist. Und ist sie auch keine Königstochter, bei dir wird sie zur Königin. – Das ist mein Wille, und den ändere ich um keinen Preis.'

Ich widersetzte mich natürlich", fuhr der König fort, «aber all meine Kraft war nur wie Spielzeug in den Netzen ihrer Zauberkunst. Und als sie sah, daß ich auf keinen Fall ihre Tochter zur Frau haben wollte, bedeckte sie mich mit dem Hundefell, das du verbrannt hast, und machte aus mir einen schwarzen Hund. Nur mein Herz konnte sie nicht antasten. So hielt mich meine Liebe ständig unsichtbar in deiner Nähe als der wilde und furchterregende Schwarze Hund für jeden, der es wagte, dich anzurühren. Deshalb zerbrachen deine beiden Ehen. Meine große Liebe zu dir gab mir die Kraft, das große Martyrium zu ertragen, zu dem mich die Zauberkraft der bösen Zaubrerin verurteilt hatte.»

«Auch ich, mein König, geliebter und langlebiger, kämpfte nicht weniger. Ich litt unter den unerträglichen Enttäuschungen, die meine Jugendträume begleitet haben», war nun Iliotati an der Reihe, ihre eigene Tragödie zu schildern.

Überglücklich heirateten endlich die beiden jungen Leute, und zwar mit einzigartiger Pracht und vielen Freuden und mit Festgelagen für das ganze Volk, und sie lebten fortan gut und wir noch besser.

Fani Oustamanolaki

wurde 1889 in Archanes geboren, wo sie die Volksschule bis zum Abschluß besuchte. Mit 24 Jahren heiratete sie und zog drei Jungen und zwei Mädchen groß. Sie lebte immer in Archanes, wo sie 1936 starb. Sie hat Kreta nur hin und wieder einmal verlassen, um kurz nach Athen zu reisen.

Sie war eine großartige Erzählerin, voller Ehrfurcht und Tugend. Ihre Tochter, die Sammlerin unserer kretischen Märchen, Frau Eleni Doundoulaki-Oustamanolaki, sagt von ihr, sie sei ein beispielhafter Mensch gewesen.

Die Märchen «Die neun Stierbrüder» und «Der Vielkichererbsen-Mann» stammen von ihr selbst. Das Märchen «Die Marmorjungfrau» hat sie von ihrer Mutter gehört.

Die neun Stierbrüder

Irgendwann einmal vor langer Zeit lebte in einem Dorf ein braves Ehepaar, das überall sehr beliebt war. Es hatte neun Kinder, und alle Kinder waren Knaben. Die Kinder wurden zu sehr schönen Jünglingen, die manch seltene Gabe hatten, so daß alle sie bewunderten und liebten.

Aber sie hatten ein sehr großes Problem, das größer wurde mit ihrem Älterwerden und als sie junge Männer wurden. Wenn in der Gegend, in der sie lebten, die Knaben keine Schwester hatten, wurden sie nicht zu Feiern eingeladen und hatten überhaupt keine Gesellschaft. Das heißt, sie konnten keine Freundschaften schließen. Genauso ging es auch den Mädchen, wenn sie keinen Bruder hatten. Man ließ sie allein und wandte sich von ihnen ab, was für gute Menschen sie auch sein mochten.

Solange die neun Brüder klein waren, hatten sie es nicht schwer in ihrem Leben. Als sie jedoch älter wurden und Freundschaften schließen wollten, sahen sie, daß dies bei ihren Sitten nicht möglich war.

Das betrübte sie sehr, und am Ende wurde ihnen ihre Lage unerträglich, und deshalb berieten sie eines Tages viele Stunden lang und beschlossen endlich, aus ihrer Heimat wegzugehen und anderswo zu leben.

Den Eltern tat es in der Seele weh, als sie von dem Beschluß ihrer Kinder hörten, und sie baten sie unter heißen Tränen, nicht wegzugehen, weil sie die Trennung von ihnen nicht ertragen könnten. Oder zumindest sollten sie nicht alle weggehen.

Die Brüder waren aber uneinsichtig. Sie trösteten ihre Eltern und sagten, daß sie ihren Kindern zuliebe ein Einsehen haben sollten, weil deren Leben in ihrer Heimat so schwierig und freudlos sei.

Da sagte die Mutter zu ihnen:

«Meine Söhne, hört mich an. Geht nicht so eilig fort. Wartet noch eine Weile. Ich trage ein Kind in meinem Schoß, das in wenigen Monaten geboren wird. Habt also Geduld. Es könnte ja ein Mädchen sein, und dann wird sich alles ändern. Wer weiß... Wenn es aber wieder ein Junge ist, werde sogar ich selbst euch raten, in eine andere Gegend zu gehen, damit ihr glücklich leben könnt.»

Voller Freude hörten die neun Brüder diese gute Nachricht. Sie küßten ihre Mutter, und der Älteste sagte zu ihr:

«Unsere gute Mutter, wir sehen ja das Leid, das über dich kommen wird, doch unser eigenes Leid wird nicht geringer sein. Da wir aber entschlossen sind zu gehen, werden wir das nicht ändern. Wir werden aber nicht weit weggehen. Wir bleiben am gegenüberliegenden Berg und arbeiten dort im Wald. Wenn das Kind, das du gebärst, ein Mädchen ist, hängt einen Spinnrocken ins Fenster. Wir werden ihn sehen und sofort zurückkommen, damit wir alle glücklich und von eurer Liebe und Zärtlichkeit umgeben leben können. Wenn es aber ein Junge ist, liebe Mutter, dann hängt ein Schwert ins Fenster. Dann erwarte uns nicht mehr zurück, liebe gute Mutter. Unsere Trennung wird dann endgültig sein.»

Die Eltern hatten keine Kraft, ihren Kindern noch weiter zu widersprechen. Sie gaben ihnen ihren Segen und verabschiedeten sie unter Tränen und Küssen und beteten sehnlichst um ihre Wiederkehr.

Die Zeit verging langsam, und die armen Eltern warteten mit Herzklopfen auf die Geburt ihres zehnten Kindes, das ihnen entweder die größte Freude bringen oder sie in endlose Trauer stürzen würde. Mit der gleichen Sehnsucht beobachteten die neun Brüder an ihrem geliebten Elternhaus, von dem sie sich abgewandt hatten, das Fenster, von dem das Glück ihrer Familie abhing.

Endlich kam die ersehnte Stunde, und die Mutter brachte einen wunderschönen Säugling zur Welt, der ein Mädchen war! Was für eine große Freude war das, die nun das Haus erfüllte.

Die Eltern sagten sofort den anwesenden Verwandten, sie sollten einen Spinnrocken ins Fenster hängen, damit ihn ihre Kinder sähen und zurückkehrten. Leider hatten sie aber auch Feinde, die eifersüchtig waren auf die Eintracht, die Liebe und das Gedeihen in ihrem Haus. Diese bösen Menschen hängten anstelle des Spinnrockens ein großes Schwert ins Fenster.

Die neun Brüder entdeckten voller Qualen das Schwert und begannen untröstlich zu schluchzen und zu weinen, während ihre Eltern in einem Freudenmeer schwammen und ungeduldig darauf warteten, die Schritte ihrer Kinder zu hören, die eiligst die Hoftreppe heraufgelaufenkämen, um ihnen glücklich in die Arme zu fallen.

Aber wehe... Am selben Tag packten die Kinder am Berg ihre Sachen ein und brachen auf in die ferne, bittere, unbekannte Fremde.

Der erste Tag verging, und sie erschienen nicht. Ihre Eltern sagten sich: 'Sie machen sich fertig, na, natürlich, sie müssen ihre Sachen zusammenpacken. Das braucht seine Zeit... .' – Es vergingen der zweite und der dritte Tag: nichts. Da ging der Vater endlich beunruhigt und argwöhnisch hinaus, um zu sehen, was im Fenster hing. Ihr versteht sicher, wie verzweifelt er war, als er das Schwert sah.

«Es ist aus, liebe Frau. Unsere Jungen sind fort. Unsere Feinde haben ein Schwert ins Fenster gehängt, und wir warten umsonst auf sie, wir Unglückseligen.»

Die unglücklichen Eltern weinten unaufhörlich. Wie hätten sie auch ahnen sollen, daß Menschen, von denen sie geglaubt hatten, sie wären ihre Freunde, und zu denen sie Vertrauen hatten, ihnen so etwas Böses antun würden.

Die Zeit verging. Das Mädchen wuchs heran. Es hatte viele gute Eigenschaften, die seine Eltern froh und stolz machten, doch gleichzeitig fühlten sie auch, wie ihre Trauer um das unnütze Fortgehen ihrer neun Jungen wuchs.

Solange das Mädchen klein war, ging es ihm gut. Als es aber heranwuchs, hatte es das gleiche Problem wie seine verlorenen Brüder: Weil es keinen Bruder hatte, wollte man es in keiner Gemeinschaft, und alle wichen ihm aus.

Eines Tages sagte es bekümmert zu seiner Mutter:

«Mutter, warum hast du nicht noch ein Kind bekommen? Vielleicht wäre es ein Junge geworden, und dann hätte auch ich Gesellschaft. Jetzt werde ich zu keiner Feier eingeladen, und man will mich in keiner Freundesgruppe. Wie soll ich so nur leben?» Da erzählte ihm die Mutter unter Tränen ihre Familientragödie.

Von diesem Tag an wurde das Mädchen sehr nachdenklich. Es fühlte sich wie gefangen, und es war ihm unmöglich, an diesem Ort zu bleiben. Und am Ende faßte es den mutigen Entschluß, wegzugehen, um Städte und Wälder, Berge und Ebenen zu durchstreifen und vielleicht seine Brüder zu finden.

Als es seinen Eltern seine Pläne eröffnete, stürzte es sie in Verzweiflung.

«Es ist aus», sagten die Unglücklichen, «wir werden auch noch das einzige Kind, das uns geblieben ist, verlieren. Es verläßt uns auch unser Mädchen...»

Vergeblich versuchten sie, es mit Tränen und Bitten dazu zu bewegen, seinen Entschluß zu ändern.

«Bemüht euch nicht, meine geliebten Eltern, mich zu halten... Ich verstehe eure Trauer. Ich fühle euren Schmerz und wie es eure Herzen zerreißt. – Aber meine eigene Trauer, ist die vielleicht geringer? – Die Schwierigkeiten und das Unbekannte, das, was auf mich zukommt, macht mir das etwa keine Angst? Ich muß aber kämpfen, meine lieben Eltern. Es ist meine Pflicht, meine verlorenen Brüder zu finden. Wenn wir hier untätig herumsitzen, werden das Unglück und der tiefe Schmerz unser Leben lang unsere Seelen belasten, und unser Leben wird nichts als ein wahrhaftes Martyrium sein, das uns ein vorzeitiges und bitteres Ende beschert. Gebt mir also euren Segen, meine geliebten Eltern. Betet Tag und Nacht für mich, für meine Brüder, für eure Kinder. Gott wird mit uns barmherzig sein.»

Mit diesen Worten verabschiedete sich die Tochter von ihren Eltern, ihnen als Trost die Hoffnung lassend. Und ihre Seelen waren erfüllt von ihren ermutigenden und tröstlichen Worten.

Sie brach ins Unbekannte auf. Ihr Gebet und die heißen Gebete ihrer Eltern blieben ihre einzigen Gefährten und Wegweiser in den einsamen Gegenden, durch die sie kam. – Aber konnte es denn Besseres geben? Göttliche Eingabe lenkte ihre Schritte auf ihren Wegen.

Das Mädchen lief den ganzen Tag durch einen Wald, mit den

Vögeln und dem Wild als Gesellschaft, die da und dort bei ihrem Erscheinen überrascht aufsprangen.

Als es Nacht wurde, legte sie sich mit dem Gebet und der Sehnsucht ihrer Schwesternliebe als Gefährten auf das trockene Laub unter einem großen Baum schlafen. Vor Müdigkeit fielen ihr sofort die Augen zu, und da war nichts mehr außer süßen Träumen, die ihren Schlaf begleiteten. Die ersten Sonnenstrahlen, die durch das Laub der Bäume drangen, streichelten sanft ihr ruhiges und süßes Gesicht und weckten sie auf.

Mit neuer Kraft und wohlgemut setzte sie ihre Reise durch den Wald fort. Es war ihr, als hätte sie ihr ganzes Leben in diesem Wald gelebt. So sehr war er ihr eines Tages vertraut geworden, und so sehr liebte sie ihn. Das Gezwitscher der Vögel in der taufrischen Morgenfrühe erschien ihr wie nur ihr bestimmt, denn es sprach zu ihr voller Liebe und ermutigte sie weiterzugehen. Es versprach ihr, daß ganz sicher irgendwo die Freude wartete, die sie suchte.

Irgendwann kam sie aus dem Wald heraus. Vor ihr lag eine tiefe, grasgrüne Ebene voller Wiesen und Saatfelder. An einer Stelle weiter rechts entdeckte sie ein Haus. Ihr Herz fühlte neuen Mut. 'Dorthin werde ich gehen', dachte sie, 'vielleicht können die Hausbewohner dort mir etwas sagen. Zumindest werden sie mir sagen können, wo ich bin und wie man zur Stadt kommt.'

Am Nachmittag stand sie dann vor dem Häuschen in der Ebene. Die Tür war offen. Sie ging hinein. Sie kam in einen geräumigen Hof, der in einen großen Garten überging. Bäume und Blumen blühten und dufteten überall. Das Mädchen rief:

«He, ihr Herrschaften. He, ihr Hausherren!»

Sie bekam aber keine Antwort, und so beschloß sie, weiterzugehen ins Innere des Hauses.

Sie drückte die Türklinke herunter und sah, daß die Tür unverschlossen war. Sie öffnete sie und trat ein. Auch da war keine Menschenseele.

Sie kam in eine große Küche. Das, was sie sofort bemerkte, und was ihr einen ungewöhnlichen Eindruck machte, war der Tisch. Er sah nämlich aus, als hätten dort neun Personen zu Mittag gegessen, die sicher in Eile gewesen waren und daher das Geschirr nicht weggeräumt hatten. Neun Stühle, neun Teller, neun Gläser, alles neunmal.

Sie ging weiter in die anderen Räume. Sie kam auch in einen großen Raum, der einem richtigen Saal glich. Auch hier herrschte die Zahl Neun: neun Betten, neun Paar Pantoffeln... – Kurz und gut, alles in diesem Haus deutete darauf hin, daß es von neun Personen bewohnt war, und zwar nur von Männern. Frauenkleider oder andere für Frauen bestimmte Dinge waren nirgends zu sehen.

Das Herz des Mädchens geriet vor Freude in ein rasches Flattern.

Nichts konnte oder wagte sie für den Augenblick zu denken. Aber nach dem ersten Eindruck machte sie sich, ohne Zeit zu verlieren, an die Arbeit.

Sie räumte den Tisch ab, brachte die Küche in Ordnung, machte die Betten, fegte überall, und nach kurzer Zeit glänzte das Haus vor Sauberkeit und Ordnung. Danach öffnete sie wie eine gute Hausfrau die Schränke, nahm zwei Hasen von der üppigen Jagdbeute, die sie vorfand, und begann zu kochen.

Bald duftete das Haus nach gutem Essen. Das Mädchen tat sich etwas auf einen Teller und aß. Wie köstlich schmeckte ihr das erste Essen, das sie nach vielen Tagen, an denen sie nichts zu essen gehabt hatte, bekam. Dann deckte sie den Tisch mit neun Gedekken, und inzwischen war es Abend geworden.

'Zeit, mich zu verstecken', dachte sie. 'Wer weiß, was für Leute hier wohnen...'

Als Versteck wählte sie eines der neun Betten, unter das sie kroch. Nach kurzer Zeit hörte sie Schritte im Hof und Gespräche.

Die Küchentür ging auf, und herein kamen neun starke, schöne Jünglinge.

Ihr Erstaunen war groß, als sie den gedeckten Tisch, das gekochte und duftende Essen und das blitzsaubere Haus sahen.

«Gott und Herr», sagten sie, «fünfzehn Jahre sind wir in diesem Haus, und kein Mensch hat je seinen Fuß hier hereingesetzt. Und jetzt..., wie ist dieses Wunder nur geschehen? Wer hat uns besucht und diese große Freude gemacht?»

Sie wußten nicht, was sie denken sollten. Aber sie aßen, und über den wunderlichen Vorfall weiterredend, gingen sie in den Schlafraum, um sich schlafenzulegen.

Dort erwartete sie noch eine Überraschung: Das aufgeräumte Zimmer, die Ordnung, die zu Paaren zusammengestellten Pantoffeln, die sauber gemachten Betten.

Ihre Neugierde wuchs, und sie redeten noch viele Stunden, bis sie endlich einschliefen.

Das Mädchen hörte deutlich all ihre Gespräche. Niemand entdeckte sie. Aus dem, was sie gehört hatte, konnte sie aber zu keinem bestimmten Schluß kommen. Die einzige Hoffnung, die sie hatte, und was sie ermutigte, war, daß es neun Jünglinge waren, und neun an der Zahl waren ihre Brüder!

Am nächsten Morgen standen die Jünglinge auf und gingen zur Arbeit. Das Mädchen erledigte rasch die Hausarbeit, als ob sie in ihrem eigenen Haus sei. Als sie gekocht und gegessen hatte, versteckte sie sich wieder unter dem Bett.

Gegen Mittag kamen die Jünglinge von der Arbeit zurück und standen wieder vor dem gleichen überraschenden Bild: gedeckter Tisch, sauberes Haus und so weiter. Dieselbe Überraschung wie am vergangenen Tag erwartete sie auch am Abend. Zwar wußten sie nicht, was sie von all dem halten sollten, aber sie konnten auch nicht länger daran zweifeln, daß jemand in ihrem Haus anwesend war. Sie einigten sich also und beschlossen, daß einer von ihnen im Haus bleiben und sich irgendwo verstecken sollte, um zu sehen, wer die Unbekannte war, die heimlich als Hausfrau in ihr Haus gekommen war.

Wer sollte aber bleiben? Keiner war dazu bereit. Alle hatten Bedenken. Man konnte ja nicht wissen, ob die gute Hausfrau auch gutwillig war. Vielleicht war sie ja irgendeine schlaue Hexe, die auf geschickte Weise versuchte, sie in ihre Zaubereien zu verwickeln, und die dann natürlich böse für sie enden würden. Endlich erklärte der Jüngste, er würde bleiben und das Geheimnis aufklären.

Am nächsten Morgen gingen alle zur Arbeit außer dem Jüngsten, der auf einen dichtbelaubten Baum im Hof stieg und sich versteckte. Von dort aus konnte er jede Bewegung im Haus beobachten, ohne selbst gesehen zu werden.

Und siehe da, nach kurzer Zeit sah er ein sehr schönes Mädchen aus dem Haus kommen, das flink mit den Hausarbeiten begann. Verwirrt bewunderte er ihre Schönheit und wie geschickt sie den Haushalt versah, und er dachte, daß sie sicher ein Mädchen mit sehr gutem Herzen sei. Aber wie war sie hierhergekommen? Warum zeigte sie sich ihnen nicht? Welchen Grund hatte ihr Versteckspiel in ihrem Haus?

Er war in großer Verlegenheit und wußte nicht, wie er das Mädchen ansprechen sollte, ohne es so zu erschrecken, daß es vielleicht gleich davonliefe. Endlich besann er sich und sagte so ruhig, wie er nur konnte:

«He, Mädchen, erschrick nicht. Ich sehe dir schon lange zu und trau mich nicht, dich anzusprechen.»

Das Mädchen drehte sich überrascht um und sah den Jüngling auf dem Baum. Sein Anblick erfreute ihr Herz und gab ihr Mut, denn in seinem Gesicht erkannte sie das Gesicht des Vaters...

Der Jüngling fragte, ob er heruntersteigen und sich vorstellen dürfe, denn er wolle gerne mit dem Mädchen über dessen und sein eigenes Leben sprechen. Das Mädchen sagte, das wolle es auch, und sie würde gern erfahren, wo sie sei, und ihm erklären, was es mit ihrem Besuch auf sich habe.

Der Jüngling kletterte von dem Baum herunter, sie gingen ins Haus hinein, und das Mädchen begann von ihrer Familientragödie zu erzählen, und daß sie sich aufgemacht habe, ihre neun Brüder zu suchen.

Das Mädchen hatte seine Geschichte kaum beendet, da lagen sie sich in den Armen. Die Geschwister waren einander begegnet und hatten sich mit Gottes Hilfe erkannt...

Nachdem sie so umarmt viele Freudentränen geweint hatten, sagte der Bruder zu seiner Schwester, es sei eine Sünde, die anderen Brüder auf diese große Freude warten zu lassen, bis sie zum Mittagessen heimkehrten. Er wolle gehen und sie schnellstens herbeiholen.

Er rannte also gleich dorthin, wo die Brüder arbeiteten, während sich das Mädchen überglücklich an die Hausarbeiten machte. Von Freude überwältigt, legte der Bruder schnell wie ein Adler den

Weg zurück, und als er seine Brüder sah, rief er schon von weitem:

«Brüder, meine Brüder, sie ist da. Unsere Schwester ist gekommen. Kommt schnell, unsere Schwester...», so rief er und winkte mit den Armen wie mit Flügeln.

«Wehe uns», sagten seine Brüder, «unser Bruder ist verrückt geworden. Vermutlich ist die Person in unserem Haus eine Hexe, und die hat ihn verrückt gemacht...»

Aber er versicherte, er sei nicht verrückt, und es ginge ihm sehr gut, nur könne er sich vor lauter Freude nicht halten.

«Ich sage euch die Wahrheit: Wir haben eine Schwester... Kommt, laßt uns nach Hause gehen. Sie wartet dort auf uns.»

Nachdem er sich beruhigt hatte, erzählte er ihnen von dem Unrecht, das Feinde ihrer Familie angetan hatten, als ihre Schwester geboren worden war, und daß sie anstelle eines Spinnrockens ein Schwert ins Fenster gehängt und so die Familie zerstört hatten.

Was dann bei der Begegnung mit ihrer Schwester geschah, läßt sich nicht beschreiben: Freudentränen, Lachen, Küsse, Umarmungen...

Das Mädchen erzählte ihnen von ihren Kinderjahren, der Schule und der Schwierigkeit, die sie hatte, Freundschaften zu schließen, als sie heranwuchs. Sie erzählte ihnen von ihren geliebten und so sehr verletzten Eltern und riet, daß sie alle miteinander schnellstens ins Elternhaus zurückkehren sollten, weil die Eltern die neue Trennung – dieses Mal von ihrer Tochter – vermutlich nicht lange ertragen würden.

Die Jünglinge gaben ihrer Schwester recht, entschlossen sich aber, erst nach der Ernte zurückzukehren. Es wäre ja schade, wegzugehen und so reiche Erträge zurückzulassen. Sie hatten sich so sehr abgemüht. Und andererseits würde es nicht lange dauern: In zwei, drei Monaten würden sie alle im Elternhaus vereint sein.

Nun begann eine schöne Zeit. Die neun Brüder taten, was sie konnten, um ihrer Schwester Freude zu bereiten. Und sie behandelte ihre Brüder ebenso.

Ganz in der Nähe hatte auch eine Hexe ihr Haus. Sie wohnte

dort mit ihrer Tochter. Die Hexe war böse wie alle Hexen, doch ihre Tochter war ein gutes Mädchen.

Die Jünglinge warnten ihre Schwester, in jenes gefährliche Haus zu gehen, und das Mädchen richtete sich nach dem Rat der Brüder. Eines Tages aber mußte sie dorthin gehen, und das kam so:

Beim Ausfegen hatte sie eine große Bohne gefunden, die sie aufgehoben und gegessen hatte. Es gab auch eine seltsame Katze im Haus, die mit menschlicher Stimme sprach. Und als die Katze das Mädchen kauen sah, fragte sie, was sie esse. Das Mädchen sagte, sie habe eine Bohne gefunden, die sie esse. Da wurde die Katze böse, weil das Mädchen ihr nicht die Hälfte abgegeben hatte, und um sich in ihrem Trotz zu rächen, pinkelte sie ins Feuer und löschte es. Ihr müßt wissen, die Katze war sehr verwöhnt, und sie hatte sich trotz aller Liebesbeteuerungen und Schmeicheleien durch das Mädchen nicht beruhigen lassen.

Was sollte jetzt das Mädchen tun? Wie sollte sie kochen? Wie sollte sie Feuer anzünden? Seht mal, damals gab es noch keine Streichhölzer, und man bewahrte die Glut des einen Feuers auf und zündete daran das nächste an, ehe die Glut erlosch.

Als sie sich vorstellte, daß ihre Brüder müde und hungrig zurückkehrten und kein Essen vorfinden würden, verzweifelte das Mädchen und weinte bitterlich. Dann beschloß sie, in das Hexenhaus zu gehen und dort um Feuer zu bitten.

Als sie dort ankam, war die Hexe nicht da, und ihre Tochter empfing sie herzlich und gab ihr freundlich ein Stück brennender Holzkohle. Das Mädchen verschwand überglücklich, rannte nach Hause, zündete das Feuer an und begann zu kochen.

Es dauerte nicht lange, und die Hexe kam nach Hause. Beim Eintreten öffnete sie weit ihre Nasenlöcher und schnupperte:

«Es riecht hier nach Menschen. Wer war in unserem Haus?» fragte sie ihre Tochter.

«Niemand, Mutter», antwortete diese, denn sie kannte die bösen Absichten der Hexe.

Die Hexe aber blieb dabei, und als ihre Tochter schließlich sah, daß sie ihre Mutter nicht täuschen konnte, sagte sie:

«Mutter, die Schwester der neun Jünglinge war hier, und ich habe ihr Feuer gegeben. Ich bitte dich aber, liebe Mutter, ich bitte dich sehr, tu ihr nichts an...»

Die Hexe versprach ihrer Tochter, dem Mädchen nichts anzutun, und ging sofort los, sie zu Hause zu besuchen.

Sie fand das Mädchen alleine vor. Sie begrüßte sie höflich und sagte ihr, daß sie die Nachbarin sei. Sie sprach mit solcher Güte zu ihr, daß das Mädchen nicht mehr verstehen konnte, warum ihr ihre Brüder den Umgang mit einer solch guten Frau verboten hatten. Warum nur hatten sie gewollt, daß sie in dieser Einsamkeit so alleine blieb?

«Was hast du da gekocht, mein Kind? Dein Essen riecht aber gut», sagte die Hexe.

Sie hatte ihre Worte noch nicht beendet, da hatte ihr das Mädchen schon einen Teller aufgetan und von dem Essen angeboten. Die listige Hexe aß gierig, und als sie aufstand, um zu gehen, tat sie, als müsse sie husten, und spuckte auf den Boden. Sie bedankte sich bei dem Mädchen und ging davon.

Aus der Hexenspucke keimte im Nu ein Gras, das rasch und unaufhörlich wuchs. Als kurz darauf die neun Brüder nach Hause kamen, sahen sie das Gras, und es kam ihnen merkwürdig vor. Wann hatte diese Pflanze gekeimt? Wann war sie gewachsen? Wie seltsam sie war! – So betasteten sie alle der Reihe nach das Gras. Als der letzte Bruder es berührt hatte, verschwand das Gras plötzlich, und die neun Brüder waren zu neun Stieren mit seidigem Fell und ruhigen Augen geworden. So hatte die böse Hexe die neun Jünglinge verwandelt, doch ihren Verstand hatte sie nicht antasten können.

Als das Mädchen sah, daß ihre Brüder verwandelt waren, begann sie herzzerreißend zu weinen und zu wehklagen über diese neue Familientragödie, die noch viel größer war als die vorangegangene.

Die neun Stiere versuchten mit ruhigen Bewegungen, ihre Schwester zu trösten. Sie rieben sanft ihre Köpfe an ihr, berührten mit ihren Lippen ihr Haar und zeigten ihr ihre Liebe und ihren Schmerz, so gut sie konnten. Was sollte die Arme jetzt tun, da all ihre Träume von einem frohen Wiedersehen aller Familienmitglieder durch die Bosheit der Hexe zerstört worden waren? Sie war dazu verurteilt, ihr weiteres Leben in dieser Einsamkeit zu verbringen und ihre neun Stiere zu versorgen, die neun geliebten Stierbrüder, wie sie sie nannte.

So nahm sie sie jeden Morgen und führte sie zu den besten Weideplätzen, ließ sie weiden, und mittags trieb sie sie zu dem plätschernden Wasser eines Flusses hinunter, wo sie sich erfrischen konnten. So ging das jeden Tag, bis sich etwas Neues ereignete.

Eines Tages, als das Mädchen und die neun Stierbrüder im Schatten der Platanen am Fluß lagerten und sich ausruhten, waren in der Nähe immer näherkommende Trompetensignale zu hören und dann Pferdegetrappel und Hundegebell. Erschreckt umringten die neun Stiere ihre Schwester, um sie notfalls zu beschützen.

Plötzlich zeigten sich in dem Blätterwerk der Bäume der König hoch zu Roß und noch viele andere Adelige, die auf der Jagd waren.

Als der König das Mädchen entdeckte, war er sehr überrascht. Er ging zu ihr hin und fragte sie, wie sie in diesen abgelegenen Teil des Waldes gekommen sei. Das Mädchen erklärte dem König treuherzig, sie sei schon immer dort und weide ihre Stiere.

Geblendet von ihrer Schönheit und Süße schlug der König ihr vor, seine Frau zu werden. Das Mädchen dankte ihm und sagte, sie könne um nichts in der Welt ihre neun Stiere verlassen. Der König wunderte sich. Wie konnte das Mädchen den Stieren zuliebe so ein Glück ausschlagen! Da er aber unmöglich seine Absicht ändern konnte, versprach er ihr, auch ihre neun Stiere mitzunehmen. Er würde ihnen ein großes Haus bauen, es würden Leute da sein, sie zu versorgen und mit dem erlesensten Futter zu füttern.

Die neun Stierbrüder, die alles hörten und verstanden, versammelten sich um ihre Schwester, fuhren mit ihren Zungen über ihre Hände, berührten ihr Haar und ihre Kleidung und gaben ihr so zu verstehen, daß sie annehmen solle.

Diese Szene machte einen großen Eindruck auf den König, und noch ehe das Mädchen antworten konnte, hatte er sie auf sein

Pferd gehoben, und so begab er sich mit seinem Gefolge zum Palast, während seine Diener die neun Stiere sorgsam in die Stadt führten.

Mit königlicher Pracht wurde die Hochzeit des Königs gefeiert, und das Mädchen wurde Königin. Eine Königin, die bald mit ihren vielen guten Gaben ihr Volk bezauberte, und die von allen, den Adeligen und dem Volk, sehr geliebt wurde.

Die Königin – das wußten alle – hatte eine große Schwäche für die neun Stiere, die jetzt ruhig und zufrieden in ihrer neuen Behausung lebten. Sie ging jeden Tag zu ihnen, streichelte sie, leistete ihnen Gesellschaft, und sie dankten ihre Zärtlichkeit mit ihren eigenen Liebkosungen. Nur sie wußte, was für ein Schatz diese neun Stiere waren...

Es dauerte nicht lange, und die böse Hexe erfuhr vom glücklichen Schicksal des Mädchens, und sie wollte vor Eifersucht platzen. Sie dachte Tag und Nacht darüber nach, wie sie das Glück der neuen Königin zerstören könnte. Sie war, wie ihr seht, geboren, um Böses zu tun und niemals Gutes. Sie konnte glückliche Menschen nicht sehen. Sie wollte, daß sie litten und sich quälten. Und sie fand eine passende Gelegenheit.

Nachdem der König sich der Geburt seines ersten Kindes, eines wunderschönen Jungen, erfreut hatte, mußte er auf Reisen gehen. Da erschien eines Tages die Hexe im Palast und sagte, sie sei die Tante der Königin, und sie wolle dieser zur Geburt des Kindes gratulieren, und man möge sie zu ihr bringen. Sie konnte ohne weiteres die Hofbediensteten überzeugen, die ja die bescheidene Herkunft ihrer guten Königin kannten. So wurde also die böse Hexe in das königliche Gemach, in dem sich die Königin mit ihrem Säugling im Arm ausruhte, geleitet.

Nachdem die Diener sie allein gelassen hatten, ergriff die böse Hexe, noch bevor die beiden Frauen auch nur ein Wort wechselten, schnell eine Nadel von ihrer Brust und stieß sie der Königin in den Kopf. Im Nu wurde die Königin zu einem Vogel, und der flog aus dem Fenster, während die böse Hexe die Kleider der Königin anzog, den Säugling in den Arm nahm und sich ins Bett legte.

Stellt euch das Erstaunen und die Furcht der Diener vor, die kurz darauf eintraten und auf einem silbernen Tablett das Essen der Königin hereinbrachten.

Auch die Hexe zuckte leicht zusammen, doch beherrschte sie sich schnell und befahl mit donnernder Stimme, ihr noch mehr Speisen und Getränke zu bringen. Die Dienerinnen führten erschreckt ihre Befehle aus und konnten nicht begreifen, wie ihre süße und höfliche Herrin sich in dieses widerwärtige Geschöpf hatte verwandeln können.

Überall im Palast breiteten sich nun Unruhe, Angst und Schrecken aus. Die böse Königin wurde von Tag zu Tag schlimmer. Sie befahl Gefangennahmen, Bestrafungen und Folterungen. Im Rahmen all der harten Maßnahmen befahl sie auch, den neun Stieren nicht mehr das gewohnte Essen zu geben, sondern Heu und Stroh, und sie jeden Tag auf den Feldern pflügen zu lassen.

Endlich kam der König von seiner Reise zurück.

Vergnügt eilte er, seine Frau zu umarmen und sich mit ihr an ihrem Kind zu erfreuen.

Welch unvorhergesehene Enttäuschung erwartete ihn aber! Im Bett erblickte er eine widerwärtige Frau, die nichts mit dem schönen, reinen Waldmädchen, der Königin, zu tun hatte.

«Wer bist du? Wie bist du hierhergekommen? Wo ist die Königin?» Und die schlaue Hexe murmelte weinerlich:

«Ich bin es, deine geliebte Frau. Erkennst du mich nicht, mein König? Lange sollst du leben, mein guter Ehemann. Aber wie sollst du mich auch wiedererkennen! Der Kummer über unsere Trennung, die Geburt, die schlechte Versorgung durch die Diener und alle die anderen im Palast, all das hat mich niedergeworfen und verunstaltet, und so bin ich unkenntlich geworden. Man hat die Gelegenheit ergriffen, mich schlecht zu behandeln, als du fort warst, weil ich ein einfaches Mädchen war und Königin geworden bin und alle eifersüchtig sind. Jetzt, wo du wieder da bist, wirst du schon sehen, wie ich mit der Zeit meine verlorene Lebenslust und Schönheit wiederbekommen werde.»

So sprach sie mit dem König und versuchte, ihn zu überzeugen und ihn allmählich an sich zu gewöhnen.

Der König glaubte aber ihren Worten nicht und sagte ihr, daß er es nicht ertrage, sie anzusehen, und daß er sie erst dann umarmen werde, wenn sie ihr früheres Aussehen wiederhabe.

Verzweifelt schloß er sich in seine Gemächer ein und fiel in tiefe Grübeleien: 'Etwas Schlimmes muß in meinem Palast passiert sein, als ich weg war...' – Und er suchte nach einem Weg, das Geheimnis aufzudecken.

So vergingen die Tage quälend für alle, als eines Mittags im Palastgarten etwas sehr Merkwürdiges geschah. Auf einem Baum saß ein Vögelchen und rief den Gärtner, der gerade in der Nähe war, und sprach zu ihm mit menschlicher Stimme:

«Guten Tag, lieber Gärtner. Wie geht es dem Königskind? Wie geht es dem König? Wie geht es den neun Stierbrüdern?»

Und der Gärtner antwortete, nachdem er sich von der großen Überraschung erholt hatte:

«Gut geht es dem König, und gut geht es seinem Kind. Gut geht es auch den neun Stierbrüdern. Doch sie fressen Heu und Stroh und machen Feldarbeiten.»

Da jammerte das Vögelchen:

«O, Berge, bebt! Und ihr Blumen und Bäume, vertrocknet! Und du, Baum, auf dem ich sitze, fall um!»

Im selben Moment verwelkten die Blumen, entlaubten sich die Bäume, und der Baum, auf dem der Vogel gesessen hatte, fiel entwurzelt zu Boden.

Schrecken und Angst überkamen den armen Gärtner, als er den Zustand des Gartens sah. 'Etwas Schlimmes ist im Palast los. Das hat mit der bösen Königin zu tun. Doch wer soll das herausfinden...'

Am nächsten Tag kam der Vogel zur gleichen Stunde in den Garten zurück und stellte dem Gärtner die gleichen Fragen. Und auf dessen Antworten sprach das Vögelchen die gleichen Worte, und der Zustand des Gartens wurde noch schlimmer.

Umsonst versuchte der unglückliche Gärtner, die vertrockneten Blumen und die verwüsteten Bäume wiederzubeleben, indem er Wasser goß, die Erde harkte und Dünger streute. Damit erreichte er gar nichts, denn alles hatte sich dem Schmerz im Herzen des kleinen Vogels und dem Schmerz im Herzen des Königs gebeugt.

Der unglückliche König hatte sich in seine Gemächer eingeschlossen, und dorthin brachte man ihm seinen wunderschönen Knaben, damit er ihn sehen konnte. In seiner Nähe war er glücklicher, doch gleichzeitig wuchs seine Verzweiflung, weil er seine Frau verloren hatte. Wie glücklich hätten sie alle sein können, wenn nicht dieses widerwärtige Geschöpf die Königin ersetzte. Oftmals dachte er, die Königin sei vielleicht eine Hexe, die sich in ein schönes Mädchen verwandelt und jetzt ihre wahre Erscheinung angenommen hatte, um ihn zu quälen.

'Ich will mal in den Garten hinuntergehen', sagte er sich eines Tages, 'und ein wenig Luft holen. Vielleicht kann ich dann klarer denken.'

Aber hier erwartete ihn eine andere große Enttäuschung. Trauer und Wut überkamen ihn, als er den verwüsteten Garten sah.

«Gärtner!» rief er.

Voller Schrecken rannte mit zitternden Beinen der unglückliche Gärtner zu ihm.

«Was ist hier los? Was hast du aus meinem schönen Garten gemacht? Mach dich darauf gefaßt, daß dich mein Schwert in Stücke schlägt.»

Der arme Gärtner fühlte sein Ende nahen. Er fiel dem König zu Füßen und versuchte, zu erklären und sich zu rechtfertigen, aber der König ließ ihm zu reden keine Zeit. Er war blind vor Zorn und Kummer. Und es war Zeit, daß jemand bestraft wurde. Seine gestaute Wut brach sich Bahn, und seine Hand zog unerbittlich und fürchterlich das Schwert aus der Scheide, als plötzlich der kleine Vogel zu hören war:

«Guten Tag, König, wie geht es dir? Wie geht es dem Kind? Wie geht es den neun Stierbrüdern?»

Der König erstarrte, und der Gärtner antwortete:

«Gut geht es dem König. Gut geht es auch seinem Kind. Gut

geht es auch den neun Stierbrüdern. Doch sie fressen Heu und Stroh und machen Feldarbeiten.»

Und der Vogel antwortete mit herzzerreißender Stimme:

«O, Berge, bebt! Und ihr Blumen und Bäume, vertrocknet! Und du, Baum, auf dem ich sitze, fall um!»

Der Vogel flog weiter, während im Garten das Blätterfallen, das Welken und die Verwüstung begannen.

«O, mein armer Gärtner», war weinend die Stimme des Königs zu hören, der alles gesehen hatte, «es hat nicht viel gefehlt, und ich hätte dich zu Unrecht getötet. Wegen meiner großen Trauer war ich nicht geduldig genug, dich anzuhören.»

Dann setzten sie sich zusammen und redeten lange. Am Ende glaubten sie, daß die Frau, die als Königin auftrat, all diese Übel angerichtet hatte. Das Vögelchen war ihre einzige Hoffnung. Vielleicht könnte es ihnen helfen, das große Problem des Palastes zu lösen.

Von da an erwartete der König ungeduldig die Mittagszeit, und dann ging er in den Garten hinunter und wartete auf den Besuch des Vogels, auch wenn dieser der Anlaß dafür war, daß der Garten jeden Tag mehr vertrocknete und täglich ein weiterer Baum entwurzelt wurde.

Eines Tages saß das Vögelchen auf dem Baum, in dessen Schatten der König saß. Es sprach die bekannten Worte und erhielt die gleiche Antwort.

Als der Baum umstürzte, konnte aber der König das Vögelchen fangen. Er hielt es in seinen Händen und fühlte unter seinem samtenen braunen Gefieder sein kleines Herzchen wild klopfen. Der König streichelte seinen kleinen Körper, um es zu beruhigen und ihm die Angst zu nehmen. Während er sein hübsches Köpfchen streichelte, fühlte er plötzlich in der Nähe seines Öhrchens eine Nadel stecken. 'O, der arme Vogel. Er hat eine Nadel im Köpfchen', sagte der König zärtlich und versuchte, sie vorsichtig herauszuziehen, ohne dem Vögelchen weh zu tun.

Kaum hatte er die Nadel aus dem Vogelköpfchen gezogen, stand vor ihm seine geliebte Frau, das wunderschöne Waldmädchen, in ihrer reinen, engelgleichen Gestalt. Unter Freudentränen umarmten sie sich, und jeder erzählte, was er während seines fürchterlichen Abenteuers erlebt hatte.

Der Gärtner war in dem rührenden Glücksmoment dabei, der für ihn nicht minder wichtig war, weil er ihm ein für alle Mal das Leben rettete.

Nach der ersten Aufregung dachten nun alle drei darüber nach, wie die eklige und gefährliche Hexe zu vernichten sei, ohne daß sie vorher Verdacht schöpfte, weil sie sonst in ihrer Angst und Verzweiflung wahrscheinlich noch mehr und größeres Unheil anrichten würde. Vor allem fürchteten sie um das Leben des Kindes.

Der König versteckte also seine Frau in seinen Gemächern und begann, sich der falschen Königin gegenüber netter zu verhalten. Er sagte ihr, daß sie ihm von Tag zu Tag besser gefalle und er sie, je mehr sie sich erhole, immer mehr wiederzuerkennen beginne.

Fragt nicht, wie sich die Hexe freute, als der König sie jeden Tag besuchen kam. 'Ich habe ihn betrogen', sagte sie sich. 'Macht nichts, das habe ich mir gut ausgedacht. Man gewöhnt sich an alles im Leben.'

Eines Tages bat der König sie zum Schein um ihren hochgeschätzten Rat zu einem wichtigen Thema, das ihm vorgetragen und bei dem er um eine richterliche Entscheidung gebeten worden sei, und das ihm große Probleme bereite.

Geschmeichelt und aufmerksam hörte die Hexe dem König zu, der ihr so den Fall schilderte:

«Meine liebe Königin, ein Adliger ist in den Palast gekommen und hat mir erzählt, er hätte eine Reise gemacht. Während er weg war, sei irgendeine böse Hexe in sein Haus gekommen. Sie habe seine Frau mißhandelt und davongejagt und ihre Stelle eingenommen. Als der Adlige zurückkehrte, entdeckte er die Wahrheit, schnappte sich die Hexe und brachte sie zu mir, damit ich sie verurteile. – Nun denke ich darüber nach, wie ich dieses böse Geschöpf bestrafe. Und ich bitte dich um deinen Rat. Ich möchte nicht zu hart erscheinen, aber auch nicht zu weich. Der Adlige fordert voller Entrüstung Gerechtigkeit und verlangt vor allem, daß über seinen Fall sofort entschieden wird. Er will nicht eher gehen, bevor er nicht erfahren hat, welche Strafe die Hexe bekommt, die sein Haus ins Unglück gestürzt hat.»

«Ich würde sagen, mein Mann und König, lange sollst du leben, die Hexe soll ihr Unrecht wiedergutmachen, und danach solltet ihr sie an den Schwanz eines Pferdes binden. Bindet auch einen Sack hohler Nüsse an den Schwanz, dann schlagt das Pferd kräftig, daß es wild wird, und dann laßt es frei. So wird es sie zerfetzen. Das wird den Adligen zufriedenstellen, und jede böse Hexe wird sich künftig fürchten. Solche Ungeheuer dürfen nicht ungestraft bleiben.»

«Ist das nicht eine zu harte Strafe, meine Königin? Ich würde sagen, wir sollten sie zwingen, ihre bösen Taten zu beichten und sie wiedergutzumachen. Und wenn sie uns verspricht, daß sie niemandem mehr etwas Böses antun wird, lassen wir sie frei. Notfalls müssen wir sie ihr weiteres Leben lang im Auge behalten.»

Der König konnte aber nicht weitersprechen, weil die Hexe ihn unterbrach und mit harter Miene fortfuhr:

«Nein, nein, mein König. Gerechtigkeit, Schutz und Sicherheit braucht unser Volk. Die Bösen müssen hart bestraft werden. Warum sollen unsere guten und unschuldigen Untertanen deren Bosheit bezahlen?»

Bei ihren letzten Worten zischte über ihrem boshaften Kopf das blanke Schwert des Königs, und seine furchterregende Stimme ließ sie von ihrem Sitz aufspringen und ihm zu Füßen fallen.

«Steh auf, du Miststück. Mach dich bereit, die Strafe zu erleiden, die du mitleidlos für dich selbst ausgesucht hast.»

Angesichts der Drohungen des Königs machte die Hexe alle ihre Untaten wieder gut. Zuerst entzauberte sie die Stierbrüder. Und die Schönheit und Güte der neun Jünglinge leuchteten neben der ihrer geliebten Schwester.

Das Recht hatte das Böse besiegt.

Die Königin schickte nach ihren Eltern aus, die bald angebracht wurden. Ihr könnt euch nicht vorstellen, wie sie sich freuten und wie gerührt sie waren, als sie sich unerwartet bei ihren zehn verloren geglaubten Kindern wiederfanden und ihre Tochter mitten im königlichen Palast sahen.

Große Feste, die viele Tage andauerten, wurden mit dem gesamten Volk und den Adligen gefeiert. Was die Hexe anbelangt, stieß ihr genau das zu, was sie sich selbst als Strafe ausgedacht hatte. Sie verschwand und mit ihr all ihre Bosheit.

Seitdem geht es allen gut und uns noch besser.

Die Marmorjungfrau

Irgendwann einmal vor langer Zeit lebte eine arme Witwe, die drei Töchter hatte. Sie lebten in einem ärmlichen Häuschen und hatten nicht mehr als nur das Wasser im Krug. Um also leben zu können, wuschen und striegelten sie die Wolle der Schafe, spannen sie, webten auf dem Webstuhl Stoffe daraus oder verstrickten sie. Weil sie viel Arbeit hatten, schafften sie sie nicht im Laufe des Tages. So arbeiteten sie auch nachts bis Mitternacht und verdienten also auch mehr Geld.

In einem Jahr nun erließ der König einen Befehl, daß die Menschen schlafen müßten, sobald es dunkel wurde, damit nirgendwo Licht zu sehen sei. Und es sollte nicht nur kein Licht zu sehen sein, sondern man durfte auch nicht die kleinste Unterhaltung hören. Denn das Land war bedroht von Spitzeln des Nachbarlandes. Und damit der Befehl eingehalten würde, gingen die ganze Nacht Soldaten auf Streife.

Die arme Familie der Witwe war damit in einer schwierigen Lage. Wenn sie nachts nicht arbeiteten, konnten sie mit dem Geld, das sie mit ihrer Tagesarbeit verdienten, nicht leben. Ohne Licht aber, wie sollten sie da arbeiten? Und wenn sie Licht machten und die Soldaten es sähen, wie sähe dann ihre Lage aus? Darauf stand eine Strafe von Gefangenschaft bis hin zur Todesstrafe.

Für dieses schwierige Problem fand die Mutter eine gute Lösung. Sie überlegte sich, daß sie mit ihren Töchtern in ihren Backofen klettern könnte, der groß genug war, um darin zu arbeiten, ohne daß das Licht zu sehen war.

Die Töchter der Witwe fanden den Plan ihrer Mutter sehr gut. Am selben Abend noch krochen sie in den Backofen und verschlossen dessen Ofentür. Atemluft bekamen sie durch eine Öffnung, die jeder Dorfbackofen an seiner obersten Stelle hat, und die die Menschen damals 'Löchlein des Backofens' nannten. Unter dem Licht der Öllampe arbeiteten die vier Frauen wieder bis Mitternacht, und alles war in Ordnung.

Eines Abends, als die Streife zufällig vor ihrer Tür vorbeiging, unterhielten sie sich, daß es bis draußen zu hören war. Die erste Tochter der Witwe sagte:

«Ach, wenn mich nur der König in seinen Palast nähme. Ich würde Teig kneten, daß sein ganzes Heer zu essen hätte, und es würde noch Brot übrigbleiben.»

Die zweite sagte:

«Ach, und wenn der König erst mich in seinen Palast nähme, dann würde ich kochen, daß sein ganzes Heer zu essen hätte, und es würde noch Essen übrigbleiben.»

Und die dritte sagte:

«Ach, wenn der König mich zu seiner Frau nähme, ich würde ihm drei Kinder gebären: mit goldenem Kinn, goldbekränzt und mit einem goldenen Kreuz auf der Stirn.»

Die Soldaten hörten die Worte der drei Schwestern und machten am nächsten Tag wie üblich dem König Meldung darüber. Als der König hörte, was die Mädchen gesagt hatten, befahl er den Soldaten, ihm sofort die Familie der Witwe zu bringen.

Weinen und Klagen erfüllten das Haus der Witwe, als die Soldaten den vier Frauen sagten, sie hätten ihre Unterhaltung gehört, und der König verlangte, daß sie vor ihm erschienen.

«Es ist aus. Wir sind verloren, wir Ärmsten», sagten sie unter Tränen.

Als sie vor dem König standen, warfen sich alle vier zugleich zu seinen Füßen auf die Knie und baten ihn um Gnade.

«Habt keine Angst», beruhigte sie die friedliche Stimme des Königs. «Ich werde euch nicht bestrafen. Außerdem sagten mir die Soldaten, daß kein Licht zu sehen war. Nur eure Gespräche haben sie gehört. Ich möchte, daß ihr mir jetzt sagt, was jede von euch gesagt hat.»

Die vier Frauen beruhigten sich. Sie erhoben sich, und jede Tochter wiederholte vor dem König das, was sie in der vergangenen Nacht im Backofen gesagt hatte. Auch schilderte ihm die Mutter mit ergreifenden Worten ihre Armut und aus welchem

Grund sie seinen Befehl mißachtet und nachts durchgearbeitet hatten.

Da sagte der König, daß sie nichts Schlimmes zu befürchten hätten und daß sie von diesem Tage an im Palast bleiben sollten, wo jede einzelne sich darum zu kümmern hätte, ihr Versprechen einzulösen. Sollten sie dem nicht nachkommen können, würden sie bestraft werden, und zwar sehr hart.

Nun blieben die Töchter mit ihrer Mutter im Palast, und die zwei Schwestern begannen, Teig zu kneten und zu kochen. Das schafften sie sehr gut und ohne Schwierigkeiten. Die dritte würde die künftige Frau des Königs, und sie sollte ihm die besonderen Kinder schenken, wie sie es versprochen hatte.

Die arme Mutter erholte sich jetzt im Palast, doch ihr Herz war schrecklich verzagt, weil ihre Töchter vielleicht scheitern könnten, und sie betete Tag und Nacht für sie.

Das größte Herzklopfen aber bereitete allen die Ankunft des Königskindes. Sie hatten große Angst, es würde vielleicht doch nicht mit den Eigenheiten geboren werden, die die dritte Tochter versprochen hatte.

Die Güte und Bescheidenheit, die Klugheit und die besondere Schönheit der dritten Schwester hatten den König dazu gebracht, sie sehr zu lieben. Bei dem Gedanken, daß die Kinder vielleicht nicht die Besonderheiten hätten, die sie ihm verprochen hatte, und er dann gezwungen wäre, sie fortzuschicken und sogar zu bestrafen, wollte er verzweifeln. Er wünschte sich so sehr, daß nichts geschähe, was ihm die Königin nähme. Er liebte sie, ohne es recht zu begreifen, so bescheiden und unbedeutend sie auch war.

Ganz anders aber erging es der Mutter des Königs. Sie konnte den Gedanken nicht ertragen, daß auf dem Thron bei ihrem Sohn eine Frau solch niederer Herkunft sitzen würde. Eine arme Magd. Sie wartete also darauf, daß sie gebar, um sie mit ihrer ganzen Famillie hinauszuwerfen. Niemals, glaubte sie, wäre es möglich, Kinder zu gebären mit Eigenheiten, die sich eine einfache Frau in ihrer Eigenliebe ausgedacht hatte.

Und so verstrich die Zeit für alle voller Bangen.

Die Geburtsstunde nahte. Da wurde der König plötzlich benachrichtigt, er müsse eiligst an die Landesgrenzen kommen, denn das Nachbarland hatte ihm den Krieg erklärt. Unter Tränen und mit einer bösen Vorahnung verabschiedete er sich von seiner Frau. Es rief ihn die Pflicht, und er konnte nicht bei ihr bleiben, wie sehr es auch beide wollten und wie groß das Bedürfnis beider danach war.

Bevor er aufbrach, rief er seine Mutter zu sich und bat sie, seine Frau zu behüten, ihr bei der Geburt beizustehen und dafür zu sorgen, daß es an nichts fehle, und besonders auf das Kind achtzugeben. Wie sollte sich der König den Haß, den Widerwillen und die geheime Qual vorstellen, die die Brust seiner Mutter erfüllten. – Die Mutter versicherte dem König, daß sie sich um die beste Pflege kümmern werde, er könne ganz beruhigt sein.

So zog der König an seine Landesgrenzen. Und sogleich rief die Mutter die Hebamme zu sich, die auch eine Zaubrerin war, und trug ihr auf, das erwartete Kind verschwinden zu lassen, wie immer es auch beschaffen sei. Sie fürchtete nämlich, daß die Vaterliebe des Königs ihn hindern würde, die Frau, die so gar nicht zu ihm paßte, fortzuschicken, auch wenn das Kind die besonderen Gaben nicht haben würde. Die böse Hebamme versprach, einen Weg zu finden, den Säugling verschwinden zu lassen.

Als die Geburtsstunde kam, ging die Hebamme mit einem neugeborenen Hündchen unter ihrer Schürze in den Palast. Für kurze Zeit erstrahlte das königliche Gemach, als ein Junge mit goldenem Kinn, goldbekränzt und mit einem goldenen Kreuz auf der Stirn geboren wurde. Hastig wickelten die beiden bösen Frauen den Säugling ein, und als die Mutter voller Spannung fragte, was für ein Kind sie geboren habe, ein Mädchen oder einen Jungen, antwortete mit gespielter Trauer die Hebamme:

«Ach, mein Kind, wie soll ich dir das nur beibringen... Ein Hündchen hast du geboren...»

Klagen und Weinen der armen Mutter erfüllten den Raum. Sie bat darum, sie gehen zu lassen. Sie wollte verschwinden, um das Gesicht des Königs nicht sehen zu müssen. Nicht so sehr, weil sie sich fürchtete, sondern weil sie sich schämte, ihm solch einen Schimpf angetan zu haben. Gewöhnliche Menschen bekommen Kinder, und ein König bekommt einen Hund... Sie mußte weggehen.

Die Mutter der Königs hätte sich das sehr gewünscht, aber sie fürchtete sich vor ihrem Sohn. Sie behielt sie also da und sagte, sie müsse auf den König warten, denn der hätte über ihr Schicksal zu entscheiden. Sie unterließ es auch nicht, sie zu trösten und sie darüber zu belehren, wie überheblich es von ihr gewesen sei, wenn sie angenommen hatte, ein solches Kind gebären zu können.

Die beiden bösen Frauen gingen dann in die Gemächer der Königinmutter und betrachteten voller Überraschung und Bewunderung den wundervollen Säugling. Ihr ursprünglicher Plan war gewesen, ihn zu töten. Jetzt aber, da sie seine Schönheit sahen, zögerten sie. Vielleicht erwachte, wenn auch unbewußt und sehr schwach, der Instinkt der Großmutter... Nach dem Beschluß der Königinmutter änderten die beiden Frauen ihren Plan und legten das Kind in eine Kiste, die sie ins Meer warfen. So milderten sie ihr schweres Verbrechen etwas, weil sie den Säugling nicht töteten. Sie glaubten aber, daß die Wellen die Kiste mitreißen würden und sie dann irgendwo mitsamt ihrem Inhalt unterginge.

Gott aber ließ das Kind der unglücklichen Mutter nicht zugrundegehen. Es schwamm auf den Wellen wie eine Flaumfeder, und die göttliche Vorsehung lenkte es an einen gastlichen und behüteten Ort.

An einem fernen Strand hatte ein Mohr seinen ganz aus Kristall und Gold gebauten Palast. Er war der einzige Bewohner in dieser Gegend und lebte vom Fischen und Jagen. Niemand wagte es, in diesem Gebiet auf die Jagd zu gehen, weil das den Angriff des Mohren herausgefordert hätte, der dort Herrscher war.

Im Palasthof wuchs seit vielen Jahren ein Dattelbaum, der noch nie Früchte getragen hatte. An einem Morgen, als der Mohr zum Fischen aufbrach, hob er zufällig seinen Blick und sah verwundert an einem Zweig des Dattelbaumes eine Dattel hängen. Er streckte seine Hand aus, um die erste zuckersüße Frucht des

Baumes zu essen, doch er unterließ es. Denn er dachte: 'Laß mich erstmal ein paar Fische fangen gehen, und nach meiner Rückkehr, wenn ich dann müde bin, werde ich die Dattel essen. So werde ich sie noch mehr genießen.'

In froher Laune zog er zum Strand. Als er dort angekommen war und seine Netze zum Auswerfen fertigmachte, sah er auf dem offenen Meer einen schwarzen Gegenstand, der immer näherkam. Er hielt inne und beobachtete ihn. Jetzt hatte er sich schon genügend genähert, und er konnte erkennen, daß es eine kleine Kiste war, die beständig auf ihn zutrieb. Neugierig bückte sich der Mohr und nahm die Kiste hoch, nachdem eine leichte Welle sie ihm direkt vor die Füße gespült hatte. Er hielt sie unschlüssig fest, weil er nicht wußte, was in der schwimmenden Kiste war. Endlich machte er sie auf. Nach dem Öffnen stand er wie geblendet vor dem Wunder, das er sah. Ein hübscher Säugling mit goldenem Gesicht sah ihn mit leuchtenden Augen an.

Außer sich Freude nahm er das wertvolle Geschenk, das ihm das Schicksal plötzlich gemacht hatte, in seine Arme und rannte in seinen Palast zurück.

Als er dort angekommen war, nahm er das halberstarrte Kindchen heraus, wickelte es in saubere Tücher und machte ihm ein weiches Bettchen. Dort legte er es voller Zärtlichkeit hinein, während er die Besonderheiten des Säuglings bewunderte.

Dann ging er in den Hof, pflückte die erste gereifte Dattel, wickelte sie in ein Stückchen sauberen, feinen Stoff, und gab sie als erste Mahlzeit seinem außergewöhnlichen Gast.

Seit diesem Tag veränderte sich das Leben des Mohren. Er widmete sich mit ganzer Seele der Erziehung des Kindes, und wie er es aufwachsen sah, war seine Freude unbeschreiblich.

Als der Junge größer wurde, lehrte ihn der Mohr, ihn 'Vater' zu rufen, und der arme Mohr war unbeschreiblich glücklich.

Wir müssen noch sagen, daß der Mohr jeden Tag eine neue zuckersüße Dattel an dem Dattelbaum fand. So unterstützte der Dattelbaum mit Gottes Hilfe das Heranwachsen des Kindes. Heiße Gebete schickte der Mohr jeden Morgen zum Himmel, wenn er die

Hand ausstreckte und die reife Dattel pflückte, die in nur vierundzwanzig Stunden herangereift war und für den Säugling süß und nährend war. Er sah, wie die göttliche Vorsehung klar seiner großen Aufgabe beistand, und das gab ihm Kraft und Freude.

Doch lassen wir das Kind in Frieden bei dem Mohren heranwachsen und gehen wir in den Palast zurück.

Als der König aus dem Krieg zurückgekehrt war, erfuhr er von seiner Mutter, weil kein anderer es ihm zu sagen wagte, daß seine Frau ein Hündchen geboren hatte. Groß waren seine Enttäuschung und seine Scham, aber die Tränen seiner Frau rührten ihn, und er hatte nicht die Kraft, sie wegzuschicken. Aus ihrer Wehklage sprachen auch ihre großen Zweifel.

«Ich habe kein Hündchen geboren», sagte sie weinend zu dem König. «Und wenn es nicht golden war, trotz allen Glanzes, der den Raum durchflutet hat, so war es doch sicher ein Kind... Aber ich weiß nicht, was geschehen ist...»

Gerührt von ihrer Unschuld und ihrem Schmerz, beruhigte sie der König. Er sagte ihr, daß er sie bei sich behalten und noch das zweite Kind abwarten werde. Und seine böse Mutter wäre fast geplatzt vor Wut.

Es kam die Zeit, da das zweite Kind des Königs geboren werden sollte. Ängstlich bat ihn seine Frau, immer in ihrer Nähe zu bleiben. Ihr Gefühl sagte ihr, daß sie und das Kind, das sie gebären würde, in Gefahr seien. Und während der König ihr noch versicherte, keine Minute von ihrer Seite zu weichen, kam eine plötzliche Nachricht und zwang ihn, wieder weit wegzufahren.

Groß war der Kummer der beiden, aber der Aufbruch des Königs konnte nicht aufgeschoben werden. Er rief wieder seine Mutter zu sich und bat sie, sich bei der Geburt aufs Beste um seine Frau und um alles andere zu kümmern.

Nach wenigen Tagen kam die Stunde der Geburt, und die beiden tückischen Frauen, die Königinmutter und die Hebamme, machten wieder teuflische Pläne.

Und während wieder der Raum erstrahlte, als der zweite

Junge geboren wurde, wie ihn seine Mutter erwartet hatte, nämlich mit goldenem Kinn, goldbekränzt und mit dem goldenen Kreuz auf der Stirn, sagten ihr die beiden bösen Frauen kurz nach der Geburt, sie habe ein Kätzchen geboren. Und sie legten ihr ein neugeborenes Kätzchen in den Arm, das die Hebamme mitgebracht hatte.

Das Leben der unglücklichen Mutter bestand nur noch aus Wehklagen und Tränen, während sie besorgt auf die Rückkehr des Königs wartete.

Nach seiner Heimkehr wurde dem König das Kätzchen als sein zweites Kind vorgestellt. Es spielte mit dem Hündchen, das inzwischen sehr gewachsen war.

Trotzdem beschloß der König, auch noch das dritte Kind zu zeugen, damit er keine Gewissensbisse bekäme, falls er in die Notlage geriete, seine unglückliche Frau bestrafen und fortschicken zu müssen.

Wir müssen noch sagen, daß auch der zweite Junge, nachdem er geboren war, auf die gleiche Reise wie der erste geschickt wurde. Eingeschlossen in einer Kiste wurde er ins Meer geworfen. Doch die göttliche Vorsehung beschützte ihn wie sein Brüderchen und brachte ihn an denselben Meeresstrand im Land des Mohren.

An dem Tag, als die Kiste mit dem Kindchen am Strand der einsamen Küste strandete, war der Mohr hinausgegangen, um von dem Dattelaum in seinem Hof die Dattel für das Kind zu pflücken. Zu seiner großen Überraschung sah er, daß da zwei Datteln waren. Er begriff sofort, daß noch ein anderes Kind angekommen war, und rannte schnell voller Erwartung an den Strand.

Und wirklich, kaum war er angekommen, spülte eine leichte Welle eine neue Kiste auf den Sand. Der Mohr machte sie auf und sah hocherfreut ein Kindchen, das dem ersten ähnelte. 'Sein Brüderchen ist angekommen', dachte er. Es war ganz klar sichtbar, daß die beiden Jungen Geschwister waren.

'Mein Gott', dachte er bewegt, 'welch Geheimnis mag sich hinter diesen Brüderchen verbergen... Deine Kraft soll es offenbaren...'

Der Mohr nahm die Kiste mit dem Kindchen in seine Arme

und lief nach Hause. Dort wuchsen jetzt die beiden Kinder auf, und der fürsorgliche Dattelbaum gab ihnen jeden Morgen zwei Datteln, reine Nahrung und Leckerbissen für die verbannten Brüderchen.

Unterdessen wurde im Königspalast das dritte Kind erwartet. Unglücklicherweise war der König wieder weit weg. Und als ein wunderhübsches Mädchen mit all den bekannten prachtvollen Merkmalen geboren wurde, taten die bösen Frauen an seine Stelle ein neugeborenes Schweinchen, während sie das Kindchen in einer dritten Kiste ins Meer warfen.

Der Mohr, unterrichtet durch die dritte Dattel, die er eines Tages am Dattelbaum sah, rannte freudigst los und holte die Kiste mit dem dritten Schatz, dem Mädchen, und brachte sie in sein Haus. So vervollkommneten sich mit den drei Kindern die Freude und das Glück des Mohren. Er hatte sich ganz ihrer Erziehung gewidmet und kümmerte sich darum, daß es ihnen an nichts fehlte. Gleichzeitig dankte er Gott für die unerwartete Gesellschaft, die er ihm in die Einsamkeit geschickt hatte, in der er jahrelang gelebt hatte.

Welche Freude und welches Glück herrschten im Palast in der Einöde, dem Zuhause des Mohren. Dagegen waren im Königspalast Trauer, Verzweiflung und Tränen Alltag.

Als der König von seiner Reise zurückgekehrt war und das Schweinchen bei dem Hündchen und dem Kätzchen sah, begriff er den dritten schrecklichen Mißerfolg der unglücklichen jungen Frau, die versprochen hatte, ihm Wunderkinder zu schenken.

Unfähig, der Frau etwas anzutun, die er sehr liebte, und von der er angenommen hatte, er würde durch sie ein ungewöhnliches Glück erleben, zog er sich zutiefst verletzt in seine Privatgemächer zurück und wollte sie nicht mehr sehen. Er beauftragte seine Mutter, sich um das Schicksal der Frau zu kümmern und sie aus dem Palast zu entfernen, verbot aber, ihr das Leben zu nehmen. Ihren Schwestern befahl er, nach wie vor ihre Dienste auszuüben, und auch ihre Mutter sollte weiter im Palast bleiben.

Haßerfüllt befahl die Mutter des Königs, das Mädchen an das

Abwaschbecken zu stellen und es als Strafe das Schmutzwasser trinken zu lassen. Natürlich hätte sie es sich sehr gewünscht, sie zu töten, doch sie hatte nicht das Recht dazu, weil der König verboten hatte, ihr Leben anzutasten.

Der Schmerz und die Scham ihrer beiden Schwestern und ihrer Mutter waren groß, und sie versorgten und trösteten sie heimlich, so gut sie konnten. So ermutigten sie sie, erleichterten ihre täglichen Qualen, während sie zu Gott beteten, Mitleid mit ihr zu haben, denn sie waren sicher, daß sie dieses Schicksal nicht verdient hatte und daß sie diese Tierchen nicht geboren hatte, die im Palast wie echte Königskinder lebten. Aber nicht wegen der liebevollen Gefühle der fürchterlichen königlichen Mutter wurden sie so behandelt, sondern um an die Schande und die Niedrigkeit der armen Familie zu erinnern, und um den Widerwillen, vielleicht sogar den Haß ihres Sohnes, des Königs, zu schüren.

Und so verstrichen die Jahre im Palast – langsam und betrüblich.

Dort unten aber, im Palast in der Einöde, wuchsen die drei Kinder unter der Fürsorge des Mohren heran, den sie als Vater betrachteten und sehr liebten. Der Mohr lehrte sei alle Tugenden und vor allem die Liebe. Er brachte ihnen bei, Gott zu lieben und die Familie. Die beiden Jungen lehrte er, ihrer wunderschönen und herzensguten Schwester nie einen Gefallen abzuschlagen. Er unterrichtete sie auch im Fischen, in der Jagd und im Ackerbau.

Jetzt, wo sie zu Jünglingen herangewachsen waren und er sie ständig mit sich nahm, sorgte er dafür, daß sie ihr Gesicht mit Tüchern bedeckten und ihre Besonderheit verbargen.

In letzter Zeit waren viele Jäger so mutig geworden, in das Gebiet des Mohren zu kommen. Der Mohr tat ihnen nichts mehr, denn er war nicht mehr der grausame Wilde, der niemanden dort duldete.

Er versteckte also die glänzenden Gesichter der Kinder, damit niemand sie zufällig zu sehe bekäme, denn er glaubte, daß sie einen großen Feind hätten. Den, der sie ins Meers geworfen hatte, damit sie umkämen.

Irgendwann aber kam der schlimme Tag, an dem der Mohr, ihr Vater, starb und die Kinder ohne Beschützer an diesem einsamen Ort als Waisen zurückblieben. Nachdem sie ihn bitter beweint hatten, beerdigten sie ihn. Und immer hatten sie seine guten Ratschläge im Kopf. Die Jungen paßten sehr gut auf ihre Schwester auf, wie er es ihnen aufgetragen hatte, und sie taten, was sie nur konnten, um sie glücklich zu machen.

Der Mohr, ihr Vater, hatte ihr zwei Stühle geschenkt. Der eine war golden und der andere silbern. Wenn das Mädchen fröhlich war, saß es auf dem goldenen Stuhl, und wenn es traurig war, auf dem silbernen.

Wenn ihre Brüder sie auf dem silbernen Stuhl sitzen sahen, fragten sie besorgt, was sie bedrücke. Sobald sie ihnen den Grund genannt hatte, eilten sie, ihr schnellstens ihre Wünsche zu erfüllen, damit sie wieder so fröhlich würde, wie sie sie sehen wollten.

Und die Jahre vergingen. Mit der Zeit wurde bekannt, daß der Mohr gestorben war, und viele Jäger brachen auf und jagten in dem nun freien Gebiet, das sehr reich an Wild war.

Die Jünglinge begegneten vielen Jagdgesellschaften. Immer mit bedeckten Gesichtern, achteten sie darauf, ihnen auszuweichen, weil es ihnen ihr Vater, der Mohr, so aufgetragen hatte.

Eines Tages, als die beiden Brüder ihre Tücher abgenommen hatten und sich an den Wassern einer Quelle erfrischten, kam dort plötzlich eine Gruppe Jäger an. Die Brüder konnten nicht mehr rechtzeitig ihre Gesichter bedecken, und die Jäger bewunderten geblendet und sprachlos ihre einmalige Schönheit. Eiligst bedeckten die Brüder ihre Köpfe und liefen davon, doch die Jäger hatten sie gesehen.

Als die Jäger in die Stadt zurückkehrten, erzählten sie von den beiden jungen Männern, denen sie begegnet waren, und beschrieben entzückt ihre ungewöhnliche Schönheit und ihre goldenen, glänzenden Gesichter. Von Mund zu Mund wurde es weitergegeben – wie eine Legende, eine phantastische Geschichte, wie sie die Jäger, Seeleute und Entdecker erzählen.

Die Geschichte kam auch der Mutter des Königs zu Ohren. Sie

hörte sie aber nicht so gleichmütig wie die anderen an. Sie erschrak vielmehr und rief sofort die Hebamme zu sich, um ihr die für sie beide furchtbare Neuigkeit zu berichten.

«Meine Ärmste», sagte unter Tränen die Königinmutter, «wir sind beide verloren. Die goldgezierten Jungen, die wir ins Meer geworfen haben, leben. Jäger haben sie gesehen und reden voller Bewunderung über ihre seltene Schönheit. Die Leute glauben ihnen zwar nicht, denn sie glauben, daß die Jäger in der Stille der Wildnis Gespenster gesehen hätten. Wir jedoch wissen sehr gut, wer diese Jünglinge sind. Was machen wir jetzt? Wie sollen wir uns retten? Wir wissen nicht, ob auch das Mädchen lebt.»

«Reg dich nicht auf, meine liebe Königin. Ich werde dafür sorgen, daß sie verschwinden. Da, wo ich sie hinschicke, werden sie nicht entkommen.»

Und sofort zog die Hebamme in die einsame Gegend. Jetzt hatte ja niemand mehr Angst, dorthin zu gehen.

Sie nahm einen Korb voller Schmuckstücke mit, wie sie Frauen tragen, kam zum Palast des Mohren und begann, ihre Sachen anzupreisen.

Bald öffnete sich ein Fenster in dem prächtigen Palast, und ein goldgeziertes Mädchen bat sie heraufzukommen, es wolle einkaufen.

Die Hebamme lief erfreut hinauf. Sie war dankbar, daß auch die Schwester lebte, weil sie diese für ihre zerstörerischen Pläne benutzen konnte.

Höflich empfing das Mädchen die arglistige Frau und kaufte verschiedene Schmuckstücke, wie es Frauen eben tun.

Die Hebamme bewunderte die Schönheit und die Pracht des Palastes, doch mehr noch das wunderschöne Mädchen mit seinen Besonderheiten. Sie bereute, der bösen Mutter des Königs, der Großmutter der Kinder, geholfen zu haben, aber jetzt war es zu spät. Und das Schlimmste war, sie mußte den Krieg gegen die Kinder fortführen, andernfalls geriete sie selbst in eine sehr bedenkliche Lage. Die schlimmste Erniedrigung und der Tod würden sie erwarten.

Nachdem sie lange genug geblieben war und genug über das

Leben der drei Geschwister erfahren hatte, sagte sie, als wolle sie dem Mädchen zu seinem Glück einen guten Rat geben:

«Mein Kind, dein Palast ist sehr schön. Auf der Welt gibt es vielleicht keinen schöneren. Aber wenn du auch noch den Blumentopf besäßest, auf dem der Himmel und die Sterne sind, würde ihm sicher keiner mehr gleichkommen.»

«Was ist das für ein Blumentopf, und wo ist er?» fragte das Mädchen.

«Der, mein Kind, ist ein Kleinod, das du dir nicht vorstellen kannst, auch wenn ich es beschreibe. Es ist ein Blumentopf, der alle Instrumente spielt und alle Musik auf der Welt. Es ist die Mühe wert, daß du deinen Brüdern sagst, sie sollen ihn dir holen.»

«Und wo ist er? Wo können sie ihn finden?» fragte voller Verlangen das junge Mädchen.

«Wo genau er sich befindet, meine Tochter, kann ich dir nicht sagen. Sag es deinen Brüdern, und wenn sie dich lieben, werden sie dir die Freude machen und einen Weg finden, ihn für dich zu holen.»

Mit diesen und anderen Worten schürte sie das Verlangen des Mädchens, und dann verabschiedete sie sich, erhob sich und ging.

Als das Mädchen allein war, fiel es in tiefes Nachdenken. Das Verlangen kämpfte mit der Liebe. Sie wollte unbedingt den Blumentopf besitzen, auf dem der Himmel und die Sterne waren. Aber sie liebte auch ihre Brüder und wollte sie nicht in Gefahr bringen. Was sollte sie tun... Sie war mit sich selbst sehr uneins. Am Ende siegte das Verlangen, das seltene Kleinod zu besitzen, und sie setzte sich sofort auf ihren silbernen Stuhl.

Kurz darauf kehrten ihre Brüder von der Jagd zurück. Als sie ihre Schwester auf dem silbernen Stuhl sitzen sahen, warfen sie das Wildbret und ihre Waffen zur Seite und knieten besorgt vor ihr nieder. Es war das erste Mal, daß sie ihre Schwester betrübt vorfanden. Sie fragten sie also, was sie so traurig mache.

Da erzählte ihnen das Mädchen von dem Besuch der Händlerin und von dem Blumentopf mit der Musik, und daß es ihre große Sehnsucht sei, dieses Kleinod zu besitzen. Die Musik würde ihr Gesellschaft leisten, ihr und auch ihnen, die sie so alleine waren.

«Unser gutes Schwesterlein», sagten sie zu ihr, «da diese Frau dir nicht gesagt hat, wo dieser Blumentopf ist, wie können wir ihn dir da holen?»

«Das sehe ich ja auch, meine guten Brüder», antwortete sie, «aber ich kann die große Sehnsucht, die in meiner Seele brennt, nicht vertreiben. Ich glaube, ich kann nie wieder fröhlich sein, wenn ich nicht den Blumentopf bekomme, auf dem der Himmel und die Sterne sind.»

Gerührt beruhigten ihre Brüder sie:

«Sei nicht betrübt, geliebtes Schwesterlein. Wir werden morgen früh aufbrechen und das finden, was dich wieder fröhlich und glücklich macht. Es ist nicht nur unser Wunsch, dir immer jeden Gefallen zu tun, sondern auch der zu ehrende Auftrag unseres unvergeßlichen Vaters.»

Den Tag und die Nacht über waren alle sehr nachdenklich. Am Morgen verabschiedeten sich die beiden Jünglinge von ihrer Schwester und brachen zu ihrem unbekannten Abenteuer auf.

«Wir gehen... Wir gehen, Schwesterlein, um dir das zu holen, was du ersehnst... Zünde nun, gutes Kind, zwei Öllämpchen an, und so lange die Flammen brennen, hab keine Angst. Es wird uns gut gehen. Wenn sie aber erlöschen, dann erwarte uns nicht mehr, dann sind wir umgekommen.»

Wie gebannt hörte das Mädchen den Jünglingen zu, und erst, als sie nach dem Abschied fort waren und man sie nicht mehr sah, da fühlte sie die Gefahr, die sie alle bedrohte, und sie brach in Tränen und Schluchzen aus.

Das brennende Verlangen, das ihre Seele beherrscht hatte, war verschwunden, und sie fühlte nur noch eine übergroße Liebe für ihre Brüder. Sie eilte, sie zurückzurufen, doch es war zu spät. Die Jünglinge waren schon sehr weit weg. Sie wußte auch nicht, welchen Weg sie genommen hatten, so daß sie rufend hätte hinterherlaufen können, um sie zurückzuholen.

So blieb ihr jetzt nichts als Tränen und heiße Gebete. Mit zitternden Händen zündete sie die beiden Öllämpchen an und beobachtete sie, während sie nur noch auf ihrem silbernen Stuhl saß. Sie bat Gott, ihr vor allem ihre Selbstsucht zu verzeihen und ihre Brüder zu beschützen, sie gesund zurückzubringen, auch wenn sie ihr den Blumentopf nicht bringen würden, den sie jetzt nur noch haßte.

Die Jünglinge waren den dritten Tag unterwegs. Sie hatten auf gut Glück einen Weg genommen, der sie in einen dichten Wald führte, zu unbekannten, wilden Orten. Erschöpfung, Hunger und Angst begannen sie zu quälen. Tränen liefen ihnen aus den Augen, ohne daß sie es wollten.

«Wir kommen nicht weiter», sagten sie. «Wir haben den falschen Weg genommen. Drei Tage laufen wir schon und sind keiner Seele begegnet, die wir hätten fragen können, um etwas über das zu erfahren, was wir suchen. Und wie wird es unserer Schwester gehen? Hoffentlich geschieht ihr kein Übel, jetzt, da sie ganz allein ist.»

Unter großen Schwierigkeiten kamen sie in der Wildnis voran, während zu Hause die Flammen in den Öllämpchen sehr klein geworden waren und ihre Schwester herzzerreißend weinte und sich verzweifelt schlug, als sie das sah. So wie sich die Schwierigkeiten der beiden Brüder in den Wäldern vergrößerten, verkleinerten sich die Flammen in den Öllampen, und die Wehklagen des armen Mädchens wurden immer stärker.

Die Brüder liefen den fünften Tag durch den Wald. Ihre Verzweiflung hatte den Höhepunkt erreicht. Sie dachten, selbst wenn sie ihr Vorhaben aufgäben, wüßten sie nicht mehr aus diesem Wald herauszukommen, um zurückzukehren.

Plötzlich fühlten sie inmitten der einsamen und wilden Gegend hinter sich etwas atmen. Erschreckt drehten sie sich um. Sie glaubten, irgendein wildes Tier sei hinter ihnen. Aber sie beruhigten sich sofort, als sie einen Alten mit einem liebevollen und ehrwürdigen Gesicht sahen. Voller Spannung fragten sie ihn, wo der Blumentopf zu finden sei, auf dem der Himmel und die Sterne sind. Und wo sie einen Weg aus diesem endlosen Wald finden könnten.

Der Alte sagte ihnen, daß das, was sie vorhätten, eine sehr große und schwierige Angelegenheit sei. Viele berühmte Jünglinge und Könige hätten wegen dieses Blumentopfes ihr Leben verloren.

Die Jünglinge unterbrachen den Greis und sagten:

«Ja, aber wir sind entschlossen, es zu versuchen, wie schwierig die Sache auch sein mag. Es ist der Wunsch unserer Schwester und der Auftrag unseres Vaters. Wir können...»

Der Alte sagte weise lächelnd:

«Strengt euch nicht an, mir mehr zu sagen. Ich kenne euch besser als ihr selbst. Und da ihr euren Sinn nicht ändern wollt, werde ich euch helfen.»

Leicht fanden sie jetzt einen Weg, und nach einer Weile standen sie vor einem großartigen Palast.

«Hier ist der Blumentopf, den ihr sucht», sagte der Alte. «Es ist aber nicht leicht, ihn zu holen. Denn wenn ihr durch das erste Tor, das ihr seht, gegangen seid, müßt ihr weitergehen, und ihr seht ein zweites, das von zwei fürchterlichen Löwen bewacht wird. Ihr müßt durch das Tor, wenn die Löwen schlafen. Ihr Schlaf aber ist seltsam und sehr leicht. Wenn sie schlafen, sind ihre Augen offen, und wenn sie wach sind, haben sie ihre Augen geschlossen.»

Die Jünglinge hörten den wertvollen Ratschlägen des guten Alten aufmerksam zu, während dieser fortfuhr:

«Wenn also die Löwen schlafen, geht ihr so schnell ihr könnt auf leisen Sohlen an ihnen vorbei. Wenn sie aber wach sind, nehmt ihr dieses Fleisch», sagte er und gab ihnen einen Sack mit vier großen Brocken Fleisch, «und werft ihnen zwei Stücke vor. Sie werden sich auf das Fleisch stürzen, und ihr könnt hineingehen. Der Blumentopf ist in einem der Palastgemächer. Wenn ihr ihn gefunden habt, nehmt ihn und verschwindet schnellstens. Wenn es nötig ist, gebt ihr den Löwen das übrige Fleisch, und verlaßt dann schnell den Palast.»

Die Brüder nahmen den Sack mit dem Fleisch, und als sie dem Alten danken wollten, war der vor ihren Augen verschwunden. Sie begriffen, daß er kein gewöhnlicher, gutherziger Mensch war, sondern etwas anderes. Das gab ihnen Mut und Sicherheit, und sie gingen zum Palasttor.

In diesem gefährlichen und großen Augenblick waren die Flammen der Öllämpchen zu Hause so klein geworden, daß man hätte glauben können, sie würden jeden Moment erlöschen. Und je mehr die Brüder sich dem Tor mit den Löwen näherten, um so kleiner wurden die Flämmchen, bis von jedem nur noch ein kleines Fünkchen übriggeblieben war.

Das Mädchen sah, daß sich seine Brüder in großer Gefahr befanden. Sie hörte zu weinen auf und gab sich ganz einem inbrüstigen Gebet hin. Sie mußte kämpfen und ihnen helfen, und eine andere Waffe als ihr heißes Gebet hatte sie nicht.

Schließlich kamen die Jünglinge an das zweite Tor und sahen die gewaltigen Löwen mit weit aufgerissenen fürchterlichen Augen. Sie begriffen, daß die Löwen schliefen, glitten schnellstens zwischen ihnen durch und betraten das Palastinnere. Sie stiegen die Treppen hinauf und kamen durch große Säle und viele Gänge.

Irgendwann war wie von weit her eine sanfte, süße Musik zu hören. ‘Wir sind nah dran’, dachten sie mit klopfenden Herzen.

Sie gingen weiter und kamen am Ende in einen riesengroßen mit Gold und Silber verkleideten Saal. Auf einem goldenen Tisch stehend, verbreitete der berühmte Blumentopf die süßeste und bezauberndste Musik.

Sie nahmen ihn in die Hände und machten sich auf den Weg zum Ausgang. Als sie an das Tor mit den Löwen kamen, sahen sie voller Schrecken, daß deren Augen geschlossen waren. Sie wußten, was das bedeutete. Die Löwen waren wach.

Sobald die Tiere die Menschen witterten, duckten sie sich, bereit zum Angriff. Die Jünglinge warfen ihnen eiligst die vier Fleischbrocken vor, und die Löwen stürzten sich auf das erlesene Fressen. Sie gaben sich völlig dem Genuß dieses reichen Mahles hin, denn sie waren selten satt. Man ließ sie hungern, damit sie ständig aufs äußerste angriffslustig waren.

Jetzt hatten die Jünglinge das Tor hinter sich. Die Gefahr war vorbei. Überglücklich machten sie sich mit dem wertvollen Geschenk im Arm auf den Heimweg.

Zu Hause waren die Öllämpchen wieder voll entflammt, aber nun freute sich das Mädchen nicht mehr auf den Blumentopf, den ihre Brüder sicher gefunden hatten. Im Gegenteil, sie haßte ihn, da er ihre Brüder fast das Leben gekostet hätte. Noch mehr haßte sie die böse Frau, die ihr diesen heftigen Wunch eingegeben hatte. Nur die Sehnsucht gab ihr die Kraft, sich aufrecht zu halten und auf ihre geliebten Brüder zu warten, die sich in Gefahr begeben hatten, um sie glücklich zu machen.

Unterdessen entfernten sich die Jünglinge immer mehr von dem Palast, in dem sie ihr Abenteuer überstanden hatten.

Plötzlich stand wieder der hilfsbereite Alte vor ihnen und zeigte ihnen einen Weg, der sie schneller nach Hause bringen würde. Und ohne daß sie auch nur ein Wort sagen konnten, war er wieder vor ihnen verschwunden.

Die Brüder schritten jetzt fröhlich voran, und ihre Ungeduld wurde mit jedem Schritt größer. Sie hatten es eilig, anzukommen und ihre Schwester zu umarmen, ihr den berühmten Blumentopf zu übergeben und sie wieder vergnügt auf ihrem goldenen Stuhl sitzen zu sehen.

Und wirklich, kurz darauf bewunderten die drei Geschwister, einander in den Armen liegend und heißeste Freudentränen vergießend, den Blumentopf, auf dem der Himmel und die Sterne waren, und sie hörten Melodien der süßesten Musik.

So vergaßen sie unter den süßen Klängen alle Trauer und Sorgen und waren sich darin einig, daß sich die Mühe gelohnt hatte.

Die Jäger, die jetzt an dem Palast vorbeikamen, hörten die Musik. Sie gingen in die Stadt und erzählten von dem Zauber, der die Seele beim Zuhören erfaßte. Das neue Gerücht kam auch der Mutter des Königs zu Ohren. Vom Schrecken gejagt rief sie die Hebamme zu sich und erzählte ihr die für sie beide beängstigenden Neuigkeiten. Und schon am nächsten Tag brach die Hebamme mit ihren Waren zum Palast des Mädchens auf.

Dort angekommen, pries sie ihren Schmuck an, ein Fenster öffnete sich, und die Gestalt des Mädchens wurde sichtbar. Liebenswürdig bat sie die Frau herein, einmal, um einzukaufen, und zum anderen, damit die Frau die zauberhafte Musik aus dem Blumentopf genießen konnte.

Die Hebamme tat, als freute sie sich sehr, als sie das berühmte Kleinod mit der noch nie gehörten Musik im Saal des Mädchens sah und hörte.

«Siehst du nun, meine Tochter», die Hebamme legte so viel Süße in ihre Stimme, wie sie nur konnte, «wie recht ich hatte, als ich dir sagte, deine Brüder sollten dir dieses seltene und bezaubernde Kleinod holen? Es ist einmalig auf der Welt. Du besitzt das einzige, das es gibt.»

«Ja, recht hast du, und ich danke dir dafür. Du weißt nur nicht, in welche Gefahr sich meine Brüder begeben haben, um mir den Blumentopf zu bringen. Und mit wieviel Reue und Tränen ich meinen Wunsch bezahlt habe», sagte das Mädchen.

«Ach, mein Kind», fuhr die schlaue Hebamme fort, «das Gute erreichen wir nur unter Mühen. Und dies hier, das vom Besten ist, war es wert, sich anzustrengen und sich in Gefahr zu begeben. Ich war ja sicher, daß sie es schaffen würden, deshalb habe ich darauf bestanden, daß du sie losschickst. – Und noch einmal müssen deine Brüder alles aufs Spiel setzen, damit die Schönheit und die zauberhafte Musik deines Hauses vollkommen werden.»

«Nein, ich bitte dich, sprich nicht weiter. Um alles in der Welt will ich meine Brüder nicht einer neuen Gefahr aussetzen, und ich selbst will auch nicht noch einmal solche Augenblicke schrecklicher Angst erleben», unterbach sie erschrocken das Mädchen.

Mit geheuchelter Güte lachte die Hebamme über den Protest des Mädchens und fuhr dann ruhig und wie selbstverständlich fort:

«Aber, mein Kind, warum wehrst du dich? Wart erstmal ab und höre. Diese süße und einzigartige Musik ist allein noch gar nichts. Irgendwo, nicht sehr weit, wohnt in ihrem Palast die berühmte Marmorjungfrau, die als Sängerin einmalig auf der Welt ist. Es ist nicht schwer, daß deine Brüder sie dir bringen, damit sie mit ihrem süßen Lied die schöne Musik begleiten kann. So, wie sie dir den Blumentopf gebracht haben, so werden sie dir auch die Marmorjungfrau bringen. Ich glaube, daß sie freiwillig und mit großer Freude mitkommen wird, wenn sie hört, daß ihr in eurem Haus das berühmte Musikinstrument, den Blumentopf, habt.»

Und nachdem die Hebamme dem Mädchen wieder den Kopf verdreht hatte, ging sie, den Wunsch äußernd, bei ihrem nächsten Besuch die berühmte Marmorjungfau im Palast anzutreffen.

Nachdem die Hebamme gegangen war, stellte das Mädchen

die Musik des Blumentopfes ab und fiel wieder in ein tiefes Nachdenken. Langsam breitete sich in ihr das krankhafte und unbesiegbare Verlangen aus, auch die Sängerin zu haben, und es beherrschte ihre ganze Seele. Sie schleppte sich langsam und schwerfällig zu ihrem silbernen Stuhl und setzte sich. Jeder andere Gedanke war betäubt, jede freundliche Empfindung, die sie vor einem neuen großen Abenteuer hätte bewahren können.

Als ihre Brüder von der Jagd zurückkehrten, fanden sie ihre Schwester wieder auf dem silbernen Stuhl sitzend vor.

«Liebes Schwesterlein», fragten sie sie, «was hast du? Was ist dir geschehen? Warum bist du traurig? Sag uns, was es ist, das dich betrübt.»

Da sagte sie ihnen ihren neuen großen Wunsch, das heißt, daß sie ihr die Marmorjungfrau bringen sollten, die eine auf der ganzen Welt berühmte und einmalige Sängerin sei. Die Jünglinge versuchten sie zu überzeugen, daß sie alle genug Glück und Unterhaltung hätten, um sie dazu bringen, ihre Meinung zu ändern.

«Liebes Schwesterlein», sagten sie, «die schöne Musik reicht aus, um uns zu amüsieren. Und da wir weder wissen, wo die Marmorjungfrau ist, noch was für eine Frau sie ist, wie können wir da an einen Erfolg glauben. Denk doch mal – was ist, wenn uns etwas Böses zustößt und du hier alleine bleibst...»

Doch von der schlauen Hebamme wieder um den Finger gewickelt, konnte das Mädchen sein Verlangen nicht besiegen.

Da sagten ihre Brüder:

«Wir verstehen, liebe Schwester, daß du mit dir selbst kämpfst, dich aber nicht besiegen kannst. Wir ziehen also wieder los, um dir den Gefallen zu tun. Zünde wieder die beiden Öllämpchen an, und so lange sie brennen, geht es uns gut. Wenn sie erlöschen, weißt du, daß du nicht mehr auf uns zu warten brauchst.»

Die Brüder küßten sie und brachen erneut ins Unbekannte auf. Sie liefen viele Tage, ohne zu wissen, wohin.

Sie waren sehr weit gelaufen, als sie einer bösen Alten mit wilden, wütenden Augen und harter Stimme begegneten. Die beiden Brüder baten sie, ihnen den Weg zum Palast der Marmorjungfrau zu zeigen. Die Alte betrachtete beide voller Wut und wies ihnen einen Weg, während sie sagte, daß sie nichts zu befürchten hätten. Ihre Stimme glich dem Brüllen eines tobenden Tieres, und so rechneten die Brüder mit dem Gegenteil, und ihre Unruhe wuchs.

«Sicher», so besprachen sie sich, «ist dies der Weg, der uns zum Palast der Marmorjungfrau führt. Aber die Auskunft, daß der Rest einfach sei, ist nicht wahr. Eher werden wir wohl großer Gefahr ausgesetzt sein.»

So überlegend, näherten sie sich immer mehr dem Palast der zauberhaften Sängerin, während bei ihnen zu Hause die Flammen der Öllämpchen immer kleiner wurden, so sehr, daß man hätte glauben können, sie würden jeden Augenblick erlöschen. Davor kniend, jammerte die Schwester herzzerreißend und bereute bitter ihre Schwäche, die sie wieder dazu gebracht hatte, ihre geliebten Brüder in das neue Abenteuer zu stoßen.

Als die Brüder schon fast den Palast erreicht hatten, stand plötzlich wieder der Alte vor ihnen.

«Wohin geht ihr, meine Kinder?» fragte er sie.

«Wir sind unterwegs, um die Marmorjungfrau zu holen und sie unserer Schwester zu bringen.»

«Wehe euch, meine guten Kinder», sagte der Alte. «Die Marmorjungfrau ist eine fürchterliche Frau mit sehr hartem Herzen. Ihre einmalige Stimme hat sie stolz gemacht, und sie empfindet weder Liebe noch Mitleid für jemanden. Viele junge Männer, die es wagten, zu ihr zu gehen, um sie zu bekommen, sind verschwunden. Sie hatte mit keinem Mitleid, und niemandes Liebe konnte sie rühren. – Kommt aber mit mir.»

Der Alte nahm die Jünglinge, und sie gingen zum Palast der Marmorjungfrau. Als sie nahe daran waren, hörten sie ihr süßes Lied, das sie mit seiner unvergleichlichen Harmonie und seinem einmaligen Klang bezauberte.

Kurz darauf standen sie vor einem Marmorpalast. Das Tor bewachten zwei große Löwen, die niemanden hereinließen. Der Alte ging ruhig mit den Brüdern weiter. Die Löwen saßen still da, und als die Gesellschaft das Tor erreicht hatte, konnte sie ohne jeden Widerstand eintreten.

Die Brüder erstarrten vor Entsetzen, als sie in dem weiten Palasthof einer großen Anzahl versteinerter junger Männer gegenüberstanden.

«Das wäre auch euer Schicksal gewesen», sagte der Alte zu ihnen, «wenn ihr allein hierhergekommen wäret.» Und er deutete auf die versteinerten Körper.

An den versteinerten Menschen vorbeigehend, kamen sie zu einer großen Treppe. Sie blieben unten stehen, und der Alte rief mit lauter Stimme:

«Marmorjungfrauuuuu...»

Das Lied brach ab, und eine starke und reine Stimme antwortete:

«Werde zu Marmor und geh kaputt!»

Der Alte wiederholte mit lauterer Stimme:

«Marmorjungfrauuuuu...»

Und die Antwort war wieder dieselbe:

«Werde zu Marmor und geh kaputt!»

Doch der Alte schrie beharrlich und voller Wut:

«Marmorjungfrauuuuuuuuuuuu...»

Da erschien auf dem marmornen Balkon eine Frau von besonderer Schönheit und fragte erstaunt:

«Wer ist denn der, der nicht versteinert und meinen Befehlen und meinem Willen soviel Widerstand leistet?»

«Ich bin es», antwortete der Alte förmlich und kühl.

Als die Marmorjungfrau den Alten sah, senkte sie ihren Kopf und versteckte ihr Gesicht in den Händen, als wolle sie eingeschüchtert und ehrerbietig um Verzeihung bitten. Ehrfürchtig und höflich bat sie den Alten, mit den Jünglingen heraufzukommen, doch der wies sie in zornigem Ton zurecht:

«Harte und stolze Frau, die dich deine Selbstsucht und die Kraft deiner Stimme blind machen. Sieh dir an, welche Jünglinge du versteinert hättest, wenn ich nicht bei ihnen gewesen wäre.»

Angesichts der goldgezierten Brüder blieb die Marmorjungfrau stumm vor Bewunderung. 'Was für Geschöpfe sind das?' dachte sie. Bis jetzt hatte sie geglaubt, es gäbe kein schöneres Geschöpf auf der Welt als sie. Und weil sie eine auf der Welt einzigartige

Stimme hatte, hatte sie sich in ihren prachtvollen marmornen Palast eingeschlossen und sang wie eine homerische Sirene. Ihr weitverbreiteter Ruf hatte die besten Königssöhne in ihren Ländern aufbrechen, zu ihrem Palast kommen und sie bitten lassen, ihre Königin zu werden. Verzaubert von ihrer süßen Stimme blieben sie Tage und Monate und warteten, daß sie herauskäme, damit sie sie bitten konnten. Sie wußten, sie durften sie nicht rufen, deshalb warteten sie, daß sie heraustrete und von ihrer Liebe gerührt werde. Sie kam aber nicht, und es kümmerte sie auch nicht, wenn sie dort warteten. Zum Schluß sahen sich die Jünglinge gezwungen, sie zu rufen, weil sie die Geduld verloren, und da kam über sie der harte Fluch 'Werde zu Marmor und geh kaputt!'. – Und immer wirkte er.

So waren ihr Hof und ihre Gärten voll von versteinerten wunderschönen und starken jungen Männern. Und so, wie sich die Versteinerten vermehrten, so wurde die harte Marmorjungfrau immer stolzer.

Der Alte und die Brüder wurden jetzt in den goldgeschmückten Wohngemächern der Marmorjungfrau aufs höflichste betreut. Während die Jünglinge erleichtert schliefen, erzählte der Alte, der kein gewöhnlicher Mensch wie wir war, der Marmorjungfrau die rührende Geschichte der Brüder. Zutiefst gerührt vergoß die Marmorjungfrau heiße Tränen. Auf der einen Seite bewegte sie das Unglück der drei Geschwister und deren Mutter und auf der anderen erkannte sie den Schmerz, den sie selbst so vielen Menschen zugefügt hatte. Der liebevolle Alte bändigte ihre Bosheit und Härte und erweichte ihr Herz, das härter als der Marmor ihres Palastes geworden war. Und jetzt konnte sie Schmerz und Freude fühlen, sowohl bei sich selbst als auch bei anderen Menschen.

Unter einem noch nie gefühlten Herzklopfen, das sie überkommen hatte, versprach sie dem Alten, die Kinder unter ihren Schutz zu nehmen und sich darum zu kümmern, daß sie ein für alle Male nach Hause, das heißt, zu ihrem wirklichen Vater zurückkehren könnten.

Am Morgen vollbrachte die Marmorjungfrau in ihrem Hof und in den Gärten ihre rührendste und gottgefälligste Tat. Mit geflüsterten Worten und einer Berührung erlöste sie nacheinander die versteinerten Menschen, und der gute Alte zeigte ihnen den Rückweg.

Am Ende brachen die Jünglinge, der Alte und die Marmorjungfrau gemeinsam zum Palast auf, in dem die Schwester sehnsüchtig auf die Rückkehr ihrer Brüder wartete, von der sie die Flammen der Öllampen unterrichtet hatte.

Dieselbe zärtliche Sehnsucht beherrschte auch die Herzen der famosen Gemeinschaft, die immer weiter vorankam. Irgendwo auf dem Weg verschwand der Alte plötzlich ohne Abschied vor ihren Augen, und es waren nun die drei, die den Weg fortsetzten.

Und so klopften sie bald ungeduldig an die Tür des Palastes in der Einöde, des gastlichen Palastes des Mohren.

Ungeduldig waren die Brüder, die ihr geliebtes Schwesterlein in die Arme schließen und es glücklich machen wollten. Ungeduldig war auch die Marmorjungfrau, die das Mädchen mit dem goldenen Schmuck in seinem Gesicht kennenlernen wollte. Sie malte sich ihre Schönheit aus. Wenn schon die Jungen so viel Glanz und Anmut hatten, wieviel mehr würde erst das Mädchen davon haben.

Wie ein Vögelchen flog das Mädchen beim Klopfen, das es so ersehnt hatte und so gut kannte, zur Tür. Ein zärtliches Bild war die Begegnung der drei Kinder, die vor Freude und Glück beim Wiedersehen weinten. Auch die Marmorjungfrau weinte angesichts der überfließenden Geschwisterliebe, wie sie sie nie kennengelernt hatte. Unter ihren heißen Tränen erkannte die Marmorjungfrau eine große Wahrheit, und sie sinnierte: 'Wie viel Wert doch die besonderen Gaben haben, wenn sie Menschen mit guten, zärtlichen und mitleidvollen Herzen zieren...'.

Als die erste Rührung vorbei war, stellten die Jünglinge ihrer Schwester die schöne Marmorjungfrau vor. Das Mädchen begrüßte sie herzlich, und die Marmorjungfrau begann, das süßeste Lied ihres Lebens zu singen, das alle verzauberte. Sie waren alle sehr froh und fühlten sich wie Geschwister.

So vergingen ein paar Tage, und dann sagte eines Abends die

Marmorjungfrau zu den Kindern, sie würde sie in die Stadt bringen, in der sie nie gewesen waren, damit sie sie kennenlernten. Die Kinder widersprachen und erklärten, sie würden auf keinen Fall diesen Besuch machen. Ihr Vater, der Mohr, hätte ihnen aufgetragen, niemals in die Stadt zu gehen, weil sie dort vielleicht großes Übel erwarte. Die Marmorjungfrau unterbrach sie und versicherte, mit ihr gemeinsam hätten sie nichts zu fürchten. Ihr Besuch in der Stadt würde vielen leidenden und ungerecht behandelten Menschen und ihnen selbst große Freude und großes Glück bringen.

Schon am nächsten Tag brachen sie gemeinsam auf, nachdem die Marmorjungfrau die Gesichter der Geschwister mit Tüchern bedeckt hatte.

Als die Kinder in der Stadt angekommen waren, bewunderten sie dort das Treiben, die Gebäude und überhaupt den menschenreichen Ort. Nie hätten sie sich ein solch lebhaftes buntes Bild vorgestellt, und sie wußten nicht, wohin sie zuerst schauen sollten und was ihnen am besten gefiel. So kamen sie über Straßen, Parks und Plätze zum Palast des Königs. Und die Marmorjungfrau bat darum, vor den König gebracht zu werden.

Kurz darauf befanden sich die Marmorjungfrau und die drei Geschwister vor dem glanzvollen königlichen Saal. Der König freute sich sehr und fühlte sich geehrt, als er erfuhr, daß ihn in seinem Palast die berühmte Marmorjungfrau erwartete. Er wußte nicht, wie er diese Ehre erwidern sollte. So befahl er unter anderen Ehrerweisungen, auch Feste in der Stadt zu veranstalten, um die sie begleitenden drei jungen Leute zu erfreuen, die sich das erste Mal in ihrem Leben in besiedeltem Gebiet befanden, wie ihm die Marmorjungfrau erklärt hatte.

In der ganzen Stadt sprachen die Menschen über den Besuch der Marmorjungfrau, bezaubert von der Vorstellung, daß sie ihr süßgesungenes Lied hören würden. Sie sprachen auch über die drei jungen Menschen, die in ihrer Begleitung waren, und die ihre Gesichter ständig mit Tüchern bedeckt hatten.

Das hörte die Mutter des Königs, und ein kalter Schauer lief ihr über die Brust. Besorgt dachte sie: ‘Warum haben die beiden jungen Männer und das Mädchen, von denen alle sagen, daß sie Geschwister seien, ständig ihre Gesichter bedeckt?' Der Gedanke, sie könnten die hinausgeworfenen Königskinder sein, ihre Enkelkinder, brachte sie in Aufruhr und machte sie glauben, daß die Stunde der Gerechtigkeit gekommen sei. Sie rief die Hebamme zu sich und berichtete ihr von den neuen Schrecken, die auf ihr altes böses, unmenschliches und verbrecherisches Verhalten folgten. Sie trug ihr auf, unauffällig und ohne gesehen zu werden, zu versuchen, das Mädchen zu sehen, um sicherzugehen, ob es sich um das Mädchen handele, das sie in der Einöde aufgesucht hatte.

Die Hebamme ging zum Palast, und als sie das Mädchen sah, wäre sie fast ohnmächtig geworden. Es war das Mädchen mit dem goldgezierten Gesicht.

Als sie das der Königinmutter berichtete, wurde diese von Angst erfaßt. Und beide befanden sich jetzt in der verzweifelten Zwangslage, die auf jede böse Tat folgt. Sie beschlossen aber, auch noch das letzte Spiel ihrer jahrelangen Bosheit zu spielen. Sie sahen ein, daß in ihrem Kampf immer das Gute siegte, doch sie konnten nicht aufgeben. Es ist gut, wenn das Böse gar nicht erst beginnt, weil es nur eine lange Kette Gleiches und Schlimmeres nach sich zieht, die jeden Menschen zerstören können. Sie kamen also überein, Gift auf die Teller der drei Geschwister zu tun. Das war ihre letzte Waffe.

Als die Gäste in den Speiseraum traten, nahm jeder seinen Platz vor seinem Teller ein. Die Marmorjungfrau, die immer vor Augen hatte, daß die drei Geschwister einen todbringenden Feind unter den Menschen hatten, hatte ihnen aufgetragen, nichts zu essen, wenn sie es ihnen nicht erlaubt hatte.

Unter dem goldgeschmückten, prachtvollen Tisch liefen lebhaft und unruhig drei Tiere umher: ein Hund, eine Katze und ein Schwein. Die Marmorjungfrau fragte erstaunt, warum man diese Tiere im Palast frei herumlaufen lasse. Man erklärte ihr also, daß dies die Kinder des Königs seien. Diese hätte ihm eine unbedeutende, arme Frau aus dem Volke geboren, obwohl sie ihm versprochen hatte, ihm drei Kinder mit goldenem Kinn, goldbekränzt und mit einem goldenen Kreuz auf der Stirn zu schenken. Aber nicht nur, daß sie ihm jene außergewöhnlichen Geschöpfe nicht geboren hätte, es wären noch nicht einmal Menschen gewesen. Sie hätte ihm diese drei Tiere geschenkt.

Die Marmorjungfrau fühlte ihr Herz zerspringen bei der unglaublichen Entdeckung des Geheimnisses der drei Kinder. Und während der König bei der Erzählung und der Erinnerung an das unerhörte familiäre Mißgeschick tieftraurig geworden war, glänzten im Gegensatz dazu die Augen der Marmorjungfrau vor Freude.

Die Marmorjungfrau war hergekommen, um des Königs Hilfe bei der Aufdeckung des Geheimnisses der drei Geschwister aus der Einöde zu erbitten, die dort in Kisten angekommen waren und von einem Mohren aufgezogen wurden, wie es ihr der geheimnisvolle Alte erzählt hatte, der niemand anders war als die Seele des Mohren. Jetzt lüftete sich das Geheimnis von selbst – mit Gottes Hilfe. Die drei Kinder waren bei sich zu Hause, bei ihrem wirklichen Vater. Wo aber war die unglückliche Mutter? Lebte sie noch, oder hatten sie die Feinde, die ihre Kinder fortgeschafft hatten, getötet?

Die letzten Gedanken erschreckten die Marmorjungfrau. Sie begriff, daß diese Feinde um sie herum warteten, irgendwo dort in der Nähe, wo sie auch in diesem Moment ihr Vernichtungswerk fortsetzen konnten. Die Feinde waren Angehörige des Palastes... Und sie waren gezwungen, ihre Verbrechen zu verschleiern.

Als das Zeichen für den Beginn des Essens gegeben wurde, bat die Marmorjungfrau, noch ein wenig zu warten. Sie nahm einen Löffel voll Speise vom Teller eines jeden Kindes und gab je einen dem Hund, der Katze und dem Schwein. Die Tiere fraßen gierig das gute Essen, doch gleich darauf begannen sie zu brüllen, und zum Schluß fielen sie vergiftet tot um.

«Was hast du gemacht, Marmorjungfrau?» empörten sich die Adligen. «Das waren heilige Tierchen, die der König sehr liebte. Es waren seine Kinder...»

Der König war blaß geworden und wollte gerade die Marmorjungfrau tadeln und sie nach dem Grund für ihr grausames Tun fragen. Alle glaubten, daß die Marmorjungfrau das Essen vergiftet hätte, die gegen die königlichen Tiere von Anfang an nur Ablehnung und Spott gezeigt hatte. Der König konnte aber seinen Mund nicht mehr aufmachen, da war schon die Stimme der Marmorjungfrau streng, mutig und förmlich zu hören:

«Nein, diese Tiere waren nicht die Kinder des Königs. Seine Kinder, die Kinder der armen und unbedeutenden Frau aus dem Volke, sind diese...», und dabei enthüllte sie die Gesichter der Kinder, die Tücher, die sie bedeckten, zornig beiseiteschleudernd.

Der Saal erstrahlte von der einmaligen Schönheit der drei Geschwister. Der König war verstummt, er glaubte zu träumen. Und in der allgemeinen Stille, die die Rührung hervorgerufen hatte, war wieder die Stimme der Marmorjungfrau, süß wie nie zuvor, zu hören:

«Los, Kinder, das ist euer Vater. Umarmt ihn. Und du, König, umarme deine Kinder. Umarme das Glück, das dir so unerwartet lacht und das Gott gesandt hat. Genug hast du gelitten, und genug bist du gedemütigt worden.»

Während der Vater und die Kinder umarmt das rührendste Bild des Glückes darstellten, fuhr die Marmorjungfrau fort:

«Wo ist ihre Mutter? Lebt sie noch?»

Man lief sofort los und brachte die so sehr gepeinigte Mutter an, nachdem man sie etwas hergerichtet hatte, und sie vollendete das Familienglück. Die Freude war so groß, daß sie das ganze Volk und den Palast erfaßte. Es begannen tagelange Feste, während die leidgeprüfte Königin ganze Nächte lang erzählte, was bei der Geburt ihrer Kinder geschehen war.

Der König war schwer getroffen durch die mütterlichen Verfehlungen, die ihm jetzt bekannt wurden, und von denen er sich nie hätte vorstellen können, daß seine geliebte Mutter sie hätte begehen können. Er hatte nicht die Kraft, ihr gegenüberzutreten. Er fühlte sich selbst zu schwach, seine Mutter zu verurteilen. Deshalb übertrug er den Richtern diese undankbare Aufgabe. Sie sollten über das Verbrechen richten, ohne daß er wie gewöhnlich an der Verhandlung teilnehmen wollte.

Die beiden Frauen, die so lange dem Bösen gedient hatten,

wurden zu der härtesten Strafe verurteilt, zu der man in jener alten Zeit die bösen Menschen zu verurteilen pflegte. Sie wurden jeweils mit einem Sack hohler Nüsse an den Schwanz eines wilden Pferdes gebunden. Die Pferde wurden freigelassen, und während sie losrannten, schlugen die hohlen Nüsse aneinander, und sie glaubten, sie würden gejagt. So rannten sie immer schneller, bis die Frauen zerstückelt waren.

Gemeinsam mit ihren Körpern wurde auch die Bosheit, die ihre Seelen beherrscht hatte, zerschlagen und besiegt, und sie verschwand. So konnte sie in dieser Gegend nie wieder in andere Seelen eindringen.

Nach einiger Zeit, nachdem die Marmorjungfrau die Stadt mit ihren süßklingenden Liedern erfreut hatte, verabschiedete sie sich von der glücklichen königlichen Familie und vom ganzen Volk und ging in ihren Palast zurück.

Sie war aber nicht mehr die harte und herzlose Frau, die der Stolz getrieben hatte, den Menschen so viel Unheil zuzufügen. Sie hatte inzwischen den Schmerz, aber auch die menschlichen Freuden kennengelernt. Sie hatte den Sieg des Guten über das Böse erlebt, und ihr Herz wurde unschuldig und füllte sich mit Güte und Mitleid für die anderen.

Und so lebten von da an alle gut und wir noch beser.

Der Vielkichererbsen-Mann

Irgendwann einmal vor langer Zeit lebte eine Witwe, die einen Sohn hatte. Die beiden waren bettelarm und hatten noch nicht einmal das Wasser im Krug. Die Witwe arbeitete als Tagelöhnerin und zog ihr Kind auf, dem sie beibrachte, Gott und seinen Schulunterricht zu lieben.

Als ihr Sohn die Schule beendet hatte, überlegte er, was er arbeiten könnte, damit endlich seine Mutter entlastet würde. Eines Tages, als er nachdenklich spazierenging, fand er auf der Straße eine Kichererbse. Er bewahrte sie in seiner Tasche auf und fragte abends seine Mutter:

«Mutter, wenn ich eine Kichererbse aussäe, wieviele ernte ich dann?»

«Eine Handvoll, mein Kind.»

«Und wenn ich die Handvoll aussäe?»

«Zehn Hände voll.»

«Und wenn ich die zehn Hände voll aussäe?»

«Einen ganzen Acker voll.»

«Und wenn ich den Acker voll aussäe?»

«Zwanzig Äcker voll, mein Kind.»

Um nicht viele Worte zu machen, schließlich kamen sie bei der Riesenmenge von einer Million Oka* Kichererbsen an.

Die ganze Nacht dachte der junge Mann darüber nach, wo er ein Lagerhaus finden könnte, um so viele Kichererbsen unterzubringen, und er umfaßte fest seine einzige Kichererbse. Wenn er die verlöre, würde er alles verlieren. So dachte er, sich ganz auf seine Hoffnung stützend.

Am Ende entschloß er sich, zuerst das Lagerhaus zu suchen, das er brauchte, und dann die Kichererbse in die Erde zu stecken, das heißt, sie auszusäen.

Als er am Morgen aufstand, sagte er zu seiner Mutter, daß er

---

* 1 Oka = 1.280 Gramm

in die Stadt gehe und Arbeit suche, und sie solle sich keine Sorgen machen, falls er länger fortbliebe. Es könnte Monate dauern, bis er zurückkäme.

«Ich will mir einen Beruf fürs Leben suchen, Mutter», sagte er zu ihr und ging mit ihrem Segen davon.

Als er in der Stadt ankam, ließ er den Herold ausrufen:

«Wer hat ein Lagerhaus, in das eine Million Oka Kichererbsen hineinpassen?»

Es fand sich aber niemand, der ein so großes Lagerhaus hatte, und er ging in eine andere Stadt. Danach ging er in eine weitere, und sein Name wurde bald in allen großen Städten bekannt, man nannte ihn den Vielkichererbsen-Mann.

Schließlich kam er in eine weit entfernte Stadt und beauftragte auch dort den Herold. Als der König hörte, daß jemand ein großes Lagerhaus suchte, lud er den großen Erzeuger, der sicher auch andere Einkünfte haben würde, in seinen Palast ein, um ihn kennenzulernen und ihm Ehre zu erweisen.

Der Jüngling, also der Vielkichererbsen-Mann, ging hin, und sein Herz schlug vor Angst, daß nicht zufällig herauskäme, daß er nur eine einzige Kichererbse besaß.

Die Erscheinung des jungen Mannes machte auf den König einen großen Eindruck. Er berief seinen Zwölferrat ein, setzte sich mit seinen Ratgebern zu Tisch und ließ sie darüber nachdenken, wie man dem reichen Menschen helfen könnte, damit er sich nicht weiter plagen müßte, ein Lagerhaus zu finden.

Man faßte endlich den Beschluß, für die Erträge des Vielkichererbsen-Mannes geeignete Lagerhäuser zu bauen und ihn in der Stadt wohnen zu lassen, damit er den Bauvorgang überwachen konnte. Die Lagerhäuser sollten so werden, wie er sie haben wollte, weil er und nur er davon Gebrauch machen würde.

Der Vielkichererbsen-Mann war nun in einer schwierigen Lage, doch konnte er jetzt nicht mehr zurück. Das einzige, was er tun konnte, war, die Kichererbse wie seine Augäpfel zu hüten, weil er sonst seiner Meinung nach alles verlieren würde.

Der König beauftragte die Diener, ein weiches Lager aus Baumwollflaum und Daunen herzurichten, damit sich der Fremde hinlegen könnte, der sicher sehr verwöhnt sei.

Die Diener taten, was ihnen der König aufgetragen hatte, doch der Vielkichererbsen-Mann fand keinen ruhigen Schlaf. Irgendwann war ihm die Kichererbse, die er die ganze Nacht aus Furcht, sie zu verlieren, festgehalten hatte, aus der Hand gefallen, und er drehte sich unruhig hin und her, um sie zu finden. Sie war in dem weichen Lager verschwunden.

Der König, der von seinem Zimmer aus die Unruhe des reichen Fremden bemerkte, war darüber sehr betrübt. Am nächsten Tag rief er die Diener zu sich und befahl ihnen, ein härteres Bett zu bereiten, damit der Vielkichererbsen-Mann besser schlafe.

In der nächsten Nacht blieb die Kichererbse dort liegen, wo sie dem schlafenden Vielkichererbsen-Mann aus der Hand gefallen war. Wenn er im Halbschlaf kurz erwachte, fand er sie gleich, und so rührte er sich überhaupt nicht von der Stelle. Auch der König beruhigte sich, da er den Fremden mit der richtigen Fürsorge umgeben hatte.

Die Tage vergingen, und die Achtung des Königs für den Vielkichererbsen-Mann wuchs. Er sah an ihm nur Vorzüge und eine große Höflichkeit. Aber nicht nur der König war bezaubert von dem Vielkichererbsen-Mann, sondern auch seine Tochter, das schöne Königskind.

So schlug ihm eines Tages der König vor, wenn er wollte, könne er sein Schwiegersohn werden. Der arme Vielkichererbsen-Mann verlor die Fassung. Wie war das möglich? – Er, ein armer junger Mann, sollte die Königstochter bekommen? Sicher, mit der Zeit würde er reich werden, doch jetzt hatte er nur die Kichererbse, und das war es, was ihm Mut machte.

Er versuchte, die Hochzeit aufzuschieben, doch der König bestand seiner Tochter zuliebe darauf, daß sie sofort stattfand. Ein prachtvolles Hochzeitsfest wurde gefeiert, und die Zeit verging überaus angenehm.

Eines Tages schlug der König dem Vielkichererbsen-Mann vor, zu diesem nach Hause zu fahren und dessen Mutter zu besuchen, wobei er auch seine Felder inspizieren könne und sehen, was seine Knechte taten. Als der Vielkichererbsen-Mann das hörte, verlor er die Fassung, doch er konnte nicht ablehnen. Er unterwarf sich seinem Schicksal und ergab sich dem Willen Gottes.

Der König beschloß, ebenfalls seine Aufwartung im Gebiet seines reichen Schwiegersohnes zu machen. Er bereitete sein gesamtes Gefolge mit Bannerträgern, Kavallerie und königlichen Kutschen vor, und eines Morgens brachen sie auf.

Der Vielkichererbsen-Mann wollte in keine Kutsche einsteigen, sondern allen voranreiten. – Er hoffte, auf dem Lande einen geeigneten Ort zum Verschwinden zu finden. – Der König hatte nichts dagegen, und so durchquerte die Gesellschaft eine große Ebene, und weit voran der Vielkichererbsen-Mann.

Die Ebene war endlos weit, und der Vielkichererbsen-Mann konnte nirgendwo verschwinden, und seine Besorgnis wuchs ständig. Irgendwann traf er auf eine große Herde mit Rindern und Kälbern. Der Vielkichererbsen-Mann rief die Rinderhirten zu sich und fragte:

«Ihr Rinderhirten, seht ihr die Leute, die da hinten ankommen?»

«Die sehen wir», antworteten sie.

«Das ist der König mit seinem Gefolge. Wenn er euch fragt, wem diese Rinder gehören, dann antwortet ihm: 'Dem Vielkichererbsen-Mann'. Sonst, ihr Elenden, ist es um euren Kopf geschehen.»

«Besten Dank für deinen Rat. Woher hätten wir das wissen sollen? Umzukommen, ohne unsere Schuld... Gott möge dich beschützen!»

Der Vielkichererbsen-Mann machte sich eiligst auf den Weg, während sich das Gefolge näherte. Der König fragte die Rinderhirten, wem die stolze Rinderherde gehöre. Und sie antworteten wie aus einem Munde:

«Dem Vielkichererbsen-Mann.»

Das ganze königliche Gefolge war begeistert, und der König rief:

«Bravo, meine Tochter. Du hattest großes Glück.»

Der Vielkichererbsen-Mann ritt weiter und suchte nach einer Stelle, an der er abbiegen und sich aus seiner schwierigen Lage befreien konnte.

Er kam in ein Gebiet, in dem Tausende fetter Schafe weideten. Er rief die Hirten und sagte auch zu ihnen, sie sollten sagen, daß die Schafe dem Vielkichererbsen-Mann gehörten, weil sonst ihr Leben in Gefahr sein.

Die Hirten dankten ihm, und er setzte seinen Weg fort.

Kurz darauf kam das königliche Gefolge an, und der König fragte die Hirten, wem diese Schafe gehörten, und sie antworteten auch:

«Dem Vielkichererbsen-Mann, unser König, lange mögest du leben.»

Neue Begeisterung breitete sich in dem Gefolge aus, und neue Lobsprüche auf die glückliche Königstochter und den außergewöhnlichen Bräutigam waren zu hören.

Tiefer in der Ebene traf der Vielkichererbsen-Mann auf ein Gebiet mit Tausenden von Zwerghühnern. Denen, die sie bewachten, gab er den üblichen Auftrag. Als kurz darauf der König und sein Gefolge dort ankamen und man erfuhr, daß auch diese Tiere dem Vielkichererbsen-Mann gehörten, gab es neue Freude und Begeisterung.

Weiter hinten sah sich der Vielkichererbsen-Mann riesigen Feldern mit Baumwolle, Getreide und anderen Nutzpflanzen gegenüber. Allen Bauern dort gab er den gleichen Auftrag, und alle sagten dem König, daß all das Gute dem Vielkichererbsen-Mann gehöre.

Irgendwann standen sie vor einem prächtigen Marmorpalast. Der Vielkichererbsen-Mann, der als erster dort angekommen war, bat die Diener und Dienerinnen, ihm zu sagen, wem der Palast, die Herden und der Reichtum in der Ebene gehöre.

Die Diener sagten ihm, daß alles von einem bösen und blutdürstigen Drachen* beherrscht werde, dem sie kesselweise das Essen kochten und den sie kaum zufriedenstellen konnten. Besser als alles andere schmecke ihm aber Menschenfleisch, und oft schleppe er Menschen an und fresse sie.

Der Vielkichererbsen-Mann erstarrte vor Angst und dachte, welch große Sünde er beginge, wenn er so viele Menschen in die Zähne des fürchterlichen Drachen würfe. Aber es war alles nicht seine Schuld. Nichts von dem, was geschehen war, hatte er gewollt. Der König hatte auf allem bestanden.

Nachdem der Vielkichererbsen-Mann noch andere Dinge erfahren hatte, sagte er den Dienern, daß der König mit seinem Gefolge ankäme, und sie sollten ihm sagen, der Palast gehöre dem Vielkichererbsen-Mann. Sie sollten auch sogleich beginnen, auf das Beste für die Bewirtung der Gäste zu sorgen, während er sich an die Stelle setzen würde, an der am Abend der Drache vorbeikäme, wo er diesen erwarten wollte, um ihm alles zu erklären.

Voller Freude waren die Diener einverstanden. Jahrelang, seitdem der Drache sie ergriffen und in seine Dienste genommen hatte, hatten sie keinen Menschen gesehen, und jetzt würde gleich ein ganzes königliches Gefolge ankommen.

Sie begannen also, Speisen und Gebäck vorzubereiten, als kurz darauf das Gefolge eintraf. Der Vielkichererbsen-Mann empfing wie ein wirklicher Schloßherr die Gäste in dem prachtvollen Palast. Er setzte sich ein wenig zu ihnen und dann, nachdem er den Dienern Anweisungen für die allerbeste Bewirtung gegeben hatte, bat er, man möge ihm erlauben, einen Blick auf seine verschiedenen Aufgaben zu werfen.

Der König sagte anerkennend:

«Ich frage mich, mein lieber Schwiegersohn, wie du so lange

---

* Drachen sind in den griechischen Märchen riesige Unholde in Menschengestalt, die sehr viel arbeiten, keine Menschen mögen und diese gern fressen.

Zeit weit weg von deinen vielen Angelegenheiten sein konntest. Das zeigt, daß du meine Tochter sehr liebst, und dadurch vergrößert sich auch unsere Liebe.»

Das Drama des Vielkichererbsen-Mannes wurde schlimmer, als es Abend wurde und sich die Stunde näherte, in der der Drache zurückkehren würde. Auch die Diener waren sehr ängstlich. Er dachte daran, wie viele Leute in die schmutzigen Klauen des Drachen fallen würden.

Der Vielkichererbsen-Mann verabschiedete sich heimlich von den Dienern und setzte sich dorthin, wo der Drache jeden Abend vorbeikam. Er wartete sehr lange. Seine Furcht war unerträglich geworden. Das einzige, was ihn tröstete, war, daß der Drache ihn als ersten fressen würde und er das Drama so vieler unschuldiger Menschen nicht mit ansehen müßte.

Plötzlich hörte er schwere Fußtritte, die die Erde erschütterten, während sie näherkamen. Er nahm all seinen Mut zusammen, um dem Ungeheuer gegenüberzutreten.

Als der Drache kurz darauf sichtbar wurde, waren Erde und Himmel von dem gewaltigen Giganten erfüllt. Der Vielkichererbsen-Mann sprach ihn an, und der Drache bückte sich zu ihm herunter und sah ihn wild an. Aus seinem Rachen kam ein heißer Atem, der stank und ihn zu ersticken drohte.

«Drache», sagte der Vielkichererbsen-Mann, «dies und jenes ist mir passiert. Nun mach mit mir, was du willst.»

Der Drache dachte kurz nach und sagte dann zu ihm:

«Hör mal. Eigentlich müßte ich dich ja sofort fressen, weil ich bereits sehr hungrig bin. Aber weil du mir die Wahrheit gesagt hast, tu ich das nicht gleich. Geh in den Palast und spiele weiter den Hausherrn. Eßt, trinkt, soviel ihr wollt und was euch gefällt. Um Mitternacht aber findest du dich unter dem Abzugsschacht des Kamins ein. Ich werde dir zwölf Fragen stellen, und wenn du die richtig beantwortest, werde ich euch auf Ehrenwort nichts Böses tun. Wenn du nicht richtig antwortest, fresse ich euch alle. Und wenn du nur eine falsch beantwortest, ist es, als hättest du keine beantwortet.»

Der Vielkichererbsen-Mann ging in den Palast zurück und tat so, als würde er sich mit den anderen amüsieren. Um Mitternacht war die Feier auf dem Höhepunkt. Kurz vorher war der Vielkichererbsen-Mann weggegangen und hatte sich unter den Abzugsschacht des Kamins gesetzt.

Geplagt und niedergeschlagen, wie er war, schaffte er es nicht, sein Gebet fortzusetzen, das er begonnen hatte, da hatte ihn schon der Schlaf übermannt.

Kurz darauf begann der fürchterliche Drache zu fragen:

«Eins!» sagte der Drache.

«Einer ist Gott!» antwortete eine Stimme.

«Zwei!»

«Zweihörnig ist der Stier.»

«Drei!»

«Dreigliedrig ist das Kreuz.»

«Vier!»

«Vierzitzig ist die Kuh.»

«Fünf!»

«Fünffingrig ist die Hand.»

«Sechs!»

«Sechs Sterne hat das Siebengestirn*.»

«Sieben!»

«Den Tanz der sieben Jungfrauen gibt es am Himmel.»

«Acht!»

«Der Oktopus** am Meeresufer.»

«Neun!»

«Neunmonatig das kleine Mädchen.»

«Zehn!»

«Zehnmonatig das Füllen.»

«Elf!»

«Elfmonatig das Kalb.»

«Zwölf!»

---

* Das Siebengestirn – oder die Plejaden – hat zwar 11 Sterne, aber für das menschliche Auge sind nur 6 sichtbar.

** Oktopus = griechisch Ochtapodi = Achtfüßler

«Zwölf Monate hat das Jahr.»

Der Vielkichererbsen-Mann schlief weiter, und am Morgen weckte ihn das Sonnenlicht.

«Ach, was ist mir Elendem passiert», rief er und sprang verwirrt von seinem Stuhl hoch. «Ich bin eingeschlafen und habe nichts gehört. Sicher wird der Drache jetzt schon zwei, drei Menschen gefressen haben, die ich ihm in seine Klauen geworfen habe, ohne es zu wollen...»

Er lief ängstlich zu den Sälen, und zu seiner großen Überraschung hörte er, daß das Fest und die Tänze noch in vollem Gange waren.

«Seltsam», dachte er, «wieso hat der Drache sie noch nicht in sein Turmverlies geworfen und läßt sie noch feiern?»

Da stellte sich einer der Diener vor ihn hin und sagte:

«Gott sei Dank, Herr, das hast du gut gemacht, wie du richtig geantwortet hast. Wir Diener haben den Drachen beobachtet, und wir sahen, wie er bei jeder Antwort wütender wurde, wie Schaum aus seinem Maul trat und er zum Schluß zu einer Salzkugel wurde.»

Der Vielkichererbsen-Mann hatte den Dienern am Vorabend von den Bedingungen erzählt, die der Drache gestellt hatte, und sie hatten Bescheid gewußt. Jetzt erklärte er ihnen:

«Ihr müßt wissen, meine Lieben, daß ich sofort in einen tiefen Schlaf gefallen und erst jetzt aufgewacht bin. Da aber der Drache besiegt worden ist und die Antworten ihn erstarren ließen, ist das ein Sieg unseres Herrn Jesus Christus. – Er hat an meiner Stelle geantwortet, denn ich war dazu nicht fähig.»

So blieb der Vielkichererbsen-Mann Herr über die Güter des Drachen. Er holte auch seine Mutter zu sich, und sie lebten gut und wir noch besser.

Unter den Archaner Weinranken. Dritte von rechts ist Frau Skevo Pachaki, zweite von rechts Frau Doundoulaki-Oustamanolaki, die gerade dabei ist, beim Märchenerzählen mitzuschreiben.

Skevo Pachaki

wurde 1911 in Archanes geboren, wo sie heute noch lebt. Sie hat dort die Volksschule besucht und abgeschlossen. Sie hat nicht geheiratet und auch bisher nie den kretischen Boden verlassen.

Skevo Pachaki ist eine sehr fleißige Frau und eine große Künstlerin in der Herstellung von Häkelarbeiten. Ein paar der von ihr geschaffenen Arbeiten sind wahre Meisterwerke.

Das Märchen «Der Achje-Levendis» hat ihr viele Male die Marvadena erzählt, die ca. 1850 in Archanes geboren wurde und neunzigjährig dort starb. Das Märchen «Der Königssohn und die Bildhübsche» hat Skevo Pachaki als kleines Kind von ihrer Großmutter erzählt bekommen. 1982, als sie zur Dorfältesten gewählt worden war, hat sie es zum Aufschreiben weitererzählt.

Der Achje – Levendis*

Irgendwann einmal vor langer Zeit lebte ein alter Mann, der drei Töchter hatte. Er war sehr arm und hatte noch nicht einmal das Wasser im Krug, wie man sagt.

Jeden Tag ging er auf den Berg und sammelte Wildgemüse und Holz, und er lebte mit seinen Töchtern sehr ärmlich. Viele Male aßen sie das Wildgemüse ohne Brot und andere Male ohne Öl. So groß war ihre Armut.

Eines Tages ging er völlig erschöpft und mit Holz beladen heimwärts und war so hungrig, daß er sich kaum noch auf den Beinen halten konnte und das Gefühl hatte, zusammenbrechen zu müssen.

Er lehnte seine Last gegen einen großen Felsen am Berghang, setzte sich nieder und seufzte aus der Tiefe seines Herzens:

«Achje, mein Gott, warum bedauerst du mich nicht? Warum hilfst du mir nicht und zeigst mir etwas Nützliches, damit ich Ärmster aller Armen von den Qualen und Strapazen befreit werde... In Qualen und Armut wurde ich hineingeboren, und darin werde ich auch sterben...»

Kaum hatte er seine klagenden Worte beendet, da öffnete sich plötzlich der Felsen, und vor ihm stand ein Mohr, der fast zwei Meter groß war.

«Was willst du?» fragte der ihn.

«Ich kenne dich ja gar nicht. Ich habe dich nicht rufen wollen», antwortete der Alte, und Schrecken ergriff ihn beim Anblick eines solch wilden Menschen.

«Hast du nicht gerade ‘Achje’ gerufen? Ich bin der Achje. Sag mir also, was du willst und hab keine Angst. Vielleicht kann ich dir helfen», sagte der Mohr.

Der ärmste Alte faßte Mut, obwohl ihn die plötzliche Erschei-

---

* Levendis = Bezeichnung für einen Mann, der Jugendkraft, Männlichkeit, Tapferkeit, Edelmut und Schönheit hat.

nung des Mohren sehr erschreckt hatte, und er sagte:

«Achje, mein Kind, was soll ich dir sagen, ich Unglücklicher... Ich habe drei Töchter, und wir haben noch nicht einmal das Wasser im Krug. Wir sind bettelarm, und für zwei, drei Handvoll Wildgemüse komme ich jeden Tag her, um es zu sammeln, und meistens essen wir es ohne Brot oder ohne Öl. Doch jetzt sind auch noch meine Kräfte geschwunden, und ich kann mich nicht mehr abquälen, und ich denke, daß ich schon bald darniederliege, und dann wird es auch das nicht mehr auf unserem Tisch geben. Und was wird dann aus mir und meinen unglücklichen Töchtern werden...»

Den Mohr hörte die Worte des Alten, und der tat ihm leid. Er wollte ihm helfen und sagte zu ihm:

«Wenn du so arm bist, dann schick mir eine deiner Töchter, die ich zur Frau nehmen will. Dann werde ich dir einen Schatz geben, der dich reich macht, und nicht nur dich, sondern auch die Kinder deiner Kinder.»

Der Alte war hocherfreut, als er die Worte des Mohren hörte. 'Was macht es schon, daß er ein Mohr ist', dachte er bei sich. 'Er ist ein schöner Mensch und ein Levendis, wie ich seinesgleichen noch nie gesehen habe.'

Aber Achje fuhr fort:

«Ich muß aber sagen, daß ich in der Erde wohne; du hast mich ja aus dem Felsen kommen sehen. In der Erde wird auch deine Tochter leben, und du wirst sie nicht mehr wiedersehen. Und du wirst weder erfahren, was aus ihr geworden ist, noch werdet ihr in mein Haus kommen. – Denk gut darüber nach, und wenn du dich entschließt, sie mir zu geben, dann komm wieder zu diesem Felsen und ruf mich.»

Als der Alte seinen Mund öffnete, um ihn etwas zu fragen, schloß sich in diesem Augenblick der Felsen und nahm den seltsamen Menschen mit sich.

Der Alte blieb lange wie versteinert an dem Felsen sitzen. Er konnte in seinem Gehirn nicht entwirren, was geschehen war. So seltsam war alles gewesen, daß er glaubte, es sei seiner Phantasie, seinem großen Hunger oder seiner Erschöpfung entsprungen. Aber er sagte sich: 'Herr, erbarme dich, es ist wahr, ich habe wahrhaftig den Mohren gesehen... Laß mich aufstehen, so gut ich kann, und nach Hause gehen, denn es wird bald Abend. Entweder sage ich meinen Töchtern, was geschehen ist, oder ich sage es nicht. – Los jetzt – bis der Herr es verscheucht...'

Mit sich selbst redend, machte sich der Alte auf den Weg ins Dorf. Durch den starken Eindruck, den das seltsame Erlebnis auf ihn gemacht hatte, merkte er kaum, daß er schon zu Hause war. Seine Töchter empfingen ihn voller Freude. Sie waren besorgt gewesen, weil er sich sehr verspätet hatte, und sie hatten gefürchtet, ihm sei vielleicht etwas zugestoßen, so alt und kraftlos, wie er durch die Jahre und die Entbehrungen geworden war.

«Grüß dich. Gegrüßt sei unser Herr», riefen sie wie aus einem Mund. «Warum kommst du heute so spät? Wir haben uns um dich gesorgt, und wir wollten gerade auf die Straße gehen und dich suchen.»

«Ach, meine Kinder, ich bin eben alt geworden und habe nicht mehr die Beine, um damit menschlich zu laufen... Wie ein Krebs schleppe ich Ärmster mich dahin. Gott sei Dank, daß ich es noch geschafft habe, bei euch anzukommen...»

Der Alte setzte sich ans Feuer und wärmte sich, aß mit seinen Töchtern ihr ärmliches Mahl, doch seine Gedanken drehten sich um den Mohren und die schwierigen Worte, die der ihm zu sagen aufgetragen hatte. Das machte ihn sehr nachdenklich und trübsinnig, etwas, das seine Töchter bemerkten. Sie begannen also, ihn zu fragen, was geschehen sei und was ihn so quäle. Er sagte, ihm fehle nichts, und er denke nur über ihre Lage nach und sei auch sehr müde.

Die Töchter schenkten den Worten des Alten keinen Glauben und bestanden darauf, daß ihr Vater ihnen sage, was ihn peinige.

Als der Alte sah, daß er umsonst versuchte, die Sache zu verheimlichen, erzählte er ihnen die ganze Geschichte, wie sie ihm zugestoßen war. Nämlich, daß der Mohr ihm gesagt habe, er solle ihm eine seiner Töchter zur Frau geben, und er würde ihn reich machen, und nicht nur ihn, sondern auch die Kinder seiner Kinder.

Noch ehe der Alte seine Geschichte beenden konnte, riefen seine beiden älteren Töchter gleichzeitig:

«Zum Teufel mit ihm und seinem Reichtum. Das fehlte uns noch, mit einem Mohren in der dunklen Erde zu leben und unsere Nachbarn und Verwandten nie wiederzusehen!»

«Aber, meine Kinder, ich würde euch doch auf keinen Fall hergeben. Und wenn ich vierzig Töchter hätte, ich gäbe ihm nicht eine, um nichts in der Welt. Ich werde mich abquälen, so lange ich kann und so lange es Gott, der Allmächtige, will», sagte der Alte.

Die Jüngste aber war nicht derselben Meinung, und als ihr Vater geendet hatte, sagte sie:

«Ich werde gehen, komme, was wolle. Und wenn ich ganz allein in der Erde leben müßte. So sehr ich mich auch fürchte und mein Herz brennen fühle, weil ich euch nicht wiedersehen werde, bin ich doch entschlossen, den Mohren zu nehmen. Vor allem, damit unser Vater von seiner Mühsal erlöst wird, und dann auch die ganze Familie von der Armut und dem bösen Schicksal, an dem sie leidet. Wenn ihr wollt, vergebt mir, wenn nicht, verflucht mich. – Vater, hat der Mohr dir nicht versprochen, dir einen Schatz zu geben, der dich reich macht, dich und die Kinder unserer Kinder?»

«Ja, mein Kind, das hat er mir versprochen. Doch ich gebe dich nicht her. Das habe ich gesagt, und ich sage es nochmal: Auch wenn ich vierzig Kinder hätte, ich gäbe ihm nicht eines.»

Seine Tochter aber blieb dabei. Und wie sehr sie auch ihr Vater und ihre Schwestern baten, ihre Meinung zu ändern, sie war entschlossen.

So verabschiedete sich die jüngste Tochter nach einigen Tagen unter Tränen von ihren Schwestern und machte sich mit ihrem Vater auf den Weg zu dem Felsen.

Als sie an dem Felsen angekommen waren, rief der Alte:

«Achje, Achje!»

Sofort öffnete sich der Felsen, und der Mohr erschien. Der Alte sagte ihm, er bringe ihm seine jüngste Tochter, und bat ihn, ihm den Schatz zu geben. Achje stieg wieder in die Erde hinab und kehrte im Nu mit einem Säckchen goldener Münzen zurück, das er dem Alten gab. Hastig verabschiedete sich der Alte von seiner Tochter, und der Fels schloß sich hinter ihr und dem Mohren.

Der Alte nahm die Münzen und zog schweren Herzens nach Hause.

Der Mohr brachte das Mädchen vierzig Stufen tief in die Erde. Dort betraten sie einen großen Palast. Es war der Palast einer fürchterlichen Drachin*, die der Mohr Mutter nannte. Die Drachin war gerade nicht im Palast, und der Mohr ergriff die Gelegenheit, sich mit dem Mädchen zu unterhalten. Er fragte sie also, wieso sie sich entschlossen habe, ihn zum Manne zu nehmen und in der Erde zu hausen und keinen ihrer Verwandten jemals wiederzusehen. Und wieso sie sich nicht fürchte.

Das Mädchen beschrieb die Armut bei sich zu Hause und die große Mühe, die ihr alter Vater jeden Tag auf sich nehme, um sie alle zu ernähren. Sie habe gedacht, mit den Münzen, die er erhalten würde, könnte er aufhören, auf dem Berg herumzulaufen, und ihre Familie hätte ein Stück sättigendes Brot zu essen. Außerdem würde auch die nächste Generation dem Elend und der Verachtung entgehen, die in den meisten Fällen die Armut begleiten.

Den Mohren rührte das Opfer des Mädchens, und er versprach ihr, sie vor seiner Mutter zu beschützen, die eine Menschenfresserin sei. Er sagte ihr, sie solle sich in einem Schrank verstecken, und wenn seine Mutter zurückkehre, werde er dieser zu essen und zu trinken geben. Nach dem Essen werde die Drachin sehr schlapp sein. Sie hätte dann nicht einmal die Kraft eines kleinen Kindes.

«Dann kommst du heraus, und ich werde verschwinden, damit sie mich nicht sieht», sagte er, «und du beginnst, sie zu schlagen, sie zu pieken und sie zu quälen. – Tu ihr sehr weh, ohne sie zu bedauern. Sie wird dich jammernd bitten, von ihr abzulassen, doch du darfst ihrer Liebenswürdigkeit und ihren Gelübden nicht glau-

* Drachen sind in den griechischen Märchen riesige Unholde in Menschengestalt, die sehr viel arbeiten, keine Menschen mögen, diese aber gern fressen.

ben. Du darfst sie erst dann in Ruhe lassen, wenn sie dir im Namen ihres Sohnes, des Achje-Levendis, geschworen hat, dich nicht zu fressen. Wenn sie diesen Schwur geleistet hat, wird sie ihn nicht brechen, und nur so kannst du entkommen. Danach werde ich dir weiter sagen, was du tun mußt.»

Das Mädchen konnte sich gerade noch verstecken, da kam die fürchterliche Drachin zurück, widerwärtig und hungrig. Beim Hereinkommen schnupperte sie in der Luft herum und fragte ihren Sohn, den Achje-Leventis, das heißt, den Mohren:

«Ich rieche Menschengeruch. – Wer ist hier gewesen?»

«Niemand, Mutter», antwortete er.

Die Drachin fragte und fragte, doch sie bekam immer dieselbe Antwort.

«Das glaube ich nicht so ganz», sagte sie endlich. «Doch zu deinem Glück liebe ich dich mehr als mein Leben. – Gib mir etwas zu essen, denn ich habe einen Hunger, daß ich dich kaum sehen kann.»

«Mach deine Zähne sauber, und es wird sich was zu essen finden», sagte der Mohr zu ihr.

Die Drachin polkte in ihren Zähnen und brachte ein paar Stücke Menschenfleisch hervor, dann aß sie und trank auch einen ganzen Schlauch Wein aus. Danach fiel sie sofort aufs Bett und schlief, wobei sie zu schnarchen begann, daß dem Mädchen sich vor Angst die Haare sträubten.

Jetzt holte der Achje-Levendis das Mädchen aus dem Schrank und sagte ihr, sie solle anfangen, die Drachin zu quälen. Er verschwand wieder, damit sie ihn nicht sähe.

Das Mädchen begann, die Drachin zu schlagen und zu pieken. Das kostete sie viel Mühe, doch es war nötig, um ihr Leben zu retten.

Die Drachin, die jetzt nicht mal die Kraft eines Vogels hatte, fing zu jammern und zu bitten an, das Mädchen möge Mitleid mit ihr haben und von ihr ablassen. Das Mädchen machte aber weiter.

«Sag mir, daß du mich nicht fressen wirst», sagte sie.

«Ich fresse dich nicht, aber laß mich endlich in Ruhe!»

«Schwöre es bei deinem Sohn!» verlangte das Mädchen.

Die Drachin wollte nicht schwören und bettelte immer weiter. Endlich aber hielt sie die Qualen nicht mehr aus und schwor:

«Bei meinem Sohn, dem Achje-Levendis: Ich werde dich nicht fressen. Laß mich aber endlich in Ruhe.»

Die Quälerei hörte auf, und bald erhob sich die Drachin völlig mitgenommen aus ihrem Bett. Ihre fürchterliche Kraft war aber bald wieder in ihren Körper zurückgekehrt, doch ihr Schwur auf das liebste Geschöpf, das sie hatte, hinderte sie, das Mädchen zu zerfleischen. Sie drehte sich um, sah es wütend an und sagte:

«Du hast mich dazu gebracht, bei meinem Sohn zu schwören, und ich kann dir nichts antun. Doch es wird dir nicht so gut mit mir ergehen. Ich stelle dir zwei Aufgaben, und wenn du die nicht ausführen kannst, meine Ärmste, wehe dir und dreimal wehe dir. Du wirst schon sehen, was dich dann erwartet...

Gleich morgen früh», fuhr die Drachin fort, «nimmst du zwei leere Säcke, den Esel, einen Sack Stroh, ein Brot und den Hund. Die Säcke bringst du mir gefüllt mit Vogelfedern zurück, denn damit will ich das Bett meines Sohnes, des Achje-Levendis, füllen, den ich in fünfzehn Tagen mit der Vierzighaarigen verheirate. Den Esel bringst du satt zurück, ohne daß der Sack Stroh angerührt ist, und den Hund bringst du auch satt zurück und das Brot noch vollständig.»

Am nächsten Morgen nahm das Mädchen unter Tränen den Esel, den Hund, die Säcke und das Brot und machte sich auf den Weg, ohne zu wissen, wo sie hingehen und was sie tun sollte.

Plötzlich erschien der Achje-Levendis vor ihr und fragte sie, wohin sie gehe und warum sie weine. Sie erklärte ihm, daß die Drachin, seine Mutter, sie losgeschickt habe, und daß sie überhaupt nicht wisse, was sie tun und wohin sie gehen müsse.

Da sagte der Achje-Levendis:

«Gib mir einen Kuß, meine Frau, und ich werde dir raten, was du tun sollst.»

Das Mädchen antwortete ihm:

«Wenn du willst, rate mir ohne Kuß. Lieber soll mich deine Mutter fressen, als daß du mich küßt, da du doch in fünfzehn Tage eine andere Frau heiratest.»

Der Achje-Levendis war dankbar für die Ehrlichkeit des Mädchens und sagte:

«Na, bis die fünfzehn Tage vergehen – so Gott will... Hör nun aber, was du tun mußt. Du gehst zu dem Berg hier gegenüber und läßt den Esel, den Sack Stroh und das Brot an seinem Fuße zurück. Dann steigst du auf seinen Gipfel und rufst dreimal laut: 'Der Achje-Levendis ist gestorben...'. Den Rest wirst du selbst herausfinden.»

Das Mädchen tat, was der Achje-Levendis ihr gesagt hatte, und als sie dreimal 'Der Achje-Levendis ist gestorben...' gerufen hatte, sah sie, wie sich unzählige Vögel am Himmel sammelten, die miteinander zu kämpfen begannen. Das Gezanke hörte nicht auf. Sie hackten mitleidlos aufeinander ein, und ihre Federn fielen herab und dazu viele getötete Vogel.

Das setzte sich so fort. Der Hund stürmte los und fraß unersättlich die toten Vögel, und das Mädchen füllte eiligst die Säcke mit Federn. Schon bald waren die Säcke voll, und sie trat den Abstieg an. Als sie etwas weiter unten ankam, rief sie wieder dreimal laut: 'Der Achje-Levendis ist nicht gestorben... Er lebt und regiert als König der Unterwelt.' So hatte es ihr der Mohr aufgetragen.

Als die Vögel diese Worte hörten, änderten sie ihren Kurs, denn sie hatten das Mädchen auf ihrem Rückweg verfolgt und waren schon drauf und dran, sie anzugreifen.

Danach stieg sie ohne Angst zum Fuße des Berges hinab. Dort hatte der Esel sehr viel Gras gefunden und genug geweidet.

So brachte sie nun die Federn mit, den satten Esel, ohne das Stroh angerührt zu haben, und den satten Hund und das vollständige Brot.

Als das Mädchen im Haus der Drachin ankam und ihr alles richtig ausgeführt übergab, wurde diese rasend vor Wut. Sie hatte geglaubt, daß das Mädchen es nicht schaffen würde und sie damit den Anlaß hätte, den sie brauchte, um sie zu zerfleischen. Sie wandte sich ihr zu und sagte zornig:

«Entweder ist deine Mutter Zaubrerin oder dein Vater Zauberer, oder mein Sohn, der Achje-Levendis, hat dich beraten.»

«Weder ist meine Mutter Zaubrerin noch mein Vater Zauberer, noch kenne ich deinen Sohn, den Achje-Levendis», antwortete das Mädchen.

Die Drachin ließ sich aber nicht entmutigen. Sie hatte einen anderen, sehr viel schwierigeren Auftrag für das Mädchen. von da würde sie sicher nie wieder zurückkehren.

Wir müssen wissen, daß die Drachin den Achje-Levendis, den sie ihren Sohn nannte, mit einem Drachenmädchen verlobt hatte, und sie hatte es eilig, ihn zu verheiraten. Nun sagte sie dem Mädchen, es solle zu ihrer Schwester, einer noch fürchterlicheren Drachin, gehen und von ihr die Musikinstrumente holen, die Trommeln, die Zuckerkuchen und das feine Mehlsieb, die sie für die Hochzeit brauchte.

Das Mädchen fragte sie, wo ihre Schwester wohne, doch die Drachin in ihrer großen Bosheit sagte ihr, sie solle allein einen Weg finden, und wenn sie ihr die Dinge bringen könnte, sei es gut, wenn nicht, werde sie schon sehen, was sie erwarte.

Unter diesen Drohungen und vielen Beschimpfungen und Flüchen brach das Mädchen weinend und wehklagend auf und nahm auf gut Glück irgendeinen Weg. 'Mein Gott', dachte sie, 'so wie ich an nichts schuld bin und nicht mal einer Ameise was Böses will, hilf mir, mich in dieser Einöde nicht zu verlieren und nicht in die Klauen der Drachin zu fallen.'

Und wie sie so ging und leise ihre Gebete murmelte, erschien wieder der Achje-Levendis vor ihr und fragte sie, wohin sie gehe und warum sie weine. Das Mädchen sagte ihm unter Tränen, daß die Drachin sie wieder fortgeschickt habe und sie nicht wisse, wohin sie gehen solle und was sie erwarte.

«Gib mir einen Kuß, meine Frau, und ich werde dir raten, was du tun sollst.»

«Eher würde ich sterben, als dir einen Kuß geben, denn deine Mutter wird dich mit einer anderen Frau verheiraten.»

Der Achje-Levendis war wieder dankbar und sagte:

«Komm her, setz dich, und ich werde dir raten. Es macht mir nichts aus, wenn du mir keinen Kuß gibst. Und bis meine Mutter mich verheiraten wird, so Gott will...

Um zur Schwester meiner Mutter zu kommen, mußt du viele Schwierigkeiten überwinden. Zuerst kommst du an eine Quelle mit sehr schmutzigem Wasser, die von Schlamm bedeckt ist. Du mußt sie saubermachen, so gut du kannst. Danach trinke von ihrem Wasser und sage: 'O, wie gut das Wasser tut. Wenn ich es doch nur in unserem Hause hätte, um davon zu trinken.'

Du gehst immer den gleichen Weg weiter, bis du auf eine Kirche triffst, die versteckt ist in Dornen und wildem Gras. Du mußt sie davon befreien, so gut du kannst, und die zerbrochene Tür öffnen und hineingehen. Dort wirst du Abfälle, Staub, Spinnenweben und Schmutz sehen. Mach alles sauber, zünde die Öllämpchen an und bete.

Nach einer weiteren Wegstrecke kommst du zu einem großen Backofen. Es ist der Backofen, in dem das Brot der Drachin, der Schwester meiner Mutter, gebacken wird. Eine Frau arbeitet dort Tag und Nacht und ist verbrannt vom Feuer. Die Drachin ist so hart, daß sie ihr keine Lappen gibt, um den Backofen auszuwischen, und sie wischt ihn mit ihren Brüsten aus. Reiß deinen Rock entzwei und gib ihr davon, damit sie den Ofen damit auswischen kann.

Dann setzt du deinen Weg fort, und nach einer guten halben Stunde bist du am Palast der Drachin. Du mußt leise eintreten, und du kannst sie sehen, weil sie an einer bestimmten Stelle sitzt, an der sie zu sehen ist und von der aus sie selbst ihren Hof überblicken kann. Wenn du siehst, daß sie ihre Augen auf hat, weißt du, daß sie schläft, und du gehst hinein und holst, was dir meine Mutter aufgetragen hat. Du findest es auf einem Regal. Wenn du es genommen hast, verschwinde so schnell wie ein Vogel, denn die Drachin wird dich verfolgen, weil sie sofort wach wird, denn die Musikinstrumente fangen von allein zu spielen an. – Wenn du aber siehst, daß sie ihre Augen zu hat, weißt du, daß sie wach ist. Dann versteck dich irgendwo und warte, bis sie schläft, und geh dann hinein. – Den Rest wirst du selbst herausfinden.»

Das Mädchen bedankte sich bei dem guten Achje-Levendis. Sie fühlte große Dankbarkeit und Sympathie für ihn. Ein weiteres Mal würde er ihr Leben gerettet haben.

Während sie allein weiterging durch unwirtliche Gegenden, Dornengestrüpp und Wüsteneien, wie sie noch kein menschlicher Fuß betreten hatte, überlegte sie, wie es nur möglich sein konnte, daß eine so boshafte Frau, ein solches Ungeheuer, einen so guten Sohn geboren hatte.

Schließlich kam das Mädchen zu der Quelle und verschwand bis zu den Knien im Schlamm, aber sie versuchte ihr Bestes, um das zu tun, was der Achje-Levendis ihr aufgetragen hatte. Sie versuchte es mit all ihrer Kraft, zum einen, um ihr Leben zu retten, und zum anderen, um in den Augen des Achje-Levendis nicht untauglich zu erscheinen.

Sie reinigte die Quelle, und es lief viel Wasser, bis es schließlich sauber herausrann. Da bückte sich das Mädchen, machte ihre Hände hohl und füllte sie mit Wasser. Sie trank und sagte:

«O, wie gut das Wasser tut. Wenn ich es doch nur in unserem Haus hätte, um davon zu trinken...»

Nach einer weiteren Wegstrecke traf sie auf das Kirchlein, das verwüstete. Sie tat auch hier, was der Achje-Levendis gesagt hatte, und nachdem sie die Öllämpchen angezündet hatte, betete sie und ging dann weiter.

Es verging nicht viel Zeit, und das Mädchen sah den mächtigen Backofen der Drachin und die unglückliche Bäckersfrau, die gerade die Holzkohle mit ihren Brüsten herauskehrte und in der Feuersglut vor Schmerzen stöhnte. Sie trat zu der Frau und fragte, warum sie nicht ein dickes Bündel aus Lumpen mache, um damit den Ofen auszuwischen. Da erzählte ihr die Bäckersfrau, daß die Drachin, die sie als Dienerin halte, ihr keine Lumpen gebe, und sie dazu verurteilt sei, diese schreckliche Arbeit mit ihren Brüsten zu tun.

«Hör auf damit», sagte da das Mädchen, «ich werde dir etwas geben.»

Sie zerriß ihren Rock, machte daraus ein Stoffbündel und gab es der Bäckersfrau. Die wußte nicht, wie sie sich bedanken sollte, da sie von solch schrecklichen Qualen befreit war.

Das Mädchen setzte ihren Weg fort, und kurz darauf war sie vor dem Palast der Drachin. Sie trat ganz leise in den Hof und bemerkte voller Schrecken die fürchterliche Drachin, die hinter dem Fenster saß und ihre wilden Augen weit aufgerissen hatte. Das Mädchen wußte also, daß die Drachin schlief, und ohne Zeit zu verlieren, lief sie hinein und nahm von dem Regal die Musikinstrumente, die Trommeln, die Zuckerkuchen und das feine Mehlsieb, so wie es ihr die Drachin, die Mutter des Achje-Levendis, gesagt hatte.

Als sie alles hatte, rannte sie schnell davon. Doch die Musikinstrumente begannen von allein zu spielen. Die Drachin erwachte, sprang auf und schrie mit Donnerstimme:

«Wer wagt es, meine Sachen anzurühren?»

Das Mädchen war inzwischen weit genug vom Palast entfernt.

Als die Drachin begriffen hatte, was geschehen war, trat sie vor die Tür und rief laut:

«Meine Bäckersfrau, fang den, der mir meine Musikinstrumente weggenommen hat, damit ich ihn fressen komme.»

Ihre fürchterliche Stimme war in der ganzen von ihr beherrschten Gegend zu hören. Die Bäckersfrau hörte sie und antwortete:

«Die Musikinstrumente, die Trommeln, die Zuckerkuchen und das feine Mehlsieb hat dir das Kurzröckchen weggenommen. Aber wie sollte ich es für dich fangen, wo es mir zuliebe seinen Rock zerrissen und mir einen Stoffballen gemacht hat, mit dem ich den Ofen auswischen kann. Du hast mich nun schon vierzig Jahre, und ich mußte ihn mit meinen Brüsten auswischen. – Ich kann ihm nichts tun und lasse es laufen.»

Das Mädchen rannte weiter, und die fürchterliche Drachin war zu hören, wie sie rief:

«Mein Kirchlein, fang die Diebin, die mir meine Sachen weggenommen hat. Ich komme sie fressen.»

Und das Kirchlein antwortete:

«Wie sollte ich sie hindern weiterzugehen, wo ich vierzig Jahre lang ungefegt und verwüstet war und sie mich versorgt hat, mir die Öllämpchen anzündete und betete.»

Und wieder hörte man die Drachin rufen:

«Meine Quelle, halt sie auf. Ich komme sie fressen.»

Und die Quelle antwortete:

«Wie sollte ich sie aufhalten und sie nicht vorbeilassen, wo ich vierzig Jahre lang im Schlamm versinken mußte und nicht einmal die Hunde von meinem Wasser trinken wollten und sie mich saubergemacht hat, mein Wasser trank und mich lobte und sagte, sie wolle davon auch in ihrem Haus zu trinken haben.»

So kam das Mädchen ungehindert aus dem Gebiet der Drachin heraus, lief nun furchtlos weiter und kam zu dem Palast der anderen Drachin, der Mutter des Achje-Levendis. Dort übergab sie der Drachin die Musikinstrumente, die Trommeln, die Zuckerkuchen und das feine Mehlsieb, und die Drachin wurde vor Wut zur wilden Bestie, als sie das Mädchen wieder vor sich sah.

Argwöhnisch sagte sie zu dem Mädchen:

«Entweder ist deine Mutter Zaubrerin oder dein Vater Zauberer, oder mein Sohn, der Achje-Levendis, hat dich beraten.»

Das Mädchen antwortete:

«Weder ist meine Mutter Zaubrerin noch mein Vater Zauberer, noch kenne ich deinen Sohn, den Achje-Levendis.»

Der Achje-Levendis hatte ihr nämlich aufgetragen, seiner Mutter nie zu verraten, daß sie ihn kannte, noch viel weniger, daß sie ihn traf, weil sonst die Drachin dem Mädchen etwas antun würde. Deshalb sagte sie auch immer, daß sie ihn nicht kenne.

Da verschwand die Drachin, entschlossen, herauszufinden, wie das Mädchen es schaffte, die schwierigen Aufgaben, die sie ihr stellte, zu lösen. Sie machte sich deshalb auf den Weg zu ihrer Schwester.

Zur selben Zeit kam der Achje-Levendis nach Hause, der gesehen hatte, daß seine Mutter weggegangen war.

«Nun, du hast es wieder geschafft, mein Kurzröckchen», sagte er zu dem Mädchen und starrte auf ihre zerrissenen Kleider, unter denen ihre Beine hervorschauten. «Wirst du mir auch heute nicht den Kuß geben, um den ich dich schon so lange bitte?»

Das Mädchen, noch unter dem Eindruck der Gefahr, die es überstanden hatte, und das ohne die Hilfe des Achje-Levendis zu dieser Stunde nicht mehr am Leben gewesen wäre, sagte:

«Ich gebe ihn dir, auch wenn du die heiratest, die deine Mutter will, die Vierzighaarige, und nicht mich, wie du zu meinem Vater gesagt hast.»

«Nein, mein Kurzröckchen, das ist nicht wahr. Ich will dich, und dich werde ich auch heiraten. Ich versuche nur, einen Weg zu finden, meine Mutter herumzukriegen.»

Das Mädchen fühlte noch größere Zuneigung für den Achje-Levendis und gab ihm einen sehr langen Kuß. Und da geschah ein Wunder: Der Achje-Levendis war verschwunden, und anstelle des Mohren war ein höflicher König erschienen, voller Liebe und Güte für das Mädchen.

Das Mädchen erschrak, und der Achje-Levendis – von hier an werden wir ihn aber nicht mehr Achje-Levendis nennen – erinnerte sich...

Er erinnerte sich, wer er war, was geschehen war, sah sich mit furchtsamen Blicken um und sagte zu dem Mädchen:

«Gehen wir. – Gehen wir und verschwinden so schnell es geht von diesem verfluchten Ort.»

Er nahm das Mädchen in seine Arme, und sie stiegen eiligst die vierzig Treppenstufen hinauf. Er befahl dem Fels, sich zu öffnen, und sie befanden sich wieder draußen in der Welt der Sonne.

Irgendwo dort, nachdem sie weit genug von dem Felsen weg waren, erzählte der König dem Mädchen, wie er plötzlich in die Unterwelt gekommen war:

«Ich war mit den Jägern meines Palastes auf Jagd, als ich erschöpft war und mich an einen Felsen setzte, um Luft zu holen. Plötzlich öffnete sich der Felsen und brachte mich in das unterirdische Königreich einer Drachin. Sie verwandelte mich in einen Mohren, und ich vergaß als erstes, wer ich war. Sie sagte mir, sie sei meine Mutter und ich ihr Sohn. Mein Verstand hatte sich getrübt, und ich glaubte es. Sie machte mich zum König ihres Gebietes, und alle dort unten erkannten mich an und nannten mich ihren König. Zuletzt war alles vorbereitet, mich mit einem Drachenmädchen, der Vierzighaarigen, zu verheiraten. Ich konnte nicht ablehnen, doch ich wollte das überhaupt nicht. Die Drachin hatte es eilig, mich zu verheiraten, weil mich danach keine Macht mehr in meine ursprüngliche Gestalt hätte verwandeln können. Sie wußte, wenn mich ein Mädchen küssen würde, würde sich ihr widerlicher Zauber lösen, und deshalb hätte sie dich auch am liebsten verschlungen. Auf der einen Seite, um satt zu werden, und auf der anderen, damit wir uns vor meiner Hochzeit nicht begegneten. Jetzt aber sind wir weit weg von ihrem schwarzen Königreich – und frei.»

Über das und anderes sprachen die beiden jungen Leute, bis sie irgendwann im Palast des Königs ankamen. Fragt nicht, welch unglaubliche Freude sich in dem in tiefer Trauer liegenden Palast ausbreitete. Wie ein Blitz verbreitete sich die freudige Nachricht, daß der verlorene König zurückgekehrt war. Alle Menschen versammelten sich und tanzten vor Freude.

Dort erfuhr der König auch, daß seit seinem Verschwinden auf der Jagd zwei Jahre vergangen waren. Nun aber wurde mit dem Mädchen eine glänzende Hochzeit gehalten, und sie lebten sehr gut und wir noch besser.

Was die böse Drachin angeht, so kam sie wütend zurück mit dem Ziel, ihren Schwur mit Füßen zu treten und das Mädchen zu zerfleischen. Als sie sah, daß die beiden jungen Leute verschwunden waren, platzte sie vor Ärger.

Und wenn es wahr ist, so glaubt es!

Der Königssohn und die Bildhübsche

Irgendwann einmal vor langer Zeit lebte ein König, der einen Sohn hatte, so strahlend schön wie die Sonne. Der König war sehr stolz auf seinen Sohn, und im ganzen Königreich sprach man über die Vortrefflichkeit des Königssohnes und rühmte sich seiner. Alle bewunderten und liebten ihn.

Er war inzwischen im heiratsfähigen Alter, und sein Vater wünschte, daß er sich die Königstochter aussuchte, die sein Herz begehrt. Seine vielen guten Eigenschaften und sein reiches und ruhmreiches Königreich unterschieden ihn auf das Beste von allen anderen Königssöhnen, und alle Könige, die Töchter hatten, hätten ihn gerne zum Schwiegersohn gehabt. Aber der Königssohn zeigte keine Lust, sich zu verheiraten. Das Mädchen, das sein Herz bewegt hätte, hatte sich noch nicht gefunden.

Eines Tages sah er im Traum ein bildhübsches Mädchen, das zu ihm sprach:

«Mein geliebter Königssohn, wann endlich kommst du mich holen? Wie lange soll ich noch warten? Vor Sehnsucht nach dir welken mein Herz und meine Jugend dahin.»

«Wer bist du? Ich habe dich noch nie gesehen. Und wieso kennst du mich und wartest auf mich?»

«Ich bin die Königstochter, die Bildhübsche. So werde ich genannt. Und ich warte auf dich. Du darfst nicht länger zögern. Es ist schade, daß ich mich nach dir sehnen und so sehr leiden muß.»

Der Königssohn erwachte mit klopfendem Herzen. Einen Augenblick lang glaubte er, daß alles Wirklichkeit sei, und er setzte sich in seinem Bett auf und suchte nach dem Mädchen. So lebendig war sein Traum gewesen, daß er glaubte, das schöne junge Mädchen lächelnd vor sich zu sehen und zu hören, wie es ihm zuflüsterte: 'Ich warte auf dich, du darfst nicht länger zögern. Ich sehne mich so nach dir...'

Seit dieser Nacht verlor der fröhliche und herzensgute Königssohn seine Ruhe und seinen Frohsinn, und er wurde sehr nachdenklich und traurig. Weder am Tag noch in der Nacht konnte er die schöne Königstochter aus seinen Gedanken verbannen, und weil er nicht wußte, wo sie war und ob es sie in Wirklichkeit gab, oder ob sie nur eine verführerische Erscheinung seines Traumes gewesen war, verfiel er der Verzweiflung.

Der König sah besorgt den plötzlichen Wandel im Benehmen seines Sohnes, und er versuchte, ihm Gelegenheiten zu schaffen, damit er sich amüsiere. Vielleicht würde sich so die Trauer im Herzen seines Sohnes lösen, die dem Vater unerklärlich war.

Also veranstaltete der König Feste im Palast, schickte seinen Sohn auf Reisen, organisierte Jagden, Wettkämpfe und vieles mehr, doch zu seinem großen Kummer sah er, daß sein Sohn bei allem gleichgültig blieb und versunken in seinem stummen Grübeln verharrte.

«Mein Kind», sagte er eines Tages zu ihm, «du bist mein einziger Sohn, mein Thronfolger. Sag mir, welcher Kummer dich verletzt hat und dich Tag und Nacht so quält, daß du deine Lebensfreude verloren hast. Was ist es, das deine Jugend dahinwelken läßt und dein Leben so verändert hat?»

So und mit vielen eindringlichen Bitten versuchte der König, seinen Sohn dazu zu bringen, ihm seinen geheimen Schmerz anzuvertrauen.

Der Königssohn wollte seinem Vater nicht wehtun, aber er war entschlossen, für sein Glück zu kämpfen, und so erklärte er ihm eines Tages:

«Mein König und Vater, es ist Zeit, dir mein Geheimnis zu offenbaren und dir meinen Entschluß mitzuteilen. Ich sah im Traum die Königstochter – die Bildhübsche, so wird sie genannt –, und sie sagte, sie warte sehnsüchtig darauf, daß ich sie holen komme. Seit jener Nacht will sie mir nicht mehr aus dem Sinn. Wo ich auch gehe und stehe, sehe ich sie vor mir. All meine Träume, ob ich will oder nicht, sind voll von ihr. Ich habe versucht, sie aus meinen Gedanken zu verbannen und eine andere Frau zu lieben, aber es ist mir nicht gelungen. Und wie du siehst, ist mein Leben zu einem richtigen Martyrium geworden. Deshalb, mein Vater, habe ich den Entschluß gefaßt, aufzubrechen und Länder und Städte zu bereisen, um sie zu finden. – Weil ich ohne sie nicht leben kann.»

Umsonst versuchte der König, ihn von seinem Entschluß abzubringen. All seine Bitten, sein Rat und selbst seine Einwände waren vergeblich.

«Mein Sohn, laß dich nicht irreleiten von den Verführungen der Jugend. Nimm die Träume nicht für wahr. Die Bildhübsche, der du nachjagst, gibt es nicht. Suche sie unter den schönen Königstöchtern, die dich sehnlichst zum Manne haben wollen. Die warten auf dich.»

Der Königssohn wollte aber nichts davon hören. Und so brach er eines Tages auf, die Bildhübsche, seine Traumfrau, zu finden.

Auf gut Glück schlug er einen Weg ein und lief Tag und Nacht durch Wälder und einsame Gegenden in der Hoffnung, in irgendeine Stadt zu gelangen und Menschen zu treffen, die er fragen könnte, ob sie vielleicht etwas über das, was er suchte, wüßten.

Während er nachdenklich einherschritt, tauchte plötzlich ein alter Mann vor ihm auf.

«Wohin gehst du, mein Kind, so völlig allein in dieser wilden und unberührten Gegend?»

«Mein lieber Alter, ich bin unterwegs, um die Königstochter – die Bildhübsche – zu finden, die darauf wartet, daß ich sie holen komme. Aber ich weiß nicht, welchen Weg ich nehmen soll, wo ich sie finden kann und wo ich nach ihr suchen soll, und ich bin in einer sehr schwierigen Lage. Vielleicht kannst du mir eine Auskunft geben?»

«Ach, mein Kind, was du da tun willst, ist eine sehr schwere Aufgabe. Um zum Palast der Bildhübschen zu gelangen, mußt du Berge und Schluchten und große und furchterregende Wälder durchwandern. Denk nur darüber nach. Wenn du deine Absicht ändern und in den Palast deines Vaters zurückkehren willst, um...»

«Nein», unterbrach ihn der Königssohn, «das hilft mir gar nicht, weil ich nicht mehr ohne die Bildhübsche leben kann. Wie groß die Schwierigkeiten auch sein mögen, ich werde nicht zögern. Nur sag mir bitte, mein guter Alter, welchen Weg muß ich gehen, um in ihren Palast zu kommen.»

«Da du darauf bestehst, mein Kind: Du mußt diesen Weg dort

nehmen. Du wirst sehr lange laufen und dann zu einem Berg in einer furchtbar unwirtlichen Umgebung kommen, der voll ist von hungrigen fliegenden Ameisen. Sobald sie dich sehen, werden sie sich alle über dich hermachen und dich in Stücke beißen.»

«Ich fürchte mich nicht und werde das eben, so gut es geht, überstehen», unterbrach ihn der Königssohn voll unverhohlener Sehnsucht.

«Nicht so ungeduldig», sagte der Alte. «Hör mich weiter an. Wenn du das überstanden hast, wirst du zu einem anderen Berg kommen mit Tausenden von hungrigen Bienen, die sich auf dich stürzen werden. Und es wird schwierig sein, ihnen zu entkommen. Sie werden dich ersticken.»

«Ich fürchte sie nicht. Ich werde versuchen, auch an ihnen vorbeizukommen.»

Als der Alte einsah, daß der Königssohn um nichts nachgab, sagte er weiter:

«Mein Kind, weil du entschlossen bist, zu kämpfen und die Bildhübsche zu finden, höre, was du tun mußt. Nimm einen Sack Getreide, einen Schlauch Honig und zwei Schafe mit. Wenn du beim ersten Berg angekommen bist, wo die Ameisen sind, öffne den Sack mit dem Getreide und verstreue es, und dort wirst du erfahren, was du weiter tun mußt.»

Der Königssohn dankte dem Alten aus vollem Herzen, nahm mit, was er ihm aufgetragen hatte und machte sich auf zu seiner schwierigen Reise.

Tage und Nächte lief er, bis er zu dem Berg mit den fliegenden Ameisen kam. Kaum wurden die Ameisen den Königssohn gewahr, ließen sie von dem Streit ab, in den sie gerade miteinander verwikkelt waren, und stürzten sich zu Tausenden auf ihn. In höchster Eile schlitzte dieser mit seinem Schwert den Sack auf, und das Getreide ergoß sich in Strömen rundherum. Die hungrigen Ameisen stürzten sich sofort auf das Getreide, und so entkam ihnen der Königssohn. Schließlich trat der Ameisenkönig zu ihm und sagte:

«Du, mein guter Mensch, der du meinem ausgehungerten Volk solch auserwählte und reichliche Speise gebracht hast, sag mir, welchen Gefallen kann ich dir tun für das Gute, das du an uns getan hast.»

«Ich, mein lieber Ameisenkönig, bin unterwegs und suche die Bildhübsche, um sie zur Frau zu nehmen, und ich bitte dich, hilf mir, wenn du kannst.»

«Mit Freuden. Nimm diesen Weg dort, und du wirst zu einem Berg kommen, der noch fürchterlicher ist als der, den du überwunden hast, um hierherzukommen. Dort sind Tausende hungriger Bienen. Gib ihnen den Honig, und sie werden dir sagen, was du weiter tun mußt. Nimm von uns diese beiden Flügel mit, und wenn du in Not gerätst, brenne sie an, und wir werden sofort zu dir kommen und dir helfen.»

Der Königssohn bedankte sich bei dem erhabenen Ameisenkönig und setzte seinen Weg fort, dessen Anweisungen folgend.

Irgendwann erreichte er den steilen Berg mit den fürchterlichen Bienen. Kaum sahen sie ihn, da stürmten sie zu Tausenden auf ihn los und hätten ihn beinahe erstickt. Wieder in höchster Eile, schlitzte er den Schlauch mit seinem Schwert auf, und der zuckersüße Honig ergoß sich reichlich rundum, so daß das ganze Gebiet duftete. Die Bienen ließen von ihm ab und fielen alle über den Honig her. Da trat die Bienenkönigin zu dem Königssohn und sagte:

«Mein liebenswürdiger und tapferer Königssohn, welchen Gefallen kann ich dir tun für das Gute, das du an meinem hungrigen Volk getan hast?»

«Meine liebe Bienenkönigin, ich bin unterwegs, um die Bildhübsche zu holen, die ich zur Frau nehmen will, und wenn du kannst, so hilf mir.»

«Du mußt diesen Weg nehmen, mein lieber Königssohn, der führt dich zum Palast des Königs, dem Vater der Bildhübschen. Du mußt vor ihn treten und ihn um seine Tochter bitten. Er wird dich dann in einen riesengroßen Saal bringen und dich vierzig wunderschönen Mädchen gegenüberstellen, die einander alle ähneln wie ein Ei dem anderen. Er wird dich auffordern, die Bildhübsche herauszufinden. Wenn du sie findest, ist er verpflichtet, sie dir zu geben. Wenn du sie nicht fndest, wird er dir den Kopf abhacken, wie er es mit vielen anderen jungen Männern getan hat, aus deren Köpfen er einen riesigen schrecklichen Turm gebaut hat. Er braucht noch einen einzigen Kopf, um seinen Turm fertigzustellen. Er wird sich also freuen, dich zu sehen, weil er glauben wird, dein Kopf wird der letzte sein. Du aber nimm diese beiden Flügel von uns und brenne sie an, sobald du in dem Saal mit den vierzig Schönheiten bist. Dann werde ich dir eine Biene schicken, die um den Kopf der Bildhübschen herumfliegt, und so wirst du sie ganz sicher erkennen. Paß auf die Schafe auf, die du bei dir hast, sie werden dir noch nützlich sein. Du wirst allein herausfinden, wann und wie du sie zu gebrauchen hast.»

Der Königssohn nahm die Flügel, bedankte sich bei der erhabenen Bienenkönigin und schlug den Weg ein, den sie ihm gezeigt hatte.

Er lief noch eine ganze Weile, bis er sich endlich vor dem marmornen Palast der Bildhübschen befand. Er verlangte, man solle ihn zum König bringen, weil er von ihm dessen Tochter erbitten wolle. Mit den Dienern stieg er goldverzierte Treppen hinauf, sie durchschritten endlos lange Flure, und die Diener bewunderten die Schönheit und Anmut des unglücklichen Königssohnes, von dem sie glaubten, daß sein schöner Kopf den Turm des Königs fertigstellen würde.

Als der Königssohn vor dem König stand, machte er dem Vater der Bildhübschen höflich seinen Antrag. Der hörte ihn mit geheucheltem Wohlwollen an, und am nächsten Tag führte man ihn in einen goldenen Saal. Der Königssohn geriet in Verwirrung beim Anblick dieser Pracht, und sein gequältes Herz schlug heftig, als er die vierzig bildhübschen Mädchen sah, die dort standen. Er wußte nicht, welche er mehr bewundern sollte. Er versuchte, unter ihnen seine Traumfrau herauszufinden, doch das war überhaupt nicht einfach. So, wie es ihm die erhabene Biene gesagt hatte, sahen sie alle gleich aus.

Unauffällig gelang es ihm aber, die Bienenflügel hervorzuholen und sie an der Flamme einer Kerze, die in der Nähe stand, anzubrennen. Sofort kam durch das offene Fenster ein Bienchen herein und flog beharrlich um den Kopf des einen der Mädchen. Es setzte sich sanft auf dessen seidiges Haar, berührte sein Kleid, und das Mädchen hob verstört dann und wann seine lilienweiße Hand, um die Biene zu verscheuchen. Der Königssohn wußte Bescheid und sagte zum König, der sich bis dahin über die Verlegenheit des jungen Mannes amüsiert hatte:

«Mein lieber König, lange mögest du leben, diese hier ist die Bildhübsche!»

«Ja, sie ist es. Es bleiben aber noch zwei Aufgaben für dich zu erledigen, und gelingt dir das auch, dann bekommst du die Bildhübsche zur Frau.»

Am nächsten Tag geleiteten die Diener den Königssohn in ein Gehege mit zwei hungrigen Löwen, mit denen er kämpfen sollte, und wenn es ihm gelänge, sie zu besiegen, hätte er die erste Aufgabe erfüllt, und sie würden ihn zur zweiten bringen.

Der Königssohn begriff, daß es Zeit war, die beiden Schafe einzusetzen. Er nahm sie also und ging in das furchterregende Gehege. Unbändig stürmten die beiden wilden Tiere auf ihn los. Er warf jedem von ihnen eiligst eines der Schafe vor, und sie ließen sich nieder und fraßen unersättlich. Als sie satt waren, setzten sie sich still und dankbar dem Menchen zu Füßen, der ihnen diese reiche und ausgesuchte Speise gebracht hatte.

Nach einer Weile wollten die Diener den Kopf des Königssohnes holen und ihn ihrem König bringen, damit er den Turm fertigstellen konnte. Natürlich hätten sie niemals geglaubt, daß der junge Mann es schaffen würde, die Löwen zu besiegen und davonzukommen. Deshalb war ihre Überraschung groß, als sie das Gehege öffneten und die Löwen und den Königssohn in freundschaftlicher Gemeinschaft antrafen.

Wut und Trauer befielen den König, als er erfuhr, daß der junge Mann seine erste Aufgabe erfolgreich gelöst hatte. Er befahl, ihn schnell seiner zweiten zuzuführen.

Die Diener, die den Königssohn inzwischen bewunderten und insgeheim wünschten, er möge es bis zum Ende schaffen, nahmen ihn wieder und brachten ihn in einen großen Vorratsraum. Dort zeigten sie ihm einen ungemein großen Haufen mit verschiedenen Getreidekörnern: Weizen, Gerste, Hafer, Wicke, Kichererbsen, Linsen, Reis, Platterbsen, Bohnen – ein ganzer Berg lag vor ihm. Sie beauftragen ihn, gemäß dem Befehl des Königs die Körner innerhalb einer Nacht zu sortieren, das heißt, in einen Haufen mit Weizenkörnern, einen mit Gerstenkörnern, und so weiter mit allen Körnern.

Der König wußte, wie jeder andere auch, daß das innerhalb einer Nacht nicht einmal von tausend Menschen zu schaffen war, geschweige denn von einem einzigen. Er freute sich schon, weil er das Abenteuer zu einem Ende kommen sah.

'Endlich', sagte er leise zu sich selbst, 'ist die Stunde gekommen, meinen Turm fertigzustellen und dann noch mit dem schönsten Kopf auf seiner Spitze. Und meine Tochter, meine berühmte Bildhübsche, wird weiterhin die Zierde meines Palastes sein und mir Gesellschaft leisten.'

Der Königssohn erschrak, als er den Riesenhaufen mit so vielen verschiedenen Getreidearten sah. Aber auch das war kein Problem. Als er allein war, brannte er die Ameisenflügel an einer brennenden Kerze an, und sofort erschienen Tausende von Ameisen bei ihm und stürzten sich auf die Arbeit. So waren die Körner schon nach wenigen Stunden in ordentliche Haufen sortiert, und die Ameisen verschwanden aus dem Vorratsraum. Neben den enstandenen Haufen schlief dann der Königssohn ruhig ein, und sein Traum, voll von der Gegenwart der Bildhübschen, ließ ihn nicht aufwachen.

Am Morgen kamen die Diener den Königssohn holen, um ihn zu töten. Sie glaubten natürlich nicht, daß es nicht so kommen müßte. Niemand, so tüchtig er auch sei, würde das Sortieren der Körner schaffen, und noch dazu in einer Nacht. Deshalb blieb ihnen der Mund offen stehen, als sie den Vorratsraum öffneten und den mit soviel Fleiß sortierten Haufen und dem friedlich schlafenden Königssohn gegenüberstanden.

Sie riefen den König, und als auch er das Werk vollendet sah, bewunderte er das große Können und die Liebe des schönen und starken Königssohnes, und er sagte zu ihm:

«Du hast in allem gesiegt, und so hast du die Bildhübsche gewonnen.»

Froh und endlich glücklich setzte der Königssohn die Bildhübsche auf sein weißes Pferd und brachte sie in seinen Palast, wo sie voller Freude und Begeisterung und mit Stolz auf die Männlichkeit und Klugheit des Königssohnes und die Schönheit der Bildhübschen empfangen wurden. Die Hochzeit wurde mit großer Fröhlichkeit und in Saus und Braus gefeiert, und sie lebten fortan gut und wir noch besser.

Popi Verji

wurde 1932 in Fodele auf Kreta geboren, wo sie die Volksschule bis zum Abschluß besuchte. Sie hat nicht geheiratet. Viele Reisen führten sie zu den verschiedensten Orten Griechenlands und nach Europa. Seit 1948 lebt sie in Iraklion.

Popi Verji beschäftigt sich mit vielen Dingen, so mit feinen Näharbeiten, mit Bergsteigen und dem Lesen schöner Literatur. Außerdem engagiert sie sich politisch und arbeitet tatkäftig mit in der noch relativ jungen kretischen Umweltschutzbewegung.

Das Märchen «Die Bäckerstochter» hat sie als Kind von ihrer Großmutter und von ihrer Mutter gehört.

Die Bäckerstochter

Irgendwann einmal vor langer Zeit lebte ein Bäcker, der eine sehr gute und fleißige Tochter hatte. Jeden Tag arbeitete sie mit ihm gemeinsam in der Bäckerei; sie war seine rechte Hand und besaß die große Sympathie all seiner Kunden.

In der Nachbarschaft wohnte allein und zurückgezogen eine sehr arme Greisin, die niemanden auf der Welt hatte, der sich um sie kümmerte. Das gute Mädchen brachte ihr jeden Tag ein Stück warmes Brot und etwas Essen. Voller Dankbarkeit gab ihr die Alte täglich aus tiefstem Herzen ihren Segen:

«Den Segen meiner Gebete sollst du haben, meine Tochter, und Königin werden. Eine Tür, um einzutreten, sollst du finden. Eine Tür, um hinauszugehen, nicht.»

Dies war der tägliche Segen, den die Greisin der mitfühlenden Bäckerstochter gab, die sie dank ihrer Sorge am Leben erhielt.

In der Nachbarschaft wohnte noch ein anderes Mädchen, das neidisch und hartherzig war. Sie beobachtete die Bäckerstochter, die der Alten jeden Tag Essen und Brot brachte, und sie lauschte einmal heimlich, als die Alte ihr den Segen gab. Eines Tages, als sie ihre Bosheit nicht mehr zügeln konnte, sagte sie zu der Bäckerstochter:

«Du bringst deine Almosen der Alten nicht aus Güte, sondern um ihren Segen zu bekommen. Du glaubst wohl, meine Ärmste, daß du Königin werden wirst. Das erwarte nur nicht. Du bist eine Bäckerstochter, und eine Bäckerstochter wirst du bleiben. Hör bloß mit deiner falschen Barmherzigkeit auf, es ist nämlich alles ganz umsonst...»

Die Bäckerstochter war betrübt und versicherte, daß ihr die Alte leid täte und sie sich nur aus diesem Grunde um sie kümmerte. Und da es gerade Erntezeit war und ihr Vater, der Bäcker, sein Linsenfeld aberntete, kochten sie noch besser und noch mehr. Ihre Almosen vermehrten sich daher, aber auch die Sticheleien der bösen Nachbarin. Doch das hielt die Bäckerstochter nicht davon ab, ihre guten Taten fortzusetzen.

Eines Tages – sie war gerade mit ihrer Arbeit in der Bäckerei fertig – schlugen ihr ein paar Freundinnen vor, einen Spaziergang aufs Land zu machen und Wildgemüse zu sammeln.

Die jungen Mädchen brachen auf und stiegen auf den Berg, der einen schönen Wald hatte. Dort zerstreuten sie sich und sammelten Wildgemüse. Ohne es zu merken, entfernte sich die Bäckerstochter ziemlich weit von den anderen. Als es plötzlich heftig zu regnen begann, rannte sie los, um die anderen Mädchen zu finden und mit ihnen zurückzugehen. Aber wie schnell sie auch lief, nach ihnen rief und sie zu finden hoffte, sie traf sie nicht mehr, denn sie war schon zu weit von ihnen weg. Sie dachte, die anderen seien sicher alle beisammengeblieben und gemeinsam zurückgegangen.

Der Regen wurde stärker und zwang sie, sich einen geschützten Platz zum Unterstellen zu suchen. Während sie hin- und herlief, stand sie plötzlich vor einem großen Palast. Sie lief rasch unter den überdachten Eingang und lehnte sich gegen die Tür, um Luft zu holen, weil sie vom Laufen ganz außer Atem war.

Kaum berührte sie die Tür, da öffnete sie sich, und sie stand vor einer anderen Tür. Auch diese öffnete sich von allein, und sie befand sich vor einer weiteren. So öffneten sich nacheinander vierzig Türen und zogen sie hinein, bis sie sich nach der letzten in einem prachtvollen Saal befand, in dem alles aus Gold und Silber war. In der Mitte des Saales sah sie einen Jüngling, der wie die Sonne strahlte, auf einem goldenen Bett liegen.

Die Bäckerstochter ging zaghaft näher. Sie glaubte, der Jüngling schlafe, und sie gab acht, daß sie ihn nicht weckte. Als sie aber bei ihm war und eine Weile vor ihm gestanden hatte, merkte sie, daß er wie betäubt in einem todesähnlichen Schlaf lag. Während sie ihn ansah und seine Schönheit bewunderte, sah sie an seinem Hemd einen Zettel. Sie nahm ihn und las: 'Der König ist verzaubert. Er muß vierzig Tage schlafen, und wenn sich irgendein Mädchen findet, das ihm vierzig Tage und Nächte Luft zufächelt, wird er leben, und er wird sie heiraten, wenn er erwacht. Wenn sich niemand findet, der ihm Luft zufächelt, wird er nach vierzig Tagen in seinem tiefen Schlaf sterben.'

Die Bäckerstocher fürchtete um das Leben des Königs und dachte nicht mehr an ihre Rückkehr. Sie beschloß, das Leben des Menschen zu retten, der in Gefahr war. Sie nahm also einen großen Fächer, der in der Nähe lag, und begann zart, dem tiefschlafenden König Luft zuzufächeln.

Die Tage vergingen, und die Anstrengung begann die Bäckerstochter zu ermüden. Das Wachbleiben hatte sie erschöpft, doch sie nahm all ihre Kraft zusammen, um nicht einzuschlafen, weil ihre Mühe dann vergeblich gewesen wäre, und noch schlimmer, weil der König dann sein Leben verlieren würde.

Es war im Morgengrauen des neununddreißigsten Tages. Mit großer Anstrengung hielt sie sich in ihrem Sessel aufrecht und bewegte kraftlos den großen Fächer. Sie fürchtete, bewußtlos zu werden und nahm alle Kraft, die sie hatte, zusammen, um nicht noch am letzten Tag schlappzumachen.

Plötzlich hörte sie jemanden unten vor dem Palast rufen:

«Verkaufe Dienerinnen, verkaufe Sklavinnen...»

Sie lief rasch ans Fenster und sah einen Sklavenhändler. Sie rief ihm zu, er solle ihr eine junge Sklavin schicken, und warf ihm das Geld, das er verlangte, durch das Fenster zu.

Der Händler suchte ihr ein junges Mädchen aus, und die Bäckerstochter sagte ihr, sie solle sich einfach gegen die Tür lehnen, und dann würde sie schon zu ihr finden. Dann lief sie schnell zurück zu dem schlafenden König und fächelte weiter.

Kurz darauf kam die Sklavin bei ihr an, und die Bäckerstochter gab ihr den Fächer und trug ihr auf, sich hinzusetzen und dem schlafenden Jüngling Luft zuzufächeln.

«Es ist wichtig», sagte sie, «daß der Luftzug über dem Kranken nicht aufhört.»

Dann streckte sie sich auf einem Sofa aus und beauftragte die Sklavin, sie am Abend zu wecken.

Die Sklavin begann dem König Luft zuzufächeln, und die

Bäckerstochter fiel nach all ihren Mühen völlig erschöpft in tiefen Schlaf.

Während die Sklavin dem König Luft zufächelte, sah sie auf seiner Brust den Zettel in seinem Hemd stecken. Sie zog ihn vorsichtig hervor und las ihn. Als sie sah, was darauf geschrieben stand, lächelte sie verschlagen und beschloß, ihre Herrin nicht zu wecken.

So verging der Tag, es wurde Abend, und die Bäckerstochter schlief wie eine Tote. Die Sklavin weckte sie nicht auf, und der letzte Tag brach an.

Die Bäckerstochter schlief weiter, und die Sklavin wartete mit klopfendem Herzen, ob der König erwachte und das auf dem Zettel Geschriebene Wahrheit werden würde. Und wirklich, irgendwann am Nachmittag bewegte sich der König leicht, und seine Lider zitterten. Sie trat zu ihm, und er öffnete die Augen und sah sie an. Er erhob sich, versuchte, seine steifen Glieder zu bewegen und sprach zu ihr mit süßen Worten:

«Ich danke dir, daß du dich für mich vierzig Tage lang aufgeopfert und abgemüht hast, um mir das Leben zu retten. Ohne das wäre ich jetzt tot. Du bist es wert, Königin und meine Frau zu werden. – Und wer ist die Frau, die dort auf dem Sofa schläft?»

«Das ist meine Sklavin, mein König, lange mögest du leben. Sie hatte nicht die Kraft und die Ausdauer, so viele Tage und Nächte dazusitzen und mir Gesellschaft zu leisten, und so, wie sie oft geschlafen hat, so schläft sie auch jetzt. Mich aber ließ meine Liebe bedürfnislos werden. Ich hatte nur einen Gedanken und ein Ziel: deine Rettung. Und jetzt, da ich sehe, daß du läufst und sprichst, fühle ich mich glücklich und dankbar, weil ich einen Menschen gerettet habe.»

Diese und noch viele andere Lügen tischte die arglistige Sklavin dem König auf, und der war von Freude und Dankbarbeit erfüllt und versprach ihr, daß so schnell wie möglich ihre Hochzeit stattfinden sollte.

Schließlich erwachte die Bäckerstochter und sah den König auf seinem goldenen Thron sitzen und neben ihm die Sklavin. Sie wollte losschreien, doch ein Zeichen der Sklavin, das ihr bedeutete, das würde ihr nicht gut bekommen, ließ sie sich zusammenreißen. Da sagte die Sklavin:

«Mein König, lange mögest du leben, endlich ist auch meine schlafsüchtige Sklavin aufgewacht. So hat sie es immer gemacht. All die Tage, an denen ich wachte, um dich zu retten, hat sie die beste Zeit verschlafen.»

Die Bäckerstochter erstarrte über den Lügen der wirklichen Sklavin. Als später die beiden Frauen allein waren, drohte ihr die Sklavin, sie würde befehlen, sie umzubringen, wenn sie es wagte, die Wahrheit ans Licht zu bringen.

«Du bleibst hier und wirst mir dienen. Ich lasse nicht zu, daß du weggehst und das Geheimnis verrätst», sagte die Sklavin.

So gelangte die Bäckerstochter in die Dienste des Königspalastes. Das machte ihr aber nichts aus. Auf diese Weise würde sie den König jeden Tag sehen und ihm dienen können. Während der neununddreißig Tage, in denen sie ihn betrachtet und ihm Luft zugefächelt hatte, hatte sie sich nämlich in ihn verliebt, sehr sogar. So sehr, daß sie nicht fern von ihm hätte leben können, auch wenn er nie ihr Mann werden würde.

Mit der Sklavin wurde nun Hochzeit gehalten, und die Bäckerstochter wurde angewiesen, in einem Hüttchen weiter hinten im Garten zu wohnen. Die Königin – so wollen wir von jetzt an die Sklavin nennen – fürchtete, daß die Bäckerstochter sich doch noch entschließen könnte, dem König die Wahrheit zu sagen, denn sie hatte sehr gut erkannt, wie die Bäckerstochter litt und daß sie den König liebte. Außerdem war ihr nicht entgangen, daß der König Sympathien für die Bäckerstochter hegte, die er sich übrigens nicht erklären konnte.

So vergingen die Tage qualvoll für die Bäckerstochter und unter Argwohn und Furcht für die Königin. Nur der König war fröhlich und glücklich und erfreute sich seines Königreiches und seiner Jugend, um so mehr, da er beinahe alles verloren hätte.

Irgendwann wollte der König auf Reisen gehen. Er wollte als

gewöhnlicher Sterblicher unterwegs sein und nicht offiziell als König. Nach dem Abendessen, während die Bäckerstochter ihre letzten Arbeiten verrichtete, nach denen sie sich gewöhnlich in ihr abgelegenes Hüttchen im Garten zurückzog, rief der König die Königin und sie zu sich und fragte sie, welche Geschenke er ihnen von seiner Reise mitbringen sollte. Die Königin begann, eine unzählige Menge von Kleidern, Hüten, Halsketten und Goldschmuck zu bestellen, während die Bäckerstochter höflich sagte, sie wolle nichts, da sie nichts brauche.

Der König bestand aber darauf, daß auch sie ihm etwas auftrage, und sei es auch nur eine Kleinigkeit, sonst würde er sich beleidigt fühlen. Da sie also nicht anders konnte, sagte die Bäkkerstochter, er solle ihr eine reine Kerze, den Stein der Geduld und das Messer des Schlachters mitbringen. Der König dachte nicht weiter über den Sinn und Zweck der Geschenke nach, die die Bäckerstochter erbeten hatte.

Der König kam in dem fremden Land an, und nachdem er seine Geschäfte erledigt hatte, kaufte er die Geschenke für seine Frau, vergaß aber völlig den Auftrag der armen Bäckerstochter.

Der Tag der Rückreise kam, und er ging zum Hafen. Er stieg auf das Schiff, und es kam der Moment, da sie ablegen wollten. Die Maschinen des Schiffes liefen jedoch nicht an. Der Kapitän schickte die Maschinisten nachsehen, aus welchem Grund das Schiff nicht ablegen konnte. Sie untersuchten das Schiff von oben bis unten, doch nirgendwo fanden sie etwas Schadhaftes. Alles war, wie es sein mußte. Nach vielen vergeblichen Versuchen dachte sich der Kapitän, irgendein Passagier müsse etwas Schlimmes getan haben und daher könne das Schiff nicht auslaufen. Er rief also die Passagiere und erklärte ihnen die Lage. Er sagte, weil ja das Schiff in Ordnung sei, müsse einer unter ihnen irgendeiner Sache schuldig sein. Sie sollten darüber nachdenken und mithelfen, daß die Reise nicht behindert werde.

Da erinnerte sich der König, daß er die Geschenke für seine Sklavin nicht gekauft hatte.

«Ich bin es. Ich vergaß etwas für ein armes und bedauernswertes Geschöpf und werde das jetzt holen gehen», sagte der König.

Er verließ das Schiff und ging wieder auf den Markt in der Stadt. Er fand die reine Kerze, den Stein der Geduld und das Messer des Schlachters, kaufte alles und machte sich auf den Weg zurück zum Hafen.

Inzwischen war viel Zeit vergangen, und die Passagiere beklagten sich über die Verspätung und verlangten vom Kapitän, er solle aufbrechen und nicht so lange auf einen einzigen Passagier warten. Der Kapitän gab ihnen recht und versuchte abzulegen. Doch trotz aller Versuche war das Schiff weiter unbeweglich. Schließlich kam der König atemlos an, stieg auf das Schiff, und dieses setzte sich sofort, wie es sein mußte, zur Rückfahrt in Bewegung.

Während der ganzen Reise war der König nachdenklich. Ihn beschäftigten die Geschenke für seine Sklavin, und welche Auswirkungen es auf das gesamte Schiff gehabt hatte, daß er die Einkäufe vergessen hatte. 'Ich muß meine Sklavin beobachten und herausfinden, was für ein Geschöpf sie ist', dachte er dauernd während der Fahrt.

Der König kam in seinem Palast an und gab die Geschenke, die er mitgebracht hatte, seiner Frau. Der Sklavin, das heißt, der Bäckerstochter, gab er die ungewöhnlichen Dinge, die sie bestellt hatte.

Als die Sklavin mit ihren Arbeiten fertig war, ging sie in das Gartenhäuschen, in dem sie wohnte. Kurz darauf ging der König – unbemerkt von seiner Frau – auch dorthin und stellte sich draußen vor die verschlossene Tür, um seine Sklavin zu beobachten.

Die Bäckerstochter begann leise zu weinen, was der König sehr wohl hörte. Kurz darauf begann ein herzzerreißendes Jammern. Das Mädchen legte die reine Kerze, den Stein der Geduld und das Messer des Schlachters auf den Tisch und begann zu wehklagen:

«Sagt mir, du reine Kerze, du Stein der Geduld und du, Messer des Schlachters, wenn ihr an einem Nachmittag mit euren Freundinnen in den Wald ginget, um Wildgemüse zu suchen, und ihr, weil es heftig regnet, einen Platz zum Unterstellen suchtet, und ihr sähet einen Palast, und ihr würdet hingehen und euch an der Tür unter dem Balkon ausruhen. Und wenn sich die Tür öffnete und euch hineinzöge und euch anschließend vierzig Türen hineinzögen, die sich von selbst öffnen und schließen, und ihr euch vor einem wie betäubt schlafenden Jüngling befinden würdet. Und wenn ihr einen Zettel lesen würdet, der an seinem Hemd steckt, und auf dem steht, er wolle, daß man ihm vierzig Tage lang Luft zufächele, und wenn ihr euch setzen würdet und ihm neununddreißig Tage Luft zufächeltet. Und wenn am neununddreißigsten Tag Sklavinnen vorbeizögen und ihr eine kauftet, um euch zu entlasten, und diese läse den Zettel, weckte euch nicht am Abend, wie ihr es ihr aufgetragen hattet, und wenn dann der König erwachte, und sie zu ihm sagte, sie habe ihm vierzig Tage lang Luft zugefächelt. Und wenn sie den Menschen zum Mann nähme, den ihr liebtet – was würdet ihr dann an meiner Stelle tun?»

Die Kerze antwortete:

«Was soll ich dir sagen? Dein Recht ist groß. Mein Licht soll deinen Verstand erleuchten, damit du von selbst herausfindest, was du tun mußt.»

Danach antwortete der Stein der Geduld:

«Mein Kind, hab Geduld. Das rate ich dir. Und so groß ist dein Recht, daß du es nicht verlieren wirst.»

Auch das Messer des Schlachters antwortete:

«Ach, du Arme, was fragst du, was du tun sollst. Noch immer sitzt du da und ergreifst mich nicht, um dich zu töten? Was hält dich auf? Greif zu und erstich dich.»

«Das ist es, Messer des Schlachters. Mich erstechen, um der Qual meines Lebens ein Ende zu machen», war die Stimme der Bäckerstochter zu hören, und sie nahm das Messer des Schlachters in ihre Hände, um mit ihrem Leben Schluß zu machen. Im selben Moment gab der König, der alles mitangehört hatte, der Tür einen Stoß und kam herein. Er wand ihr das fürchterliche Messer aus der Hand. Dann setzten sie sich, und sie erzählte ihm die ganze Wahrheit. Der König bat sie, noch ein wenig Geduld zu haben, er würde sie zu ihrem Recht kommen lassen.

Er kehrte in sein Gemach zurück und begann sich mit der

Königin zu unterhalten. Er erzählte ihr also, daß in dem Land, in das er gereist war, eine arglistige Frau durch Betrug einer anderen Frau den Mann genommen habe, und daß der König seinen Zwölferrat um Rat gefragt habe, welche Strafe dieser durchtriebenen Frau zustünde, nachdem ihr Betrug herausgekommen war.

«Na, war das so eine schwierige Entscheidung, mein König, lange mögest du leben? Sie sollten sie umbringen. Ist es etwa ein leichtes Vergehen, wenn eine arglistige Frau sich den Mann einer anderen nimmt? Tod – Tod muß die Strafe für solche bösartigen Frauen heißen!» sagte die Königin mit Nachdruck, um von sich selbst jeden Verdacht abzuwenden, weil sie natürlich wußte, daß sie ja das gleiche getan hatte.

Und nachdem der König sie absichtlich diese Tat mit den härtesten Worten hatte brandmarken lassen, befahl er plötzlich der scheinheiligen Frau, aus den königlichen Gemächern zu verschwinden. Die Wachen brachten sie ins Gefängnis, während die Bäckerstochter den Platz einnahm, der ihr zustand – neben ihrem Geliebten.

Die Hochzeit wurde mit Freuden und vielen Vergnügungen begangen, wie es die arme Greisin der Bäckerstochter in ihren Segenssprüchen vorhergesagt hatte. Und es ging ihnen gut und uns noch besser.

Georgios Giannidakis stellt seine traditionellen Geräte zum Weizenanbau aus.

Georgios I. Giannidakis

wurde 1898 in Archanes geboren, wo er die Volksschule besuchte, heiratete und Vater eines Sohnes wurde. Er lebt heute noch dort.

Georgios Giannidakis nahm 1922 als Soldat am Kleinasiatischen Krieg teil und geriet für zwei Jahre in Kriegsgefangenschaft.

Er schreibt seit längerem in liebenswert-volkstümlicher Weise seine Lebenserinnerungen nieder, und er hat u.a. Märchen geschrieben und viele Tatsachenberichte für die Archaner Zeitung KAPI (Organ der älteren Dorfbevölkerung) verfaßt. Seine Themen sind insbesondere historische und gesellschaftliche.

Das Märchen «Der Sohn des Mohren» hat er in seiner Kindheit von seinem Vater Ioannis Giannidakis erzählt bekommen.

Der Sohn des Mohren

Irgendwann einmal vor langer Zeit lebte eine Witwe, und die hatte einen kleinen Sohn. Sie war sehr arm, und nur von dem, was sie für ihre Arbeit bekam, schafften sie es, gerade so und unter großen Schwierigkeiten durchzukommen.

Als ihr Sohn ein wenig herangewachsen war, war sie gezwungen, auch ihn arbeiten zu schicken, damit sie leben konnten. Aber zu dieser Zeit herrschte große Trockenheit, und es gab wenig Arbeit, und er fand nicht immer welche. Deshalb litten sie sehr, und oftmals hatten sie nichts zu essen.

Eines Tages sagte der Sohn zu seiner Mutter:

«Mutter, ich werde diesen Sack nehmen und aufs Land gehen, um Wildgemüse und was ich sonst noch finden kann, zu suchen. Sonst werden wir, so wie ich das sehe, Hungers sterben.»

«Geh, mein Kind, mit Gottes Segen und dem meinen. Gott wird dir helfen, etwas mitzubringen, das uns in unserer großen Armut nützt.»

Er lief den ganzen Tag und fand nirgendwo etwas. So groß war die Trockenheit, daß nicht einmal Wildgemüse auf dem Land gewachsen war. Er sah sich verzweifelt um, als er plötzlich vor einem Palastgarten stand, der mit hohen Pflöcken umzäunt war, so daß dort niemand eindringen konnte. In seiner verzweifelten Lage gelang es ihm, über den Zaun zu klettern, und so befand er sich mitten in dem Garten, der voll mit frischem Gemüse war. In zwei Minuten hatte er seinen Sack gefüllt und war bereit, über den Zaun zu springen und nach Hause zu verschwinden.

Er schaffte es aber nicht mehr, weil vor ihm plötzlich ein Mohr auftauchte, der fast zwei Meter groß war, und der zu ihm sagte:

«Mit wessen Erlaubnis bist du in meinen Garten eingedrungen und hast mein Gemüse gepflückt? Jetzt kommst du mir nicht so davon. Ich werde dich fressen, und du wirst einen guten Leckerbissen abgeben, so klein und zart wie du bist.»

Der Junge verlor nicht die Fassung:

«Du hast völlig recht, lieber Mohr, ich hätte hier nicht eindringen dürfen. Was ich getan habe, nennt man Diebstahl. Deine Erlaubnis hatte ich nicht. Aber der Grund ist meine Armut. Ich habe eine schwache und hungrige Mutter, und ich mußte etwas zu essen finden, damit sie nicht vor Hunger stirbt. – Ich bin dir ergeben, und du kannst mit mir machen, was du willst.»

«Bravo, Kleiner. Weil du zugibst, daß du dich nicht recht verhalten hast und der Grund dafür deine Mutter ist, verzeihe ich dir, aber nur unter der Bedingung, daß ich dich zu meinem Sohn mache, weil du mir sehr gefällst.»

«Wenn ich bei dir bleibe und du mich zu deinem Sohn machst, was wird dann aus meiner Mutter? Sie wird vor Kummer und Hunger sterben. Willst du das?» fragte der Junge.

«Ich werde dir so viel Gold geben, wie du tragen kannst. Das kannst du deiner Mutter bringen. Damit kann sie leben, wie sie will, und es wird ihr in ihrem weiteren Leben an nichts fehlen. Was sagst du? Bist du einverstanden?»

«Natürlich bin ich einverstanden», antwortete der Junge.

«Paß auf, Kleiner. Wage es nur nicht, mich zu täuschen. Denn ich finde dich, wohin du auch gehst, und ich werde dich fressen», sagte der Mohr zu ihm.

Der Junge warf also das Gemüse weg, nahm den Sack und folgte dem Mohren. Sie kamen in die Schatzkammer, und der Junge geriet außer sich, als er dem Schatz gegenüberstand. Er füllte in seinen Sack so viel Gold, wie er nur tragen konnte, und lief nach Hause mit dem Versprechen, in den Palast des Mohren zurückzukehren.

Kaum sah ihn seine Mutter, lief sie ihm weinend entgegen und umarmte ihn.

«Mein Kind, wo warst du? Zwei Tage warst du fort, und ich war nahe daran, vor Sorgen verrückt zu werden.»

Der Junge erzählte ihr, was ihm geschehen war, und zeigte ihr das Gold, das er bei sich trug. Er erklärte ihr auch die Vereinbarung, die er mit dem Mohren getroffen hatte.

Seine Mutter war bekümmert, konnte aber ihren Sohn nicht

zurückhalten, weil der Mohr ihn bedroht hatte, und auch, weil er ihm das Versprechen zurückzukehren gegeben hatte, das er nicht brechen wollte.

Er verabschiedete sich von seiner Mutter, und sie gab ihm ihren Segen. So trennten sie sich für immer.

Der Junge kam im Palast des Mohren an, und kaum hatte er an die Tür geklopft, öffnete die sich sofort, und vor ihm stand der Mohr und sagte:

«Willkommen, mein Sohn.»

«Ich freue mich, dich wohlauf zu sehen, Vater», antwortete der Junge.

«Gut, daß du mich Vater genannt hast. Denn wenn du das nicht getan hättest, hättest du auf der Stelle ordentlich Schläge bekommen.»

«Gut, daß auch du mich deinen Sohn genannt hast. Weil ich nämlich sonst weggelaufen wäre.»

«Nun, das hättest du schließlich nicht tun können – aber du gefällst mir, weil du mutig bist. – Komm, setz dich jetzt. Wir wollen essen und uns über verschiedenes unterhalten. – Zuerst schau dort zur Wand. Siehst du da das Schwert und seine Scheide? Siehst du auch den Fes, der daneben hängt? Ohne den Fes ist das Schwert wertlos. Schau her, damit du verstehst, was ich dir sage.»

Der Mohr stand auf, trat an die Wand und band sich das Schwert mit der Scheide um. Dann setzte er sich den Fes auf den Kopf und war verschwunden.

«Wo bin ich jetzt?» fragte er den Jungen.

«Ich sehe dich nicht. Ich weiß nicht, was aus dir geworden ist.»

«Ich bin hier, vor dir», war die Stimme des Mohren zu hören. Er nahm den Fes ab und stand wieder da, wo ihn der Kleine zuvor gesehen hatte.

«Siehst du, was du mit diesem Fes machen kannst? Wenn du ihn trägst, bist du verschwunden und unsichtbar. So kannst du selbst den größten Feind besiegen. Weil er niemanden vor sich sieht, während du zuschlägst, und er dir so nichts antun kann.»

Und der Mohr fuhr fort:

«Ich werde bald sterben. Ich weiß es. Du wirst mich in dem Grabmal, das ich im Garten neben dem Palast habe, begraben. Dann wirst du vierzig Tage und vierzig Nächte dasitzen und um mich weinen. Wenn du mich nicht beweinst, kann ich nicht zur Ruhe kommen, und ich werde aufstehen, und du wirst ständig vor mir in Gefahr sein. Selbst, wenn ich es nicht wollte, ich könnte nicht anders handeln.»

Nach einiger Zeit starb der Mohr wirklich, und der neue Herr, sein Stiefsohn, wurde Souverän mit allem, was dazugehört, weil er den Mohren vierzig Tage und Nächte beweint hatte, so wie dieser es ihm aufgetragen hatte.

Als er vom Grabmal in den Palast zurückkehrte, fühlte er sich sehr hungrig. Er klatschte in die Hände, wie es der Mohr immer getan hatte, und vor ihm erschien ein Mädchen, das zu ihm sagte:

«Ich bin deine Sklavin und unterstehe deinem Befehl. Was wünschst du?»

«Ich habe Hunger und möchte essen. Was hat die Küche?»

«Sie hat von allem etwas und außerdem Seezungen», antwortete des Mädchen.

«Bring mir also von allem etwas und eine Seezunge.»

Der Tisch vor ihm wurde sofort mit reichen Speisen und einer Seezunge auf einer gesonderten Platte gedeckt. Er aß, und zum Schluß nahm er sich die Seezunge, um auch die zu essen. Sobald er sie aber anfaßte, glitschte sie ihm aus den Händen und fiel zu Boden. Er bückte sich, um sie aufzuheben, doch es öffnete sich ein Loch im Boden, und sie glitt hinein. Er wollte sie da herausholen, doch das Loch vertiefte sich, und sie rutschte weiter nach unten. Da hörte er eine Stimme, die zu ihm sagte:

«Du jagst mich vergebens. Ich bin nicht die Seezunge, die du essen willst. Ich bin das Goldene Mädchen und wohne in den Goldenen Hölzern. Komm und suche mich, und nimm mich zu deiner Frau. Ich warte auf dich und möchte, daß du mein Mann wirst.»

Der Sohn des Mohren – so wollen wir nun den Sohn der Witwe nennen – beschloß, sofort loszuziehen und den Ort zu suchen, wo die Goldenen Hölzer waren, und das Mädchen, das zu ihm gesprochen hatte, zu finden und zur Frau zu nehmen. Eine so große Sehnsucht erfüllte seine Seele, daß er sich nicht mehr beruhigen konnte.

Schon am nächsten Tag gürtete er das Zauberschwert, nahm den Fes und ging in den Palaststall. Dort sattelte er das Pferd des Mohren, das geflügelt war. Er saß auf, das Pferd stieg hoch in die Luft, und sie reisten gemächlich zu den Goldenen Hölzern.

Auf der Reise begegnete er einem anderen Reiter, der ebenfalls auf einem geflügelten Pferd saß. Er hielt ihn an und fragte ihn:

«Wer bist du? Wie heißt du?»

«Man nennt mich den Sohn der Lüfte.»

«Und ich bin des Mohren Sohn. Möchtest du, daß wir Brüder werden?»

«Das will ich mit Freuden», antwortete der Sohn der Lüfte.

Sie näherten sich einander, schnitten sich in ihre kleinen Finger, und dunkelrotes, warmes Blut trat daraus hervor. Der eine saugte das vom Finger des anderen, und sie fühlten sich wie Brüder. Sie küßten sich und drückten sich brüderlich die Hände. Gemeinsam durcheilten sie dann die Luft auf ihren fliegenden Pferden. Nach geraumer Zeit begegneten sie einem weiteren Reiter, der auch auf einem fliegenden Pferd saß. Sie hielten ihn an und fragten ihn, wer er sei.

«Ich bin der Erde Sohn», antwortete er.

Die beiden sagten ihm, daß sie sich verbrüdert hätten, und wenn er wollte, könnte auch er ihr Bruder werden. Er stimmte zu. So zelebrierten sie wieder das Ritual der Verbrüderung und reisten nun alle drei auf ihren fliegenden Pferden durch die Luft.

Am nächsten Tag sahen sie schon von weitem einen anderen Reiter auf einem fliegenden Pferd. Sie erreichten ihn, und der Sohn des Mohren übernahm die Begrüßung:

«Ich bin des Mohren Sohn, das ist der Sohn der Lüfte und das der Erde Sohn. Wir begegneten uns in der Luft und wurden alle drei Brüder. Willst auch du unser Bruder werden?»

«Ich bin des Meeres Sohn, und ich bin einverstanden, euer Bruder zu werden.»

Jeder ritzte nun einen seiner Finger an, sie tranken ein jeder vom Blut des anderen, und so schlossen alle vier miteinander Brüderschaft.

Jetzt reisten alle vier brüderlich vereint auf ihren fliegenden Pferden am Himmel zu den Goldenen Hölzern. Weil aber die Reise weit war, entschlossen sie sich, in der nächsterreichbaren Stadt anzuhalten und sich auszuruhen. Und wirklich flogen sie in die erste Stadt, die sie erblickten, hinunter, und dort lasen sie einen Anschlag, auf dem geschrieben stand:

'Im linken Flügel des Palastes wohnt eine Tochter des Königs. Jede Nacht verschleißt sie vierzig Paar eiserner Schuhe. Wer herausbekommt, wo sie diese verschleißt, wird den Thron des Königs übernehmen und seine andere Tochter zur Frau bekommen.'

Nachdem sie das gelesen hatten, sagte des Mohren Sohn zu den anderen:

«Was meint ihr, meine Brüder, soll ich zum König gehen und ihm sagen, daß ich es herauszufinden übernehme, wo seine Tochter ihre Schuhe verschleißt?»

«Das wirst du natürlich nicht ernst meinen, unser Bruder. Siehst du nicht, daß auch dies hier steht: 'Wem das mißlingt, dem wird der Kopf abgehackt.'?»

«Das habe ich wohl gelesen. Doch bin ich sicher, daß ich es schaffen werde.»

Er stellte sich also dem König vor und sagte ihm, daß er herausfinden wolle, wo seine Tochter die Schuhe verschleißt. Der König riet ihm, vorsichtig zu sein, denn wenn es ihm nicht gelänge, würde man ihm den Kopf abhacken, wie es schon sehr vielen anderen Jünglingen ergangen sei, die es versucht hatten. Des Mohren Sohn blieb aber dabei.

Da brachte der König ihn zu den Gemächern seiner Tochter. Er stellte ihn ihr vor und sagte ihr, daß dieser Jüngling herausfinden wolle, was sie mit den vierzig Paaren eiserner Schuhe mache, die er ihr jeden Abend bringen lasse.

Die junge Frau betrachtete den Sohn des Mohren und sagte zu ihm ironisch:

«Du Armer, wie bedaure ich dich, daß du deine schöne Jugend verlierst. Würdest du dich nicht besser um deine Angelegenheiten kümmern und aufhören, den Helden zu spielen? Morgen wird der König dir den Kopf abhacken, wie er es mit so vielen anderen Dummköpfen vor dir getan hat.»

«Es geht dir ja gar nicht um mich, und du bist auch nicht sicher, wer von uns beiden morgen gerichtet und wem der Prozeß macht wird. Laß das Gestichel und denk an deinen eigenen Kopf», wies er sie wegen ihrer Spötteleien und ihrer offensichtlichen Bosheit zurecht.

Der König ließ die beiden allein und ging in seine eigenen Gemächer. Da bot die Königstochter dem jungen Mann ein Getränk an. Er dachte sich, daß sie vermutlich ein Schlafmittel in das Getränk getan hätte, und trank es nicht, sondern goß es heimlich in seine Jacke. Danach setzte er sich in einen Sessel und stellte sich, als würde er müde werden. Er tat so, als versuche er, seiner Müdigkeit Herr zu werden, und die Königstochter, die ihn beobachtete, lachte spöttisch.

«Du mußt ja sehr müde sein. Ich sehe, daß du es nicht einmal schaffst, dich mit mir zu unterhalten», sagte sie in ihrem üblichen Ton.

Er tat so, als hielte er es nicht länger aus, lehnte seinen Kopf an die Sessellehne und stellte sich tief schlafend. Nach kurzer Zeit schnarchte er sogar.

Da sah er, wie die Königstochter vom Regal einen Spiegel herunternahm. Sie nahm einen Lappen und rieb dreimal über den Spiegel. Es erschien ein Mohr. Danach sah er, wie sie einen Korb herunternahm, in dem zwölf Äpfel lagen. Sie nahm einen Apfel nach dem anderen, gab jedem einen Klaps, und es erschien jedesmal ein kleiner Mohr. So wurden aus den zwölf Äpfeln zwölf kleine Mohren.

Der große Mohr lud sich dann die vierzig Paar Schuhe auf und sagte:

«Gehen wir. Wir haben uns schon genug verspätet.»

Sie öffneten die Tür und gingen hinaus. Sofort setzte sich der junge Mann den Zauberfes auf, wurde unsichtbar und ging ihnen nach. Sie rannten mit großer Geschwindigkeit und liefen von einem Ort zum anderen. Der Sohn des Mohren folgte ihnen und schrieb auf einen Zettel all die Orte, durch die sie kamen. Zwischendurch sah er, wie sie immer wieder stehenblieben und die Schuhe wechselten.

Als sie in den Palast zurückkehrten, war es Morgen geworden. Sie hatten sämtliche Schuhe verschlissen. Bevor sie in den Palast hineingingen, rannte des Mohren Sohn voraus, und mit einem schnellen Sprung kam er als erster drinnen an. Er war immer noch unsichtbar, und sie konnten ihn nicht sehen. Er nahm den Fes ab, versteckte ihn in seinem Hemd, setzte sich in den Sessel, in dem sie ihn zurückgelassen hatten, und setzte sein Schnarchen fort.

Die Königstochter lachte, als sie ihn genauso schlafen sah, wie sie ihn zurückgelassen hatte. Sie nahm den besonderen Lappen, wischte dem Mohren damit dreimal über das Gesicht, und er wurde wieder zu dem Spiegel, den sie ins Regal stellte. Sie gab jeden der kleinen Mohren eine Ohrfeige, und sie wurden wieder zu Äpfeln, die sie in ihren Korb legte. Danach benachrichtigte sie ihren Vater, er solle kommen und den unvernünftigen jungen Mann holen, um ihm den Kopf abzuschlagen, wie er es schon mit so vielen anderen getan hatte.

Als der König kam und den Jüngling noch in der gleichen Stellung dasitzen sah, verspottete er ihn:

«Hast du jetzt herausgefunden, was mit den Schuhen geschehen ist? – Gewiß wirst du es im Traum gesehen haben, oder?»

«Ja, ich habe es herausgefunden», sagte der Sohn des Mohren. «Du wirst es gleich sehen.»

Er stand auf und nahm den Lappen, rieb damit dreimal über den Spiegel, und es erschien der Mohr. Dann gab er jedem der Äpfel einen Klaps, und die zwölf kleinen Mohren standen da.

«Mit dieser Gesellschaft treibt sich deine Tochter die ganze Nacht herum. Sie kam durch all die Orte, die ich hier aufgeschrieben habe. Wie du siehst, sie durchstreiften ganz Asien und Europa.»

Da befahl der König den Palastwachen, sie alle zu ergreifen

und zum Henker zu bringen, der sie aufhängte. Auf die gleiche Weise bestrafte er auch seine Tochter, weil sie sein Königreich sehr beleidigt hatte und das Vok sie sehr haßte.

Danach bat der König des Mohren Sohn zu sich und sprach ihm großen Dank für seine Heldentat aus. Er lobte ihn, weil er geschafft hatte, was so viele andere vergeblich versucht und wofür sie ihr Leben hatten lassen müssen. Danach wollte er ihm sein Königreich überlassen und ihm seine andere Tochter zur Frau geben, so wie es auf der Bekanntmachung geschrieben stand.

Der junge Mann dankte ihm und redete sich damit heraus, daß er diese Ehe nicht eingehen könne, weil er bereits verheiratet sei. Jedoch sein Bruder, der Sohn der Luft, der auch ein guter und tapferer Mensch sei, wäre frei und könne die Königstochter heiraten.

Der König war mit dem Sohn der Lüfte als Schwiegersohn einverstanden, und die Hochzeit wurde voller Freuden und mit einem großen Volksfest gefeiert.

Die drei anderen Blutsbrüder machten sich zum Aufbruch bereit. Ehe sich des Mohren Sohn aber von seinem Bruder, der nun der König des Landes war, verabschiedete, sagte er zu ihm:

«Mein Bruder, ich gehe jetzt. Ich setze meine Reise zu den Goldenen Hölzern fort. Nimm dieses goldene Tischchen mit dem goldenen Stäbchen darauf. Wenn du das Stäbchen dreimal auf das Tischchen klopfen hörst, weißt du, daß ich in Gefahr bin, und du mußt ohne das geringste Zögern zu mir eilen und mir helfen.»

Die drei Blutsbrüder verabschiedeten sich von ihrem Bruder, bestiegen ihre geflügelten Pferde und setzten ihre weite Reise fort.

Nachdem sie einige Tage unterwegs waren, beschlossen sie, in der nächsten Stadt halt zu machen und sich auszuruhen. Nach einer Weile sahen sie eine Stadt und flogen hinunter zu ihr. Dort erwartete sie schon ein anderes Abenteuer.

An den Toren des Palastes sahen sie mit großen Lettern geschrieben, daß es im Turm des Palastes spuke und sich dort nach Mitternacht schreckliche und absonderliche Dinge zutrügen. Wer es schaffe, eine Nacht dort zu verbringen, ohne daß ihm etwas zustoße, bekomme die Tochter des Königs zur Frau und viele Geschenke für die Seinen.

Da begab sich wieder der Sohn des Mohren zum König und erklärte ihm, daß er eine Nacht in dem gespenstischen Palastturm verbringen wolle. Der König versuchte, ihn daran zu hindern, denn es tat ihm um seine Jugend leid, die dahin sein würde.

«Geh nicht, mein Junge. Wie viele es auch versucht haben, niemand von ihnen ist lebend zurückgekehrt. Niemand hielt der Angst stand.»

«Ich gehe, denn ich fürchte mich nicht. Ich bitte dich nur um eine Flasche Schnaps und ein Säckchen mit Nüssen, damit ich essen und trinken kann und nicht einschlafe, bis die Geister kommen.»

Der Sohn des Mohren ging in den gespenstischen Turm, legte die Nüsse auf einen Tisch und stellte den Schnaps dazu, dann setzte er sich auf einen Stuhl und aß und trank.

Gegen Mitternacht war großer Lärm zu hören, und ein schreckliches Beben brach herein, so daß der Palast einzustürzen schien. Des Mohren Sohn trank gelassen weiter, ohne sich von seinem Stuhl zu rühren, der bei dem Beben beinahe umfallen wollte. Kaum hatte das Beben aufgehört, sah er hoch oben im Turm zwei Beine stehen und hörte, wie eine Stimme schrie:

«Ich falle. Ich falle. Ich falle...»

«Fall schon», sagte er, «aber paß auf, daß du mir nicht auf meine Flasche mit dem Schnaps fällst und sie mir zerbrichst.»

Da fielen zwei Beine vor ihn hin. Er erhob sich, nahm sie und stellte sie aufrecht an die Wand. Dann setzte er sich wieder, trank weiter, knackte die Nüsse und aß sie.

Nach einer Weile war eine Stimme so laut wie ein Donnerschlag zu hören, die schrie:

«Ich falle. Ich falle. Ich falle...»

«Fall schon», rief er zurück, «aber paß auf, daß du mir nicht auf meine Flasche fällst und mir den Schnaps verschüttest.»

Da fiel ein Rumpf ohne Kopf und ohne Arme herab. Er nahm ihn auf, stellte ihn auf die Beine und setzte sein Trinken fort. Er trank weiter und knackte Nüsse, und wieder war eine Stimme zu hören, die schrie:

«Ich falle. Ich falle. Ich falle...»

«Fall endlich, damit ich meine Ruhe vor dir habe», rief der Sohn des Mohren.

Kaum hatte er das ausgesprochen, da fielen die Arme und der Kopf auf den Tisch, und es hätte nicht viel gefehlt, und sie hätten die Flasche zerbrochen.

«Ach, ihr Ärmsten, war es nötig, auf den Tisch zu fallen? Etwas weiter, und ihr hättet es fertiggebracht, mich ohne Schnaps zu lassen. Kommt endlich her.»

Während er so sprach, nahm er die übrigen Teile des Körpers und setzte sie dort an, wo sie hingehörten. Er trank noch einige Gläser Schnaps, legte sich dann auf ein Sofa und schlief fest.

Am Morgen kam der König mit seinem Gefolge, um den – wie er glaubte – toten Menschen zu holen und ihn zu beerdigen. Sie klopften an die Tür und bekamen keine Antwort.

«Auch er ist hin», sagten sie und brachen die Tür auf. Durch den entstandenen Lärm erwachte des Mohren Sohn, und er rief wütend:

«Kann ich denn nicht mal eine Stunde in Ruhe schlafen?»

Der König und sein Gefolge, die glaubten, daß der Geist gesprochen hätte, fürchteten sich und rannten schnell davon. Des Mohren Sohn lief hinter ihnen her und rief, sie sollten stehenbleiben. Er sei nicht der Geist, er sei lebendig, und er versuchte inständig, sie zum Stehenbleiben zu bewegen. Er sagte ihnen, daß der Geist im Turm sei und sie ihn begraben sollten.

Der König beglückwünschte ihn zu seinem Mut und wollte ihm nun seine Tochter zur Frau geben. Der Sohn des Mohren erklärte ihm aber, daß das nicht ginge, weil er schon verheiratet sei, doch wenn er wolle, würde sie sein Bruder nehmen, der Sohn der Erde.

Der König war einverstanden, und die Hochzeit wurde gefeiert. Der Sohn des Mohren machte sich zu gehen bereit. Ehe er aber aufbrach, gab er seinem Bruder eine goldene Flasche und ein goldenes Tischchen und sagte zu ihm:

«Mein Bruder, ich setze jetzt meine Reise zu den Goldenen Hölzern fort und lasse dir diesen Tisch und die Flasche da. Wenn du den Schnaps in der Flasche aufschäumen siehst, weißt du, daß ich in großer Gefahr bin, und du mußt mir ohne Verzögerung helfen kommen.»

Dann brach er mit seinem dritten Bruder, dem Sohn des Meeres, auf, und sie setzten ihre Reise auf ihren geflügelten Pferden fort.

Sie reisten einige Tage und hielten auch dieses Mal wieder in der nächsten Stadt an, um sich auszuruhen. Sie sahen hier ein großes Schild, auf dem geschrieben stand, daß fünf Kilometer vor der Stadt eine Höhle mit einer Quelle sei, deren Wasser die Stadt versorge. In den letzten zehn Jahren hause dort aber ein großes Ungeheuer, das das Wasser in eine tiefe Schlucht umleite, so daß die Stadt ohne Wasser bleibe. Damit das Ungeheuer Wasser abgebe, müsse man ihm jeden Tag einen Menschen zum Fraß bringen. Wenn sich jemand fände, der das Ungeheuer töte und die Stadt rette, würde ihm der König seine einzige Tochter zur Frau geben und seinen Thron dazu, wenn er ein junger Mann sei. Wenn derjenige, der das Ungeheuer töte, ein alter Mann sei, würde er ihn mit Gold und ehrenvollen Rängen überhäufen.

Als des Mohren Sohn die Mitteilung gelesen hatte, begab er sich zum König und sagte ihm, daß er die Heldentat vollbringen wolle. Der König erklärte ihm, wie gefährlich und unbesiegbar das Ungeheuer bis jetzt gewesen sei, und er solle sich das gut überlegen, denn er wolle nicht, daß ihm, dem Gast in seiner Stadt, etwas zustoße.

Des Mohren Sohn sagte, er fürchte nichts, und er wolle sich mit dem Ungeheuer messen und hoffe, es zu töten. Da gab ihm der König einen Soldaten mit, der ihn zu der Höhle mit der Quelle bringen sollte. Der Soldat lief vor Angst schlotternd davon, nachdem er ihn ein Stück gebracht und ihm von weitem den Berg gezeigt hatte, in dem sich die Höhle befand.

Der Sohn des Mohren stieg auf den Berg und kam zu der Höhle, in der das Ungeheuer hauste. Der Jüngling blieb draußen stehen und rief laut:

«Komm raus, du Ungeheuer, wir wollen kämpfen! – Wenn du nicht rauskommst, heißt das, daß du Angst hast. Und was bist du dann für ein Ungeheuer!»

Das Ungeheuer stieß ein fürchterliches Brüllen aus, das das

ganze Gebiet erzittern ließ, und es stürmte heraus, bereit, ihn mit seinen furchterregenden Zähnen und Krallen zu zerfleischen. Im Nu setzte sich der Jüngling den Zauberfes auf und wurde unsichtbar. Das Ungeheuer stürmte mit aller Wucht los, stieß ins Leere und stürzte zu Boden. Der Jüngling – immer noch unsichtbar – stürmte sogleich auf das Ungeheuer los und rammte ihm sein Schwert in die Brust. Das Ungeheuer wälzte sich in seinem Blut, doch er versetzte ihm noch ein paar Schwerthiebe, bis er sicher war, daß es tot war. Er trat in die Höhle, leitete das Wasser zur Stadt um und stieg vom Berg hinunter.

Das ganze Volk, die Adeligen und der Palast mit seinem Gefolge, alle erwarteten ihn schon. Durch das rauschende Wasser, das plötzlich im Überfluß in die Stadt hinabfloß, hatten sie begriffen, daß das Ungeheuer besiegt war.

Sie empfingen ihn in Ehren und brachten ihn in den Palast, und dort wollte ihm der König seine Tochter und seinen Thron geben, und er sollte fortan herrschen. Der Sohn des Mohren sagte aber, daß er das nicht annehmen könne, weil er schon verheiratet sei, doch wenn der König wolle, könne er seinen Bruder, den Sohn des Meeres, zum Schwiegersohn nehmen. Der König und seine Tochter waren einverstanden, und nachdem die Hochzeit mit großer Pracht und vielen Festlichkeiten begangen war, bereitete der Sohn des Mohren seinen Aufbruch vor, von jetzt an allein, weil alle seine Brüder verheiratet waren. Ehe er fortging, sagte er zu seinem Bruder:

«Mein Bruder, ich schenke dir dieses goldene Tischchen mit der Karaffe, in der reines Wasser ist. Wenn du dieses Wasser rot werden siehst, weißt du, daß ich mich in großer Gefahr befinde, und du mußt mir ohne Verzögerung helfen kommen.»

Dann nahm der Jüngling sein geflügeltes Pferd und begann in die Luft aufzusteigen.

Er reiste viele Tage und erreichte endlich die Goldenen Hölzer und ließ sich in einer Herberge nieder. Von dort aus versuchte er herauszufinden, wo das Goldene Mädchen wohnte, das gesagt hatte, sie würde auf ihn warten, um ihn zu heiraten.

Nach mehreren Tagen konnte er herausbekommen, daß der König sie in den Palast eingeschlossen hatte und sie zu drängen versuchte, ihn zu heiraten, und daß sie von ihm einen Aufschub nach dem anderen erbat, um die Hochzeit hinauszuzögern. – Der Sohn des Mohren gab einem Palastsklaven viel Gold, damit der dem Goldenen Mädchen die Nachricht überbringe, daß er zu den Goldenen Hölzern gekommen sei, und daß sie versuchen solle, aus dem Palast zu entkommen, damit sie gemeinsam fliehen und endlich heiraten könnten.

Die Freude des Goldenen Mädchens war unbeschreiblich, als sie die Nachricht erhielt. Sie begriff, daß der Sohn des Mohren, ihr Geliebter, auf den sie so lange gewartet hatte, in den Goldenen Hölzern angekommen war. Da sagte sie zum König, daß die Stunde gekommen sei und sie heiraten würden, aber zuvor müsse er ihr drei Wünsche erfüllen.

«Was sind das für Wünsche, mein Goldenes Mädchen? Ich werde sie dir sofort erfüllen, um dich, die ich so sehr liebe, zur Frau zu bekommen», sagte der König vergnügt.

«Ich möchte, daß du mir eine goldene Henne mit zwölf goldenen Küken machen läßt. Die Henne soll die goldenen Küken mit 'klu, klu, klu' herbeirufen, und die Küken sollen 'pi, pi, pi' machen. Das ist mein erster Wunsch. Sobald du mir diesen erfüllt hast, sage ich dir den zweiten.»

Der König schickte den öffentlichen Ausrufer los, und der rief einen Goldschmied aus, der die Henne und die Küken nach dem Wunsch des Goldenen Mädchens anfertigen sollte. Aber niemand wollte die Aufgabe übernehmen, weil der Ausrufer hinzugefügt hatte, daß sie dem, der sie übernehme, auch gelingen müsse, sonst würde ihm der Kopf abgehackt werden. So vergingen die Tage, und es erschien niemand, und der König begann sehr unruhig zu werden.

Da ging des Mohren Sohn zu einem Goldschmied und schlug ihm vor, daß er die Henne und die Küken anfertigen würde, aber da er keine Werkstatt habe, sollte der Goldschmied erklären, daß er die Aufgabe übernähme.

«Geh deinen Weg, mein Guter. – Hältst du mich für so dumm,

daß ich erklärte, ich könnte diese Dinge machen? – Und wenn du es nicht fertigbringst, laß ich mir wohl den Kopf abhacken?»

«Ich gebe dir mein Wort, daß ich die Henne und die Küken genau so machen kann, wie sie der König verlangt. Außerdem verspreche ich dir, wenn ich es nicht schaffen sollte – was aber nicht geschehen wird –, dann werde ich mich offenbaren und mit meinem eigenen Kopf bezahlen. Wenn ich es aber schaffe – und das werde ich ohne weiteres –, dann sollst du die reiche Bezahlung und die Ehrungen bekommen, die der König versprochen hat. So wirst du, ob ich es nun schaffe oder nicht, auf jeden Fall der Gewinner sein, weil nämlich auch eine Menge Gold von dem, was ich zur Herstellung der Henne und der Küken verlangen werde, übrigbleiben wird, weil ich nämlich so gut wie gar nichts davon verbrauchen werde.»

Als der Goldschmied den Sohn des Mohren angehört hatte, fand er, daß er nur Vorteile haben würde, und er war einverstanden. Er ging zum König und erklärte ihm, daß er die Aufgabe übernehme, und er möge ihm eine große Menge Gold geben.

Der Goldschmied kehrte in seinen Laden zurück, wo ihn des Mohren Sohn erwartete und das Gold in Empfang nahm. Dann schloß sich des Mohren Sohn in einen Raum ein und begann, dort das Gold in Stücke zu schneiden und es durch das halboffene Fenster auf die Straße zu werfen. Das Gold glänzte, die Passanten sahen es und hoben es hocherfreut auf. Das ging so bis in die frühen Morgenstunden. Als es Tag wurde, öffnete des Mohren Sohn eine Truhe und holte daraus die goldene Henne und die zwölf goldenen Küken hervor. Er rief den Goldschmied, als er gerade begann, die Tiere zum Reden zu bringe. Wahrhaftig, die Henne rief die Küken mit 'klu, klu, klu', und die Küken antworteten mit 'pi, pi, pi'.

«Wunderbar, mein Junge. Du bist rechtschaffen und sehr klug und einzigartig in der Kunst. Ich arbeite schon dreißig Jahre als Goldschmied, und nicht nur, daß ich dieses Meisterwerk nicht hätte schaffen können, sondern auch jetzt, da ich es vor mir sehe, kann ich nicht begreifen, wie du es gemacht hast», sagte der Goldschmied.

Der Sohn des Mohren bat den Goldschmied, die Sachen dem König zu bringen. Der ging hin und bekam die reiche Belohnung, die darauf stand. Der König brachte das Kunstwerk überglücklich dem Goldenen Mädchen. Sie nahm es mit heimlicher Freude entgegen, weil sie wußte, daß nur ihr Geliebter, der Sohn des Mohren, es hatte machen können, und dann sagte sie dem König ihren zweiten Wunsch:

«Jetzt will ich ein Kleid mit dem Himmel und den Sternen darauf, das weder Hand noch Schere noch Nadel berührt hat.»

«Der Schneider, der sich findet, so etwas anzufertigen, wird viele Geschenke erhalten – wie schon der Goldschmied.» So rief der öffentliche Ausrufer die Aufgabe aus. Der Sohn des Mohren hörte es, verließ den Goldschmied und ging zum besten Schneider. Den fragte er, ob er ihn in seine Werkstatt aufnehmen wolle, weil er das Handwerk sehr gut kenne. Der Schneider war einverstanden, es mit ihm zu versuchen, und der Sohn des Mohren machte ihm sofort den Vorschlag, in den Palast zu gehen und zu erklären, daß er das prächtige Kleid anfertigen wolle, das der König für die Hochzeit mit dem Goldenen Mädchen benötige. Der Schneider sah ihn an und sagte:

«Dir geht es wohl nicht gut, mein Bursche. Ich soll da hingehen und meinen Kopf hinhalten? Du siehst das wohl etwas zu einfach, wenn du denkst, ich glaubte dir, ohne zu wissen, wer du bist und was du kannst. Und noch etwas: Wie sollte ich als der Meister, der ich bin, wohl glauben, daß ein Kleid entstehen könnte, das weder Hand noch Schere noch Nadel berührt hat? Und für all das soll ich mein Leben aufs Spiel setzen? – Geh lieber freiwillig, und such dir einen, der zu deiner Dummheit paßt.»

«Hör mal, Meister. Du kannst ja sagen, daß das Kleid einer deiner Gesellen machen wird. Wenn ich es nicht machen kann, wie du glaubst, werde ich mit meinem Kopf bezahlen. Wenn ich es aber fertigbringe, überlasse ich dir alle Geschenke und Ehren. Ich will nichts davon», sagte der Sohn des Mohren zu dem Schneider.

Der Schneider war einverstanden, weil ihm selbst, ob der

Fremde nun verlieren oder gewinnen würde, im Falle des Mißlingens nichts geschehen würde, während er im Falle des Erfolgs großen Nutzen hätte: die reiche Belohnung.

Also war der Schneider einverstanden. Er ging in den Palast, um den Auftrag anzunehmen, und verlangte viele Ballen seidener Stoffe in den verschiedensten Farben. Die brachte er dem Sohn des Mohren, und der schloß sich in ein Zimmer ein. Er nahm eine Schere und begann, die Stoffe in so große Stücke zu schneiden, daß jedes einzelne für ein Kleid ausreichend war. Ein Stück nach dem anderen warf er so, wie er es abgeschnitten hatte, zum Fenster hinaus auf die Straße. Glück hatten die Fußgänger, die vorbeikamen und sie mitnahmen. Als es Tag wurde, hörte er auf, Stoffe zu zerschneiden und hinauszuwerfen. Er öffnete eine große Schachtel und entnahm ihr das prächtige Kleid, das der König verlangt hatte, und das weder Hand noch Schere noch Nadel berührt hatte.

Der Schneider bewunderte das Kleid und wollte vor Freude verrückt werden. Dank des Mohren Sohn würde er sehr reich werden, und ohne Zeit zu verlieren, nahm er das Kleid und brachte es dem König. Der gab ihm eine große Belohnung in lauterem Gold und sagte ihm, daß ihm der Palast jederzeit offenstehe, weil er die Ehrentitel, die er ihm zu verleihen bereit war, nicht annehmen wollte.

Der König nahm das Kleid und ging in die Gemächer des Goldenen Mädchens. Er übergab es ihr und bat sie, ihm sofort ihren dritten Wunsch zu sagen, weil er es nicht länger erwarten könne, mit ihr die Ehe zu schließen.

Da sagte das Goldene Mädchen, er solle sie zu den großen Künstlern bringen, die diese Meisterwerke geschaffen hatten, damit sie sie kennenlerne. Sie konnte nämlich ihre Freude nicht länger für sich behalten. Sie hatte es eilig, ihrem Geliebten zu begegnen, der ihr zu Gefallen soviel getan hatte. Sie wußte natürlich, daß kein anderer als der Sohn des Mohren in der Lage gewesen wäre, diese Dinge zu schaffen.

Der König sagte, das sei sehr einfach:

«Wir werden erst zu dem Goldschmied und danach zu dem Schneider gehen.»

Er befahl sofort, die königliche Kutsche vorzufahren, und kurz darauf kamen sie bei dem Goldschmied an. Der König erklärte ihm, das Goldene Mädchen habe ihn sehen wollen, um ihn zu loben und ihm für die Henne und die Küken, die er gemacht hatte, zu danken. Der Goldschmied sagte, daß dieses Kunstwerk ein Künstler gemacht habe, der seinen Laden inzwischen verlassen hatte.

«Dann gehen wir eben zu dem Schneider, um den Künstler zu finden, der das Kleid gemacht hat.»

Sie gingen dorthin, und der Schneider stellte ihnen des Mohren Sohn vor. Kaum stand das Goldene Mädchen ihrem Geliebten gegenüber, auf den sie so lange gewartet hatte, fiel sie ihm in die Arme und sagte zum König:

«Das ist der Künstler, der das Kleid gemacht hat. Das ist auch der Künstler, der die Henne gemacht hat. Und das ist auch der Mann, den ich liebe und der mich liebt, und wir werden heiraten.»

Der König fuhr wütend zu seinem Palast zurück, und das Goldene Mädchen und der Sohn des Mohren gingen in eine Herberge. Sie planten, schnellstens aus den Goldenen Hölzern zu verschwinden und in das Schloß des Mohren zu gehen, ihre Hochzeit zu feiern und endlich ruhig und glücklich zu leben.

Doch neue Prüfungen erwarteten den Sohn des Mohren. Der König, der so sehr beleidigt worden war, schickte eine Zaubrerin aus. Diese kundschaftete mit Hilfe ihrer Zaubereien aus, daß die ganze Kraft des Jünglings an dessen Schwert, der Scheide und dem Fes hing. Sie schaffte es auch, diese Dinge zu stehlen und sie dem König zu bringen. Der warf nach den Anweisungen der Zaubrerin das Schwert ins Meer, den Fes in die Luft, und für die Scheide grub er ein Loch in die Erde und steckte es dort hinein.

Als der Sohn des Mohren zurückkam und seine Sachen nicht in seinem Zimmer vorfand, wurde er sehr unruhig. Ohne diese Dinge war er ein kraftloser Mensch inmitten großer Gefahren. Er fürchtete, daß der König seine Wachen aussenden und ihn ergreifen lassen würde, um ihn auf die schlimmste Weise zu töten. Deshalb versteckte er sich, so gut er konnte, und wartete auf Hilfe von seinen Brüdern.

Sobald die Sachen aus der Herberge verschwunden waren und die beiden jungen Leute in Gefahr waren und sich versteckten, begann der goldene Stab, den er seinem Bruder, dem Sohn der Lüfte, geschenkt hatte, zu klopfen. So begann auch der Schnaps in der Flasche, die er seinem anderen Bruder, dem Sohn der Erde, geschenkt hatte, zu schäumen. Auch das Wasser in der Karaffe auf dem goldenen Tisch im Palast bei seinem dritten Bruder, dem Sohn des Meeres, begann sich zu verfärben und wurde rot wie Blut.

Benachrichtigt durch die Zeichen, die die Geschenke ihres Bruders anzeigten, merkten alle seine Brüder, daß er sich in großer Gefahr befand. Sie nahmen sofort ihre geflügelten Pferde und machten sich auf zu den Goldenen Hölzern. Auf dem Weg hoch oben am Himmel begegneten sie einander auf ihrer Reise. Sie besprachen die Zeichen, die sie gesehen hatten, und verdoppelten ihre Geschwindigkeit, um schnellstens zu ihrem Bruder, dem Sohn des Mohren, zu kommen.

Als sie bei ihm ankamen, erfuhren sie, daß ihm seine Zaubersachen gestohlen worden waren und daß er ohne diese jeden Moment in Gefahr war, vom König ergriffen und umgebracht zu werden.

«Hab keine Angst, Bruder. Wir werden deine Sachen schnell wiederhaben», trösteten sie ihn.

Da rief der Sohn der Erde alles, was Beine hatte, zu sich und befahl, die Scheide zu finden und ihm zu bringen. Nach einiger Zeit kam ein Mäuschen und brachte die Scheide.

Der Sohn der Lüfte rief alles, was Flügel hatte, und befahl, den Zauberfes zu finden und ihm zu bringen. Nach kurzer Zeit brachte ihn ein Spätzlein vergnügt an.

Nun fehlte noch das Schwert, das ins Meer geworfen worden war. Der Sohn der Meeres rief alle Meeresbewohner und trug ihnen auf, überall zu suchen, das Schwert zu finden und es ihm zu bringen. Und schließlich brachte es ein Delphin an und übergab es.

Als er all seine Zaubersachen wiederhatte, legte sie der Sohn des Mohren an und fühlte große Kraft und einen guten Appetit. Er klatschte in die Hände, und es erschien ein Tisch, beladen mit tausenderlei der ausgesuchtesten Speisen. Die Brüder aßen und tranken gemeinsam, und zum Schluß verabschieden sie sich voneinander, und jeder begab sich auf seinem geflügelten Pfert in sein Königreich.

Da nahm auch des Mohren Sohn das Goldene Mädchen, und er kehrte mit ihr in seinen Palast zurück, und dort lebten sie gut und wir noch besser.

8,5 Nor

Blick von Iraklion auf den Jouchtas-Berg, aus dessen Umgebung die Märchen stammen. Erkennbar ist in der Silhouette des Berges das Profil des schlafenden Gottes Zeus.

Die Lepotina

Von ihr weiß man heute nur noch, daß sie um 1840 in Archanes geboren wurde und auch immer dort gelebt hat. Sie hat sich sehr viele witzige Märchen ausgedacht. Leider existiert von ihr kein Foto.

Das Märchen «Der Dumme und der Kluge», das von ihr stammt, hat Alekos Oustamanolakis weitererzählt.

Der Dumme und der Kluge

Irgendwann einmal vor langer Zeit lebten zwei Brüder. Der eine war sehr gescheit, und der andere war sehr töricht.

Der Kluge ging in die Weinberge und auf die Felder und arbeitete, während der Dumme zu Hause blieb und auf ihre greise Mutter aufpaßte, die in ihrem Alter kindisch geworden war, und die sie in einer Wiege liegen hatten, in der sie sie schaukelten. Wenn die Wiege stillstand, weinte die Alte und machte ein großes Geschrei, genauso wie ein Säugling.

Eines Tages, als der Kluge wieder auf den Weinberg gehen mußte, trug er seinem dummen Bruder auf, auf das Haus zu achten und keine Minute von der Wiege wegzugehen, damit ihre Mutter in ihrem schlimmen Zustand nicht weine.

Der Dumme saß bis zur Mittagszeit bei seiner Mutter und wich nicht von ihrer Seite. Als die Kinder aber mittags aus der Schule kamen und auf der Straße ihr Spiel begannen, ließ der Dumme sich verführen, seine Mutter im Stich zu lassen, und er ging auch spielen.

Die Alte wurde wütend und schreckte die Nachbarn auf, und der Dumme lief zu ihr und schaukelte sie ein wenig, bis sie Ruhe gab. Dann verließ er sie wieder, und nach kurzer Zeit begann wieder das gleiche Spiel.

Da sagte er zu sich: ‘Sie wird Hunger haben. Laß mich die Grütze warmmachen und sie füttern, dann schläft sie, und ich Ärmster kann mir wieder die Zeit vertreiben gehen, wo die anderen alle gerade draußen auf der Straße spielen.’

Er stellte den Topf aufs Feuer und machte die Grütze heiß. Die Alte platzte fast vor Geheul, und als die Grütze heiß war, nahm er einen großen Löffel, lud den ganz voll und stopfte ihn ihr in den Mund. Das heiße Essen und die große Ladung verbrannten die Alte, so daß sie sich die Platze ärgerte, und es dauerte nicht lange, und sie erstarrte mit weit offenem Mund.

Der Dumme verbrachte den ganzen übrigen Tag auf der

Straße mit den Kindern spielend. Ab und zu ging er nachsehen, was seine Mutter machte. Er sah sie mit weit aufgerissenem Mund gaffen, und er sagte selbstzufrieden: 'Das habe ich gewollt, daß du Hunger hast und ich dich mit dem großen Löffel füttere. Gib der Frau einen sattmachenden Löffel voll, damit sie satt wird und zufrieden schläft. Guck mal, wie lange die Ärmste jetzt schon schläft und sich in ihrem Schlaf auch noch totlacht.'

Als am Abend der Kluge vom Weinberg zurückkam und seinen Bruder auf der Straße spielen sah, schrie er ihn an:

«Du Dummkopf, hast du die Mutter alleingelassen und spielst draußen mit den kleinen Kindern?»

Aber sein Bruder, der sich freute, wie gut er die Mutter behandelt hatte, sagte zu ihm:

«E, du Ärmster, weißt du vielleicht, wie man auf die Alten aufpaßt? Ich habe sie zu Mittag gut gefüttert, und sie ist eingeschlafen und noch immer nicht aufgewacht. Und sie lacht sogar zufrieden im Schlaf.»

Als der Kluge das hörte, schwante ihm Böses. Er rannte ins Haus, um zu sehen, wie es der Alten ginge. Er trat zu ihr, sprach sie an, schaukelte sie – vergebens. Die Alte war schon steif geworden.

«Die Mutter ist tot», sagte er zu seinem Bruder. «Du hast sie umgebracht. Aber was soll ich mit dir machen, so, wie du bist...»

Sie beerdigten die Alte, und so konnte jetzt auch der Dumme an irgendeine Arbeit geschickt werden.

Der Kluge schickte ihn also ihre Schafe weiden.

Der Dumme ging los, hütete die Schafe, und zu Mittag trieb er sie zum Fluß hinunter, wo sie Wasser trinken konnten. Dann setzte er sich hin, um zu essen.

Während er kaute, sah er die Schafe wiederkäuen. Das mißdeutete er. Bei seinem schwachen Verstand glaubte er, sie verhöhnten ihn. Er sagte zu ihnen:

«Hört auf, mich nachzuäffen und laßt mich in Ruhe, damit auch ich einen Happen esse, sonst wird es euch leid tun.»

Die Schafe hörten natürlich nicht mit dem Wiederkäuen auf,

und er wurde toll vor Zorn. Er begann, sie zu verfluchen und zu schlagen:

«Hört auf damit, oder es holt euch der Teufel. Mich macht ihr nicht verrückt mit eurem Trotz und eurem Hohn.»

Um es kurz zu sagen, seiner Meinung nach verhöhnten ihn die Schafe, und weil sie trotz all seiner Drohungen nicht damit aufhörten, nahm er sein Messer und schlachtete sie alle. Dann zerstükkelte er sie voller Wut und unter Beschimpfungen und warf sie den Hunden vor und in den Fluß.

«Ha, geht zum Teufel, ihr Verfluchten. Nicht ein Knöchelchen von euch kommt mir ins Haus! Wie ihr mich aufgeregt habt und ich heute nicht mal zum Essen gekommen bin. Was glaubt ihr wohl, mit wem ihr es zu tun habt? Mich zum Gespött zu machen! – So, wie ihr euch benommen habt, seid ihr bezahlt worden.»

Am Abend kam er ohne die Schafe ins Dorf zurück. Als der Kluge ihn fragte, was er mit ihnen gemacht habe, erzählte er ihm von dem schlechten Betragen, das sie ihm gegenüber gezeigt hätten, und von dem Ende, das er ihnen bereitet habe.

«Was soll ich dazu sagen, du Allerärmster auf der Welt, da du von Natur zu kurz gekommen bist...»

Es verging eine Weile, und der Kluge beschloß zu heiraten, damit eine Frau ins Haus käme und für sie sorgte. Er verlobte sich also in einem anderen Dorf, und eines Sonntags wollte er als Bräutigam dorthingehen.

Er kaufte die Brautgeschenke und brach mit den Maultieren auf. Natürlich nahm er auch seinen Bruder mit. Auf dem Weg bat er ihn, keine Dummheiten zu machen, nicht zu reden und vor allem nicht über das Essen herzufallen und wie gewöhnlich für zwei oder drei zu essen.

«Iß die normale Menge und hör auch mal auf», sagte zu ihm der Kluge.

«Und wann weiß ich, daß es die normale Menge ist?»

«Ich trete dir auf den Fuß, wenn es genug ist, und du hörst dann sofort auf», sagte der Kluge.

«Gut, mein lieber Bruder.»

Sie kamen im Dorf der Braut an und wurden freudig begrüßt. Die Tische wurden mit vielerlei Speisen gedeckt, und man begann zu essen. Der Dumme hatte noch nicht einmal den halben Teller vom ersten Gang gegessen, als ein Kater vorbeistrich und ihm auf den Fuß trat. Er nahm an, sein Bruder habe ihn getreten, und hörte sofort zu essen auf.

«Iß, Schwager, iß! Du wirst doch nicht jetzt schon aufhören? Wir haben noch so viel zu essen!»

Es war aber nichts zu machen.

«Danke, ich bin satt. Ich habe keinen Hunger mehr. Ich habe keinen Appetit.»

Zufrieden mit dem Übergehorsam und dem guten Benehmen seines Bruders, sagte der Kluge:

«Besteht nicht darauf. Er ißt immer so wenig.»

Der Dumme wollte fast platzen vor Übelkeit und Gier, während noch viele erlesene Speisen aufgetischt wurden, doch was sollte er machen.

Als der Schmaus zu Ende war, gingen alle schlafen. Die beiden Brüder wurden im selben Schlafzimmer untergebracht. Der Dumme konnte vor Hunger kein Auge schließen. Es quälte seine Eingeweide, wenn er daran dachte, welches Essen er verpaßt hatte, und sein Hunger wurde immer größer, und er fand weder Ruhe noch Schlaf. Schließlich hielt er es nicht mehr aus. Er stand leise auf und ging in die Küche. Dort fand er Töpfe voll mit Essen und Bleche mit Braten, und darüber machte er sich her. Je mehr er aß, desto mehr Hunger bekam er.

Auf einem Sofa in der Nähe schlief eine Greisin, die leise schnarchte.

«Da hast auch du Ärmste einen Löffel. Dir haben sie wohl nichts gegeben...»

Und er warf ihr mit dem großen Löffel Reisbrei, Suppe und Fleischstücke hin und machte ihre Decke und alles um sie herum schmutzig.

Kurz darauf erwachte der Kluge. Er sah in das Bett des Dummen und fand es leer.

«Ach, auch das noch», seufzte er, «Gott weiß, was er jetzt wieder anstellt!»

Er ging geradewegs in die Küche und sah die traurigkomische Szene.

«Gehen wir, du Nichtsnutz, laß uns verschwinden. Gehen wir, ehe die Leute aufwachen und du mich zum Gespött machst. Wie soll ich denen gegenübertreten bei dem Zustand, in den du das Haus versetzt hast! Hat es dir nicht genügt zu essen? Mußtest du auch noch alles mit Essen und Öl vollschmieren?»

«Die Alte ist schuld, die da drüben rumliegt. Sie schnauft und murmelt, und ich kann ihr gar nicht genug geben, und sie wird ja gar nicht satt, wenn ich nicht...»

«Die Frau schläft, du Dummkopf. Was verwickelst du sie in deine Narrheiten? Gehen wir jetzt! Greif die Tür und tu den Riegel von hinten davor», sagte der Kluge zu ihm und verschwand schnellstens als erster.

Der Dumme hatte nicht recht begriffen. Er hob das Türblatt mitsamt dem Riegel heraus, nahm es in die Arme und folgte seinem Bruder. Sie waren schon einige Zeit gelaufen, als der Dumme zu dem Klugen sagte:

«Um dir das mal zu sagen, ich bin erschöpft. Willst du mir denn nicht ein wenig helfen?»

«Was ist los? Du willst Hilfe? Soll ich dich auf den Arm nehmen? Wenn du ein Mensch wärst, würdest du auf dem Maultier reitend zurückkehren, so wie wir gekommen sind. – Lauf jetzt und rede nicht. Du hast dir das selber eingebrockt.»

«Hör mal, was sagst du denn da? Wer hat dir gesagt, daß ich getragen werden will? Du sollst nur ein wenig das tragen, was du mir mitzunehmen aufgehalst hast. Spiel nicht den Dummen...»

Da drehte sich der Kluge um und sah, daß sein Bruder das Türblatt auf seiner Schulter trug und den Riegel in der Hand hielt.

«Jetzt ist alles aus. Du hast mich blamiert, du Armseliger. Warum hast du Dummkopf die Sachen der Leute mitgenommen?»

«Hast du mir denn nicht gesagt, ich soll die Tür und den Riegel nehmen?»

«Nein, du Trottel, ich habe dir gesagt, du sollst die Tür

greifen, sie also anfassen, und damit der Wind sie nicht öffnet, den Riegel von hinten davortun! Laß das jetzt hier liegen und folge mir.»

«Das hier liegenlassen? So weit habe ich das mitgeschleppt und mich damit abgemüht, und da werde ich das hierlassen?»

Was sollte der Kluge machen. Er schickte sich in die Verhältnisse, und sein Bruder trug die fremden Gegenstände, während sie zu ihrem Dorf weitergingen.

Sie waren schon fast angekommen, als sie plötzlich vom gegenüberliegenden Hügel eine Horde wilder Gesellen herunterkommen sahen. Sie begriffen, daß es Diebe waren, denn damals trieben sich sehr viele Bösewichter herum, die in aller Frühe von ihrem Raubzug zurückkehrten und bestrebt waren, sich vom Dorf zu entfernen, ehe es noch richtig Tag wurde.

Was sollten sie jetzt tun? Wenn die Räuber sie sähen, würden sie sie umbringen oder mit sich nehmen und auch sie zu Unholden machen, um ihre Bande zu vergößern.

Der Kluge beschloß, weil der Dumme nicht so weit denken konnte, mit seinem Bruder auf einen großen, dichtbelaubten Baum zu steigen, wo man sie nicht würde sehen können. Er erklärte das dem Dummen, und der stimmte zu, doch nur unter der Bedingung, daß er auf den Baum auch die Tür und den Riegel mit hinaufnehme. Umsonst bat ihn der Kluge, die Sachen zurückzulassen, weil die Räuber sie sehen würden. Er blieb stur. Was sollte der Kluge da machen. Er war sogar gezwungen, selbst mitanzupacken. So kletterten sie hoch und zogen die Sachen mit großer Mühe auch hinauf. Der Baum war groß und versteckte sie völlig.

Irgendwann kamen die Räuber an und setzten sich ausgerechnet unter ihren Baum. Sie holten aus ihren Säcken das Geld, das sie gestohlen hatten, und zählten es. Sie waren sehr zufrieden, weil ihr Raubzug sich gelohnt hatte.

Sie saßen lange da und unterhielten sich. Plötzlich sagte der Dumme zu dem Klugen:

«Brüderchen, ich kann nicht mehr. Ich lasse jetzt Tür und Riegel los.»

«Nein, um Gottes Willen, mein Ärmster. Mach nicht solche Sachen. Die schlachten uns wie die Lämmer ab. Gib her, ich halte alles fest.»

«Nicht doch. Ich muß dir noch was sagen. Ich habe es mir anders überlegt und will die Sachen nicht mehr. Und ich lasse sie jetzt los...»

Der Kluge kam nicht mehr dazu, noch ein weiteres Wort zu sagen, weil der Dumme die Sachen schon losgelassen hatte, die mit Getöse herunterrutschten und die Zweige des Baumes mitrissen. Bei ihrem Sturz von dem hohen Baum richteten die Sachen eine regelrechte Verwüstung an.

Die Räuber, die immer von menschlicher Furcht, aber auch von ihrem Gewissen geplagt werden, glaubten, es sei göttlicher Zorn im Spiel. Sie ließen ihr Geld zurück und liefen aufgeschreckt davon, so schnell sie konnten.

Die beiden Brüder hatten von oben aus dem Baum alles beobachtet, und als sie sahen, daß die Rüber verschwunden waren, stiegen sie hinab. Der Kluge sammelte das Geld ein und sagte zu dem Dummen, sie müßten sofort verschwinden, weil die Räuber zurückkommen würden. Der war aber durch nichts zum Gehen zu bewegen. Sein Bruder versuchte es im Guten, dann mit Drohungen und schließlich mit Gewalt, ihn zu packen und mit ihm zu verschwinden. Es war unmöglich. So lief der Kluge notgedrungen weg und ließ seinen Bruder zurück. Das Geld nahm er mit sich.

Der Dumme kam auf die Idee, sein Klappmesser zu nehmen, seine Zunge damit zu schaben und dann zu singen.

Nachdem viel Zeit verstrichen war, kam einer der Räuber zurück, um nachzusehen, was es mit der Verwüstung auf sich hatte. Es war der Mutigste. Keiner der anderen Räuber hatte es gewagt zurückzukehren.

Er kam zu dem Baum, fand den Dummen dort und fragte ihn:

«Wie lange bist du schon hier?»

Und der antwortete ihm:

«Ich bin gerade angekommen.»

Er schabte weiter mit seinem Messerchen seine Zunge, um danach zu singen. Der Räuber fragte ihn:

«Was macht du da, Gevatter?»

«Ich reibe meine Zunge und kratze sie, damit ich gut singen kann.»

«Willst du mir nicht auch meine abkratzen, damit ich auch gut singen kann?» fragte ihn der Räuber.

«Ich will sie dir gern kratzen, und wenn du dann willst, tun wir uns zusammen und gehen auf die Feste singen und verdienen uns unser Brot.»

Der Räuber stimmte zu. 'Besser, ich verdiene mir mein Brot in Ehren und ohne Angst und dazu noch mit dem Lied, als zu stehlen und zum Mörder und Gefangenen zu werden.'

Der Dumme steckte das Messerchen in den Mund des Räubers und begann, dessen Zunge leicht zu schaben. Plötzlich drückte er mit dem Messer fest zu und schnitt die Zunge ganz durch. Der Räuber begriff, daß der Mensch, den er da getroffen hatte, nicht ganz richtig im Kopf war, und betrachtete ihn als die Fortsetzung der göttlichen Strafe. Er rannte unter Gebrüll und Jammergeschrei davon, und das Blut rann ihm in Strömen aus dem Mund.

Er kam da an, wo die anderen Räuber ihn erwarteten, und als sie ihn sahen, fürchteten sie sich noch mehr, ergriffen den verletzten Räuber und liefen weg, so schnell sie nur konnten.

«Vor des Menschen Hand kannst du dich verstecken und dich retten, doch wie entkommt man dem Zorn Gottes?» sagten sie und liefen wie gejagt.

Der Dumme machte sich etwas später seelenruhig auf den Heimweg. Als er in seinem Dorf ankam und ins Haus trat, sah er, daß sein Bruder unruhig war. Auf der einen Seite hatte er sich Gedanken um seinen dummen Bruder gemacht und auf der anderen fürchtete er, daß der ihm vielleicht mit seinem Unverstand die Räuber herschleppen könnte, die ihm das Geld nehmen und – vor allen Dingen – ihn umbringen würden. Er bereute, daß er dieses verfluchte Geld mitgenommen hatte.

Als der Dumme nun eintrat, sagte er zu dem Klugen:

«Wenn sie sich trauen, sollen sie doch dahin zurückgehen, wo sie ihr Geld zurückgelassen haben, und es suchen...»

Und er erzählte ihm, was er gemacht hatte.

Der Kluge beruhigte sich. Mit dem Geld lebten sie beide gut, doch der Verstand des Dummen blieb derselbe. Das Geld allein macht noch keine Menschen...

Erasmia Kounougaki

wurde 1906 in Archanes geboren, wo sie die Volksschule besucht hat. Im Laufe ihres Lebens ist sie einige Male bis nach Athen gereist. 1987 ist sie in Archanes gestorben.

Die beiden Märchen «Die neun Brote» und «Der Glatzkopf» hat sie in ihrer Kindheit von ihrer Lehrerin Terpsithea Moskapidaki erzählt bekommen.

Die neun Brote

Irgendwann einmal vor langer Zeit lebte eine arme Frau, die hatte eine Tochter. Eines Tages sagte die Frau zu ihrer Tochter, sie solle Brotteig kneten, während sie selbst auf den Berg gehen werde, um Wildgemüse zu sammeln, das sie kochen und essen würden. Die Tochter knetete den Teig und formte neun große Brote und ein kleines. Als sie aber die gebackenen Brote aus dem Ofen nahm, kam ein Bettler vorbei, und der sagte zu ihr:

«Mein Kind, gib mir ein Stück Brot, ich habe Hunger.»

Das Mädchen nahm eines der Brote und reichte ihm die Hälfte. Der Bettler ging und bedachte das Mädchen mit allen guten Wünschen der Welt.

Ein wenig später kehrte derselbe Bettler zurück, aber diesmal so verkleidet, daß er nicht zu erkennen war. Wieder erbat er ein Almosen von dem Mädchen, und sie gab ihm die andere Hälfte des Brotes. Er ging weg und kehrte nach einer Weile in noch anderer Gestalt zurück. Er erbat wieder ein Almosen, und sie gab ihm wieder ein halbes Brot. Das setzte sich so fort, bis die neun großen Brote verteilt waren und sie nur noch das kleine übrig hatte.

Die Mutter kehrte vom Berg zurück, sie kochten das Wildgemüse, das sie mitgebracht hatte, und setzten sich zum Essen. Weil sie beide hungrig waren, war das kleine warme Brot schnell aufgegessen, und die Mutter sagte zu ihrer Tochter:

«Bring uns Brot, meine Tochter.»

«Da ist keins mehr, Mutter», antwortete das Mädchen.

«Warum nicht? Was hast du mit dem übrigen Brot gemacht?» fragte verwundert die Mutter.

«Ich habe es gegessen, Mutter.»

«Laß die Scherze und bring das Brot. Wieviele Brote hast du aus dem Teig gemacht?»

«Neun, Mutter.»

«So, und die neun hast du gegessen?»

«Ja, alle neun.»

Die Mutter wurde wütend und rief starrköpfig:

«Alle neun hast du gegessen? Alle neun, he, sprich, alle neun, alle neun...»

Ihr Schreien war bis draußen zu hören, und in diesem Moment kam der König vorbei. Er hörte das Schreien der Frau, konnte aber nicht genau verstehen, was sie sagte, sondern hörte nur: 'Alle neun..., alle neun..., alle neun...'.

In seinem Palast angekommen, fragte sich der König, um was es sich wohl gehandelt haben könne, bei dem die Neun so bedeutend war, daß es jene Frau so beharrlich einer anderen zugerufen hatte. Er schickte also einen Diener los und ließ die Frau in seinen Palast kommen. Als sie vor dem König stand, fragte er sie, was es mit dieser Sache auf sich habe, die sie 'alle neun, alle neun' habe schreien lassen. Der Frau war das unangenehm, und sie wollte dem König die Begebenheit nicht so erzählen, wie sie sich zugetragen hatte. Schnell also dachte sie sich eine Antwort aus:

«Ach, mein König, mögest du lange leben, ich habe eine einzige Tochter und will nicht, daß sie sich überanstrengt und krank wird. Ich bin eine arme Frau und auf sie angewiesen, und wenn ihr etwas zustößt, wie soll ich sie dann heilen? – Ich hatte ihr Wolle dagelassen, die sie spinnen sollte, bis ich vom Acker zurückkehrte, wohin ich gehen wollte, um etwas Wildgemüse zum Essen zu suchen. Als ich zurückkam, sah ich neun fertig aufgehaspelte Wollstränge an der Wand hängen. Und ich fragte sie: 'Alle neun Stränge hast du in der Zeit gemacht, alle neun Stränge?' – Das war es, mein König, mögest du lange leben, was du gehört hast.»

«Nun, wenn dieses Mädchen so viel Arbeit an einem Morgen schafft, werde ich sie zur Frau nehmen. Geh und bring sie mir, sie soll die neun Stränge Wolle in einer Nacht spinnen. Und wenn sie soviel wert ist, wie du sagst, werde ich sie heiraten und zur Königin machen.»

Die Frau ging nach Hause und sagte ihrer Tochter, sie solle in den Palast gehen, weil der König ihr etwas zu sagen habe. Das Mädchen ging also in den Palast, der König rief sie zu sich und sagte ihr, sie solle bei ihm an einem Abend neun Wollstränge anfertigen, so wie sie das nach den Worten ihrer Mutter könne, und dann würde er sie heiraten. – Das Mädchen kehrte in ihr Haus zurück und begann zu weinen und zu klagen und beklagte sich bei ihrer Mutter, daß sie sie in eine so schwierige Lage gebracht habe.

Schon bald kamen die Diener des Königs und holten die beiden Frauen ab. Der König dachte, wenn nicht wahr wäre, was ihm die Mutter des Mädchens gesagt hatte, müßte sie hart bestraft werden, weil sie dann den König belogen hätte.

Beide Frauen kamen im Palast an. Das Mädchen wurde in eine Kammer eingeschlossen, und man gab ihr einen großen Berg Wolle. Bis zum Morgen sollte sie neun Stränge Garn gesponnen und dieses auf neun Haspeln gewickelt haben. Man stellte ihr auch einen Teller mit Mandelkernen hin, von denen sie dann und wann essen sollte, um nicht zu hungern. Ihre Mutter saß vor der Kammer und rief:

«Alle neun, alle neun, meine Kleine..., alle neun...?»

Die Diener, die nicht begriffen, was sie meinte, schickten sie schließlich fort und brachten sie bis zum Morgen, an dem sich das Ergebnis zeigen würde, in ein Zimmer.

Das Mädchen in der Kammer war ganz und gar verzweifelt. Noch nie hatte sie eine Spindel in Händen gehalten, und jetzt hatte sie ihre Mutter als große Wollspinnerin ausgegeben. Sie saß da und besah sich den Berg Wolle, und aus ihren Augen rollten die Tränen. Auf einmal erschien vor ihr der erste Bettler, der sie um Almosen gebeten hatte, und sprach zu ihr:

«Weine nicht. Leg dich hin und schlafe und beruhige dich. Bis zum Morgen, so Gott will, wird sich etwas finden.»

Vom vielen Weinen müde geworden, schlief das Mädchen ein.

Am Morgen erwachte sie und erinnerte sich, daß ihr aufgetragen war, neun fertige Haspeln Wolle vorzuweisen, und Panik ergriff sie. Als sie sich jedoch in ihrer großen Aufregung zur Wand umdrehte, blieb ihr der Mund offen stehen. Sie sah wie ein Bild an der Wand der Reihe nach neun feingesponnene Wollstränge hängen. Das Mädchen kam nicht mehr dazu, sich zu beruhigen und nachzudenken, als schon der König eintrat. Auch er sah die neun ebenmäßig gewickelten Haspeln und rief voller Freude und Bewunderung:

«Bravo, mein fleißiges Mädchen. Du bist es wert, meine Frau zu werden. So einfach war für dich diese gewaltige Arbeit, daß du nicht einmal die Mandeln angerührt hast. In drei Tagen werden wir Hochzeit halten.»

Im Palast wurde die Hochzeit vorbereitet, und die Mutter des Mädchens ließ keine Gelegenheit aus, zu ihr zu laufen und ihr zuzurufen:

«Alle neun, meine Kleine, alle neun hast du gegessen?»

Umsonst versuchte die Tochter, die Mutter zu besänftigen. Selbst in der Kirche, als die Hochzeit stattfand, und bei Tische stieß die Mutter sie an und flüsterte ihr wie besessen zu:

«Alle neun, alle neun hast du gegessen? Sag schon, sag schon!»

«Still, Mutter, sei endlich still. Du hast doch jetzt zu essen, und sogar noch nachts», bat ihre Tochter sie, doch sie hörte nicht auf. «Ich habe sie gegessen, Mutter, alle neun. Laß mich endlich in Ruhe, kannst du nicht endlich von dieser fürchterlichen Neugierde lassen?»

Das Martyrium des Mädchens setzte sich fort, solange ihre Mutter lebte. Eines Tages kam aber ihr Ende, und sie nahm ihre Neugierde mit sich. Sie wurde als Mutter der jetzigen Königin in einer Grabstätte beigesetzt, die in der Nähe der Gräber der Königsfamilie extra erbaut worden war.

Eines Tages wollte der König mit seiner Frau seiner Eltern gedenken. Als sie am Grab der Mutter der Königin vorbeikamen, war von innen heraus eine Stmme zu hören, die sagte:

«Alle neun, meine Kleine, alle neun?»

Die Königin wurde bleich und war einer Ohnmacht nahe. Es gelang ihr aber, sich zu fassen, und von der großen Anstrengung brach sie dann in ein nervöses Lachen aus. Sie lachte haltlos und sah den König an.

Der König wurde ärgerlich und bat sie, ihm zu sagen, warum sie so lachen mußte, während sie ihn angesehen hatte. Das Mädchen war in einer schwierigen Lage, als sie die strenge und befremdete Miene des Königs sah, der glaubte, sie habe ihn verspottet. Etwas mußte sie ihm sagen, um ihr Lachen zu erklären und den Unmut des Königs zu besänftigen.

«Was soll ich dir sagen, mein König, mögest du lange leben. Nun, so wie ich mir deinen Bart ansah, der in der Mitte ein goldenes Haar hat, erinnerte ich mich an eine kleine Bürste, die wir in unserem Haus hatten, und die schwarz war wie dein Bart, und in der Mitte hatte sie ein weißes Haar. Deswegen mußte ich lachen.»

Der König wurde noch ärgerlicher.

«Du wirst in Begleitung meiner Leute in euer Haus gehen und mir diese kleine Bürste bringen, von der du sprichst. Wenn du gelogen hast, schneide ich dir den Kopf ab.»

Die Begleiter und die Königin brachen auf, und sie gingen zu deren altem Haus. Auf dem Weg dorthin schlug ihr das Herz, und die Tränen liefen über ihre Wangen, während sie darüber nachdachte, was sie dem König nur bringen sollte, denn so eine Bürste hatten sie nie gehabt. Sie dachte an die Schande, die über sie kommen würde, und schlimmer noch, an die Todesstrafe, die sie erwartete.

«Ach, meine liebe Mutter, welch harte Mutter du doch bist, daß du mich noch aus deinem Grab heraus verfolgst...»

Plötzlich erschien vor ihr auf dem Weg wieder der Bettler, und er sprach zu ihr:

«Sei still, weine nicht. Geh in dein Haus, und da wirst du die kleine Bürste finden. Die bringst du dem König, und deine Qualen werden zu Ende sein. Deine Mutter wird sich beruhigen, und du wirst sie nicht mehr sprechen hören.»

Sofort war ihr bitteres und furchtsames Herz getröstet und beruhigt. Niemand sonst hatte den Bettler gesehen oder gehört. Sie waren es alle nicht wert, ihn zu sehen, denn der Bettler war Jesus Christus, und nur sie konnte ihn sehen.

Sie kamen zu ihrem Haus, fanden die kleine Bürste und brachten sie dem König.

Der König war sehr froh, als er sah, daß sie ihm die Wahrheit gesagt hatte. Von da an war auch die Stimme ihrer Mutter nicht mehr zu hören, und sie lebten fortan gut und wir noch besser.

Der Glatzkopf

Irgendwann einmal vor langer Zeit lebte ein guter und rechtschaffener Jüngling, der jedoch ein wenig einfältig war, und man hatte keine hohe Meinung von ihm. Er hatte nämlich die Angewohnheit, zu betteln, und wenn er sein Säckchen mit Brot gefüllt hatte, ging er damit zum Meer, warf das Brot hinein und rief die Fische zum Fressen:

«Kommt her, meine Fische und meine Fischlein. Kommt her und freßt.»

So rief er und glaubte, daß die Fische, die sich sammelten und auf das Brot stürzten, seine Stimme gehört hätten und auf sein Bitten angekommen wären. Und während er zusah, wie sie anbissen, freute er sich und lachte schallend vor Begeisterung.

Alle kannten diese Angewohnheit des Glatzkopfes, und oft gingen viele hinter ihm her, um sich über seine Einfalt zu amüsieren.

Man nannte ihn Glatzkopf, weil er keine Haare hatte, und sein kahler Kopf war der Grund, weshalb sein Name vergessen wurde.

Eines Tages, als der Glatzkopf seine geliebten Fische füttern gegangen war, geschah etwas sehr Merkwürdiges.

«Kommt her, meine Fische und meine Fischlein. Kommt her und freßt...», so war die Stimme des Glatzkopfes zu hören, und es folgte sein Gelächter, während sich unzählige Fischlein auf das Brot stürzten.

Plötzlich sprang ein goldener Fisch kerzengerade aus dem Wasser und sprach mit menschlicher Stimme:

«Mein lieber Glatzkopf, du gutes und argloses Kind, all die Jahre bringst du uns das Brot, das du uns zuliebe erbettelt hast. Sag mir, welchen Gefallen kann ich dir tun?»

Der Glatzklopf war überrascht und hörte zu lachen auf. Schnell faßte er sich aber wieder und sagte zu dem Fisch:

«Du, ein Fisch, was könntest du wohl für mich tun? Du hast

doch nicht einmal die geringste Kraft. Nichts möchte ich. Und wenn ich etwas wollte, was könnte ich schon von einem schwachen Fisch erwarten? Mir gefällt es, euch beim Knabbern zuzusehen, und mir genügt die Freude, die ich dabei habe, weil ich euch durch meine Mühen ernähre. Und mein Lachen ist mir Bezahlung genug.»

Mit diesen Worten ging der Glatzkopf weg, und der goldene Fisch tauchte traurig im Wasser unter.

Nach ein paar Tagen stand der Glatzkopf wieder mit gefülltem Säckchen am Meeresrand. Er warf die Brotstücke hinein, und die Fische eilten herbei wie immer. Da war auch wieder der goldene Fisch.

«Sag mir, Glatzkopf, welchen Gefallen kann ich dir tun? Ich kann dir schenken, was immer du von mir verlangst. Ich habe große Kraft.»

«Laß die Scherze, mein lieber Goldfisch. Welche Kraft kannst du schon haben? – Aber ich kann dich ja mal bitten, daß das geschieht, was ich dir sage. Kannst du das machen?»

«Das kann ich», sagte der goldene Fisch. «Sag etwas, und du wirst sehen.»

«Ich möchte, daß hier im Sand ein Apfelbaum wächst», sagte der Glatzkopf.

Er hatte noch nicht ganz ausgesprochen, da stand vor ihm ein Apfelbaum, beladen mit roten Äpfeln.

Als er den Apfelbaum sah, geriet der Glatzkopf aus der Fassung.

«Wünsch dir noch etwas», sagte der Fisch.

Der Glatzopf sagte etwas anderes, und es geschah sofort, und wieder etwas anderes, und so weiter, und so weiter.

So überzeugte er sich, daß der goldene Fisch Zauberkräfte hatte.

«Wie machst du das alles?» fragte der Glatzkopf erstaunt.

«Da, mit dieser Schachtel», erklärte ihm der Goldfisch. «Die hat die Kraft. Ich schenke sie dir für all das Gute, das du für uns getan hast. Mit ihrer Hilfe wird geschehen, was immer du willst.»

Der Glatzkopf nahm die Schachtel und ging nach Hause, während der Fisch vergnügt mit spielerischer Anmut in das blaue Wasser tauchte.

Als der Glatzkopf am Haus des Adligen vorbeikam, stand die Herrentochter auf dem Balkon. Kaum sah sie den Glatzkopf, begann sie ihn zu verspotten.

«Warum verspottest du mich, meine liebe Herrentochter?» fragte der Glatzkopf. «Ich bin nicht so dumm, wie ihr alle glaubt. Das, was ich kann, das kann keiner von euch...»

«Hahahaaa...», war das spöttische Lachen der Herrentochter zu hören.

Unten im Garten des Palastes waren die Margeriten erblüht. Da sagte der Glatzkopf heimlich zu seiner Schachtel:

«Diese Margerite soll ein Pferd werden und ich sein Reiter.»

Im Nu entstand ein schönes Pferd, und der Glatzkopf saß als Reiter in seinem samtenen Sattel.

Bei dem, was sie sah, geriet die Herrentochter außer Fassung. Aber sie tat, als interessiere es sie nicht, und sie sagte verächtlich:

«Was soll's..., du bist und bleibst ein Glatzkopf, ein trotteliger Bettler, ein Diener der Fische.»

Der Glatzkopf wurde sehr böse und wollte die hartherzige Herrentochter quälen. Er sagte also heimlich zu der Schachtel:

«Im Namen Gottes und des Fisches: Die Herrentochter soll schwanger werden.»

Und er verschwand unter ihrem Spott und ihrer Widerborstigkeit.

Die Herrentochter wurde wirklich schwanger. Als einige Zeit vergangen war, begann sie sich unwohl zu fühlen. Sie lag nur noch im Bett, konnte nicht essen, und ihre überaus besorgten Eltern holten Ärzte, Priester und Gesundbeter. Doch niemand konnte die Krankheit des Mädchens benennen und ihr helfen.

Irgendwann aber fiel ihr Bauch auf, und sie entdeckten, daß die Herrentochter keine Krankheit hatte, sondern schwanger war.

Die Herrentochter wurde in den Gemächern ihrer Mutter

versteckt, um sie vor der Wut ihres Vaters zu schützen, der sie umzubringen drohte. Dort versuchte ihre Mutter ganze Tage und Nächte lang, einmal im Guten, einmal im Bösen, dann wieder unter Tränen, aus ihr herauszubekommen, wer der Mensch war, mit dem sie sich getroffen hatte und von dem sie schwanger geworden war. Doch sie schwor, daß sie sich niemals mit irgendwem getroffen hätte.

So kam der Tag, an dem die Herrentochter einen sehr hübschen Jungen gebar. Ihre Mutter versteckte ihn vor ihrem Mann, dem Adligen, so gut sie konnte. Irgendwann aber erfuhr es der adlige Herr, und er befahl seiner Frau, seiner Tochter auszurichten, er würde alle Adligen zu Tische laden und das Kind frei im Saal herumlaufen lassen, so werde es seinen Vater selbst finden, weil es ihn am Geruch erkenne.

Der Adelsherr traf also alle Vorbereitungen für ein großes Festessen, zu dem er den ganzen Adel und seine Jünglinge einlud. Er glaubte, seine Tochter hätte mit einem von ihnen eine Liebschaft gehabt, und derjenige habe sie verlassen, nachdem sie schwanger geworden war.

Als die Gäste in Stimmung gekommen waren, brachte man ein Baby und ließ es mitten im Saal los. Niemand kannte das Geheimnis. Das Baby lief noch nicht und krabbelte auf allen Vieren im Saal hin und her, näherte sich aber niemandem.

Danach rief der adlige Herr zu einem neuen Essen die Schreiber, die Kaufleute und die Handwerker, weil er begriffen hatte, daß der Vater des Kindes nicht von höchstem Stand sein konnte.

Wieder geschah das gleiche. Man brachte das kleine Kind an und überließ es dessen Instinkt, seinen Vater zu erkennen. Aber wieder geschah nichts. Es näherte sich niemandem. Der adlige Herr lud nun Menschen ein, die noch weiter unten standen. Doch wieder nichts. Zum Schluß lud er die in dem Gebiet am tiefsten Stehenden ein: Behinderte, Bettler, Nichtstuer. Mit ihnen erschien auch der Glatzkopf. Wir müssen nämlich dazusagen, daß der Glatzkopf sein Leben nicht geändert hatte, obwohl er so große Macht in seinen Händen hielt. Er bettelte weiter, trieb sich am

Meeresstrand herum, sprach mit seinen Fischlein und lachte schallend.

Als die Geladenen dieses untersten Standes aßen und tranken, brachte man wieder das Kind, und im Saal blieb es sich selbst überlassen. Kaum war das Baby in dem Raum, zeigte es große Unruhe und kroch auf allen Vieren hin und her. Schließlich näherte es sich dem Glatzkopf, umarmte seine Beine, hielt sich daran fest, richtete sich auf und lehnte sich behaglich an seine Knie.

Als der Adelsherr diese Szene sah, rief er seine Frau und verlangte von ihr, sie solle ihm ihre Tochter bringen, er wolle sie und auch das Kind töten. Die Adelsherrin fiel ihm zu Füßen und beschwor ihn, edelmütig zu sein und nicht zum Mörder an seinem Kind und seinem Enkelkind zu werden, sei es zu Recht oder zu Unrecht.

Der Adelsherr tat, als hätte er sich beruhigt, doch seine Ansicht blieb dieselbe. So rief er den Glatzkopf zu sich und steckte ihn mit seiner Tochter und dem Kind in eine Kiste, die er ins Meer werfen ließ.

Vergeblich hatte die Herrentochter unter herzzerreißenden Tränen geschworen, daß sie niemals mit dem Glatzkopf zu tun gehabt hätte. Wer sollte das wohl glauben...

So fanden sich der Glatzkopf, die Herrentochter und das Kind in der Kiste inmitten des Meeres wieder. Die Herrentochter weinte untröstlich und verfluchte und beschimpfte den Glatzkopf und ließ es nicht zu, daß er ihr nahekam.

«Woher sollte ich dich wohl kennen, und wo sollte ich dich gesehen haben, elendes und unseliges Geschöpf... Komm mir nicht zu nahe, weil ich sonst vor meiner Zeit ins Meer falle. Dieses Schicksal erwartet mich sowieso beim ersten Windstoß.»

Umsonst versuchte der Glatzkopf, sie irgendwie zu beruhigen und ihr Hoffnung zu machen. Er erreichte nichts anderes, als daß sie noch wütender wurde und noch mehr schimpfte. Aber er verzweifelte nicht. Er wußte, daß sie nicht in Gefahr waren. Die Zauberschachtel, die er in seiner Tasche hatte, war ein sicherer Schutz. Das wußte aber die Herrentochter noch nicht.

Sie blieben zwei Tage und zwei Nächte auf dem Meer. Die Herrentochter hatte sich an ein Brett geklammert, sie hatte Hunger und war erschöpft. Ihr Vater hatte ihr nicht erlaubt, irgendwelche Verpflegung in das armselige Wassergefährt mitzunehmen. Nur ihre Mutter hatte heimlich getrocknete Feigen auf eine Schnur gefädelt und sie dem Kind um den Hals gehängt, damit sie ihm davon geben konnten, wenn es weinte.

Da sagte der Glatzkopf zu der Herrentochter:

«Gib mir eine Feige zu essen, und ich werde etwas tun, damit du dich erholst.»

«Nein, niemals. Wenn du die Feige ißt, was werde ich dann später dem Kind geben?» sagte sie unter Tränen.

Dem Glatzkopf tat sie leid. Es brach ihm fast sein gutes Herz wegen der Schmerzen der Herrentochter, doch konnte er ihr noch keinen Trost verschaffen. Er konnte es ihr nur etwas leichter machen, und das tat er.

Er beugte sich unauffällig vor und sagte heimlich zu der Schachtel:

«Im Namen Gottes und des Fisches: Ein Eßzimmer soll werden und ein Wohnraum mit weichen Sofas, damit wir essen können und die Herrentochter sich ausruht.»

Und im Nu befanden sie sich in einem Eßzimmer mit tausenderlei Speisen, Getränken und Süßigkeiten. Alle drei aßen mit Appetit, und anschließend fielen sie auf die bequemen Sofas des Wohnraumes und schliefen fest.

Als erster wachte der Glatzkopf auf. Er sah die Herrentochter mit dem Baby im Arm ruhig schlafen. Er bewunderte ihre Schönheit und die des Kindes, doch er wußte, daß sie in die schwimmende Kiste zurückkehren mußten. So nahm er die Schachtel und befahl, sie alle in die Wirklichkeit zurückzuversetzen. So befanden sie sich wieder in der Kiste und setzten ihre Reise fort.

Mit einem Seufzer erwachte die Herrentochter, als sie fühlte, wie das harte Brett ihren zarten Körper schmerzhaft drückte. Sie öffnete die Augen und sah die alte Kiste mit dem Glatzkopf vor sich. Sie begann wieder zu weinen und suchte nach einer Erklärung für das, was geschehen war. Sie fühlte sich satt und ausgeruht, und auch das Baby war friedlich. Zaghaft näherte sie sich dem Glatzkopf und bat ihn, ihr zu erklären, was geschehen war.

Da erzählte ihr der Glatzkopf die Geschichte von dem goldenen Fisch und dem wertvollen Geschenk, das dieser ihm als Belohnung gegeben hatte für seine Güte und Liebe den Fischen gegenüber.

«Mit der Zauberkraft dieser Schachtel können wir tun, was immer wir wollen. Weder Bosheit noch Zorn der Menschen können uns etwas anhaben, weil auch wir niemandem etwas Böses getan haben, sondern nur Gutes.»

Dann weihte der Glatzkopf die Herrentochter in die Zauberkraft der Schachtel ein, und sie begann, den armen, unschuldigen und verachteten Jüngling mit anderen Augen zu sehen.

«Und jetzt, meine liebe Herrentochter», sagte der Glatzkopf, «ist es an der Zeit, daß unsere Qualen ein Ende haben. Du bist genug bestraft und hast genug gelitten – du und das Kind.»

Nachdem er das gesprochen hatte, befahl er sogleich der Schachtel, sie an Land zu bringen, und zwar in ihr Land, aber sehr weit entfernt vom Palast und der Stadt des Vaters.

Sie fanden sich in einer sehr schönen und grünen Gegend wieder, und der Glatzkopf fragte die Herrentochter, ob es ihr gefallen würde, dort ihr Haus zu errichten.

Die Herrentochter hatte nichts dagegen, denn dieser Platz war zu schön. Und mit einer Anweisung an die Schachtel ließ der Glatzkopf vor ihnen einen großen und prächtigen Palast entstehen einschließlich der gesamten Dienerschaft, die ein großer Adelsherr zum Leben braucht.

Zum Schluß sagte er zu der Schachtel:

«Im Namen Gottes und des Fisches: Auf meinem Kopf sollen die schönsten braunen Haare wachsen, die ein menschliches Haupt haben kann.»

Und wie immer, geschah auch dies. Als sich die Herrentochter umdrehte, um ihm etwas über ihren wunderschönen Palast zu sagen und sich bei ihm für den so unerwarteten Schutz und alle Annehmlichkeiten, die sie und ihr Kind vorfanden, zu bedanken, sah sie sich zu ihrer Überraschung einem gutgekleideten und hübschen

Jüngling gegenüber. Der Glatzkopf war nicht mehr das ungerecht behandelte, glatzköpfige Geschöpf. Er hatte sich verwandelt.

Glücklich richteten sie sich in ihrem Palast ein, heirateten, und der Adelsherr, so werden wir von jetzt an den Glatzkopf nennen, vertraute seiner Frau an, daß er das Kind mit der Kraft der Zauberschachtel gemacht hatte.

Sie lebten ruhig und glücklich, bis eines Tages etwas geschah.

Der Vater der Herrentochter war an diesem Tag mit einer großen Zahl von Freunden auf die Jagd gegangen, und sie kamen schließlich vor den großen Palast seiner Tochter. Niemand in der Gesellschaft kannte dieses herrliche Gebäude, und so wurde die dort anwesende Dienerschaft gebeten, die Jagdgefährten zu dem Adelsherren zu führen, der dort wohnte.

Kurz darauf empfing sie der in einen jungen Hausherrn verwandelte Glatzkopf, der ihnen, gemeinsam mit seiner Frau, die zuvorkommendste Gastfreundschaft bot. Niemand erkannte die ihnen so bekannten und mit dem Adelsherrn verwandten Hausherren, die aufs Höflichste den Adelsherrn einluden, bald einmal mit seiner Frau zu Besuch zu kommen, damit man sich besser kennenlerne und sich ab und zu Gesellschaft leiste.

Und so geschah es auch. Schon nach ein paar Tagen hielten der Adelsherr und die Adelsherrin, also die Eltern der Herrentochter, ihren Wagen vor der Tür an. Natürlich merkten sie nicht, daß die Hausherren des stolzen Palastes der Glatzkopf und ihr Kind mit ihrem Enkelkind waren, die der harte Vater unbarmherzig ins Meer geworfen hatte.

Das Ehepaar gab sich große Mühe und sorgte mit größter Zuvorkommenheit für seine Gäste.

Der Glatzkopf hatte aber die Anweisung gegeben, daß, sobald die Gäste aufstehen würden, um zu gehen, der Besteckkasten anfangen sollte zu schreien, er wolle seinen Löffel zurückhaben. Und die Zauberschachtel wies er an, einen Löffel in den Schuh des Adelsherren zu stecken.

Als die Gäste nun aufstanden und sich bei den jungen Hausherren in größter Dankbarkeit für die erlesene Bewirtung bedankten, war plötzlich eine laute Stimme aus dem goldenen Besteckkasten zu hören, der die goldenen Löffel in sich barg:

«Ein Löffel fehlt mir. Man hat mir einen Löffel weggenommen. Niemand darf gehen, wenn sich nicht zuerst mein Löffel findet. Denn den hat mir jemand weggenommen!»

Außer sich und beleidigt über den bösen Verdacht, in den man sie so offensichtlich brachte, begannen die Gäste sich voller Entrüstung abzusuchen. Plötzlich fühlte der Adelsherr etwas in seinem Schuh drücken. Und als er nachsah, zog er den goldenen Löffel hervor, von dem der Besteckkasten behauptet hatte, ihn verloren zu haben.

Da verlor der Adelsherr die Fassung vor Scham und begann sich zu rechtfertigen, konnte aber nur noch stottern. Er wußte nicht, wie ihm das geschehen war.

Aus seiner Verlegenheit erlöste ihn aber die Herrentochter, die zu ihm trat, ihn umarmte und sagte:

«So wie du, meiner lieber Vater, nicht weißt, wie der Löffel in deinen Schuh gekommen ist, so weiß ich nicht, wie das Kind in meinen Bauch kam.»

Nun erkannten sie sich gegenseitig, und die leidgeprüfte Herrentochter und ihr Mann erzählten ihren Eltern alles.

Der Adelsherr begriff, wie grausam er gewesen war, und unter Tränen bat er alle, ihm zu verzeihen. So fand die ganze Familie wieder zusammen, und von da an ging es ihnen gut und uns noch besser.

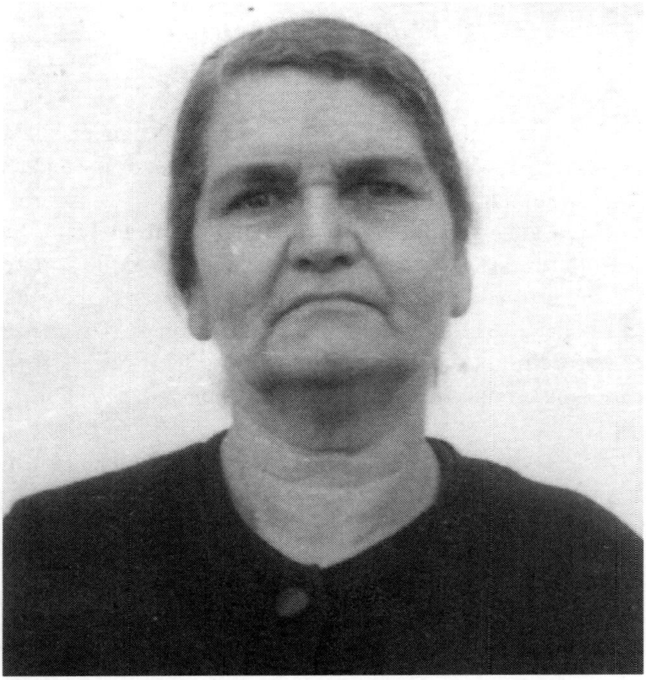

Irini Kalpadaki

wurde 1904 in Archanes geboren und machte dort ihren Volksschulabschluß. Mit 23 Jahren heiratete sie und gebar zwischen 1928 und 1935 ihre vier Töchter und zwei Söhne. Sie machte Reisen nach Athen und nach Deutschland, blieb aber ihr Leben lang an ihrem Geburtsort ansässig, wo sie 1982 starb.

Sie war eine große Künstlerin am Webstuhl, auf dem sie mit Geschmack und Akribie außergewöhnlich schöne Stoffe anfertigte. Und sie konnte wunderschön singen.

Der Faule und die Fleißige

Einmal, als Christus noch auf der Erde war, ging er mit seinen Jüngern eine Straße entlang, und da sahen sie ausgestreckt unter einem Baum einen Faulpelz liegen.

Christus ging zu ihm hin und fragte ihn nach dem Weg zu einem Dorf, in das er mit seinen Jüngern gehen wollte.

Der Faule wußte den Weg. Aber wegen seiner großen Faulheit hatte er keine Lust, aufzustehen und ihn ihnen zu zeigen, und so hob er ein Bein hoch und sagte gähnend zu Christus:

«Da lang...», und er zeigte die Richtung mit dem Fuß.

Etwas später ging Christus in ein Haus hinein. Die Hausherrin rührte gerade in einem großen Trog Mehl zu Teig an.

Christus stellte auch ihr die Frage, welchen Weg er zu dem Dorf nehmen müsse, nach dem er den Faulen gefragt hatte.

Die Frau zog ihre Hände aus dem Trog, strich den Teig ab, ging hinaus und zeigte den Menschen den Weg.

Da sagte Christus zu seinen Jüngern:

«Diese fleißige Frau wird den Faulen zum Mann nehmen, den wir unter den Baum gesehen haben.»

«Das ist aber schade», riefen wie aus einem Mund die Jünger.

«Nein», sagte Christus, «das ist notwendig, damit die Menschen miteinander verschmelzen. Weil sonst die Welt untergehen wird.»

Kadiani Manoussaki

wurde 1846 in Archanes geboren, und sie setzte ihren Fuß nie auf anderen als auf kretischen Boden, bis sie 1936 starb. Sie hat von 1885 bis 1902 fünf Jungen und drei Mädchen das Leben geschenkt, und sie konnte weder lesen noch schreiben. Sie konnte aber sehr schön singen und spielte besonders zu Volksfesten das Toumbeleki, ein trommelartiges Instrument. Sie war Heilpraktikerin und half kranken Menschen und solchen, die vom bösen Blick getroffen waren, aber auch kranken Tieren und Pflanzen. Außerdem war sie eine einfallsreiche Märchenerzählerin.

Kadiani Manoussaki war die Großmutter mütterlicherseits von Frau Doundoulaki-Oustamanolaki.

Das Märchen «Das Mariechen» hat die Oma Kadiani ihren Enkeln so erzählt, wie es Frau Doundoulaki hier aufgeschrieben hat.

Das Mariechen

Irgendwann einmal vor langer Zeit lebte ein braves Ehepaar. Sie hatten alles, was sie brauchten, und waren doch nicht zufrieden, denn sie hatten keine Kinder. Ihr Kummer darüber war sehr groß.

Eines Tages saß die Frau auf ihrem Balkon. Die Sonne strahlte am Himmel, und die Straße war übersät mit Kindern, die gerade aus der Schule kamen. Da sehnte sich die Frau so sehr nach einem Kind, daß sie mit der ganzen Kraft ihres Herzens die strahlende Sonne bat:

«Liebe Sonne, ich bitte dich, schenk mir ein Kind. Und es soll deines werden, wann immer du möchtest.»

Die glückliche Stunde nahte, und das heiße Gebet der Frau wurde von der Sonne erhört. So gebar sie nach neun Monaten ein Mädchen, das wie ein richtiges Englein aussah.

Die Freude und das Glück, die nun das Haus erfüllten, waren unbeschreiblich. Das Mädchen wurde von Tag zu Tag größer, und es hatte so viele gute Gaben, daß es seine Eltern sehr glücklich machte. Es war schön, folgsam und klug, und es war guten Herzens. In ihrem großen Glück vergaß die Mutter aber ganz und gar das Versprechen, das sie einst der Sonne gegeben hatte: 'Das Kind soll deines werden, wann immer du möchtest.'

Es kam die Zeit heran, da das Mariechen, so hieß das Mädchen, groß genug für die Schule war. Ihre vielen guten Gaben unterschieden sie von den anderen Kindern, und so wurde sie in der Schule, im ganzen Dorf und von allen Menschen besonders geliebt.

Eines Tages, als sie aus der Schule kam, erzählte sie ihrer Mutter besorgt und verwirrt von einem seltsamen Menschen, den sie auf ihrem Weg getroffen hatte.

«Als ich nach Hause ging», sagte sie, «stand plötzlich vor mir ein Mensch mit einem ganz leuchtenden Gesicht. Er hielt mich an und sagte zu mir: 'Mein Kind, sag deiner Mutter, sie soll mir das geben, was sie mir versprochen hat.'»

«Was war das für ein Mensch?» fragte die Mutter ängstlich.

«Er sah mir in die Augen, und seine Augen erschreckten mich, denn obwohl sein Blick so lieb war, strahlte er von innen so sehr, daß er wie Feuer war, und plötzlich wurde er sehr streng. Was mich aber noch viel mehr erschreckt hat, war, daß er vor mir plötzlich verschwunden war, so wie er auch plötzlich erschienen war.»

Kaum hatte die Mutter diese Worte gehört, wurde sie vor Erregung bleich. Sie glaubte, ihr Herz würde stehenbleiben und ihre Kräfte würden sie verlassen. Und sie wäre sicherlich in Ohnmacht gefallen, hätte sie nicht ihren ganzen Willen gebraucht und sich zusammengenommen, um ihr angebetetes Mariechen nicht zu erschrecken.

Als sie schließlich ihre Schwäche überwunden hatte, sagte sie mit gespielter Gleichgültigkeit zu ihrem Kind:

«Mein Kind, sag ihm, du hast vergessen, mir das auszurichten.»

Es war das erste Mal, daß die Mutter ihr Kind das Lügen lehrte. Sie fühlte sich deshalb sehr schlecht, nur, was sollte sie anderes tun. Das Versprochene war so teuer und so groß.

Denn, wie ihr sicher erkannt habt, der seltsame Mensch mit dem leuchtenden Gesicht und den heißen lieben Augen war die Sonne*, die das ihr Versprochene verlangte.

Am nächsten Tag, zur selben Zeit und an derselben Stelle, erschien plötzlich wieder der seltsame hell leuchtende Mensch und fragte das Kind:

«Mariechen, hast du deiner Mutter ausgerichtet, was ich dir aufgetragen habe?»

«Mein Herr, entschuldigen Sie», murmelte Mariechen, «das... das habe ich vergessen.»

Das brave Mädchen hatte es schwer zu lügen. So lautete aber der Auftrag der Mutter, und es begriff, daß dahinter eine ernste Sache steckte.

---

* Im Griechischen heißt 'die Sonne' = 'o ilios' und trägt den männlichen Artikel. Da es im Deutschen 'die' Sonne heißt, denken wir bei ihr an ein weibliches Wesen. Dieses Märchen meint aber immer, wenn es von der Sonne spricht, ein männliches.

Als es nach Hause kam, erzählte das Kind seiner Mutter von seiner neuesten Begegnung und von demselben Auftrag des seltsamen Menschen. Die Mutter drängte das Kind, wenn es den Menschen erneut träfe, ihm wieder zu sagen, es hätte seinen Auftrag vergessen.

Nach ein paar Tagen erschien die Sonne wieder auf dem Weg, den Mariechen ging, und das Kind sagte ihr wieder stockend, daß es den Auftrag auszurichten vergessen habe.

Da sagte die Sonne streng zum Mariechen:

«Mein Kind, sag deiner Mutter, wenn sie mir nicht das Versprochene gibt, hole ich es mir selbst!»

Mariechen kehrte furchtsam nach Hause zurück und sagte zu seiner Mutter:

«Mutter, ich glaube, wir dürfen den seltsamen Menschen nicht mehr so belügen. Heute war er böse geworden und sagte mir, daß er sich selbst das Versprochene holen würde.»

Die Mutter seufzte schwer.

«Du hast recht, mein Kind. Wenn du ihn wiedertriffst, sag ihm, er solle tun, was er wolle, wenn er denn seine Meinung nicht ändern will. Anders geht es nicht...»

Während ihrer letzten Worte lief sie davon, damit Mariechen nicht sähe, wie ihr die Tränen in Bächen aus den Augen flossen und wie sie sich ängstigte.

Am nächsten Tag trafen die Sonne und das Mariechen einander wieder, und wie es ihm die Mutter aufgetragen hatte, sagte das Mädchen ahnungslos zur Sonne, sie möge tun, was sie wolle, wenn sie ihre Meinung nicht ändern wolle.

Da nahm die Sonne Mariechen in die Arme und flog mit ihr hoch zum Himmel. Sie setzte sie in ihren Wagen, und nachdem sie ihr den ganzen Tag Geschichten erzählt hatte, brachte sie sie gegen Abend in ihren strahlenden Palast.

Mariechen betrachtete bewundernd den Palast der Sonne, der aus purem Gold war. Wie er leuchtete, und wie kostbar und herrlich waren all die Dinge darin. Die Sonne hielt Mariechen zärtlich an ihren Händchen und ging mit ihr durch die Säle, die Veranden und die Schlafgemächer. Geblendet von all dem Gold, der Seide und dem Samt wußte das Mädchen gar nicht, was es zuerst bewundern sollte. Schließlich brachte die Sonne sie zu Mariechens Räumen.

Da war ein riesiges Zimmer voll mit den schönsten Spielsachen der Welt und den süßesten Leckereien. Und wenn man einen goldbestickten Vorhang beiseiteschob, erschien ein Bettchen mit glänzenden Atlas- und Seidenbezügen.

«Gefällt dir mein Palast, mein kleines Mariechen?» fragte die Sonne.

«O ja, sehr, sehr sogar», antwortete ganz verzaubert Mariechen.

«Nun, all das, was du hier siehst, und alles, was du von mir verlangst, gehört dir, mein Mädchen. Ich möchte dich bei mir haben. Abends, wenn ich von meiner täglichen Reise am Himmel zurückkomme, möchte ich eine unschuldige und süße Gesellschaft vorfinden, so wie die deine.»

«Ach nein», unterbrach Mariechen die Sonne erschreckt. «Nein, ich will zu meinem Mütterchen zurück, morgen schon.»

Die Sonne wurde unruhig. Sie hatte geglaubt, Mariechen wäre von dem Glanz und Reichtum ihres Palastes verzaubert und würde einwilligen, bei ihr zu bleiben.

Sie verlor aber nicht die Hoffnung. Mariechen würde sich eingewöhnen, sagte sie sich tröstend. Sie bot ihr Essen an, aber Mariechen probierte nichts davon, nicht mal von dem süßen Nachtisch.

Müde, wie sie war, begann sie zu schlafen, und die Sonne nahm sie sanft hoch und legte sie in ihr Bettchen.

Wie viele Jahre hatte sie auf ihr Mariechen gewartet, und nun, da sie sie wie ein richtiges Englein in den seidenen Tüchern schlafen sah, weinte sie vor freudiger Ergriffenheit.

«Schlaf, mein süßes Englein, schlaf ruhig, mein wunderschönes Mädchen. Alle Güter der Welt werde ich herbeischaffen, um dich vergnügt und glücklich zu machen. Für dich habe ich Jahr um Jahr diesen Palast errichtet», flüsterte die Sonne, während sie langsam den rosigen Tüll herabzog und mit ihm das Bettchen bedeckte.

Am nächsten Morgen stand die Sonne eher auf als an anderen Tagen. Sie streichelte Mariechen zärtlich, weckte sie auf und erklärte ihr:

«Hör mal, Mariechen, ich muß aufbrechen zu meiner Himmelsreise. Abends komme ich wieder. Was soll ich dir mitbringen, mein Mädchen? – Iß, was du möchtest, spiel mit deinen Spielen, geh in den Garten runter und pflück Blumen.»

Die süßen Worte der Sonne wurden plötzlich unterbrochen vom Schluchzen und den nicht zurückzuhaltenden Tränen der Kleinen.

«Ich will nichts von deinen schönen Dingen… Ich will, daß du mich zu meinem Mütterchen bringst.»

Die Sonne hatte keine Zeit mehr und brach auf, während Mariechen weiter weinte. Wer aber sollte das hören mitten in dem riesigen Palast. Und so versuchte sie sich zu trösten, als sie endlich müde geworden war.

Sie versuchte zu essen, aber sie konnte nichts herunterbringen. Dann wollte sie mit einer großen hellblonden Puppe spielen, aber sie bekam überhaupt keine Lust darauf. Sie begann wieder zu weinen, und mitten in ihrem Schluchzen fiel sie in einen Schlaf, der sie – wer mag das wissen – im Traum vielleicht zu ihrem lieben Mütterchen brachte.

Abends kehrte die Sonne in ihren Palast zurück. Sie fand das Kind wie ein verwelktes Blümchen vor. Sein Gesichtchen und seine Äuglein zeigten, daß es viel, sehr viel geweint hatte.

Der Sonne tat das Herz weh, aber sie tat so, als merke sie nichts. Sie versuchte, Mariechen mit Geschichten zu unterhalten, ihr etwas zu essen zu geben, sie dazu zu bringen, sich an ihr neues Zuhause zu gewöhnen. Aber nichts half. Mariechens Herz war voll, ganz voll mit der Liebe ihrer Mutter, und es war nicht möglich, diese Liebe durch alle Schätze der Welt zu ersetzen, wie es ihr die Sonne anbot.

Die Tage verstrichen, ohne auch nur ein wenig das schmerzende Herzchen des kleinen Kindes, das sich plötzlich so weit entfernt von seinem armseligen, aber so sehr geliebten Zuhause befand, heilen zu können.

Kaum ging die Sonne fort, brach Mariechen in Weinen aus. Auf dem Gipfel ihrer Verzweiflung fiel sie bäuchlings zu Boden und jammerte mit herzerreißender Stimme «mein Mütterlein..., mein Mütterlein», wobei sie sich ihre seidigen Härchen raufte.

Eines Tages ging sie in den berühmten Garten der Sonne hinab. Während sie zwischen den prachtvoll duftenden und einzigartigen Blumen, den blühenden Bäumen und dem kristallklaren Wasser dahinging, fühlte sie so heftig ihre Sehnsucht nach ihrem angebeteten armen Zuhause, ihre überwältigend große Liebe, daß sie über ihrem Kinderherzchen verzweifelt die Händchen verschlang und voller Schmerz ausrief:

«So wie das Herz meiner Mutter friert und verdorrt, so sollen die Blumen der Sonne frieren und verdorren.»

Über dem großen Schmerz des Kindchens legten sich die Blumen ermattet nieder, die Bäume schüttelten sich und warfen Blüten und Laubwerk ab. Mit wenigen Worten, über den Garten kam ein großes Verderben.

Als die Sonne am Abend zurückkam und den Zustand sah, fragte sie Mariechen, was geschehen war.

Mariechen, die den Gartenblumen ähnlich war, so wie sie jetzt aussahen, sagte:

«Liebe Sonne, die Hühner der Nachbarin und das übrige Federvieh sind hereingekommen und haben den Garten verwüstet.»

Die Sonne glaubte das in ihrem Zorn und rief ihre Nachbarin und verlangte zu wissen, weshalb sie ihr Federvieh und die anderen Tiere diesen Schaden hat anrichten lassen.

Die Nachbarin verbat sich natürlich diese Beschuldigung und versprach der Sonne, den Garten im Auge zu behalten, um zu sehen, wer ihm so Übles antat.

Am nächsten Tag, als die Sonne fortgegangen war, ging Mariechen wieder in den Garten hinab, und unter Weinen und Klagen sagte sie:

«So wie das Herz meiner Mutter friert und verdorrt, so sollen die Blumen der Sonne frieren und verdorren.»

Der Garten wurde wieder zur Wüstenei. Die Nachbarin aber, die sich versteckt hatte, sah und hörte, was geschah, und das Kind tat ihr von Herzen leid.

Als am Abend die Sonne zurückkam, rief die Nachbarin sie und berichtete ihr von dem bewegenden Geschehen: der Zerstörung des Gartens wegen des Jammers der Kinderseele. Sie bat die Sonne, Mariechen zu ihrer Mutter zurückzubringen, denn ihr wäre sonst dasselbe Los wie den Gartenblumen beschieden, und wahrscheinlich sehr bald, wie die Sonne aus dem Jammer und den Tränen, die sie sähe, schließen könne.

Mit schmerzender Seele hörte die Sonne den Rat ihrer Nachbarin an und beschloß, Mariechen, die sie so sehr liebte, ihre Fröhlichkeit zurückzugeben, sie also wieder nach Hause zu bringen.

An jenem Abend also, dem letzten, an dem der Sonne die Gesellschaft ihres geliebten Kindes geschenkt war, hielt sie es zärtlich umarmt und bat es, bei ihr zu bleiben, in ihrem großen Reichtum und bei ihren vielen Gütern.

«Nein», sagte das Mädchen, «ich kann nicht. All das bringt mir gar keine Freude, auch wenn es noch so schön ist. Ich will mein Mütterchen.»

Da sagte die Sonne zu dem Kind:

«Nun, wie es dir gefällt, mein gutes Mariechen. Morgen nehme ich dich mit auf meine Reise, und ich bringe dich zu deinem Mütterchen zurück.»

Könnt ihr euch vorstellen, welche Freude das arme Mädchen fühlte? Sie umschlang mit ihren Ärmchen die Sonne und küßte sie. Sie küßte ihr das Gesicht, ihre Hände, ihre himmlischen Haare. Sie konnte aber nicht sogleich an so ein großes Glück glauben, und in dieser Nacht schlief sie überhaupt nicht. Sie wartete, daß es Tag werde, um aufzubrechen. Oftmals überfielen sie Zweifel, denn die Sonne könnte es sich anders überlegen und sie nicht zurückbringen, und sie begann wieder zu weinen. Aber sie tröstete sich dann schnell mit dem Gedanken, daß es unmöglich sei, daß die leuchtende und gute Sonne, die das Mariechen so liebte, nicht das täte, was sie ihr versprochen hatte.

Schließlich tagte es. Die Sonne brach zu ihrer täglichen Reise auf. Oben auf ihrem strahlenden Wagen saß überglücklich Mariechen. Schon bald würde sie sich in der heißen Umarmung ihrer Mutter wiederfinden, und das machte sie sehr, sehr froh.

Wie ihr euch denken könnt, denselben Jammer hatte die Mutter, und dieselben furchtbar bitteren Tränen liefen ihr jeden Tag aus den Augen, seit die Sonne ihr das Kind genommen hatte. So war es auch heute. Die Mutter weinte untröstlich, als plötzlich der Hahn im Hof mit menschlicher Stimme krähte:

«Kikiriku-u-u*..., unser Mariechen kommt.»

Die Mutter sprang bei diesem unerhörten Gekrähe auf und rief voller Sehnsucht:

«Sag das nochmal, lieber Hahn, und ich vergolde dir deinen Schwanz.»

«Kikiriku-u-u..., unser Mariechen kommt.»

«Sag das nochmal, lieber Hahn, und ich vergolde dir deine Flügel.»

«Kikiriku-u-u..., unser Mariechen kommt.»

«Sag das nochmal, lieber Hahn, und ich vergolde dich ganz und gar.»

«Kikiriku-u-u..., unser Mariechen ist da!»

Die Mutter kam nicht mehr zum Antworten, denn in ihren Armen lag ihr süßes Kindchen, ihr heißgeliebtes Mariechen, ihr Glück und ihre Freude, das die Sonne sanft abgesetzt hatte, während sie ihre ewige Reise fortsetzte.

Und es erging ihnen fortan gut und uns noch besser.

---

* Die griechischen Hähne krähen nicht 'Kikeriki', sondern 'Kikeriku'.

Vasso Psomadaki mit ihrem Mann in ihrem Garten außerhalb des Dorfes.

Vasso Psomadaki

wurde 1905 in Archanes geboren. Die Volksschule hat sie nicht bis zum Abschluß besucht. Mit 25 Jahren heiratete sie, die Ehe blieb kinderlos.

Vasso Psomadaki ist eine vorzügliche Näherin, und sie hat dieses Handwerk auch in einer Schule unterrichtet. Sie liebt leidenschaftlich alle Blumen und überhaupt die Natur. Und sie ist eine eifrige Märchenerzählerin.

Die beiden Märchen «Der Herr Wahr» und «Die Reiche, die Arme und die zwölf Monate» hat sie von ihrer Mutter Paraskevi Liritsaki-Doundoulaki erzählt bekommen.

Der Herr Wahr

Irgendwann einmal vor langer Zeit lebten zwei Könige. Der eine hatte einen Schäfer, der niemals log, und deshalb hatte er ihn 'Herr Wahr' genannt. Groß war der Stolz des Königs auf seinen treuen Schäfer. – Der andere König hatte eine sehr schöne Tochter. Sie war wunderschön, und sie war sein ganzer Stolz.

Der König mit der Tochter war neidisch auf den König, der den Schäfer hatte, weil dieser König nämlich auch das größere Königreich besaß, und ständig machte er sich Gedanken darüber, wie er es schaffen könnte, dieses an sich zu bringen. Er befreundete sich mit ihm, und oftmals besuchte der eine den anderen – der eine voller Tücke, der andere voller Aufrichtigkeit.

Eines Tages war der hinterhältige König wieder einmal bei dem anderen zu Besuch. Sie saßen und unterhielten sich über dieses und jenes. Irgendwann kam auch das Gespräch auf den Schäfer, und der gute König sagte, daß dieser niemals lüge, und wegen dieses Vorzugs habe er ihn 'Herr Wahr' genannt. Der arglistige König glaubte nicht, daß es einen so aufrichtigen Menschen auf der Welt gäbe. Er ging natürlich von sich selbst aus und konnte daher die Ansichten seines Freundes über seinen Schäfer nicht teilen.

Da sagte der gute König:

«Ich gehe jede Wette ein, daß mein Schäfer niemals lügt. Und wenn er es doch tut, habe ich verloren und bezahle den Wetteinsatz.»

Der andere König freute sich riesig. 'Das ist die Gelegenheit', dachte er, 'ihm sein Königreich wegzunehmen, denn sein Schäfer wird lügen!' Er fragte ihn also, ob er, da er sich seines Schäfers so sicher sei, auch um sein Königreich wetten würde.

«Die Wette halte ich», sagte der gute König entschlossen.

«Also gut, wenn du verlierst, mußt du dein ganzes Königreich hergeben. Bist du einverstanden?» fragte ihn noch einmal der arglistige König.

«Ich bin einverstanden. Und wenn ich verliere, gebe ich es hundertmal her. – Wenn ich aber gewinne, bekomme ich deines.»

Sie gaben sich also die Hände und schlossen die Wette ab.

Der arglistige König fuhr in seinen Palast zurück und sagte dort zu seiner schönen Tochter:

«Morgen früh ziehst du wie ein Jäger Männerkleider an, nimmst das Gewehr und gehst gegen Abend auf den Berg. Du wirst so tun, als hätte dich die Nacht überrascht, und du suchst den Schäfer, den Herrn Wahr, auf und bringst ihn dazu, dir das Silberglöckchen vom König zu schlachten. Du nimmst das Fell und verschwindest und bringst es mir. – All das muß dir gelingen, denn es geht um eine sehr wichtige Sache.»

Das Silberglöckchen war ein fettes Schaf und das beste Tier in der Herde. Der König hatte eine Schwäche dafür. Es trug ein silbernes Glöckchen, und der Schäfer hütete es wie seine Augäpfel.

Am nächsten Tag nahm die Königstochter eine Jagdtasche, packte viele gute Speisen ein, und eins, zwei, drei – da stand sie abends vor der Koppel des Schäfers.

«Guten Abend. Ich bitte dich herzlich, bist du so gut und beherbergst mich vielleicht heute nacht? Ich habe gejagt und bin sehr müde.»

Herr Wahr, der auch ein guter Mensch war, freute sich, daß er einen so schönen und höflichen jungen Mann zur Gesellschaft bekommen hatte und sagte:

«Herzlich willkommen. Es ist mir ein Vergnügen, wenn du bleibst.»

Er nahm natürlich an, daß es sich um einen Mann handelte.

Die Königstochter, der vermeintliche junge Mann, holte aus ihrer Tasche lauter gute Speisen heraus und aß sie gemeinsam mit dem Schäfer.

Natürlich fühlte sich auch der Schäfer verpflichtet, den Jäger zu bewirten, und er sagte zu ihm:

«Ich gehe jetzt eine Ziege schlachten, und wir braten uns ein Kotelett. Ich will dir nämlich auch etwas anbieten, denn eigentlich hätte ich dich zum Essen einladen müssen.»

Der Jäger, also die Königstochter, sagte da zu dem Schäfer:

«Wenn du mich schon bewirten willst, bitte ich dich, mir das Silberglöckchen zu schlachten.»

Der Schäfer protestierte und sagte, daß es ihm um nichts in der Welt möglich sei, dieses Tier anzurühren, denn es sei der ganze Stolz des Königs. Auch ginge er jeden Samstag in den Palast und mache Meldung über alle Tiere und besonders über das Silberglöckchen.

«Ich schlachte dir gerne zwei, drei oder vier andere Tiere, es kommt mir nicht darauf an, aber dem Silberglöckchen wage ich kein Haar zu krümmen.»

Da streifte die Königstochter ihren Jagdumhang ab. Darunter kam ihr schönes Kleid zum Vorschein. Sie nahm ihre Mütze ab, und ihre blonden Haare fielen in Wellen herab. Der Schäfer war außer Fassung, und leicht angetrunken, wie er war, stieg ihm das Blut zu Kopf.

«Was sagst du nun?» fragte das Mädchen. «Willst du wirklich nicht mir zuliebe das Silberglöckchen schlachten? Wir wollen essen und trinken und uns prächtig amüsieren...»

Der Schäfer konnte nicht länger widerstehen.

«Für dich», sagte er, «würde ich zehn Silberglöckchen schlachten...»

Weil er hoffte, er dürfte die bewundernswerte Schönheit der Königstochter genießen, rannte er los, fing das Silberglöckchen und schlachtete es. Er zog ihm das Fell ab und war gerade dabei, es zu zerlegen und das Kotelettstück auf den Spieß zu stecken, da schickte ihn die Königstochter unter einem Vorwand etwas holen, und sie ergriff die Gelegenheit, nahm rasch das Fell und verschwand.

Fragt nicht, wie enttäuscht der Schäfer war, als er zurückkam und sie nicht mehr vorfand.

Schon nach kurzer Zeit übergab die Königstochter das Fell ihrem Vater. Der erzählte ihr überglücklich, daß er mit dem Fell dem anderen König das Königreich nehmen könnte, weil sie so gewettet hätten, und er erklärte ihr die ganze Angelegenheit.

«Du gewinnst sicher, Vater, denn der Schäfer wollte es wirklich nicht schlachten. Er ist gezwungen, den König zu belügen, um nicht bestraft zu werden.»

Es wurde Samstag, und der böse König ging den guten König besuchen. Er wußte, der Schäfer würde kommen und Meldung machen. Und er wollte dabei sein, um seine Lügen zu hören und so die Wette gleich an Ort und Stelle zu gewinnen.

Auch der Schäfer war aufgebrochen, hatte seinen Hirtenstab genommen und sich in Richtung Stadt begeben. Auf dem Weg dachte er darüber nach, was er dem König über das Silberglöckchen sagen sollte. Er machte sich einen Plan, machte dann einen anderen, doch er fand keinen rechten.

Schließlich steckte er in die Erde seinen Hirtenstab, der den König darstellen sollte. Er ging zehn Schritte zurück, drehte sich dann um und ging auf den Stab zu, den er mit den Worten grüßte:

«Guten Tag, mein König, mögest du lange leben.»

«Sei gegrüßt, Herr Wahr. Wie geht es dir? Wie geht es meinen Schafen und Ziegen? Wie geht es meinem Silberglöckchen?»

«Deinen Schafen und Ziegen geht es gut, doch das Silberglöckchen ist einen Abhang hinuntergefallen und tot.»

Der Schäfer spielte diesen Dialog und war es zufrieden. ‘So werde ich es dem König beibringen’, sagte er sich, ‘und die Sache ist erledigt!’

Wie er aber voranschritt, wurde er unruhig. ‘Nein’, dachte er, ‘ich darf nicht lügen. So alt, wie ich bin, habe ich noch niemals die allerkleinste Lüge über die Lippen gebracht, da kann ich doch jetzt nicht mit so einer faustdicken Lüge kommen! Nein, das wird dem König auffallen. Ich muß es anders ausdrücken, damit er mir glaubt. Und wenn ich die Wahrheit sagte... – wie sollte ich dann aber mit heiler Haut davonkommen?’

Er steckte wieder den Hirtenstab in die Erde, ging zehn Schritte zurück, kam dann langsam näher und begann, als spräche er zu dem König:

«Guten Tag, mein König, mögest du lange leben.»

«Sei gegrüßt, Herr Wahr. Wie geht es meinen Schafen und Ziegen? Wie geht es meinem Silberglöckchen?»

Und er selbst antwortete wieder:

«Deinen Schafen und deinen Ziegen geht es gut, doch das Silberglöckchen ist krepiert.»

Diese Antwort gefiel ihm besser. 'In Ordnung, das werde ich ihm sagen, und er wird es sicher glauben.'

Er machte sich jetzt mit festen Schritten auf und ging zum Palast. Er war schon fast angekommen, da wurde er wieder unruhig. 'Das ist auch keine gute Ausrede', überlegte er und beschloß, sich eine glaubhaftere auszudenken.

Er steckte wieder den Hirtenstab in die Erde und sagte zu ihm:

«Guten Tag, mein König, mögest du lange leben.»

«Sei gegrüßt, Herr Wahr. Wie geht es meinen Schafen und Ziegen? Wie geht es meinem Silberglöckchen?»

«Deinen Schafen und deinen Ziegen geht es gut, doch dein Silberglöckchen habe ich geschlachtet und es einer Blonden zuliebe aufgegessen...»

Er war erleichtert. Endlich fühlte er keine Unruhe mehr. 'Schluß jetzt', sagte er sich, 'die Wahrheit werde ich sagen!'

Er kam im Palast an und ging zum König. Bei diesem saß auch der andere König, und sofort kam es dem Schäfer in den Sinn, daß das Mädchen, das ihn getäuscht hatte, die Tochter des bösen Königs gewesen sein mußte, und daß dieser jetzt hier war, um weiteres Unheil anzurichten.

«Guten Tag, meine Könige, möget ihr lange leben.»

«Sei gegrüßt, Herr Wahr», sagten beide.

«Herr Wahr, wie geht es meine Schafen und Ziegen? Wie geht es meinem Silberglöckchen?»

«Deinen Schafen und Ziegen geht es gut, aber dein Silberglöckchen habe ich geschlachtet und es einer Blonden zuliebe aufgegessen, nämlich der Tochter dieses Halunken da zuliebe, der so tut, als sei er dein Freund! Sie hat mir das Fell weggenommen und ist damit davongerannt. Und ich hatte es mir mit ihr ganz anders vorgestellt...»

Der böse König wurde kreidebleich vor Angst. Er hatte die Wette verloren. Und so, wie er das Königreich des anderen Königs zu ergattern erhofft hatte, war er nun um sein eigenes gekommen.

«Siehst du nun, mein lieber König, daß mein Schäfer, der Herr Wahr, niemals lügt und auch nie lügen wird? Die Wette hast du verloren, und dein Königreich ist jetzt meines.»

Der gute König übernahm das Königreich des arglistigen und setzte auf dessen Thron den Herrn Wahr. Und es ging ihnen gut und uns noch besser.

Die Reiche, die Arme und die zwölf Monate

Irgendwann einmal vor langer Zeit lebten zwei Frauen. Die eine war sehr reich und hatte eine Tochter, und die andere war sehr arm und hatte drei Kinder.

Die Arme knetete jeden Samstag Brotteig für die Reiche, und für ihre Mühe durfte sie sich den Teig, der im Trog hängenblieb, und die Molke vom Spülen des Troges sammeln. Dies tat sie in ein Töpfchen, und damit ernährte sie ihre Kinder.

Trotz aller Entbehrungen, die die Kinder der Armen erlitten, waren sie doch rund, und ihre Backen waren rosarot. Im Gegensatz zu ihnen war die einzige Tochter der Reichen bleich und konnte trotz aller Pflege und ihres guten Lebens nichts ansetzen.

Groß waren der Kummer und die Eifersucht der Reichen, und eines Tages sagte sie zu einer befreundeten Nachbarin:

«Ach, Frau Nachbarin, wenn ich nur wüßte, wie die Kinder meiner Tagelöhnerin bei solchen Entbehrungen rosarot und rund werden, während mein Mädchen, das ich mit der Milch des Vogels ernähre, wie man sagt, nichts ansetzt und so blaß ist wie eine alte Goldmünze.»

«Ah, hast du noch nicht begrriffen, was los ist? Jedesmal, wenn die Arme kommt und dir den Teig knetet, gibst du ihr doch den Teig und die Molke aus dem Trog. Ist es nicht so?»

«Ja, das stimmt. Und ich meine, es ist eine gute Bezahlung. Wie lange braucht sie denn, um den Teig zu kneten? Reicht ihr das nicht? Ich bezahle ihr ja viel zu viel, wie mir scheint», sagte die Reiche verdrießlich.

«Na hör mal, sicher bezahlst du sie gut. Du mußt aber wissen, daß du auf diese Weise das Beste deines Hauses weggibst. Du vertreibst das Glück, und dein eigenes Mädchen kann nicht gedeihen, dafür gedeihen die Kinder der Armen. Wie konntest du so eine simple Sache nicht bedenken...»

«Was du nicht sagst! Selbstverständlich, so wird es sein... Und was rätst du mir zu tun?»

«Gib ihr keinen Teig und keine Molke mehr. Es ist ja keine große Sache, was sie dir da knetet. Und ihr kam das sehr gut zustatten. Ihre Kinder hat sie mit dem Teig und der Molke aus deinem Trog ernährt», sagte die boshafte Nachbarin, die von Natur aus schlecht war, und der es schon immer gefallen hat, den Menschen Leid anzutun.

Nach ein paar Tagen knetete wieder die Arme für die Reiche. Als sie den Löffel nahm, um den Teig von den Trogwänden zu kratzen, weil sie davon ihren Kindern wie gewohnt Fladen backen wollte, nahm ihn ihr die Reiche weg. Sie nahm ihr auch die Molke und warf sie hinaus.

Die Arme ging in ihr Haus zurück, und ihre Kinder stürmten auf sie los und verlangten die Molke. Tränen begannen aus ihren Äuglein zu fließen, als die Mutter ihnen sagte, daß ihr die Reiche heute weder Teig noch Molke gegeben habe. Da weinten die Kinderchen, und es weinte auch ihre Mutter.

Als die erste Aufregung vorbei war, sagte die Mutter:

«Bleibt schön hier, meine Kinderchen, und wartet auf mich. Ich gehe zum Berg und sammle Wildgemüse, um euch etwas zu kochen. Ich werde auch etwas davon der Nachbarin bringen, nicht der bösen natürlich, damit sie uns etwas Mehl abgibt und ich euch ein kleines Brot backen kann.»

Die Frau nahm ein Säckchen und ging zum Berg. Es überraschte sie aber ein heftiger Regen, und der zwang sie, einen Platz zu suchen, wo sie sich unterstellen konnte. Endlich sah sie eine Höhle. Sie ging dorthin und klopfte an die Tür. Ein Jüngling öffnete ihr und bat sie herein. Um ein großes Feuer saßen zwölf Jünglinge.

«Willkommen, gute Frau. Was suchst du hier oben bei solch einem Wetter?»

«Ach, ihr jungen Männer, ich habe doch drei Kinderchen und bin bettelarm und habe nichts, was ich ihnen bei diesem Winterwetter zu essen geben kann. Also bin ich losgegangen, um etwas Wildgemüse zu suchen, damit ich ihnen etwas zu essen kochen kann.»

«Oh, arme gute Frau, ihr werdet sehr leiden bei diesem schlechten Wetter, bei so viel Kälte und Regen.»

«Nein, liebe Kinder, wehe der Welt, wenn es nicht regnet. Gut ist auch die Kälte und der Schnee. Alles ist nötig.»

Ein anderer Jüngling sagte:

«Aber der nächste Monat, gute Frau, der Februar, ist unerträglich. Schnee, Regen, Qualen für die Menschen.»

«Sag nicht so harte Worte, mein liebes Kind», sagte zu ihm die Alte. «Gut und gesegnet ist auch er.»

So gelangten sie auch zu den heißen Sommermonaten und denen des Herbstes, und alle lobte die Frau und segnete Gott, der alles in rechter Ordnung und voll Weisheit geregelt hatte.

«Hast du vielleicht ein Säckchen bei dir, gute Frau?»

«Ja, ich habe eines, in das wollte ich das Wildgemüse hineintun.»

«Gib es uns, damit wir dir etwas hineintun. Öffne es aber nicht auf dem Weg, sondern erst, wenn du zu Hause bist und niemand sonst dort ist.»

Die Frau verabschiedete sich von den Jünglingen, die, wie ihr es euch sicher längst gedacht habt, die zwölf Monate waren, und sie ging davon.

Als sie bei sich zu Hause angekommen war, öffnete sie das Säckchen, und was mußte sie sehen: Es war voller Goldmünzen!

Am nächsten Tag nahm die Frau ein paar Münzen und ging auf den Markt, kaufte vom Besten und brachte es nach Hause.

Das ging so jeden Tag. Sie ging auf den Markt und kaufte reichlich, was ihre Kinder brauchten.

Die böse Nachbarin beobachtete die Frau, und als sie sah, daß diese jeden Tag einkaufen ging, lief sie zu der Reichen und sagte:

«Hast du die Dame gesehen? Jeden Tag geht sie auf den Markt und kauft so viel ein, daß sie es kaum tragen kann. Die ist jetzt reicher als du!»

Die reiche Frau rief die arme zu sich und fragte sie, woher sie das Geld habe, mit dem sie jeden Tag einkaufen gehe. Und diese sagte:

«Der allmächtige Gott ließ meine Kinder nicht im Stich. Du hast mir den Teig und die Molke entzogen, damit wir sterben. Doch es wendete sich alles zu meinem Besten.»

Und die Frau setzte sich und erzählte voller Aufrichtigkeit, was sich am Berg zugetragen hatte.

Am nächsten Tag nahm die reiche Frau einen großen Sack und ging dorthin, wohin die gute Frau gegangen war. Sie fand auch die Jünglinge, und die empfingen sie voller Güte. Sie hatte Lumpenkleider angezogen und spielte die Todunglückliche. Sie begann also zu greinen und zu klagen, daß sie das schlechte Wetter, die Kälte und den Hunger nicht ertrage.

«Ihr müßt sehr leiden, gute Frau», sagte einer der Jünglinge zu ihr, «in diesem bösen Januar.»

«Frag mich nicht, junger Mann. Feuer soll ihn verbrennen, mit der Kälte und seinen Stürmen, die er uns beschert. Wir sind verloren.»

«Und der Februar, gute Frau, der ist auch schwierig.»

«Der Februar, oh, der kann uns gestohlen bleiben. Wie sollen wir Armen mit dem fertigwerden!»

Mit wenigen Worten, alle Monate sprachen, und an jedem hatte sie etwas auszusetzen und bedachte ihn mit einer Reihe von Beschimpfungen. Zum Schluß sagten ihr die Monate, sie solle ihnen das Säckchen geben, das sie für das Wildgemüse bei sich hatte, denn sie hatte ihnen gesagt, sie habe Wildgemüse sammeln wollen. Die listige Frau faltete einen riesengroßen Sack auseinander, und die Monate lächelten über ihre Gerissenheit. Sie gingen nach hinten in die Höhle und steckten Schlangen, Eidechsen, Kakerlaken, Skorpione, Molche und noch andere widerliche Tiere hinein und sagten dann zu ihr:

«Geh jetzt nach Hause, und wenn du ganz allein bist, dann öffne den Sack.»

«Gut», sagte die Frau barsch und ging davon, ohne die Jünglinge auch nur ordentlich zu grüßen.

Als sie bei sich zu Hause angekommen war, rief sie eilig die böse Nachbarin:

«Komm her, Nachbarin, wir machen den Sack auf. Ich war auch da, und sie haben mir den Sack mit Goldmünzen gefüllt. Komm, ich gebe dir auch ein paar.»

Als ob sie Flügel hätte, rannte die böse Nachbarin zu ihr.

«Schließ die Tür und dichte auch die Ritzen ab. So haben es mir die jungen Männer aufgetragen, die mir die Münzen gegeben haben.»

Sie öffneten den Sack, und die widerlichen Tiere stürzten sich auf sie und drohten sie zu ersticken. Die Frauen begannen zu schreien, riefen um Hilfe, doch wer sollte sie hören, wo sie alles verriegelt hatten. Mit Mühe schafften sie es, die Tür zu öffnen und hinauszulaufen. Sie schüttelten das Geschmeiß von sich ab, rannten in das Haus der guten Frau und begannen, diese zu beschimpfen.

«Schämst du dich nicht, du Übeltäterin, uns dahinzuschicken, wo man uns so viel Gewürm gibt, daß wir beinahe daran ersticken!»

«Ach, wie konnte das denn geschehen? Vielleicht hast du etwas gesagt, was sie übelgenommen haben. Denn ganz sicher waren es die zwölf Monate.»

Die zwei garstigen Frauen erkannten den Fehler, den die Reiche gemacht hatte, die zum Berg gegangen war, und diese entschloß sich, noch einmal hinzugehen.

Sie nahm wieder ein Messer und einen Sack und ging nochmals hin. Sie begann wieder zu klagen, daß sie arm sei und leide, doch sie konnte nicht ausreden, weil sie grollend davongejagt wurde. Sie rannte schnellstens davon, denn sie fürchtete den Zorn der zwölf Monate. Es fehlte nicht viel, und sie hätten sie umgebracht.

Und so wurde jede bezahlt, wie sie es verdient hatte.

Häkeln und Sticken und Spinnen
Märchen ersinnen

Gemütlich beim Kaffee im Haus von Frau Doundoulaki-Oustamanolaki beisammen, erzählen die Frauen einander ihre Märchen.
1. v. links: Eleni Doundoulaki-Oustamanolaki, s.S. 9 (Einführung)
2. v. links: Ioanna Titaki, s.S. 261
3. v. links: Irini Bounaki, s.S. 256
4. v. links: Eleftheria Christinidou, s.S. 277

Irini Bounaki-Giannidaki

wurde 1906 in Archanes geboren, wo sie heiratete und zwei Söhne großzog. Sie hat eine Reihe von Reisen innerhalb Griechenlands unternommen. Im November 1994 ist sie in Archanes gestorben.

Irini Bounaki-Giannidaki war eine wandelnde Bibliothek volkstümlicher Poesie, die sie zum größten Teil mit ihrer schönen und kräftigen Stimme singen konnte. Außerdem erzählte sie mit Begeisterung Märchen und Anekdoten.

Das Märchen «Vom Wert der Geduld» hat ihr in ihrer Kindheit ihr Vater erzählt.

Der Wert der Geduld

In alter Zeit gingen die Leute, die Töchter im heiratsfähigen Alter hatten, durch die Straßen und riefen aus, daß sie sie verheiraten wollten, um so einen Bräutigam zu finden.

So machte es auch ein armer Vater, der eine sehr schöne und liebe Tochter hatte. Ihre beste Eigenschaft war aber ihre Geduld. Nie war sie verärgert, nie zog sie über jemanden her, nie beklagte sie sich über ein Mißgeschick oder einen Kummer, von denen sie als arme Menschen wirklich viele und sehr verschiedene hatten.

Ihr Vater rief also folgendes aus:

«Ich verheirate meine Tochter. Fünf kostet sie und zehn ihre Geduld.»

Der Königssohn des Landes hörte den Mann den Wert seiner Tochter ausrufen, und das machte einen großen Eindruck auf ihn. 'Wenn dieses Mädchen solch eine Geduld hat, ist sie sicher mehr wert als jede andere', dachte er und entschloß sich, sie zur Frau zu nehmen. Weil er aber seinen Vater, den König, fürchtete, heiratete er das Mädchen heimlich und verschwieg ihr seine Herkunft. Ohne ihr etwas zu erklären, brachte er seine Frau in ein einsames, weitentferntes Schloß, in dem sie völlig allein war. Dann und wann besuchte er sie dort, wenn er sie sehen wollte.

Nach einiger Zeit wurde die Frau schwanger. Sie verbrachte weiterhin ihre Tage in derselben Einsamkeit. Sie hatte alles, was sie brauchte, nur einen Menschen, mit dem sie hätte reden können, den hatte sie nicht, denn ihr Mann kam sehr selten. Mit großer Geduld verbrachte sie ihre Zeit und ertrug diesen Zustand, denn sie sagte sich: 'Na, wie lange werde ich wohl noch alleine sein! – Der Zeitpunkt naht, da ich gebären werde, und ich werde das Kind haben, und dann soll mich nichts anderes mehr kümmern.'

Die Zeit kam, und sie gebar ein hübsches Knäblein. Ihre Freude war unbeschreiblich. Aber nach vierzig Tagen nahm ihr Mann es ihr weg, und sie blieb wieder allein. So sehr sie ihn auch bitten mochte, er verriet ihr nie, wie es dem Kind ging.

Sie faßte sich in Geduld, und wenn ihr Mann sie besuchte, begrüßte sie ihn voller Güte und mit offenen Armen und beklagte sich nie bei ihm.

Der Königssohn bewunderte die Geduld seiner Frau und sagte sich: 'Ihr Vater hat das schon richtig gesagt: Fünf ist sie wert und zehn ihre Geduld.' – Er wollte sie aber prüfen und sehen, welche Beständigkeit ihre Geduld hatte.

Sie bekam bald ein zweites Kind, wieder einen Knaben, und nach vierzig Tagen nahm er ihr auch diesen fort, und sie blieb allein. Ihr Schmerz war groß und ihre Einsamkeit unerträglich, doch ihre Geduld verlor sie nicht.

Die Zeit verging, und sie bekam ein drittes Kind, ein hübsches Mädchen, und ihr Mann nahm ihr auch dieses.

Die Frau konnte den Schmerz über den Verlust des dritten Kindes nicht ertragen und wollte Gesellschaft – einen Menschen, dem sie ihren Kummer erzählen konnte. Aber ihre Geduld verlor sie nicht. Um ihr Herz zu erleichtern, kam ihr die Idee, sich eine irdene Frau aus Lehm zu formen. Die zog sie wie eine Alte an und stellte sich vor, daß sie ihre Mutter sei.

Immer, wenn ihr Herz nun voller Schmerz und Betrübnis war, ging sie zu ihrer irdenen Mutter hin und erzählte dieser ihren Kummer. Sie sprach zu ihr über ihre Kinder, von denen sie nicht wußte, was ihr Vater mit ihnen gemacht hatte, und sie sprach über ihre Einsamkeit, weil es schon zwei oder drei Monate her war, seit ihr Mann sie besucht hatte.

Auf diese Art verschaffte sie sich Erleichterung und verlor nicht die Geduld. Den Königssohn empfing sie immer mit einem Lachen und ihrer Liebe, ohne zu wissen, daß sie des Königs Sohn geheiratet hatte.

Es kam die Zeit, da der König seinem Sohn zu heiraten vorschlug, weil er nun alt genug sei. Er wollte auch Enkelkinder haben und redete jeden Tag auf ihn ein. Der Königssohn aber wollte unter keinen Umständen heiraten, weil er ja schon verheiratet war, doch niemand wußte davon.

Durch das, was der König alles anstellte, um ihn zu verheiraten, sah der Königssohn sich genötigt, sich einem Freund anzuvertrauen und ihn zu bitten:

«Sag du es meinem Vater, daß ich nicht heiraten kann. Weil ich nämlich eine Frau und drei Kinder habe.»

Der Freund sagte das dem König, und der lud seinen Sohn zu sich, der ihm nun die ganze Geschichte erzählte und alles, was er seiner Frau angetan hatte. Er erzählte auch, daß sie nie ihre Geduld verloren und nie böse mit ihm gesprochen oder ihn schief angesehen habe.

«Ich muß diese Frau kennenlernen, und wenn sie so ist, wie du sagst...», sagte der König.

Der König, sein Sohn und der Zwölferrat verließen den Palast und gingen zu dem einsamen Schloß. Sie klopften an das Tor, und es öffnete ihnen eine junge und schöne Frau, die sie mit großer Güte empfing. Ihr Mann erklärte ihr, daß der König sein Vater sei und mit dem Zwölferrat gekommen wäre, sie kennenzulernen.

Der König befragte die Frau, und sie erzählte ihm ihr ganzes Leben.

«Sag mir mal, mein Mädchen, nach allem, was du mir erzählt hast, mit wem hast du über deinen Schmerz gesprochen?»

«Mit niemandem. Allein trage ich meinen Kummer.»

«Das glauben wir nicht. Wir werden in den Zimmern des Schlosses nachsehen.»

Sie begannen zu suchen und gingen von Zimmer zu Zimmer, bis sie in einem die irdene Puppe fanden.

«Was für eine Puppe ist das?» fragte der König.

«Diese Puppe, mein König, habe ich anstelle meiner Mutter. Zu ihr sprach ich über meinen Schmerz, und das hat mich getröstet, so daß ich die Geduld behielt.»

Da entschied der Zwölferrat, die Puppe zu zerbrechen. Sie schlugen sie entzwei und fanden in ihr ein Herz und in dem Herzen einen Wurm, der an ihm nagte.

Der Schmerz des Mädchens war in der irdenen Mutter zum Herzen geworden, und der Wurm verschwand aus dem Herzen des Mädchens und nagte am Herzen der Mutter. Auf diese Weise hatte sie die Kümmernisse ertragen und ihre Geduld bewahren können.

«Die Wahrheit hat ihr Vater gesagt: Fünf ist sie wert und zehn ihre Geduld!» sagte der Zwölferrat.

«Diese Frau», so setzte der Zwölferrat fort, «ist duldsam, unser König, lang sollst du leben, und sie ist es wert, unsere Königin zu werden.»

Sie nahmen die junge Frau mit und brachten sie in den Palast, und dorthin hatten die Ammen auch ihre drei Kinder gebracht, die sie in einem anderen Schloß heimlich aufgezogen hatten.

Und sie lebten gut und wir noch besser.

Ioanna Titaki-Kalochristianaki

wurde 1911 in Archanes geboren, wo sie die Volksschule bis zum Abschluß besuchte. Mit 27 Jahren heiratete sie. Die Ehe blieb kinderlos. Ioanna Titaki-Kalochristianaki hat ein paar Reisen innerhalb Griechenlands unternommen. 1991 ist sie in Archanes gestorben.

Das Märchen «Der König mit den drei Töchtern» hat sie in ihrer Kindheit von ihrer Mutter gehört.

Der König mit den drei Töchtern

Irgendwann einmal vor langer Zeit lebte ein mächtiger und großer König, der drei Töchter hatte. Alle waren sie gut und lobenswerst, doch die Jüngste hatte die meisten Vorzüge von allen. Ihr Ruf war überall verbreitet, auch weit über das Königreich hinaus. Wegen ihrer vielen guten Eigenschaften und vor allem wegen ihrer Herzensgüte mochte ihr königlicher Vater sie am meisten, und er zeigte ihr oft seine große Liebe.

Das machte aber seine beiden anderen Töchter schrecklich eifersüchtig, und diese Eifersucht grub sich langsam sehr tief in ihre Seelen und gebar in ihrem Innern eine große Feindschaft und fürchterliche Bosheit ihrer Schwester gegenüber. Sie zeigten ihr aber ihre mißgünstigen Gefühle nicht, weil sie ihren Vater fürchteten.

Eines Tages machte sich der König auf zu einer Reise in ein anderes Land. Er rief daher seine Töchter zu sich und fragte sie, welches Geschenk er bei seiner Rückkehr jeder mitbingen solle. Die beiden Älteren bestellten Goldschmuck, Kleider und eine Menge Zierat aus dem fremden Land, und zwar solcherart, wie es das in ihrem eigenen Land nicht gab. Als die Jüngste an der Reihe war zu sagen, was sie wollte, erklärte sie ihrem Vater bescheiden, daß sie nichts anderes wolle, als daß er wieder gesund zurückkehren möge. Weil aber ihr Vater darauf bestand, ihr etwas mitzubringen, sagte sie, weil er so beharrlich blieb, daß sie sich ein Kleid wünsche mit dem Himmel und den Sternen darauf.

Nachdem der König abgefahren war, nutzten die beiden älteren Schwestern die Gelegenheit, der armen kleinen und arglosen Königstochter etwas anzutun. Sie brachten ihr also drei Schlangeneier und sagten zu ihr:

«Wenn du wirklich den Vater so liebst, wie du sagst, beschwören wir dich bei seiner heilen Rückkehr, diese Eierchen, die unsere kleinen Hühner gelegt haben, ganz herunterzuschlucken. Dann werden wir dir glauben und vergessen, wie heuchlerisch du deine Rolle gespielt hast, um ihn dazu zu bringen, dich mehr als uns zu lieben.»

Die Königstochter versuchte, darum herumzukommen, die Eier zu schlucken, und beteuerte, ihre Liebe für die gesamte Familie und die ganze Welt sei ehrlich, doch ihre Schwestern taten so, als glaubten sie ihr nicht, und behaupteten, es kümmere sie doch gar nicht, ob ihr Vater gesund zurückkäme.

Weil ihre Schwestern nicht nachgaben, schluckte die kleine Königstochter schließlich die Eier herunter. Nach wenigen Tagen brachen die Eier in ihrem Bauch auf, und die drei Schlangen schlüpften aus. Die Schlangen ernährten sich von den Speisen, die die Königstochter aß, und wuchsen in ihr. Fürchterlich war das Unwohlsein, das sie hervorriefen, und weil sie heranwuchsen, wurde der Bauch der Königstochter immer dicker. Ihre beiden Schwestern verbreiteten verleumderisch, daß sie einen Freund gefunden habe und schwanger sei. Die arme Königstochter schloß sich in ihr Zimmer ein und wollte niemanden sehen. Tage und Nächte weinte sie dort über das Übel, das über sie gekommen war, und dessen Ursache sie sich nicht erklären konnte. So groß war ihre Güte und Unschuld, daß es ihr niemals in den Sinn gekommen wäre, daß ihre Schwestern ihr etwas Böses antun könnten oder sie nicht richtig liebten.

Die bösen Schwestern, die von ihrer Eifersucht geblendet waren, waren sehr zufrieden, daß es nun so schien, als sei ihre Schwester so tief gefallen, daß sie allen Festen und Feierlichkeiten des Palastes fernbleiben mußte. 'Endlich', so sagten sie, 'sind wir die Gute losgeworden. So werden auch wir ein wenig beachtet. Solange sie um uns herum war, hat sich niemand nach uns umgedreht und uns angesehen, fast so, als gäbe es uns gar nicht.'

Es kam der Tag, an dem der König voller Freuden und in Festtagslaune von seiner Reise in den Palast zurückkehrte. Die beiden ältesten Töchter fielen ihm um den Hals und baten um die Geschenke, die er ihnen mitgebracht hatte. Der König öffnete sein

Gepäck und schenkte ihnen den schönsten Schmuck und Zierat, den er in dem von ihm bereisten Land hatte finden können.

«Aber wo ist unsere geliebte Kleine? Wo ist mein Töchterchen? Warum ist sie nicht gekommen», fragte der König und schaute sich suchend nach ihr um.

«Dein Töchterchen, Vater, wagt es nicht, in ihrem Zustand vor dir erscheinen», sagten wie aus einem Munde die beiden Schwestern.

«Was für ein Zustand?» fragte beunruhigt der König, in dem Glauben, daß seiner geliebten Tochter ein Unglück zugestoßen sei.

«Wie sollen wir es dir nur sagen, Vater... Wir wissen gar nicht, wie wir es dir erklären sollen... Während du nicht da warst, benahm sich unsere Schwester unbedacht und schändlich. Sie fand einen Freund und wurde schwanger.»

«Was sind das für Scherze, die ihr da erzählt? – Hört auf, so über eure kleine Schwester zu reden! – Schämt ihr euch nicht?»

«Es tut uns leid, Vater, und wir schämen uns sehr. Wir schämen uns sogar ungeheuerlich – aber wir sagen dir die bittere Wahrheit. Wenn du dich überzeugen willst, befiehl, daß man sie zu dir bringt. Dann wirst du es selbst sehen und ihre Schwangerschaft an ihrem dicken Bauch erkennen.»

Der König verstummte. Überwältigender Schmerz zerriß ihm das Herz. Er schickte seiner Tochter das Geschenk, das sie erbeten hatte, das Kleid, auf dem der Himmel und die Sterne waren, aber sie selbst wollte er auf keinen Fall sehen. Tage und Nächte dachte er dann darüber nach, wie er dieser Situation begegnen sollte, ehe sie bekannt werden würde und ein nicht wieder gutzumachender Schaden an seiner königlichen Würde entstünde.

Am Ende faßte er den härtesten Entschluß. Er mußte, so sehr es ihn auch schmerzte, seine Tochter verschwinden lassen, und zwar nicht nur aus seinem Königreich, sondern auch vom Angesicht der Erde, damit das Geheimnis und die Schande nicht einmal durch Zufall bekannt werden würden. Er rief also einen treuen Diener zu sich und sagte ihm, er solle die Königstochter in der Nacht holen und sie auf den Berg bringen und töten. Er gab ihm auch ein Fläschchen mit, in das er ein wenig von ihrem Blut füllen sollte – zum Beweis, daß er den Mord ausgeführt hatte.

Der Diener holte noch in derselben Nacht die Königstochter, und sie brachen zum Berg auf. Sein Herz krampfte sich von dem unerträglichen Schmerz zusammen, den ihm der Befehl des Königs bereitete. Als sie die Stadt hinter sich liegen hatten, erklärte er der Königstochter, welchen Auftrag er vom König bekommen hatte, und in welche Schwierigkeiten er käme, wenn er ihn nicht ausführte. Er zeigte ihr auch das Fläschchen, das er bei sich hatte, um darin ihr Blut aufzufangen.

Als die arme Königstochter ihr Urteil hörte, begann sie zu weinen und sagte dem Diener, wie ungerecht ihr Tod sei, denn sie sei unschuldig und habe nie irgendeine Sünde begangen. Sie bat ihn, Mitleid mit ihr zu haben. Der Diener ließ sich von den Tränen und Bitten der Königstochter rühren und versicherte, daß er ihr das Leben schenken werde, doch sie müsse schwören, sich nie wieder in ihrer Stadt zu zeigen, damit der König nicht erfahre, daß er seinen Befehl nicht ausgeführt hatte, denn sonst würde er in eine sehr schwierige Lage geraten.

Die Königstochter versprach, nie wieder in das Königreich ihres Vaters zurückzukehren, so lange sie lebe. Und der Diener war einverstanden, ihr das Leben zu lassen. Er fing einen Hasen, tötete ihn und füllte dessen Blut in das Fläschchen, verabschiedete sich von der Königstochter und zog in Richtung Palast los. Dort übergab er dem König das Fläschchen mit dem vermeintlichen Blut seiner Tochter und sagte ihm, daß er seinen Befehl getreulich ausgeführt habe.

Bei Tagesanbruch begann die Königstochter hungrig, traurig und müde auf dem Berg umherzulaufen. In ihren Armen hielt sie das Kleid mit dem Himmel und den Sternen darauf, das letzte Geschenk ihres geliebten Vaters, das einzige, was sie mitgenommen hatte, als sie den Palast verlassen mußte. Sie weinte untröstlich über ihre Lage und dachte darüber nach, was aus ihr werden sollte, so allein und einsam auf dem Berg, als es dunkel zu werden begann.

Nach einer Weile war die Nacht vollends hereingebrochen, und als die Verzweiflung der Königstochter auf ihrem Gipfel angekommen war, sah sie plötzlich weit in der Ferne ein schwaches Licht. Sie lief darauf zu, und mit Mühe erreichte sie eine kleine, ärmliche und einsame Hütte. Sie klopfte ängstlich an die Tür, und ein alter Schäfer öffnete ihr. Es war sein Stall, in dem er seine wenigen Schafe hatte.

Der alte Schäfer war sehr erstaunt, als er dem Mädchen gegenüberstand.

«Komm herein, mein Kind», sagte er mit der Güte eines Heiligen. «Was suchst du zu dieser Stunde in dieser Gegend? Du bist müde und erschöpft. Komm, setz dich und ruh dich aus.»

Die Königstochter brach vor Erschöpfung kraftlos auf einem grobgezimmerten Stuhl zusammen. Der Schäfer betrachtete sie und erkannte ihre herrschaftliche Abstammung. Er fragte also das junge Mädchen, welch edlem Geschlecht sie angehöre, denn daß sie aus einem solchen kam, war deutlich an ihrer Erscheinung und ihrem Verhalten zu erkennen. Die Königstochter erzählte ihm ihre Geschichte und schwor unter haltlosem Weinen, daß ihr Bauch nicht wegen einer Schwangerschaft so sehr angeschwollen sei. Es müsse einen anderen Grund haben.

Der Schäfer beruhigte sie. Er gab ihr zu essen und zu trinken und versicherte ihr, daß es ihr bald wieder gut gehen werde, sie solle nur ruhig schlafen.

Am anderen Morgen melkte der Schäfer seine Schafe, tat die reine frische Milch in einen Topf, kochte sie, und der Stall duftete von ihrem reinen Geruch.

Die Königstochter erbat sich ein wenig davon zum Trinken, doch der Schäfer lehnte ab.

«Es ist noch nicht an der Zeit, mein Kind, dir davon zu geben. Hab ein wenig Geduld. Nimm mit deiner Nase so viel von diesem Geruch auf, wie du kannst, und bald wirst du so viel trinken, wie du willst.»

In der Zwischenzeit nahm er ein Seil und knotete es an die Deckenbalken des Stalls. Die Königstochter beobachtete sein merkwürdiges Treiben und konnte sich keinen Reim darauf machen. Ihre Verwirrung wuchs noch, als der Schäfer sagte, sie möge ihm erlauben, sie an den Füßen über der dampfenden Milch aufzuhängen. Dann hängte er sie mit dem Kopf nach unten über den Topf und sagte, sie solle ihren Mund öffnen.

Der Milchgeruch reizte die Schlangen, und nach einer Weile schlüpften alle drei aus ihrem Mund, um zu trinken. Die Schlangen erschraken vor dem anwesenden Schäfer, der mit einem Knüppel auf sie losging, und sie verschwanden eiligst nach draußen.

Unter Tränen küßte die Königstochter dem Schäfer die Hände und dankte ihm für die Rettung, die er ihr gebracht hatte.

«Das war deine Krankheit, liebe Königstochter. Jetzt bist du wieder völlig in Ordnung, aber du wirst verstehen, daß du nicht bei mir im Schafspferch wohnen kannst. Ich werde dir helfen, einen für dich passenden Ort zu finden, weil du nicht in den Palast deines Vaters zurückkehren kannst. Es sei denn, du entschließt dich zurückzukehren, da doch jetzt deine Unschuld erwiesen ist.»

«Nein, ich kann unmöglich zurückkehren. Ich habe einen heiligen Eid geleistet. Und dann denke ich auch, daß meine Rückkehr meinen beiden Schwestern, die mir so unbarmherzig diese Qual bereitet haben, eine fürchterliche Strafe bringen würde. Ich kann nicht schuldig an der Tötung meiner Schwestern werden.»

«Mein Kind, du bist so anders als sie, daß du eines Tages für deine große Güte vom lieben Gott belohnt werden wirst. – Komm also, steig in diesen Baumstumpf hier.»

Der Schäfer hatte in seinem Stall einen verzauberten Baumstumpf. Den öffnete er, und die Königstochter fand mit ihrem Kleid, von dem sie sich nicht trennen wollte, bequem Platz darin. Er gab ihr noch ein Fadenknäuel, das auch Zauberkraft hatte, und sagte:

«Zieh los, mein Kind, und alles Gute. Laß den Faden sich frei vom Knäuel abwickeln, und er wird dich dahin bringen, wo du hin mußt, und du wirst dann schon selbst sehen, was du zu tun hast.»

Die Königstochter und der Schäfer verabschiedeten sich voneinander, und der Baumstumpf machte sich auf den Weg. Er kullerte vom Berg hinab, durchquerte den Wald, rollte in die Schlucht, durchschwamm den Fluß, glitt in die Ebene und war dann am Ende in einer großen und bedeutenden Stadt. Straßen und Plätze durchquerend, hielt er vor einem wunderschönen Palast an. Das war der Palast des Königs.

Der Baumstumpf glitt hinein, die Königstochter rollte von innen den Faden auf das Knäuel, und vor den Dienern erschien ein Baumstumpf, der um Arbeit bat, weil er nicht wisse, wohin er solle. Alle versammelten sich um den merkwürdigen Baumstumpf, der sprechen konnte, und begafften ihn. Zu recht natürlich, denn sie sahen zum ersten Mal einen Baumstumpf, der sprechen und laufen konnte.

Sie nahmen ihn also und brachten ihn vor den König, und nun war es an diesem, ihn erstaunt zu mustern. Er behielt ihn bei sich und unterhielt sich oft mit ihm. Auf den König machten die höflichen und voller Weisheit gesprochenen Worte des Baumstumpfes großen Eindruck.

Wer aber seine ganze Aufmerksamkeit auf den Baumstumpf richtete, das war der wegen seiner guten Eigenschaften berühmte Sohn des Königs. Ganze Stunden saß der Königssohn bei ihm und sprach mit ihm über allerlei Dinge, und zu allen hatte der Baumstumpf eine vernünftige Meinung. Und so sehr gefiel dem Königssohn die süße Stimme des Baumstumpfes, daß er schließlich nicht mehr ohne ihn sein konnte. Wo er auch hinging, in welcher Gesellschaft er sich auch befand, nie hielt es ihn lange dort. Sein Wunsch war es stets, schnell zu seinem Baumstumpf zurückzukehren und sich mit ihm zu unterhalten. Schließlich holte er ihn sich in sein Zimmer, und ihre Gespräche dauerten von nun an bis zum Morgengrauen.

Als Königssohn bekam er häufig Einladungen zu Bällen, denen er sich nicht entziehen konnte. Es fiel ihm sehr schwer, dann so viele Stunden seinem Baumstumpf fernzubleiben, und daher drängte und bat er ihn oft sogar, ihn auf den Ball zu begleiten.

Da sagte der Baumstumpf zu ihm:

«Geh du nur, mein geliebter Freund. Du bist so schön, und die Bälle und Vergnügungen passen zu deiner Jugend und Männlichkeit. Wie sollte es für mich, einen Baumstumpf, möglich sein, dich zu begleiten? – Für mich ist es schon eine große Ehre, mich dank deiner Güte in deinem Zimmer aufhalten zu dürfen. Bin ich das wert?»

«Sag so etwas nicht, mein geliebter Baumstumpf. Ich habe mich so sehr an dich gewöhnt, und ohne dich macht mir selbst das größte Vergnügen keine Freude. Es befriedigt mich nicht. Unruhig brenne ich darauf, zu dir zurückzukehren, und wenn ich dich eines Tages verlieren sollte, werde ich darüber all meine Lebensfreude verlieren.»

Die Königstochter fühlte sich überglücklich in ihrem dunklen Gefängnis, und als der Königssohn gegangen war, ging auch der Baumstumpf mit Hilfe des Zauberknäuels los und ging geradewegs zu dem Herrenhaus, in dem das Tanzvergnügen stattfand. Er versteckte sich im Blätterwerk des Gartens, und die Königstochter kroch aus ihm heraus. Sie trug das Kleid mit dem Himmel und den Sternen darauf, und wie eine leichte Elfe tauchte sie plötzlich im Ballsaal auf. Sie ging auf den Königssohn zu und tanzte mit ihm den ganzen Abend. Kurz bevor der Ball zu Ende ging, verschwand sie, stieg eilig in den Baumstumpf und kehrte in das Zimmer des Königssohnes zurück. Kurz darauf kam auch der Königssohn.

«Sei gegrüßt, mein guter Freund», sagte zärtlich der Baumstumpf. «Du hast dich heute abend etwas verspätet, und ich habe dich ungeduldig erwartet.»

«O, mein geliebter Baumstumpf, schade, daß du nicht mitgekommen bist. Du hättest die wunderschöne Herrentochter sehen sollen, die heute abend da war und all die Zeit nur mit mir getanzt hat. Der Saal erleuchtet im wahrsten Sinne des Wortes, wenn sie erscheint. Wenn du nur ihr Kleid gesehen hättest, wärest du verzaubert gewesen. Ein Kleid, auf dem der Himmel und die Sterne sind. Ich weiß nicht, was ich darum gäbe, um diesem Mädchen wiederzubegegnen...»

Der Baumstumpf hörte dem verliebten Königssohn zu, und sein Herz wollte vor Sehnsucht zerspringen. Er mußte sich sehr zusammenreißen, als er antwortete:

«Ach, macht nichts, mein Freund. Da du sie gesehen und den ganzen Abend mit dem schönen Mädchen getanzt hast, ist es, als hätte auch ich sie gesehen. Deine Freude ist auch meine Freude. Ich will doch nur eines: dich froh und glücklich sehen. Sei ruhig – eines Tages wird sich dir das Mädchen zu erkennen geben, denn so, wie du es mir schilderst, liebt sie dich auch, zumal sie nur mit dir tanzt und sicher nur wegen dir zum Ball kommt.»

Nach wenigen Tagen bekam der Königssohn wieder eine Einladung zu einem Ball.

«Mein geliebter Baumstumpf, heute abend geht es nicht anders: Ich nehme dich mit! – Was macht es dir schon aus, und mir bereitet es keinerlei Mühe, dich bei mir zu haben. Komm, es kann sein, daß heute abend wieder das schöne unbekannte Mädchen kommt, und auch du könntest sie sehen. Ich habe keinen besseren Freund als dich, dem ich meine Geheimnisse anvertrauen könnte.»

«Ich würde dir ja sehr gerne die Freude machen, mein geliebter Königssohn – lang sollst du leben. Aber ich, ein Baumstumpf? – Welchen Platz hätte ich wohl in der Welt der Freuden? – Geh du nur, denn es paßt zu deiner Jugend und Männlichkeit, und ich werde hier auf dich warten.»

Der Königssohn ging auf den Ball, und wieder dauerte es nicht lange, bis auch die unbekannte Schöne erschien. Sie tanzten den ganzen Abend, und zur richtigen Stunde verschwand das Mädchen wie gewöhnlich, und in den Baumstumpf versteckt, kehrte sie in das Gemach des Königssohnes zurück. Kurz darauf erschien auch er, verzaubert von dem schönen Abend, und die restliche Nacht verbrachten sie mit Gesprächen über all die wunderbaren Dinge.

«Ich lasse dich nicht eher in Ruhe, als bis du zum nächsten Ball mit mir kommst. Ich brauche dich, vielleicht könntest du mir helfen, das unbekannte Mädchen festzuhalten. Ich ertrage nicht länger diese Qual.»

Natürlich ging der Baumstumpf auch das nächste Mal nicht mit.

Der Königssohn beobachtete ungeduldig den Eingang des Ballsaales, doch das Mädchen kam und kam nicht. Zwar war der

Baumstumpf rechtzeitig im Garten angekommen, doch die Königstochter hatte es nicht eilig, sich zu zeigen. Sie wollte die Sehnsucht des Jünglings noch verstärken. Aber sie war sich schon sicher, daß sie sein ganzes Sein für sich gewonnen hatte, und sie freute sich sehr darüber.

Irgendwann ging sie in den Saal, und der Königssohn nahm sie ergeben in die Arme, und sie tanzten viele Stunden. Heute abend war er entschlossen, sie nicht einfach von sich weggehen zu lassen. Plötzlich glitt sie ihm aber leicht aus den Armen, ihm dabei seinen Ring vom Finger streifend, und verschwand eiligst. Sie rannte wie ein Blitz die Treppen hinunter und schlüpfte so schnell sie konnte in ihren Baumstumpf. Der Königssohn rannte hinter ihr her. Er sah in die eine Richtung, lief in die andere, aus dem Garten hinaus, kehrte zurück und suchte überall, aber nichts. Das Mädchen war verschwunden.

Dem Baumstumpf war es gelungen, als erster ins Haus zu gelangen, und er stand nun ruhig in seiner Ecke. Kurz darauf kam der Königssohn völlig verschwitzt vom Suchen und von der Aufregung ins Zimmer.

«Du bist sehr spät dran heute abend, mein geliebter Königssohn. Ich habe schon gefürchtet, daß dir etwas geschehen ist.»

«Ja, mein guter Baumstumpf, mir ist sehr Schlimmes geschehen. Ich kann nicht mehr ohne das schöne Mädchen leben. Ich war entschlossen, sie heute abend bei mir zu behalten. Doch plötzlich entglitt sie mir, ohne daß ich sie aufhalten konnte. Ich lief hinter ihr her, lief durch alle Straßen, suchte mitten in der Nacht lange nach ihr, aber nichts...»

Der Baumstumpf hörte die Verzweiflung seines Geliebten heraus und war nahe daran, sich zu erkennen zu geben. Doch er glaubte, die Zeit sei noch nicht gekommen. Er hielt sich zurück und begnügte sich damit, ihn voller Zärtlichkeit und Güte zu trösten.

«Sei doch nicht verzweifelt, mein geliebter Freund. Es kann doch sein, daß dich das Mädchen genauso liebt wie du sie, zumal sie doch nur mit dir tanzt und sicher nur dir zuliebe zum Ball kommt. Eines Tages wird ihre Liebe sie in deine Nähe bringen. – Hab Geduld. Vielleicht gibt es ernsthafte Hindernisse für sie.»

Der Königssohn fiel wegen seiner großen Liebe zu einer Unbekannten in tiefe Traurigkeit. Nichts gefiel ihm mehr, und für nichts zeigte er Interesse. Er hörte auch auf, auf die Bälle zu gehen, denn er fürchtete sich geradezu vor der schrecklichen Enttäuschung, die er fühlte, wenn das unbekannte Mädchen verschwand. Und er konnte das nicht mehr ertragen. Er blieb nur noch in seinem Zimmer, und sein einziger Trost war die Gesellschaft des Baumstumpfes. Wenn er den nicht gehabt hätte, wäre er völlig verzweifelt.

Als sein Vater die tiefe Trübsal seines Sohnes bemerkte, beschloß er, ihn auf Reisen zu schicken, damit er sich amüsiere und sein Kummer verginge. Er machte also ein goldenes Schiff reisefertig, auf dem der Königssohn mit großem Gefolge reisen und andere Länder und andere Könige in ihren Palästen besuchen sollte.

Der König hoffte natürlich, daß sein Sohn irgendeiner schönen Königstochter begegnen, sich in sie verlieben und sie zur Frau nehmen würde, so daß seine Traurigkeit verschwände. Als erfahrener Mensch und der Weise, der er war, hatte er begriffen, daß sein Sohn unglücklich verliebt war und es sicher unüberwindliche Hindernisse für seine Liebe gab. Er mußte also versuchen, seinem Kind zu helfen. Und das tat er.

Als der Baumstumpf hörte, daß für den Königssohn eine Reise vorbereitet wurde, wurde er sehr unruhig. Er wußte, daß er die Trennung nicht ertragen würde, und fürchtete auch, es könnte etwas geschehen, wodurch er seinen Geliebten verlöre. Er stieg also in die Küche hinunter, um zu lauschen und die Reisepläne auszukundschaften. Er sah, daß Teig für Plätzchen geknetet wurde, die der Königssohn auf seine Reise mitnehmen sollte.

«Gebt mir auch ein wenig Teig, damit auch ich ein Plätzchen forme», bat der Baumstumpf die Köchinnen.

«Mach, daß du sofort wegkommst. Du, ein Baumstumpf – was kannst du schon?»

Der Baumstumpf setzte sein Bitten fort, und am Ende warf ihm eine Köchin ein Stück Teig zu:

«Nimm und verschwinde!» sagte sie zu ihm.

Der Baumstupf nahm den Teig, formte ein Plätzchen und steckte den Ring des Königssohnes mitten hinein. Dieses Plätzchen wurde dunkler als die anderen, und als die Köchinnen das sahen, krümmten sie sich vor Lachen. Das kam aber den Zwecken des Baumstumpfes entgegen, denn so konnte er sein Plätzchen von den übrigen unterscheiden.

Als die Plätzchen gebacken waren, legte man ein paar davon auf ein Tablett, um sie dem Königssohn mit seinem Kaffee zu servieren, und das dunkle lag ganz oben.

Der Königssohn streckte seine Hand nach den vor ihm liegenden Plätzchen aus und wollte eines nehmen. Der Zufall führte seine Hand aber zu dem gezeichneten Plätzchen. Als er hineinbiß, bemerkte er etwas darin. Er brach es auf und fand seinen Ring. Sein Herz hüpfte vor Freude, weil er sofort begriffen hatte, daß seine Geliebte nahe war und nicht verschwunden, wie er geglaubt hatte.

Er befahl sofort, die Reisevorbereitungen abzubrechen, weil er nirgendwohin fahren würde.

Ganze Tage und Nächte tröstete ihn der Baumstumpf in seinem Kummer und machte ihm Mut und sagte, daß der Tag nicht mehr fern sei, an dem seine Geliebte zu ihm käme.

Der Königssohn begriff endlich, daß der Baumstumpf ein großes Geheimnis in sich trug, und er fühlte sich so sehr zu ihm hingezogen, daß es ihm nicht mehr einfiel, sein Zimmer zu verlassen. Er wollte für immer bei ihm bleiben. Endlich beschloß er sogar, den Baumstumpf zu heiraten. Er teilte seinem Vater seinen Entschluß mit, und dieser versuchte vergebens – im Guten und im Bösen –, ihn von seinem Entschluß abzubringen. Aber alle seine Versuche waren vergeblich.

«Vorbei – ich habe meinen Sohn verloren! – Welches herzlose Schicksal hat ihm dieses Los zugedacht? – Einen Baumstumpf zu heiraten! Woher kommt dieser verfluchte Baumstumpf, und wie gelangte er in meinen Palast, um meinen Sohn zu zerstören?» fragte sich bitter der König.

Was sollte er aber tun? Seinem Kinde zuliebe, das seine seelische Gesundheit verloren hatte, war er gezwungen, dieser Hochzeit zuzustimmen.

Die Hochzeitsvorbereitungen begannen ohne Freude. Die Ausrufer schwärmten aus, um die Heirat des Königssohnes zu verkünden, und Könige und Adelige aus den benachbarten Königreichen begannen mit reichen Geschenken einzutreffen.

Endlich kam der Tag, und der Wagen mit dem Königssohn und dem Baumstumpf daneben und das gesamte königliche Gefolge begaben sich zur Kirche. Einige lachten, andere waren sehr traurig über diese Hochzeit, und nur der Königssohn fühlte eine geheimnisvolle Dankbarkeit und Freude.

Während des Hochzeitszeremoniells öffnete sich plötzlich die Kirchenwand, und es entschlüpften ihr drei Schlangen. Rasch schlängelten sie sich herein und glitten dreimal um das Paar. Von diesem Moment an, das wußte die Königstochter, brauchte sie sich nicht mehr in dem Baumstumpf zu verstecken. Aber sie hatte auch keine Eile, sich zu zeigen.

Alle liefen durcheinander und wollten die Schlangen einfangen, doch die konnten nach draußen entwischen und entkommen.

Nachdem die Zeremonie beendet war, nahm der Königssohn den Baumstumpf in die Arme und trug ihn zu seinem Wagen. Die ganze Gesellschaft begab sich in den Palast zurück.

Irgendwann wandte sich der Königssohn dem Baumstumpf zu, um ihm etwas zu sagen, und er sah sich einem Geist gegenüber, so meinte er. Neben dem Baumstumpf saß die Unbekannte mit dem Kleid, auf dem der Himmel und die Sterne waren. Er traute seinen Augen nicht.

Das Mädchen redete ihm gut zu und erklärte ihm, daß sie in dem Baumstumpf gefangen gewesen wäre, und daß die drei Schlangen, die sie als Mutter ansahen, weil sie sie so lange in ihrem Bauch getragen und sie somit aufgezogen hatte, ihr heute erlaubt hätten, aus dem Baumstumpf zu steigen und frei wie ein Mansch zu leben. Der Grund für ihre Erlösung sei die Hochzeit, die ein Königssohn mit ihr zu halten gewagt habe.

Der Königssohn war nahe daran, vor Freude verrückt zu werden. Er umarmte seine Frau und war sehr glücklich. Sie jedoch bat ihn, noch ein wenig zu warten, und verschwand wieder in dem Baumstumpf.

Als sie im Palast ankamen, nahm der Königssohn den Baumstumpf in die Arme und begab sich mit ihm in sein Zimmer, um sich auszuruhen. Dann kehrte er in den Festsaal zurück und gab das Zeichen, daß man mit dem Festprogramm beginnen könne. Da erschien im Saal das Mädchen mit dem Kleid, auf dem der Himmel und die Sterne waren. Der Königssohn nahm sie in seine Arme, und sie begannen zu tanzen. Alle standen voller Bewunderung um sie herum, und der König konnte seine Enttäuschung nicht länger für sich behalten und rief:

«Solch ein Mädchen, mein Sohn, paßt zu deiner Jugend und zu deinem Thron... Und nicht der verfluchte Baumstumpf...»

«Aber Vater, sie ist doch meine Frau!» antwortete der Königssohn.

Begeisterung brach im Palast und im ganzen Königreich aus. Die Festlichkeiten dauerten viele Tage, und die Freude, die so sehr gefehlt hatte, erfüllte nun alle Herzen.

Und sie lebten fortan gut und wir noch besser.

Eleftheria Christinidou

wurde 1911 in Archanes geboren, wo sie heute noch lebt. Sie hat dort die Volksschule besucht, geheiratet und zwei Söhne großgezogen. Im Laufe ihres Lebens hat sie viele Reisen innerhalb Griechenlands unternommen.

Das Märchen «Fes-Badesini» hat ihr in ihrer Kindheit ihr Vater Iannis Giannidakis erzählt. Das Märchen «Die Tochter des Zitronenbaumes» hat sie von ihrer Großmutter gehört.

Fes-Badesini

Irgendwann einmal vor langer Zeit lebte ein großer und mächtiger König. Der hatte eine sehr schöne und gute Tochter, die bekannt war für ihre zahlreichen guten Eigenschaften. Darauf war dieser König sehr stolz, und er war glücklich.

Eines Tages, als die Königstochter auf dem Balkon des Palastes stand, kam eine alte Frau vorbei und pries Rosen zum Verkauf an.

«Verkaufe Rosen – wie des Fes-Badesini Wangen. Verkaufe Rosen – wie des Fes-Badesini Wangen...»

Die Königstochter hörte das und fragte die alte Frau, wer dieser Fes-Badesini sei, der so schöne Wangen habe.

«Fes-Badesini, meine Tochter, ist ein großer König, dessen Schönheit und Reichtum nirgendwo ihresgleichen haben.»

«Warte, ich schicke dir eine Dienerin, die dir ein paar Rosen abkauft», sagte die Königstochter.

Und wirklich ging die Zofe der Königstochter hinunter, kaufte Rosen und gab der alten Frau dafür einen guten Preis.

Die Königstochter schmückte ihr Gemach mit den Rosen und bewunderte sie Tag und Nacht. Sie wollte ihr Gemach gar nicht mehr verlassen, um die schönen Rosen nicht aus den Augen zu verlieren. In ihrer Phantasie malte sie sich ihren unbekannten Fes-Badesini als einen selten schönen und schneidigen Jüngling aus, und sie tat nichts anderes, als ihn sich von Tag zu Tag mehr herbeizusehnen.

Der König bemerkte die Veränderung seiner Tochter und sorgte sich um sie. Er rief sie also in seine Gemächer und fragte sie, was in ihr Leben getreten sei, so daß sie darüber ihren Frohsinn verloren habe.

Die Königstochter schilderte ihrem Vater die Umstände, durch die sie sich von ganzem Herzen in ihren unbekannten Fes-Badesini verliebt hatte, den sie nicht mehr aus ihren Gedanken vertreiben konnte.

Der König streichelte seine Tochter und beruhigte sie:

«Und das betrübt dich schon so lange Zeit, meine Tochter? Warum hast du es mir nicht eher gesagt, damit du nicht so leiden mußt. Noch in diesen Tagen werde ich so reiche Geschenke vorbereiten, wie sie dem großen und schönen König Fes-Badesini gebühren, und sie ihm mit unseren Ehevermittlern schicken.»

Die Königstochter wollte fast närrisch werden vor Freude. Sie umarmte ihren Vater und dankte ihm mit Tränen der Freude und der Sehnsucht.

Wenige Tage später brach eine Abordnung mit reichen Geschenken vom Palast auf, um Fes-Badesini den Antrag, die Königstochter zur Frau zu nehmen, zu übermitteln.

Fes-Badesini empfing die Abgeordneten des benachbarten Königs gebührend und fragte sie nach dem Grund ihres Besuches.

«Fes-Badesini, möge seine Hoheit lange leben, wir übermitteln dir den Eheantrag unseres Königs und bieten dir zur Frau unsere Königstochter, die wie keine andere auf der Welt ist und die dir sehr zur Ehre gereichen wird», sagten die Ehevermittler.

Fes-Badesinis Gesicht umwölkte sich und drückte Mißbehagen aus. Die Ehevermittler wurden unruhig. Sie kannten den Zustand der Königstochter und erschraken, weil sie eine ablehnende Antwort erwarteten. Und sie hatten nicht unrecht, denn Fes-Badesini antwortete ihnen:

«Herzlichen Dank. Ihr macht mir wirklich große Ehre mit eurem Antrag, doch ich habe zur Zeit nicht vor zu heiraten. Daran denke ich noch nicht.»

«Aber, bester König, wir bitten dich, noch etwas darüber nachzudenken. Gib uns nicht so schnell eine Antwort. Unsere Königstochter hat viele gute Eigenschaften, und deshalb erlauben wir uns, dir zu sagen, daß du darüber noch etwas länger nachdenken solltest.»

Dies und noch vieles mehr sagten die Ehevermittler, damit ihnen ihr Eheantrag nicht abgelehnt werde.

Fes-Badesini machte ihnen jedoch keinerlei Hoffnung. Da wagte es einer der Abgesandten zu sagen:

«Aber, bester König, wir müssen dir gestehen, daß die Königstochter dich liebt, auch wenn sie dich nicht kennt. Und wenn es nicht zu dieser Hochzeit kommt, wird sie sich erhängen.»

«Wenn das so ist, nimm diesen Strick und gib ihn ihr, damit sie sich erhängen kann», antwortete Fes-Badesini kalt.

Die Ehevermittler kehrten enttäuscht zurück, brachten ihrem König die Antwort und übergaben ihm den Strick, den ihnen Fes-Badesini gegeben hatte.

Als die Königstochter von Fes-Badesinis ablehnender Antwort hörte, schloß sie sich in ihr Gemach ein und vergoß die bittersten Tränen. Ihr Vater versuchte, sie zu trösten und sie mit einem der vielen Königssöhne zu verheiraten, die sie gerne genommen hätten. Doch mit nichts konnte er Fes-Badesini aus ihren Gedanken vertreiben.

Wegen des schlimmen Zustands seiner Tochter beschloß der König, seine Ehevermittler erneut zu Fes-Badesini zu schicken. Die Ehevermittler gingen also wieder zu Fes-Badesinis Palast und wiederholten mit den wärmsten Worten ihren Antrag. Diesmal machten sie ihm noch mehr und noch größere Geschenke.

«Wir sind gekommen, Fes-Badesini, großer und berühmter König, um zu erfahren, ob du vielleicht inzwischen anders über den Eheantrag unserer schönen Königstochter denkst, die dich so sehr liebt, daß sie nichts anderes auf der Welt mehr im Sinn hat.»

Fes-Badesini gab ihnen jedoch wieder dieselbe Antwort:

«Ich denke zur Zeit überhaupt nicht an Heirat. Ich habe andere Dinge, die mich beschäftigen.»

«Mein König, denk noch ein wenig mehr darüber nach. Du wirst keine in allen Bereichen besser begüterte Frau finden als unsere Königstochter. Denk auch ein wenig als Mensch. Die Königstochter sagte uns, wenn sie dich nicht bekäme, würde sie sich erstechen», sagte einer der Ehevermittler.

«Nun, dann nimm dieses Messerchen, das sehr scharf ist, damit sie sich leichter erstechen kann», antwortete Fes-Badesini gelangweilt und gab dem, der zu ihm gesprochen hatte, das Messer.

Die Ehevermittler zogen verwirrt von dannen. Dieses Mal hatte ihnen Fes-Badesini sogar Geschenke mitgegeben, die sie ihrem König geben sollten.

Als die Ehevermittler in ihrer Stadt ankamen, überbrachten sie ihrem König die Antwort und die Geschenke. Als sie das Paket öffneten und die Geschenke sahen, verstummten sie. Es waren dieselben, die sie Fes-Badesini übergeben hatten. Der schickte sie zurück, weil er fürchtete, sie könnten ein weiteres Mal kommen und ihn stören.

Die unglückliche Königstochter rang Tage und Nächte mit ihrer Enttäuschung. Sie versuchte zu vergessen, doch sie konnte nicht. Endlich beschloß sie, in die Fremde zu gehen, um so vielleicht ihrer Qual zu entkommen. Umsonst versuchte ihr Vater, sie zu hindern. Sie blieb bei ihrem Entschluß.

So bestieg sie nach einigen Tagen eine große Kiste mit Verpflegung und genügend Geld darin und begann auf gut Glück eine Seereise. Die Kiste mit der Königstochter schwamm viele Tage auf dem Meer, bis die irgendwo sanft an einem Ufer strandete. Die Wellen hatten sie dort angeschwemmt.

Die Königstochter öffnete die Kiste und betrat eine sehr schöne Gegend. Sie lief umher und atmete die reine Luft ein, um im Licht und in der süßen Sonnenwärme zu sich zu kommen und ihre steifgewordenen Glieder wieder geschmeidig zu machen.

Nach einer Weile schlug sie einen Weg ein, der aussah, als ob er zu einer bewohnten Gegend führte. Und bald durchschritt sie die Straßen einer sauberen und ganz grünen Stadt und gelangte so vor einen großen und schönen Palast.

Sie meldete sich bei der Wache und verlangte den König zu sehen. Der Wächter gab ihr die Auskunft, daß diese Stadt keinen König habe, sondern von einer Herrin regiert werde. So verlangte sie also, sie der Herrin vorzuführen, doch das ging nicht so einfach.

«Ich suche eine Arbeit im Palast. Ich bin auf der Durchreise und will mir durch Arbeit mein Leben verdienen, anstatt betteln zu gehen», sagte die Königstochter.

«Das ist meine Aufgabe. Von mir mußt du so etwas erbitten.

Und ich sage dir gleich, bleib hier und hilf den Köchinnen in der Küche», antwortete ihr der Wächter.

So fand die Königstochter Arbeit im Palast der Herrin. Sie war sehr eifrig und arbeitsam und gewann schnell die Sympathie der gesamten Dienerschaft. Doch ihre Liebe zu Fes-Badesini quälte sie immer noch. Alle merkten, daß sie an einem großen Kummer litt, und sie bedauerten sie. Die ganze Zeit aß sie nicht, und am Abend ging sie in ihre Kiste schlafen, die ihr als Boot gedient hatte.

Morgens stand die Königstochter auf, ging in die Küche, wo sie das Tablett mit dem fertigen Frühstück für die Herrin vorfand. Sie nahm sich von jeder Speise und den Kuchen ein wenig, trank auch von den Getränken, und als die Zofe ihrer Herrin das Tablett bringen wollte, fand sie es durcheinandergebracht vor.

Man beobachtete die Königstochter, und es dauerte nicht lange, bis man sie erwischte, als sie gerade wieder von dem Tablett kostete. Der Vorfall wurde der Herrin gemeldet, und die befahl, ihr die neue Dienstmagd vorzuführen, die es gewagt hatte, solche Dinge zu tun.

Während alle darauf warteten, die Strafe zu erfahren, war die Herrin vom Anblick des schönen Mädchens überrascht, und sie behielt sie als ihre persönliche Kammerjungfrau. Mit der Zeit kamen sich die beiden Frauen sehr nahe, und die Königstochter erzählte der Herrin ihre Geschichte, jedoch ohne Einzelheiten.

Eines Tages sagte die Herrin zur Königstochter:

«Sieh mal die Blumen im Garten, die Töpfe und die Beete, alles ist in einer Nacht erblüht. Das ist das Zeichen, daß mich mein Bruder besuchen wird. Auf diese Weise erkenne ich, wann er kommt.»

Schon am nächsten Morgen kam der Bruder der Herrin im Palast an, ein großer und wunderschöner König, mit seiner goldenen Kutsche und seinem Gefolge.

Die Herrin begrüßte ihren Bruder, über dessen Besuch sie sich sehr freute. Später ordnete sie an, ihre Kammerjungfrau möge das Tablett hereinbringen und ihren Bruder bewirten. Als die Königstochter eintrat und dem König gegenüberstand, fiel ihr das Tablett aus den Händen, und sie lief beschämt davon. Im König hatte sie den Menschen erkannt, den sie sich in ihrer Phantasie ausgemalt hatte, während sie die Rosen ansah, die ihr damals die unbekannte alte Frau verkauft hatte.

Auch der König spürte ein seltsames Interesse und bewahrte die Erscheinung der Kammerjungfrau in seinen Gedanken. Er wollte sie sehr gerne wiedersehen.

Als ihr Bruder seinen Besuch beendet hatte und wieder weggefahren war, rief die Herrin ihre Kammerjungfrau zu sich und fragte sie, warum sie sich beim Anblick ihres Bruders so aufgeregt habe, daß ihr die Hände zitterten.

«Was war mit dir los, als du meinem Bruder gegenübergestanden hast, dem König Fes-Badesini?» fragte sie.

Als sie den Namen Fes-Badesini hörte, begann die Königstochter zu weinen. Sie setzte sich und beichtete nun der Herrin, daß auch sie eine Königstochter sei, die Tochter das Königs Soundso, und daß sie aus unglücklicher Liebe in die Welt gezogen sei, weil ihr Bruder sie verschmäht habe. – Die Herrin war sehr gerührt.

«Hab Geduld, meine liebe Königstochter. In zwei Monaten kommt mein Bruder wieder, dann wirst du ihn wiedersehen.»

Nach fünfzehn Tagen erblühten wieder die Blumen, ergrünten die bewachsenen Mauern, und die Herrin fragte sich verwundert.

«Was ist nur los? Aus welchem Grund wird mich mein Bruder besuchen?»

Das Herz der Königstochter wollte ihr vor Freude zerspringen. 'Umsonst sorgt sich die Herrin wegen des plötzlichen Kommens ihres Bruders. Er wird ihr keine schlechte Nachricht bringen, wie sie befüchtet. Fes-Badesini kommt sicherlich wegen mir', dachte die Königstochter.

Und wahrhaftig, übereinstimmend mit den Anzeichen, kam Fes-Badesini am nächsten Tag bei seiner Schwester an. Fröhlich und schön wie immer, umarmte er seine Schwester. Sie sprachen über allerlei, aber Fes-Badesini schien unruhig zu sein und schenkte den Gesprächen keine große Aufmerksamkeit. Schließlich fragte er die Herrin:

«Wo ist deine Kammerjungfrau? Wird sie uns heute nicht den Kaffee bringen, damit wir sehen können, ob sie es fertigbringt?»

Die Herrin erkannte das Interesse ihres Bruders an der schönen Königstochter, doch sie wollte sehen, wieviel seine Gefühle für sie aushalten konnten. So sagte sie:

«Die Arme, sie ist seit damals krank und hat Fieber. Du weißt gar nicht, was für ein gutes und höfliches Mädchen sie ist...»

Fes-Badesini fuhr davon und war unglücklich, weil er die Kammerjungfrau nicht hatte sehen können, derentwegen er sich zu diesem Besuch aufgemacht hatte. Die gleiche Enttäuschung und Trauer fühlte auch die Königstochter, doch die Angelegenheit regelte nun die Herrin.

«Dein Liebster ist unbeschreiblich verliebt in dich, doch ich will ihn noch ein wenig auf die Probe stellen und ihn quälen, so wie er es mit dir gemacht hat», sagte die Herrin zur Königstochter.

Fes-Badesini kehrte in sein Königreich zurück, doch er hielt es dort nicht mehr aus. Mit seinen Gedanken war er im Palast seiner Schwester, und eine unbesiegbare Sehnsucht trieb ihn, schnellstens dorthin zurückzukehren.

Und siehe da, noch während der Dämmerung am selben Tag erblühten dort wieder die Zweige und Blumen, und alles duftete herrlich. Die Königstochter und ihre Herrin begriffen, daß am nächsten Tag ihr geliebter Besucher wieder eintreffen würde.

Zum großen Bedauern der Königstochter ging die Herrin weiterhin nach ihrem Plan vor, und jedesmal, wenn Fes-Badesini sie nach ihrer Kammerjungfrau fragte, antwortete sie:

«Was denn, mit meiner Dienerschaft beschäftigt sich jetzt mein Bruder, der berühmte Fes-Badesini? Was bedeuten diese häufigen Besuche nur? Das hast du doch noch nie gemacht. Du bist sonst alle zwei Monate gekommen, um mich zu sehen, und jetzt sind noch nicht einmal acht Tage seit deinem letzten Besuch vergangen. Hast du vielleicht irgendein Problem und zögerst, mir das zu sagen?»

«Meine liebe Schwester, ich habe mich in deine Kammerjungfrau verliebt, auch wenn sie nur eine Dienstmagd ist. In Gedanken bin ich nur noch bei ihr. Ich bin meines Schlafes und meiner Ruhe beraubt. Wenn ich sie nicht bekomme, werde ich verrückt. Bitte, hilf mir!» bat Fes-Badesini seine Schwester, die Herrin.

Die Herrin ging also zur Königstochter und berichtete ihr von der großen Liebe ihres Bruders, doch sie schlug vor, ihn noch ein wenig zu quälen und zu prüfen.

Zu ihrem Bruder zurückkehrend, sagte sie also:

«Mein lieber Bruder, es tut mir leid, aber sie will dich nicht sehen. Ich war gezwungen, ihr von deiner Liebe zu erzählen, um ihr die Scham über ihr Ungeschick zu nehmen, mit dem sie das Tablett hat fallen lassen. Aber sie sagte mir, daß sie nicht vorhabe zu heiraten. Um sie dazu zu bringen, daß sie deinen Antrag annimmt, was ja deine große Sehnsucht ist, sagte ich ihr auch, wenn sie dich nicht nähme, würdest du dich erhängen. Da gab sie mir diesen Strick und sagte, daß du dich damit ohne Mühe erhängen könntest. Was soll ich nur für dich tun...»

Ganz überrascht sah Fes-Badesini den Strick, den er den Ehevermittern seines benachbarten Königs gegeben hatte, konnte sich aber keinen Reim darauf machen. Enttäuscht fuhr er ab und war wütend auf sich selbst, weil er der Bediensteten seiner Schwester einen Heiratsantrag gemacht hatte. Er war entschlossen, seine Gedanken von diesem Gefühl, das ihn lächerlich gemacht hatte, zu befreien und sich eine Frau aus seinem Stande zu suchen.

Als er in seinem Palast ankam, beherrschten ihn wieder dieselben Qualen. Nicht nur, daß er seine Gedanken nicht ändern konnte, er beschloß sogar noch in der gleichen Nacht, sobald es tagte, zu seiner Schwester zurückzukehren.

Die beiden Frauen erwachten an diesem Morgen, nachdem sie in der Nacht noch viele Stunden über den verliebten König gesprochen hatten, und öffneten das Fenster. Was sahen sie da aber... Alle Blumen und Sträucher feierten und kündigten des Kommen des Geliebten. Die Herrin schloß die Königstochter in ihrem Zimmer ein und meinte, sie sollten das Spiel fortsetzen, obwohl es ihr keinen rechten Spaß mehr machte.

Stürmisch betrat Fes-Badesini die Gemächer seiner Schwester und bat sie, ihrer Kammerjungfrau nochmals seinen Heiratsantrag vorzutragen. Die Herrin verließ kurz den Raum, und als sie zurückkam, sagte sie:

«Es tut mir leid, mein lieber Bruder, sie gab mir wieder die Antwort, daß sie jetzt nicht heiraten wolle. Beharrlich und unter Bitten sagte ich ihr, wenn sie deinen Antrag nicht annehme, würdest du dich erstechen. Und sie gab mir dieses Messer, das sehr scharf ist, damit du dich leichter erstechen kannst.» Und sie gab Fes-Badesini des Messer, das er damals der Königstochter geschickt hatte.

Fes-Badesini erkannte das Messer und verstand nun das Spiel, das die beiden Frauen spielten. Also stand er auf und ging zu den Gemächern der... Kammerjungfrau, gab der verschlossenen Tür einen heftigen Stoß und nahm die Königstochter liebevoll in seine Arme.

Sie heirateten in allen Ehren, und es wurde ein großartiges Fest gefeiert. Und sie lebten gut und wir noch besser.

Die Tochter des Zitronenbaumes

Irgendwann einmal vor langer Zeit lebte ein König, der drei Söhne hatte. Eines Tages stand der jüngste Königssohn auf dem Balkon des Palastes, als auf der Straße eine Greisin vorbeikam, die eine irdene Schüssel voller Linsensuppe auf dem Kopf trug. Diese Greisin war sehr arm. Sie erbettelte, was die Menschen ihr zu geben bereit waren, und so überlebte sie. Eines Tages hatte ihr einmal eine Frau ein paar Linsen geschenkt. Die Greisin war überglücklich gewesen, etwas zum Kochen gefunden zu haben. Sie bewahrte die Linsen auf und bettelte um die übrigen Zutaten, die sie noch brauchte, um den Kochtopf aufzusetzen. Nach einer Weile bekam sie Öl geschenkt, danach Salz, Zwiebeln, Zitronen und alles übrige. Doch bis sie alle Zutaten zusammen hatte, waren sieben Jahre vergangen. Dann endlich konnte sie die Suppe kochen.

Und an eben diesem Tag ging sie unter dem Balkon des Palastes vorbei, weil sie ihre Suppe in der frischen Landluft essen wollte, wo sie sie mehr genießen würde. Als sie so unter dem Balkon vorbeiging, kam es dem Königssohn in den Sinn, sich einen Spaß zu machen. Er nahm also einen kleinen Stein und warf ihn in die Schüssel. Die Schüssel zersprang, und die Linsensuppe ergoß sich über der armen Greisin. Die Alte begann zu weinen. Alles, wovon sie sieben Jahre lang geträumt hatte, hatte sie in einem bösen Augenblick verloren. Darüber weinte sie untröstlich und klagte und jammerte.

Anstatt durch ihr Weinen und Klagen gerührt zu sein, lachte der Königssohn herzlos, als er die Greisin von ihrer Suppe übergossen in ihrem Elend dastehen sah. Da wurde die Alte zornig, hörte zu weinen auf, drehte sich um und verfluchte ihn aufs heftigste:

«So, wie ich mich sieben Jahre lang abgequält habe, um kochen zu können, und du es mir nicht gegönnt hast, mein Essen zu kosten, so sollst du dich sieben Jahre lang abquälen, um die Tochter des Zitronenbaumes zu finden, und du sollst nicht mehr zur Ruhe kommen, wo du auch sein magst!»

Wie ein Faden war durch den Fluch der Alten die gute Laune des Königssohnes zerschnitten. Sein Lachen erstarb auf der Stelle, und in seine Gedanken heftete sich die Tochter des Zitronenbaumes. Wer mochte sie wohl sein? Wie würde sie aussehen? Und wo könnte er sie finden? – Diese Gedanken gruben sich in sein Gemüt, und der Jüngling konnte weder am Tag noch in der Nacht mehr Ruhe finden.

Eines Tages vertraute er seinem Vater sein Martyrium an. Er bat um dessen Segen und etwas Geld, weil er fremde Länder und Städte bereisen und die Tochter des Zitronenbaumes finden wolle, denn anders könne er sein Gemüt nicht mehr von diesen Gedanken befreien.

So ging er also vom Palast fort und lief drei Tage und Nächte inmitten der Einsamkeit, ohne zu wissen, wohin er ging. Am vierten Tag begegnete er auf dem Weg einer blinden und verkrüppelten Greisin.

Als die Alte seine Schritte hörte, rief sie außer sich:

«Wer bist du? Heraus mit der Wahrheit! Was suchst du in meinem Revier? Wohin gehst du?»

«Erschrick nicht, gutes Mütterchen. Ich bin ein Jüngling, und ich bin unterwegs, um die Tochter des Zitronenbaumes zu finden. Vielleicht weißt du etwas und kannst mir sagen, wo ich sie finden kann? Du siehst aus wie eine gute Frau, die erfahren ist wie alle alten Menschen.»

Solche und noch andere Schmeicheleien sagte ihr der Königssohn und hoffte, damit ihre Feindseligkeit zu vertreiben und von ihr einen Rat zu bekommen. Die Greisin aber fuhr fort:

«Ich sag' dir nichts. Sieh zu, daß du fortkommst!»

Der Königssohn nahm an, daß die mürrische Alte irgendetwas wissen müßte, und deshalb fuhr er fort, ihr zu schmeicheln und sie zu bitten.

«Komm schon, mein gutes Mütterchen. Denk an deine Gesundheit und an dein Augenlicht und sag mir, wo ich die Tochter des Zitronenbaumes finden kann. Und ich tu dir jeden Gefallen, den du von mir verlangst.»

Da ließ sich die Alte erweichen und sagte:

«Hilf mir, meine Augen zu öffnen, und dann werde ich dir etwas sagen.»

Der Königssohn nahm Wasser, wusch der Greisin die verklebten Augen und versuchte, sie zu öffnen. Er schaffte es aber nicht. Da nahm er einen dicken Zweig und hob damit ihre Lider an, so daß die Alte das Licht sah. Sie war sehr erfreut und begann dem Königssohn die Auskünfte zu geben, die er haben wollte.

«Die Tochter des Zitronenbaumes ist ein junges Mädchen, deren Schönheit und Güte nicht ihresgleichen haben auf der Welt. Aber du wirst dich viele Jahre abquälen und viele Prüfungen überstehen müssen, bis du sie bekommst. Das Mädchen wird deine Frau werden, aber du wirst viel durchmachen. Geh jetzt diesen Weg entlang, und weiter weg wirst du meiner Schwester begegnen, die eine Zaubrerin ist und viel weiß. Bestell ihr Grüße von mir, sag ihr, daß du mir viel Gutes getan hast und meine Augen das Licht gesehen haben, und daß ich will, daß sie dir hilft.»

Der Königssohn bedankte sich bei der Greisin und setzte seinen Weg so fort, wie sie es ihm gezeigt hatte. Er lief wieder vier Tage, bis er bei ihrer Schwester ankam. Auch sie war verkrüppelt und blind. Sie lag in einer nußförmigen Schaukel und schaukelte. Der Königssohn ging zu ihr und bestellte ihr die Grüße ihrer Schwester und deren Bitte, sie solle ihm mit ihrem Zauber helfen, so wie er ihrer Schwester geholfen hatte, das Augenlicht wiederzubekommen.

Die Alte wollte nichts von alledem hören und vertrieb ihn grob:

«Verschwinde sofort von hier, sonst rufe ich meine Hunde, und die zerreißen dich.»

Der Königssohn begann zu bitten. Er gab ihr zu essen, wusch ihr die Augen und öffnete sie, wie er es bei ihrer Schwester getan hatte, und dann schaukelte er sie lange in ihrer nußförmigen Schaukel. Da war die Greisin dankbar und sagte zu ihm:

«Um die Tochter des Zitronenbaumes zu bekommen, wirst du dich sehr anstrengen müssen, und es wird sieben Jahre dauern, weil man dir solch einen Fluch auferlegt hat. Es wäre sicher am besten, du würdest dich um deine Angelegenheiten kümmern und in den Palast deines Vaters zurückkehren.»

«Ich kann nicht zurückkehren. Was immer ich auch durchzumachen habe, ich muß sie finden, weil ich nicht mehr ohne sie leben kann.»

«Nun, wenn du so entschlossen bist, höre: Du mußt diesen Weg hier nehmen und vierzig Tage gehen. Am vierzigsten Tag wirst du einen riesengroßen und fürchterlichen Garten erreichen. In dem Palast, den du dort siehst, hausen vierzig Drachen*. Du mußt dich verstecken und abwarten, bis die Drachen verschwinden und zur Arbeit gehen. Dann gehst du in den Garten, und in dessen Mitte siehst du einen Zitronenbaum mit drei goldenen Zitronen. Die mußt du pflücken und verschwinden, ohne dich umzusehen. In einer der Zitronen ist das Mädchen, das du suchst. Aber gib acht, daß du die Zitronen nicht unterwegs aufschneidest, sonst wird dich großer Kummer überkommen.»

Der Königssohn bedankte sich bei der Greisin und machte sich auf den Weg. Er lief und lief, manchmal durch Ebenen, manchmal über Berge und durch wilde Gegenden, und am vierzigsten Tag kam er an dem großen Garten mit dem Palast der vierzig Drachen an.

Versteckt im Blätterwerk des Gartens, spähte er umher, um zu sehen, wann die vierzig Drachen weggehen würden. Irgendwann öffnete sich die schwere Tür des Palastes, und es begannen riesige Gestalten daraus hervorzukommen. Es waren die vierzig Drachen, die zur Arbeit aufbrachen. Als sie weit genug weg waren, schlüpfte der Königssohn aus seinem Versteck, lief in die Mitte des Gartens und sah den Zitronenbaum mit den drei goldenen Zitronen, die in der Sonne glänzten. Er streckte die Hände aus und pflückte die herrlichen Früchte. Dann verschwand er eiligst, ohne sich umzusehen, so wie es ihm die Alte aufgetragen hatte.

Er machte sich auf den Rückweg und beeilte sich, um so

---

* Drachen sind in den griechischen Märchen riesige Unholde in Menschengestalt, die sehr viel arbeiten, keine Menschen mögen, diese aber gern fressen.

schnell wie möglich nach Hause zu kommen. Er hielt die goldenen Zitronen fest und hütete sie wie seine Augäpfel. Ungeduld und Neugier überkamen ihn, und es fiel ihm ein, die Zitronen aufzuschneiden, um endlich das ersehnte Mädchen zu finden, derentwegen er so viel durchgemacht hatte. Er unterdrückte aber diesen Wunsch, weil er sich der Worte der alten Zaubrerin erinnerte, nach denen er neue Qualen und Abenteuer zu überstehen hätte, wenn er die Zitronen aufschnitte.

Er hielt aber nicht durch. Und schließlich nahm er sein Messer heraus und schnitt vorsichtig eine der Zitronen auf. Die brach sofort auseinander, und aus ihrem Innern kam ein wunderschönes Mädchen heraus.

«Wasser, Wasser ...», verlangte sie gierig von ihm. Wasser gab es aber nirgendwo in der Nähe, und so hauchte das Mädchen nach kurzer Zeit ihre Seele aus.

Der Königssohn war zu Tode betrübt. Er bereute seine Schwäche, doch es war zu spät. Das Übel war geschehen und nicht wieder gutzumachen. Betrübt setzte er seinen Weg fort. Er hielt die beiden goldenen Zitronen fest und schritt voran. Er lief Tage und Nächte. Seine Einsamkeit war ihm unerträglich geworden. Sie erschöpfte ihn mehr als der Weg, den er unaufhaltsam ging.

Wieder kam ihm der Wunsch in den Sinn, das Mädchen aus der Zitrone zu befreien. Vielleicht würde ja nicht so etwas wie das erste Mal passieren. Und er unterlag auch dieses Mal seiner Schwäche, nahm wieder sein goldenes Messer und schnitt die zweite Zitrone auf. Auch aus ihr kam ein Mädchen heraus, das noch schöner als das erste war.

Der Königssohn war verwirrt von ihrer Schönheit. Er freute sich jedoch nicht lange daran, weil auch dieses Mädchen um Wasser bat. Doch Wasser gab es auch hier nicht, und so hauchte sie wie die andere nach kurzer Zeit ihre Seele aus. Jetzt hatte der bitter bereuende Königssohn nur noch die dritte Zitrone. An ihr hingen nun all seine Hoffnungen. Um alles in der Welt würde er nicht wieder den Fehler begehen, die Zitrone aufzuschneiden, wenn er nicht zuvor Wasser gefunden hätte.

Er ging noch viele Tage weiter. Irgendwann kam er an einen

See mit spiegelklarem Wasser. Endlich war die ersehnte Stunde gekommen. Sein Herz schlug laut, während er mit dem Messer die Zitrone aufschnitt. Ein wunderschönes Mädchen, das schönste von allen, entstieg der Zitrone.

«Wasser, Wasser...», verlangte sie von ihm und war nahe daran, ohnmächtig zu werden. Der Königssohn holte Wasser aus dem See, gab es dem Mädchen, und sie kam zu sich. Sie war gerettet. Sie war aber nackt, und der Königssohn sagte ihr, sie solle auf einen Baum steigen und auf ihn warten, er wolle in die nahe Stadt gehen und ihr Kleidung kaufen und auch ein Pferd, damit sie ihren Weg zum Palast fortsetzen könnten, der nicht mehr sehr weit sei.

Das Mädchen stieg auf den Baum, und der Königssohn wanderte in die Stadt. Währenddessen aber kam eine Zaubrerin zu dem See. Sie bückte sich, um Wasser zu trinken, und dabei sah sie im See wie in einem Spiegel das Mädchen in den Zweigen des Baumes.

«Wer bist du, mein schönes Mädchen?» fragte die Zaubrerin.

«Ich bin die Tochter des Zitronenbaumes und warte darauf, daß mir der Königssohn, der mich aus der goldenen Zitrone befreit hat, Kleider bringt und ein Pferd, damit wir in den Palast zu seinem Vater gehen und heiraten können.»

«Komm runter, mein Mädchen, damit ich dich sehen kann und wir uns kennenlernen und ich ein wenig deine erfreuliche Gesellschaft genieße», versuchte mit geheuchelter Liebenswürdigkeit die Zaubrerin das Mädchen herumzukriegen.

«Nein, ich kann nicht. Der Königssohn hat mir gesagt, ich soll auf dem Baum warten. Ich steige nicht hinunter.»

Die Zaubrerin fuhr mit ihren Bitten fort, und dabei gab sie ihrer Stimme den süßesten Klang, den diese hervorbringen konnte. Das Mädchen aber blieb auf dem Baum, rührte sich nicht und hatte auch nicht die Absicht herunterzukommen.

Als die Zaubrerin sah, daß sie es im Guten nicht schaffte, dachte sie sich einen anderen Weg aus, um das Mädchen vom Baum herunterzuholen. Sie tat so, als bückte sie sich, um Wasser zu trinken, rutschte absichtlich aus und fiel in den See.

«Hilfe, ich ertrinke. Hilfe», schrie sie, als würde sie wirklich ertrinken.

Das gutherzige Mädchen dachte nicht an List. Sie konnte nicht ungerührt bleiben und die Alte ertrinken lassen. Also stieg sie schnell vom Baum herab und stürzte sich in das Wasser im See, um die Frau zu retten, die in Gefahr zu sein schien.

Da erhob sich die Zaubrerin aus dem Wasser, packte das Mädchen und stieß sie mit einem heftigen Stoß in den See. Das Mädchen kämpfte, um ans Ufer zu kommen, doch sobald sie sich diesem näherte, bekam sie einen neuen, noch stärkeren Stoß, bis sie im Wasser des Sees versank.

Da zog die Zaubrerin ihre Kleider aus, versteckte sie und kletterte, nackt wie sie war, auf den Baum, um als Tochter des Zitronenbaumes auf den Königssohn zu warten.

Es dauerte noch eine ganze Weile, bis der Königssohn auf seinem schneeweißen Pferd angeritten kam und dem Mädchen sagte, sie solle heruntersteigen. Dem Königssohn schwindelte es, als er der häßlichen und abstoßenden Frau gegenüberstand. Er erkannte in ihr nicht mehr die Schöne, die der Zitrone entstiegen war.

«Du bist nicht die Tochter des Zitronenbaumes, die ich vor wenigen Stunden hier zurückgelassen habe. Wer bist du? Wo ist sie? Was ist geschehen?»

«Na, mein guter Königssohn, was sind das für Worte? So schnell bist du meiner Schönheit satt geworden? Ich bin es, die der goldenen Zitrone entstiegen ist. Ich bin die Tochter des Zitronenbaumes, für die du so viele Qualen ausgestanden hast, um sie zu finden. Ich habe meinen Glanz verloren, weil ich dem Licht, der Sonne und dem Wind ausgesetzt war. Siehst du, ich war es gewohnt, in einer Zitrone zu sein. Außerdem fürchtete ich mich sehr, während ich so viele Stunden ganz allein auf dem Baum saß. All das hat mein Aussehen, wie du sagst, verändert. Sei aber nicht bekümmert. Ich werde mich wieder erholen und so werden, wie ich war, als ich aus der goldenen Zitrone stieg.»

«Nun gut», sagte der Königssohn enttäuscht. «Zieh die Kleider da an.»

Schweren Herzens nahm er die Zaubrerin auf sein Pferd, und sie zogen in Richtung Palast. Dort wurde ihre Hochzeit ohne alle Freude gefeiert, weil die Braut niemandem sympathisch war, am wenigsten dem Königssohn. Ihre Gegenwart war ihm unerträglich, und der Jüngling war sehr unglücklich.

Die Tochter des Zitronenbaumes hatte aber ein Fisch verschluckt, nachdem die Zaubrerin sie in den See gestoßen hatte. Nach einigen Tagen fing ein Fischer durch Zufall diesen Fisch, und weil er besonders gut war, brachte er ihn dem Koch des Königs, weil er hoffte, von diesem den besten Preis für den Fisch zu bekommen.

Der Koch bereitete den Fisch zu, und die Diener servierten ihn dem König. Die Gräten des Fisches wurden in eine Ecke im Garten geworfen. Nach einiger Zeit keimte dort ein Zitronenbaum. Er wuchs sehr schnell, und seine wilden Zweige erweckten die Aufmerksamkeit des Königssohnes, der von da an oft zu dem Zitronenbaum ging. Er streichelte seine Blätter und genoß deren herrlichen Duft, der ihn sehr beglückte. So viel Freude fand er bei dem Zitronenbaum, daß er bald den größten Teil seiner Zeit unter dessen Zweigen verbrachte.

Seine Frau, die Zaubrerin, sah, daß er Stunden unter dem Zitronenbaum verbrachte, und wurde unruhig. Irgendwann begann ihr das seltsam vorzukommen und sie zu ängstigen. Sie fing zu murren an und sich zu beklagen, daß der Zitronenbaum sie behindere, wenn sie auf ihrem Spaziergang dort vorbeikomme. So gab es jeden Tag Nörgelei und Krach, bis es der Königssohn zum Schluß satt hatte, daß ihm die Alte ständig die gleiche Szene machte, und er befahl, den Zitronenbaum zu fällen.

Als die Holzfäller den Zitronenbaum in Stücke hackten, kam ein armer Greis vorbei und bat sie, ihm etwas Holz zu geben, damit er Feuer machen könne. Die Holzfäller gaben ihm ein paar Stümpfe, der Greis verließ sie unter Segnungen und brachte das Holz in sein Haus.

Eines Tages nahm er sich den größten Baumstumpf vor und begann mit seiner Axt auf ihn einzuschlagen, weil er ihn zerteilen und in seine Feuerstelle legen wollte. Als er aber auf den Stumpf einschlug, hörte er von innen heraus eine Stimme:

«O, mein Bein...»

«Mutter Gottes», rief der Greis. «Woher kam diese Stimme? – Mir scheint, es schien mir nur so.»

Er begann wieder zu hacken, und nach kurzem hörte er:

«O, mein Arm... Sachte, sachte, bring mich nicht um.»

Ganz vorsichtig schlug der Alte weiter, weil er begriffen hatte, daß der Stumpf ein Geheimnis barg. Er hatte aber auch ein bißchen Angst, weil er nicht wußte, was daraus hervorkommen würde. Es könnte ja ein böser Geist darinnen sein, und einen Augenblick lang dachte er daran, das Wesen darin zu lassen, damit ihn kein Unheil treffe.

Bei diesem Gedanken verweilte er jedoch nicht lange, und er begann wieder zu hacken. Nach einigen Schlägen teilte sich der Stumpf, und das wunderschöne Mädchen der goldenen Zitrone stieg daraus hervor.

Der arme Greis verlor die Fassung und konnte kein Wort herausbringen. Das Mädchen sprach mit ihm und erzählte ihm ihre ganze Geschichte. Sie blieb bei ihm, und er war ihr wie ein Vater, und der Greis war überglücklich, daß ihm das Schicksal in seinen alten Tagen solch eine Gesellschaft geschickt hatte.

Eines Tages ging der Königssohn auf die Jagd. Das tat er oft, um zu vergessen. Viele Male entfernte er sich weit von seinem Palast, denn es war ihm ein Bedürfnis, in die Gegend zu gehen, die er durchstreift hatte, als er ins Unbekannte gegangen war, um die Tochter des Zitronenbaumes zu suchen. Danach kehrte er noch trauriger zurück und verfiel in tiefes Nachdenken.

Eines Tages also kam er am Haus des Greises vorbei, das am Ende der Stadt stand. In diesem Augenblick war das Mädchen im Garten. Der Königssohn sah sie und erkannte sie sofort. Er sprang von seinem Pferd und trat in das Haus des Greises, in das sich das Mädchen geflüchtet hatte, als sie das Hufgetrappel des Pferdes hörte. Sie fürchtete die Menschen wegen der Tat der Zaubrerin, die sie in den See geworfen hatte. So hatte sie sich nie vor

Menschen gezeigt. Nur dem Greis vertraute sie, und sie hatte ihm aufgetragen, nie zu verraten, daß noch jemand in seinem Haus wohnte.

Als nun der Königssohn das Haus betrat, erkannte ihn das Mädchen sofort, und sie fielen sich in die Arme. Unter Freudentränen erfuhr der Königssohn, was geschehen war seit damals, als er das Mädchen auf dem Baum am See zurückgelassen hatte. Er bat das Mädchen, im Haus des Greises zu warten, und kehrte in den Palast zurück. Dort angekommen, berief er sofort den Zwölferrat ein und erzählte diesem die ganze Geschichte. Auf der Stelle erging das Urteil über die böse Zaubrerin. Die Strafe lautete, sie mit einem Sack voller Nußschalen an den Schwanz eines Pferdes zu binden und das dann laufen zu lassen. Und so geschah es auch. Die Nußschalen schlugen aneinander, das Pferd glaubte, gejagt zu werden, und galoppierte, von Furcht getrieben, mit aller Kraft, wobei die böse Zaubrerin getötet wurde, die noch viel mehr Böses in ihrem Leben angerichtet hatte und nie etwas Gutes.

Danach kehrte der Königssohn in das ärmliche Haus des Greises zurück, nahm seine Geliebte und den Alten, den er wie ihren Vater betrachtete, und sie gingen alle zusammen zum Palast.

Die Tochter des Zitronenbaumes erstrahlte in ihrer Schönheit und Güte, und alle feierten von Herzen.

Dieses Mal wurde die Hochzeit voller Freuden und Vergnügungen gehalten. Und sie lebten gut und wir noch besser.

Quellen

Die in diesem Buch erstmals in deutscher Sprache veröffentlichten Märchen sind den nachstehend angeführten Quellen entnommen.

Aus Eleni Doundoulaki-Oustamanolaki: Κρητικά παραμύθια, α' τόμος (Kretische Märchen, 1. Band, Athen 1986) sind entnommen:
Der Sohn des Mohren (Του Αράπη ο γιος)
Der Glatzkopf (Το Κασιδάκι)
Die Bäckerstochter (Η Φουρναροπούλα)
Was dem Kind vom Schicksal geschrieben ist, kann der Fluß nicht fortschwemmen. (Τα γράφει η μοίρα του παιδιού ποτάμι δεν τα παίρνει).

Aus Eleni Doundoulaki-Oustamanolaki: Παραμύθια της Κρήτης (Märchen aus Kreta, Athen 1982) sind entnommen:
Der Dumme und der Kluge (Ο Κουζολός και ο φρόνιμος)
Der Achje-Leventis (Ο Ἀτσης-Λεβέντης)
Der Herr Wahr (Ο κύριος Αληθινός)
Die Reiche, die Arme und die zwölf Monate (Η πλούσια, η φτωχιά και οι δώδεκα μήνες)
Die neun Stierbrüder (Τα εννιά βοϊδάκια τ' αδερφάκια)
Die Marmorjungfrau (Η μαρμαροπούλα)
Der Vielkichererbsen-Mann (Ο Πολυροβυθάς)
Der Faule und die Fleißige (Ο τεμπέλης και η προκομμένη)
Das Mariechen (Το Μαρούλι)

Bisher unveröffentlicht sind die folgenden Märchen:
Der Königssohn und die Bildhübsche (Το βασιλόπουλο και η πεντάμορφη)
Die neun Brote (Τα εννιά ψωμάκια)
Iliotati (Ηλιοτάτη)

Der Königssohn und der Armenjunge (Το βασιλόπουλο και το φτωχόπαιδο)
Die stolze Königstochter (Η περήφανη βασιλοπούλα)
Der Gauner Souleiman (Ο Καλπασουλεϊμάνης)
Das Lorbeersamenkorn (Το δαφνοκούκουτσο)
Die böse Stiefmutter (Η κακή μητριά)
Der König mit den drei Töchtern (Ο βασιλιάς με τις τρεις κόρες)
Fes-Badesini (Φέση-Μπαντεσίνης)
Die Tochter des Zitronenbaumes (Της λεμονιάς η θυγατέρα)
Der Wert der Geduld (Η αξία της υπομονής)

Sie haben es nicht leicht in den Tabakfeldern: Nina, ihre vier Kinder und die Großmutter. Sie sind arm, die Arbeit ist schwer und monoton. Fotis, der älteste Sohn, hält es hier nicht aus. Er geht nach Athen, um das Leben kennenzulernen. Und er lernt es gründlich kennen. Als später seine Geschwister nachkommen, erliegen sie nacheinander den Verführungen der Stadt.
Fotis braucht seine ganze Kraft.

«Welche Farbe hat die Traurigkeit?» fragte der Stern den Kirschbaum und schwankte auf der Faser einer Wolke. «Hast du nicht gehört? Ich habe dich gefragt, welche Farbe die Traurigkeit hat.»

«Sie hat die Farbe, die das Meer zu der Stunde annimmt, wenn sich die Sonne in seine Umarmung neigt. Ein tiefes Blau.»

«Welche Farbe haben die Träume?»

«Die Farbe des Mittags, mein Sternchen.»

«Und die Einsamkeit?»

«Die Einsamkeit ist veilchenfarben.»

«Wie schön die Farben sind! Ich werde dir einen Regenbogen schenken, den du dir überwerfen kannst, wenn du frierst.»

Der Stern schloß seine Augen und ruhte sich aus.

«Und die Liebe? Ich habe vergessen, dich zu fragen, welche Farbe hat die Liebe?»

«Die Farbe, die Gottes Augen haben», antwortete der Baum.

«Welche Farbe hat die Leidenschaft?»

«Die Leidenschaft hat die Farbe des Mondes, wenn es Vollmond ist.»

«Die Leidenschaft hat die Farbe des Mondes..., ach so!» sagte der Stern.

Er schaute weit ins Leere. Und weinte.

Übertragen in die deutsche Sprache von Marianne Sterling.
Erschienen 1995. 165 Seiten. Paperback.

Dimitris Kalendis
DIE SCHWARZE WANDTAFEL
Ein pädagogisch–ökologisches
Märchen für Kinder ab 6 Jahren
und für Erwachsene mit
zauberhaften farbigen
Illustrationen von
Lemonia Amarantidou.

Am letzten Tag in der Grundschule hat der kleine Dimitris ein aufregendes Erlebnis, denn die schwarze Wandtafel in seiner Klasse erzählt ihm ihre Lebensgeschichte:
Bevor ihr die Menschen die Gestalt der Wandtafel gegeben haben, war sie eine große stolze Tanne auf dem Gipfel des Berges Olymp. Sie erzählt von ihrem Leben als Baum in der freien Natur in Gesellschaft von Tieren und Pflanzen, vom Wechsel der Jahreszeiten, vom Nutzen der Bäume, aber dann vom Raubbau der Menschen an der Natur und seinen fatalen Folgen.
Das Kind ist von der Erzählung der Wandtafel so beeindruckt, daß es schließlich die Sprache der Bäume lernt.

Übertragen in die deutsche Sprache von Marianne Sterling.
Erschienen 1994. 44 Seiten. Großformatt. Hardcover.
Auch in den Sprachen Neugriechisch,
Englisch und Französisch lieferbar.

Ein Leventis? – Was ist das?

Der kretische Leventis und seine Leventissa sind die Hauptpersonen in den Geschichten von Dimitris Papadakis. Wie sie lebten und fühlten, bevor der Tourismus die Insel zu verändern begann.

Mit viel Humor und einem Augenzwinkern beschreibt der Autor seine Landsleute mit ihren Sorgen, ihren Freuden und ihrer Denkweise: originelle Charaktere, verrückt erscheinende Taten, seltsam anmutende Ereignisse, die Beziehungen zwischen Mann und Frau, Jung und Alt, die Feste, der Aberglauben – und dazwischen immer wieder die orthodoxe Kirche mit ihren Heiligen und Popen.

In der griechischen Sprache wird als Leventis der Mann bezeichnet, der voller Kraft und Männlichkeit ist, voller Tapferkeit und Edelmut, voller innerer und vielleicht auch äußerer Schönheit. Sein weibliches Gegenstück ist die Leventissa.

In diesen deftigen Erzählungen lernt der Leser die echten – traditionellen – Kreter kennen. Und vieles, was ihm bisher räselhaft erschienen sein mag an diesem lebendigen Völkchen, wird er besser verstehen können.

Übertragen in die deutsche Sprache von Marianne Sterling.
Zeichnungen von Nikos Samarellis.
Erschienen 1994. 240 Seiten. Paperback.